Kelly Rimmer
Was das Herz nie vergisst

Kelly Rimmer

Roman

Deutsch von Astrid Finke

blanvalet

Die Originalausgabe erschien 2017 unter dem Titel »The Secret Daughter«
bei Bookouture, an imprint of StoryFire Ltd, Ickenham.

Sollte diese Publikation Links auf Webseiten Dritter enthalten, so
übernehmen wir für deren Inhalte keine Haftung, da wir uns diese nicht
zu eigen machen, sondern lediglich auf deren Stand zum Zeitpunkt der
Erstveröffentlichung verweisen.

Verlagsgruppe Random House FSC® N001967

1. Auflage
Copyright der Originalausgabe © 2015 by Kelly Rimmer
Copyright der deutschsprachigen Ausgabe © 2018 by Blanvalet Verlag,
in der Verlagsgruppe Random House GmbH,
Neumarkter Str. 28, 81673 München
Redaktion: Friedel Wahren
Umschlaggestaltung und -motiv: www.buerosued.de
LH · Herstellung: sam
Satz: Vornehm Mediengestaltung GmbH, München
Druck und Bindung: CPI books GmbH, Leck
ISBN 978-3-7645-0570-7

www.blanvalet.de

Für Maxwell und Violette

Kapitel eins

Sabina

MÄRZ 2012

In meiner Familie wissen alle, dass ich Geheimnisse nicht sonderlich gut bewahren kann. Nur zweimal in meinem ganzen Leben ist es mir gelungen, etwas Interessantes für mich zu behalten.

Als ich feststellte, dass ich mich in meinen besten Freund verliebt hatte, geschah es zum ersten Mal. Wir waren mit Bekannten zum Essen gegangen, und bei der Vorspeise ertappte ich ihn dabei, dass er mich mit unendlich viel Stolz und Liebe ansah. Unter seinem Blick schmolz ich förmlich dahin. Diese beunruhigende Erkenntnis verheimlichte ich immerhin mehrere Stunden lang. Sobald die anderen gegangen waren, platzte ich allerdings bei einem völlig anderen Gesprächsthema damit heraus. Ted sagte später, ich hätte während des ganzen Abends jeglichen Blickkontakt mit ihm vermieden, worüber er sich gewundert habe. Er meint im Übrigen, dass meine Augen alles sofort verraten, selbst wenn ich nichts sage. An jenem Abend hätte ich ihn nur ansehen müssen, dann wäre alles klar gewesen.

Angesichts meiner spektakulären Unfähigkeit im Umgang mit Geheimnissen ist es wohl umso beeindruckender, dass ich meine neu entdeckte Schwangerschaft ganze zwei Tage für mich behielt, bevor ich meiner Mutter davon erzählte. Da Ted und ich beide wissen, dass ich mich jedes Mal verplappere, trafen wir zahlreiche Vorsichtsmaßnahmen. Ich rief meine Eltern an und lud sie zum Abendessen ein. Sobald wir uns auf Tag und Stunde geeinigt hatten, nahm Ted mir das Handy weg und versteckte es.

Wobei ich sicher bin, dass dieses Mal das mit dem Geheimnis auch ohne extreme Maßnahmen geklappt hätte. Unsere Ankündigung sollte ein ganz besonderer Moment werden, denn als Einzelkind hatte ich immer den unerklärlichen Drang verspürt, Mum und Dad zu Großeltern zu machen. Meine Eltern hatten eine Familiengründung zwar bisher mit keinem einzigen Wort erwähnt, aber seit ich auf die vierzig zuging, hatten sich alle ihre Freunde mittlerweile ganze Scharen lärmender Enkel zugelegt. Im Bekanntenkreis wurden Großelterngeschichten ausgetauscht, wie Kinder Fußballbilder tauschen. Meine Eltern hingegen hatten außer über meine nicht sonderlich beeindruckende Lehrerinnenlaufbahn und die gemeinsamen Reisen mit Ted nichts zu berichten gehabt.

Es wäre nett gewesen, gemeinsam zu essen und ihnen die Neuigkeit dann ganz kultiviert beim Kaffee zu erzählen, aber das kam natürlich nicht infrage. Stattdessen begrüßte ich sie schon an der Tür mit zwei makellos verpackten Geschenken und einem vermutlich verwirrend tränenfeuchten Lächeln im Gesicht.

»Sabina, alles in Ordnung? Wofür ist das denn?« Vorsichtig nahm meine Mutter die Schachtel entgegen. Mit der freien Hand hängte sie ihre Handtasche an den Garderobenhaken neben der Tür, wickelte sich sorgsam aus dem Schal und legte ihn darüber. Dad kam hinter ihr herein, küsste mich wie immer flüchtig auf die Wange, nahm sein Geschenk und schüttelte es neugierig.

»Vorsicht, das ist zerbrechlich!« Ich lachte, dann scheuchte ich sie ungeduldig in die Wohnung und schloss die Tür. Ich merkte, dass sie sich verwundert ansahen, und lächelte von Ohr zu Ohr. »Setzt euch und macht die Geschenke auf! Jetzt kommt schon, los!«

Ted beobachtete uns von der kleinen Küchennische aus. Er kümmerte sich um das aufwändige Essen, seit ich mich beim Kochen allzu sehr abgelenkt hatte, indem ich die Schleifen an den Geschenkschachteln *genau* richtig binden wollte. Seit jenem Augenblick vor zwei Tagen, als wir morgens nebeneinander im Badezimmer standen und den zweiten Balken auf dem Schwangerschaftstest entdeckten, zeigte mein Mann einen merkwürdigen Gesichtsausdruck. Ich hatte zwar erwartet, ihn nervös und euphorisch zu erleben, aber mit dieser plötzlichen Zufriedenheit hatte ich nicht gerechnet. Wir waren wirklich bereit, in jeder Hinsicht.

Als meine Eltern sich setzten und die Geschenke auspackten, lehnte Ted sich mit verschränkten Armen an die Wand neben dem Herd. Er sah mir in die Augen, und ich spürte eine überwältigende Freude zwischen uns. Einen allerletzten Augenblick lang hatten wir ein Geheimnis, von dem niemand auf der Welt außer uns wusste.

Dad holte sein Geschenk zuerst aus der Schachtel.

»Ein Kaffeebecher?«, fragte er. Ratlos drehte er ihn um und entdeckte die Schrift auf der anderen Seite. *Bester Opa der Welt.* Er sah mich mit großen Augen an, dann ließ er den Becher fast fallen, sprang auf und schloss mich in die Arme. »Sabina! Ach, mein Schatz!«

Alles war so, wie ich es mir ausgemalt hatte. Ich lachte und vergoss gleichzeitig ein Tränchen an seiner Schulter, während er planlos drauflosfragte.

»Seit wann weißt du es?«

»Seit ein paar Tagen.«

»Und wann ist es so weit, wann kommt sie?«

»Sie?«, lachte ich. »*Es* kommt im November.«

»Habt ihr beiden schon über eine Ausbildungsversicherung nachgedacht? Dazu ist es nie zu früh, die Steuervorteile sind immens. Ich maile euch nächste Woche die Informationen. Sabina, setz dich! Du musst dich schonen. Wir brauchen Champagner, ein solcher Anlass schreit nach einem Moët. Ich fahre schnell los und kauf eine Flasche.«

Er hatte mich sanft zum Sofa geschoben, und als ich mich nun setzte, sah ich zum ersten Mal zu Mum hinüber. Sie saß stocksteif auf dem Sofa. Den Becher hielt sie zwischen beiden Händen, die Ellbogen hatte sie auf die Oberschenkel gestützt. Ihre Wangen waren gerötet, ihr Blick wirkte eigenartig starr.

»Megan, alles in Ordnung?« Mit wenigen Schritten hatte Ted den Raum durchquert und setzte sich neben meine Mutter auf das Sofa. Sie schüttelte sich kaum merklich und lächelte erst Ted, dann mich strahlend an.

»Das sind ja wunderbare Neuigkeiten. Ich freue mich

so sehr für euch. Ich wusste nicht ... Wir hatten keine Ahnung, dass ihr schon Kinder wollt.«

»Mum, ich bin achtunddreißig. Wir sind verheiratet, wir haben beide einen soliden Beruf, wir sind um die halbe Welt gereist und haben uns jetzt hier in Sydney schön eingerichtet. Worauf sollten wir noch warten?«

»Du hast recht. Natürlich hast du recht.« Ihr Blick wanderte zu dem Becher zurück. »Ob achtunddreißig oder achtundneunzig, du bleibst immer mein Baby«, sagte sie leise.

»Ach, nicht so trübselig, Meg!« Dad suchte in seiner Hosentasche nach dem Autoschlüssel. »Bald hast du ein richtiges Baby, mit dem du spielen kannst. Ich fahre jetzt los. Kommst du mit, Ted?«

»Kannst du bitte auf das Gemüse aufpassen, Bean?«

Ich musterte Mum, die nach wie vor auf den Becher starrte. Lächelnd nickte ich Ted zu, aber sobald Dad weg war, deutete ich mit der Schulter auf meine Mutter. Ted zuckte mit den Achseln, und ich erwiderte seinen fragenden Blick mit einer Grimasse.

Als meine Mutter und ich allein waren, sprach ich sie einfach an.

»Du wirkst nicht sehr fröhlich, Mum.«

»Aber selbstverständlich freue ich mich.« Sie packte den Becher wieder ein, stand auf und ging die wenigen Schritte zum Essbereich hinüber. Dann stellte sie die Schachtel auf den Tisch. »Wie weit bist du, hast du gesagt?«

»Achte Woche, glaube ich. Nächste Woche habe ich einen Ultraschall, um ganz sicher zu sein. Aber der Arzt meint, dass es im November so weit ist.«

»Schatz!« Entsetzt sah meine Mutter mich an. »Dann solltest du noch mit niemandem darüber reden. In der achten Woche ist es überhaupt nicht sicher, ob es auch klappt.«

Die Brutalität dieses Satzes fuhr mir durch alle Glieder. Eine Sekunde lang verschlug es mir die Sprache. Mums Worte waren grausam, der Ton klang sehr scharf – in meinen Ohren wie eine Alarmsirene. Ich war noch gar nicht auf den Gedanken gekommen, dass mit meiner Schwangerschaft irgendetwas schiefgehen könnte, und warum auch? Ich war zum ersten Mal schwanger. Warum sollte ich mich auf das Schlimmste gefasst machen?

Ich weiß nicht, was sich in meinem Gesicht widerspiegelte, aber ich hatte sofort mit den Tränen zu kämpfen. Mum zuckte zusammen, ballte die Fäuste und atmete tief durch.

»Sabina, ich will sagen, dass eine Schwangerschaft ... Es ist einfach so ... Das klappt nicht immer ...« Ihre braunen Augen waren voller Verzweiflung. »Ich will nur nicht, dass du enttäuscht bist. Mach dir bitte keine allzu großen Hoffnungen!«

»Aber ich mache mir große Hoffnungen.« Ich wollte mich beschäftigen, mich davon ablenken, wie sehr sie mich gekränkt hatte, wie enttäuschend sich der Abend entwickelte. Ich hatte mit Begeisterung gerechnet. Ich hatte erwartet, dass sie mir gleich Tipps für die Schwangerschaft geben und mit mir Pläne für die Zeit nach der Geburt schmieden würde. Also stand ich auf, um an ihr vorbei in die Küche zu gehen, aber sie hielt mich am Ellbogen fest und drehte mich langsam zu sich um. Eine einzelne Träne lief mir die Wange hinunter, und ich wischte sie ungeduldig ab.

»Entschuldige bitte, Sabina!«, murmelte meine Mutter. Sie legte mir die Hände um das Gesicht, strich mir mit dem Daumen über die Wange und betrachtete mich eindringlich. »Natürlich freust du dich, und das ist auch richtig so. Aber meine Schwangerschaften waren einfach furchtbar. Ich habe große Angst um dich.«

»*Schwangerschaften?*«, wiederholte ich. Bisher hatte ich noch nie von irgendwelchen möglichen Geschwistern auch nur gehört. »Aber du hast mir nie erzählt, dass du Probleme hattest ...« Ich suchte nach einer möglichst feinfühligen Formulierung. »... ich meine, mich zu kriegen.«

Ich beobachtete sie einen Moment lang. Ihr Blick ging ins Leere, und ihre Lippen zitterten leicht, während sie nach einer Entgegnung suchte. Die tiefe Traurigkeit in ihren Augen war bestürzend, und ich begriff plötzlich, dass wir unabsichtlich eine alte Wunde bei meiner wundervollen Mutter aufgerissen hatten. Ich fiel ihr um den Hals und drückte sie an mich. Sie war nach außen hin nie ein besonders zärtlicher Mensch gewesen, aber in dieser Situation schien es einfach die richtige Reaktion zu sein. Mum erwiderte die Umarmung kurz und steif, dann löste sie sich und strich sich die Bluse glatt.

»Es war grauenvoll für uns. Für dich und Ted wird es sicher viel einfacher.«

Ich spürte ein dumpfes Pochen in den Ohren. Hektisch versuchte ich, die neuen Informationen zu verarbeiten. Die freudige Erwartung hatte sich in Luft aufgelöst. Stattdessen empfand ich nur Angst und eine erhöhte Anspannung. Meine Mutter hatte Probleme gehabt, ein Kind auszutragen? Adrenalin flutete mir durch die Adern, als befände ich mich in akuter körperlicher Gefahr.

»Aber ... tut mir wirklich leid, dass ich dich das fragen muss. Ich will nur Bescheid wissen, damit ich mit meinem Arzt sprechen kann.« Es kostete mich enorme Anstrengung, ohne Zittern in der Stimme zu sprechen. »Weißt du, warum das damals so schwierig war?«

Seufzend schüttelte sie den Kopf.

»Es gab viele Vermutungen, aber nein, wir haben es nie so richtig erfahren. Schwanger geworden bin ich immer einigermaßen problemlos, zumindest in den ersten Jahren. Ich habe das Kind einfach immer wieder in den ersten drei Monaten verloren.«

Mit Ausnahme der üblichen knalligen Rougekreise auf den Wangen war Mum jetzt totenbleich im Gesicht.

»Wie oft?«, fragte ich zaghaft.

»Sehr oft«, erwiderte sie knapp. »Du musst dir aber wirklich keine Sorgen machen, mein Schatz. Es tut mir leid, dass ich so abweisend reagiert habe. Ihr habt mich überrumpelt. Mir war nicht klar, dass ihr eine Familie gründen wollt.«

»Aber natürlich mache ich mir Sorgen. Ich verstehe gut, dass du nur ungern darüber sprichst, aber ein bisschen mehr musst du mir schon erzählen.« Da die Starre nicht aus ihrem Gesicht wich, entschloss ich mich, das Offensichtliche auszusprechen. »Was, wenn es genetisch ist?«

Meine Begeisterung über die Schwangerschaft war wie weggeblasen, zumindest im Augenblick. Mir war gerade klargeworden, dass sowohl die Vorfreude als auch die Schwangerschaft etwas Zerbrechliches waren, dass bloße Worte sie gefährden konnten. Ich dachte an die winzigen Strampelanzüge, die ich gleich an dem Tag gekauft hatte, als ich den Test gemacht hatte. Sie lagen offen auf der Kommode in meinem Zimmer, und ich schämte mich plötzlich meiner Naivität. Am liebsten wäre ich ins Schlafzimmer gelaufen, um sie wieder einzupacken und ganz oben im Kleiderschrank zu verstecken.

Die Wahrscheinlichkeit, dass ich die Strampelanzüge je brauchen würde, war eventuell deutlich geringer, als man normalerweise erwarten konnte. Das kleine Wesen, das ich sicher und geborgen in meinem Bauch geglaubt hatte, war dort unter Umständen ganz und gar nicht sicher. Gab es in meinen Erbanlagen einen eingebauten Schalter, den ich von Mum geerbt hatte und der mich am Kinderkriegen hinderte?

Meine Mutter rang offenbar um Worte, um sich zu erklären, aber ich wurde sofort ungeduldig.

»Es tut mir wirklich leid, Mum, aber ich muss das wissen.«

»Es ist nichts Genetisches.«

»Du hast gesagt, dass es keine vernünftigen Erklärungen gab, nur Vermutungen. Wie kannst du da so sicher sein?«

»Ich weiß es eben.«

»Aber ...«

»Sabina, lass es gut sein!«

Zum zweiten Mal an diesem Abend verschlug es mir die Sprache, während ich den Rücken meiner Mutter anstarrte, die zum Herd gegangen war und sich dort an den verschiedenen Töpfen und Pfannen zu schaffen machte. Es entging mir nicht, wie sehr ihre Hände zitterten, wenn sie einen Topfdeckel hob, wie heftig er klapperte, wenn sie ihn zurücklegte. Als ich wieder sprechen konnte, wäre es ein Leichtes gewesen, das Thema fallen zu lassen. Mum und ich hatten eine sehr enge Beziehung, enger, als ich das von anderen Müttern und Töchtern kannte. Die Vorstellung, ihr Kummer zu bereiten, war mehr als schmerzlich für mich.

Aber hier ging es um etwas anderes, um etwas Kostbares, das ich bereits liebte. Seit der Schwangerschaft meiner Mutter hatte sich medizinisch vieles verändert, und falls mein Kind und ich gefährdet waren, konnten die Ärzte sicher etwas unternehmen, wenn sie über die nötigen Informationen verfügten. Ich versuchte es etwas weniger direkt.

»Kannst du mir vielleicht ein bisschen erzählen, wie das war, als du mit mir schwanger warst?«, fragte ich vorsichtig. »War dir morgens oft schlecht? Bisher hatte ich richtig Glück. Ich habe gar nicht gemerkt, dass ich schwanger bin.«

Mum beschäftigte sich immer noch mit den Töpfen. Ich hatte den Eindruck, dass jedes meiner Worte sie verletzte, und fühlte mich hilflos. Gerade als ich die Hand nach ihr ausstrecken wollte, flog die Haustür auf, und Dad kam mit Ted zurück. Ihre Stimmen waren laut und munter, ein unangenehmer Kontrast zu der angespannten Stimmung zwischen mir und Mum. Sie blickte quer durch unser kleines Wohnzimmer zu meinem Vater an der Haustür hinüber, und aus seinem Gesicht wich alle Farbe.

»Megan?« Schlagartig wurden seine Schritte und Worte bedächtig.

»Wir müssen fahren«, sagte sie leise.

»He, nein!« Ted schwenkte die eisgekühlte Flasche. »Wir haben etwas zu feiern. Schon vergessen? Was ist eigentlich los?«

»Bitte nicht, Mum! Ich höre ja schon auf«, sagte ich, aber sie schüttelte nur den Kopf und marschierte an den beiden Männern vorbei. Als sie ihren Schal von der Garderobe nahm, ohne ihn wie sonst sorgsam um den Hals zu schlingen, wurde mir klar, dass sie in Panik war.

Dad sah mich an.

»Was hat sie denn gesagt?«

»Sie hat mir nur g... geraten, mich n... nicht zu sehr auf d... das Baby zu freuen«, flüsterte ich. Beim Klang meines eigenen Stotterns brach ich in Tränen aus. Ich hatte viele Jahre Logopädie hinter mir, um den Sprachfehler in den Griff zu bekommen, vor allem auf Drängen meiner Mutter mit ihrem eisernen Willen. Ich konnte mich nicht erinnern, wann ich das letzte Mal über ein Wort gestolpert war. Aber ich konnte mich auch nicht erinnern, wann ich das letzte Mal so verstört gewesen war.

»Sie hat mir erzählt, dass sie so viele Fehlgeburten hatte und wir noch mit niemandem über meine Schwangerschaft reden sollen. Über meine Frage, warum und ob es was Genetisches war, hat sie sich richtig aufgeregt. Es tut mir so leid.«

»Sonst hat sie nichts gesagt?«

»Was gibt es denn sonst noch?«

Dad stieß ein Geräusch zwischen Knurren und Seufzen aus.

»Ich bringe sie nach Hause. Entschuldige bitte, dass sie euch den Abend verdorben hat!« Er nahm seine Opatasse und ging zur Haustür. »Sie muss sich erst mal daran gewöhnen und ein bisschen beruhigen, dann machen wir es wieder gut. Versprochen.«

Die Tür fiel hinter meinem Vater ins Schloss, und das Schluchzen, das ich bisher mühsam zurückgehalten hatte, brach aus mir heraus. Ted ließ die Flasche aufs Sofa fallen und nahm mich in die Arme.

»Was zum Henker war hier gerade los?«

»K... Keine Ahnung«, stieß ich mühsam hervor. »Aber ich glaube, wir s... sollten morgen besser zum Arzt gehen.«

Als er mich sanft mit dem Rücken zur Couch drehte, sodass wir nebeneinander saßen, sah ich, dass Mums Becher immer noch auf den Esstisch stand.

Kapitel zwei

Lilly

JUNI 1973

Lieber James,
ich stecke in großen Schwierigkeiten.
Ich habe Dir etwas verschwiegen. Eigentlich wollte ich es Dir erzählen, aber ich hatte zu große Angst.
Wir können ja nur am Telefon miteinander sprechen, und dann ist immer jemand in der Nähe und hört zu. Ich wollte Dir einen Brief schreiben, aber Tata bringt meine Briefe zur Post. Und wenn er das gelesen hätte ...
Tja, wenn er es gelesen hätte, wäre vermutlich genau das Gleiche passiert.
Ich bin schwanger, James. Das ist wahrscheinlich ein großer Schock für Dich, und es tut mir leid, dass Du es so erfahren musst. Aber ehrlich gesagt ist es schon schwierig genug, diesen Brief abzuschicken, damit Du es überhaupt erfährst.
Ich weiß nicht, wann es passiert ist, wahrscheinlich kurz bevor Du zum Studieren weggezogen bist. Ich komme mir so dumm vor. Wusstest Du, dass man so

Babys macht? Du bestimmt, Du bist so klug. Also, ich nicht. Und obwohl das Anfang Januar war, habe ich erst im April gemerkt, dass ich schwanger bin. In der Schule haben die Nonnen ständig über Sex geredet, aber das klang immer so schmutzig und ekelhaft. Mir war nicht klar, dass sie das meinten, was wir getan haben. Bei uns war alles ganz natürlich. Wir haben nie beschlossen, jetzt sind wir ein Paar. Wir waren einfach Freunde, und dann waren wir mehr. Ich kann mich nicht einmal an unseren ersten Kuss erinnern. Du? Damals schien das alles gar nicht wichtig, es war einfach nur der nächste Schritt in unserer Liebe. Alles ist wie von selbst passiert. Ich bin überhaupt nicht auf den Gedanken gekommen, es könnte das sein, wovor die Nonnen immer gewarnt haben. Anfangs glaubte ich, ich sei nur müde, weil Du mir so sehr gefehlt hast. Ich wäre am liebsten den ganzen Tag im Bett geblieben und hatte kaum Appetit, was Mama fast wahnsinnig machte. Sie schimpfte immerzu, und Henri nannte mich nur noch die liebeskranke Lilly. *Dann hatte ich wieder mehr Appetit, meine Kleider wurden enger und enger, aber ich habe immer noch nichts gemerkt. Ich dachte, dass ich nur zu viel esse, weil ich die Zeit vorher fast keinen Bissen hinunterbekommen hatte.*

Was los ist, habe ich erst verstanden, als ein Mädchen in der Schule von seiner Periode sprach und mir auffiel, dass ich die letzte schon vor Weihnachten hatte. Sogar ich weiß, was das bedeutet.

Anfangs tat ich einfach so, als ob nichts wäre, und eine Zeit lang war das gar nicht schwierig. Die Jungs haben mich geärgert, weil ich dick bin, aber das bin ich gewöhnt. Die Schuluniform wurde immer enger, was niemandem auffiel. Ich dachte weder an das Kind noch an Dich, auch nicht daran, was das für uns alle bedeutet.

Dann begann das Baby in meinem Bauch zu strampeln. Mir war klar, dass früher oder später irgendjemand eins und eins zusammenzählt und mein Geheimnis ans Tageslicht kommt. Jede Nacht wälzte ich mich schlaflos im Bett und wartete auf das Donnerwetter. Wenn mein Geheimnis zu erdrückend wurde und meine Furcht zu groß, dass Tata davon erfuhr, schloss ich die Augen und malte mir die Folgen aus. Ich hatte die verrückte Vorstellung, dass sich die Angst verflüchtigte, wenn ich nur alles ganz genau plante.

Ich stellte mir Tatas Wut und Scham vor. Mamas Abscheu. Ich sah es vor mir wie einen Film, probierte unterschiedliche Versionen aus. Was passiert, wenn Tata es nachts herausfindet oder morgens oder während ich in der Schule bin. Bei gutem oder schlechtem Wetter, am Geburtstag eins der anderen Kinder oder wenn die Wehen einsetzen.

Was auch immer ich mir ausmalte, die Geschichte endete immer gleich: Ich stelle meinen Koffer vor Eurer Haustür ab, klopfe und rufe nach Deiner Mutter.

Mit fast allem lag ich richtig. Heute Morgen hat Tata mich geweckt, und ich musste einen Koffer packen. Die anderen Kinder, alle sieben, mussten sich in einer Reihe aufstellen und sich von mir verabschieden.

Kasia und Henri weinten, ich sah das Mitleid in ihren Augen. Am schlimmsten war Mama. Sie konnte mich nicht einmal ansehen, sondern versteckte sich in der Küche und weinte. Als ich sie am Kleid zog und zu mir umdrehen wollte, schüttelte sie meine Hand ab und schluchzte noch lauter.
Dann stieß Tata mich in den Wagen und tobte, genauso wie ich es mir vorgestellt hatte. Den ganzen Weg vom Haus bis zur Straße brüllte er so wütend, dass ihm der Speichel aus dem Mund spritzte, während ich mir alle Mühe gab, nicht zu heulen.
Er hat mir schlimme Worte an den Kopf geworfen, was ich vermutlich verdient habe. Ich ziehe den Namen Wyzlecki in den Schmutz und habe ihn enttäuscht. Das Schlimmste war, dass er Schimpfwörter benutzte, die ich meinem Tata überhaupt nicht zugetraut hätte. Weil ihn Tränen ja immer noch wütender machen, starrte ich nur vor mich hin und riss mich zusammen. Du weißt, wie stark sein Akzent wird, wenn er zornig ist. Aber heute klang es so, als würde er auf Polnisch brüllen, einen endlosen Schwall an Beleidigungen.
Ich beherrschte mich und dachte, alles wird gut. Ich nahm an, er brächte mich zu Deinen Eltern. Obwohl sie sicher auch böse auf uns wären, könnte ich Dich wenigstens anrufen. Doch Tata fuhr nicht zu Euch. Mein Koffer lag hinten im Auto, aber die Erleichterung, ihn vor Eurer Haustür abzusetzen, war mir nicht vergönnt.
Statt links auf die Straße zu Eurem Haus abzubiegen, fuhr er nach rechts Richtung Orange.

Nach Orange braucht man nur vierzig Minuten. Da ich allerdings das Reiseziel nicht kannte, kam mir die Fahrt endlos vor. Ich flehte ihn an, mir zu sagen, wohin er mich brachte, aber er meinte nur, dass er den Müll unserer Familie nicht bei Euch ablädt. Ich fühlte mich wie im freien Fall. Ich wusste nur, dass der Wagen von allem Vertrauten wegfuhr. Mir ging alles Mögliche durch den Kopf. Schickt er mich nach Polen zu Onkel Adok, den ich gar nicht kenne? Fahren wir in eine Abtreibungsklinik? Gibt es die überhaupt?
Ganz kurz dachte ich, er bringt mich zum Bahnhof und schickt mich zu Dir. Wie schön das gewesen wäre. Aber schließlich hielten wir vor dem großen Krankenhaus in Orange, was ich zuerst überhaupt nicht verstand. Eine Zeit lang saßen wir einfach im Auto. Tata starrte vor sich hin, die Hände auf dem Lenkrad. Jetzt war ich diejenige, die tobte. Erst schien er mich überhaupt nicht zu hören, aber dann muss ich doch zu ihm durchgedrungen sein. Zum ersten Mal in meinem Leben weinte ich, ohne dass er sich aufregte. Nein, heute schimpfte er mich nicht wegen meiner Tränen und erzählte mir nicht, wie viel schwerer sein Leben als junger Mann im kriegsgebeutelten Polen gewesen war. Nachdem sein Zorn verraucht war, blieben nur noch Scham und Trauer übrig. Tata teilte mir mit, dass ich nicht ins Krankenhaus komme, sondern in das Entbindungsheim gegenüber. Bis zur Geburt muss ich hierbleiben.
Im Haus sprachen wir mit Schwestern und Sozialarbeiterinnen. Sie setzten uns in ein kleines kaltes

Zimmer, und Tata unterschrieb viele Zettel. Es gab mehrere Aktenmappen, und als wir fertig waren, stand auf jeder Liliana Wyzlecki, BZA. *BZA muss ein Kürzel sein, vielleicht die Bezeichnung für mich in diesem Haus. Früher oder später finde ich das bestimmt heraus.*
Ich habe alle enttäuscht, James. Ich war so dumm, jetzt bin ich schwanger und habe alles kaputtgemacht.
Ich weiß nicht, ob es eine Möglichkeit gibt, Dir meinen Brief zu schicken. Ich habe keine Ahnung, was jetzt passiert und wie ich an diesem schrecklichen Ort überleben soll.
Ich weiß nur, dass unsere Liebe so ein Wunder war, dass wir ohne Absicht ein Kind gemacht haben. Und ich liebe es jetzt schon genauso wie Dich.
Du hast gerade erst mit dem Studium angefangen und träumst davon seit Jahren. Von Deinem Abschluss hängen alle unsere Zukunftspläne ab. Deshalb weiß ich genau, dass ich sehr, sehr viel von Dir verlange.
Aber wenn Du nicht zu mir – zu uns – zurückkommst und wenn wir nicht heiraten können, bevor das Baby zur Welt kommt, dann weiß ich nicht, was werden soll. Ich mag es mir überhaupt nicht vorstellen. Tata lässt mich mit einem Kind nicht nach Hause, und ohne Dich kann ich mich nicht ernähren.
Es hat keinen Sinn, mich hier anzurufen oder mir zu schreiben. Sie haben mir schon gesagt, dass ich nicht mit Dir sprechen darf. Also komm bitte einfach! Steig in den nächsten Bus und fahr hierher, damit wir

sofort heiraten können! Ich bin sicher, dann lassen sie mich gehen.
Ich liebe Dich von ganzem Herzen, James. Bitte entschuldige, dass ich Dir das alles nicht früher erzählt habe, und bitte, bitte komm und hilf mir und unserem Kind!
In Liebe
Lilly

Kapitel drei

Sabina

MÄRZ 2012

Am nächsten Tag hatte ich einen emotionalen Kater.

Mit gedämpfter Stimme verabredeten Ted und ich uns beim Frühstück zum Arztbesuch in der Mittagspause. Vorher hatten wir uns fröhlich und aufgeregt darüber unterhalten, inzwischen aber trauten wir uns nicht, noch überschwänglich zu sein. Die Schwangerschaft erschien uns plötzlich zu anfällig, um sie lauten Stimmen oder Gefühlen auszusetzen.

Während des Vormittags gab es Momente, in denen ich mich ganz auf meine jeweilige Klasse konzentrierte, und kurz verblasste dann das Bild meiner bestürzten Mutter vor meinem geistigen Auge. Drei einstündige Kurse musste ich überstehen, einschließlich einer Kindergartengruppe, die immer besonders anstrengend war, aber ich war dankbar für die Ablenkung. Schon immer hatte ich mich nur mit Musik wirklich lebendig gefühlt, und an jenem Tag kam mir sogar das Trommeln Fünfjähriger auf ihren Pulten wie eine Erste-Hilfe-Maßnahme vor.

Nach dem Unterricht holte ich mein Handy vom Schreibtisch. Ich rechnete fest mit einem verpassten Anruf oder einer Nachricht von Mum auf der Mailbox. Als der Bildschirm leer war, wurde mir schwer ums Herz. Ich tippte eine SMS ein.

Mum, das mit gestern tut mir sehr leid. Ich weiß, es ist schwer, aber können wir bitte reden? Wenn du so weit bist. Ich will nur meine Schwangerschaft schützen, falls ich überhaupt etwas tun kann. Alles Liebe XO

Unser Hausarzt war verständnisvoll und schlug uns eine Reihe von Routineuntersuchungen vor, da wir ja nicht genau wussten, wo wir nach möglichen Problemen suchen sollten.

»Schwierigkeiten mit der Fruchtbarkeit sind nicht immer genetisch«, versicherte er uns. »Und selbst dann heißt das längst nicht, dass Sie sie von Ihrer Mutter geerbt haben. Und inzwischen lässt sich dagegen sicher etwas unternehmen. Die Medizin hat seit Ihrer Geburt große Fortschritte gemacht. Aber meiner Meinung nach sollten wir uns darum kümmern, deshalb schicken wir Sie nächste Woche zum Ultraschall. In der Zwischenzeit lasse ich Bluttests durchführen, um die üblichen Fragen abzuklären.«

Hinterher ging es mir kein bisschen besser. Ich ließ mir Blut abnehmen und ging dann mit Ted essen. Fast schweigend saßen wir in dem Café, das immer noch schweigende Handy auf dem Tisch.

Die Woche bis zum ersten Ultraschall würde sehr lang werden. Ich war unentschlossen, worüber ich mir mehr Gedanken machen sollte – um das Wohlergehen meiner Mutter oder darum, so viel wie möglich von ihr zu erfahren und damit dem Ungeborenen zu helfen.

Ted griff über den Tisch und drückte meine Hand. »Soll ich sie vielleicht anrufen, Bean?«

»Nein, lieber nicht. Gestern Abend war sie so fertig, dass ich nicht weiß, wie ich mich verhalten soll. Schließlich will ich sie ja nicht noch mehr aufregen.«

»Der ganze Stress kann nicht gut für dich sein.«

Ich betrachtete meinen Teller. Die Pasta mit Hühnchen und Pilzen, die ich mir bestellt hatte, war jetzt ordentlich in vier Quadranten geteilt, aber ich hatte nur einen Bissen gegessen.

»Sagst du das, weil ich meinen Teller kaum angerührt habe?«

Ted kicherte.

»Nun ja, ich kenne dich seit fast zwanzig Jahren, und ich habe noch nie erlebt, dass es dir den Appetit verschlägt.«

Ich lächelte schwach, spießte ein Stückchen Huhn auf die Gabel und führte sie zum Mund. Die Soße war üppig, randvoll mit Sahne und Käse und kräftig gewürzt. Ich ließ den Geschmack eine Weile auf mich wirken und spürte, wie die Lust auf Essen sich regte.

»Wenn wir in den nächsten Tagen nichts von ihr hören, rufe ich sie an«, sagte ich nach einigen Bissen. »Vielleicht kann Dad mir alles erklären, damit sie es nicht muss.«

»Er wirkte gestern auch ziemlich verschreckt. Es muss für beide damals ein Albtraum gewesen sein, wenn sie nach so vielen Jahren noch darunter leiden.«

»Ich weiß nicht, wie man mit einem solchen Verlust weiterleben ...« Mir versagte die Stimme. »Ich meine nur ... Jetzt schon, nach so kurzer Zeit, liebe ich dieses Baby. Sollte ihm etwas zustoßen ...«

Wieder drückte Ted mir die Hand. »Bleiben wir optimistisch!«

Da der Nachmittag ohne eine Reaktion meiner Mutter verstrich, kehrte ich nach der Arbeit nach Hause zurück, um meinem normalen Alltag nachzugehen. Teds Wagen stand in der Auffahrt, also suchte ich ihn in dem kleinen Büro gegenüber unserem Schlafzimmer auf und gab ihm einen Kuss auf den Kopf. Er führte gerade ein Telefonat, ein langweiliges, wie ich aus dem Zeitungsartikel schloss, den er gleichzeitig am Computerbildschirm las. Er deutete auf die Uhr und hielt sechs Finger hoch, um mir zu bedeuten, dass er nicht vor sechs fertig wäre – noch eine halbe Stunde.

Ich stellte das Essen in den Ofen und zog mir eine Haremshose und eins von Teds T-Shirts an, froh, meinen BH loszuwerden. Meine Klamotten waren alle etwas zu eng geworden. Das hatte aber nichts mit der Schwangerschaft zu tun, sondern mit mangelnder Selbstdisziplin während des Sommers.

Im Herbst war um diese Uhrzeit der gemütlichste Platz in unserer kleinen Einliegerwohnung der Esstisch. Dort konnte ich die Wärme der untergehenden Sonne genießen und gleichzeitig fernsehen, während ich arbeitete beziehungsweise zumindest so tat als ob. Ich breitete meine Unterrichtspläne auf dem Tisch aus und drückte den Startknopf auf der Fernbedienung. Obwohl der Timer am Herd lief, reichte das hörbare Ticken nicht als Ermahnung aus, dass es bald etwas zu essen gab. Ich öffnete eine Schachtel Cracker und nahm mir ungefähr zehn Minuten lang vor, *nur noch einen,* während die Gameshow den Kampf um meine Aufmerksamkeit gegen meine Unterrichtsplanung gewann.

Als es klingelte, warf ich einen Blick auf die Wanduhr: 17:43. Beliebte Vertreterzeit. Auf dem Weg zur Tür wappnete ich mich, übte schon einmal halblaut die Worte *Nein danke.* Durch die Glasscheibe erkannte ich Silhouetten und zog eine Grimasse. Gleich zwei? Mehr als einer bedeutete meistens, dass es sich bei dem angebotenen Produkt um Religion handelte. Wenn ich solche Gespräche abwimmelte, hatte ich immer ein besonders schlechtes Gewissen. Die Motivation jener Leute kam mir immer so viel unschuldiger vor.

Als ich feststellte, dass es in Wirklichkeit meine Eltern waren, empfand ich spontan Freude und Erleichterung. Einen Sekundenbruchteil später allerdings bemerkte ich betroffen, dass beide geweint hatten.

»Wir müssen mit dir reden, Sabina.«

Dads Haltung strahlte etwas ungewöhnlich Niedergeschlagenes aus, und mir dämmerte, dass sie nicht über den gestrigen Abend oder meine Schwangerschaft sprechen wollten. Seinen hängenden Schultern nach musste jemand krank sein oder im Sterben liegen. Meine Mutter neben ihm wirkte aufs Äußerste angespannt. Steif und kerzengerade stand sie vor mir, ihre braunen Augen blitzten. Sie sah aus wie jemand, der bereit war, in die Schlacht zu ziehen.

»Oh mein Gott! Was ist los?« Ich war wie erstarrt.

Wenn ich sie nicht hereinließ, musste ich vielleicht nicht hören, was sie zu sagen hatten. Doch Dad deutete auf das vollgestellte Wohnzimmer hinter mir.

»Dürfen wir?«

»Ted?«, rief ich, während ich die Tür weiter aufzog.

»Ich telefoniere noch.« Die Worte schwebten durch den Flur zu mir herüber und enthielten reine Information, keine Verärgerung über die Unterbrechung.

»Ted.« Dieses Mal hatte mein Ton etwas Drängendes. Ich sah, wie sich Dads breite Schultern hoben und senkten, als er geräuschvoll einatmete.

»Setzen wir uns!« Er legte mir die Hände auf die Schultern und schob mich zum Sofa. Sein Duft nach Seife und Sicherheit umhüllte mich, und ich bekam feuchte Augen. Als er mich schließlich sanft auf den Sitz drückte, küsste er mich auf die Schläfe, und mir rollten Tränen über die Wangen. Meine Mutter setzte sich steif auf die Couch gegenüber, genau wie am Vorabend. Dann kam Ted herein.

»Was ist denn los?« In seinen leuchtend blauen Augen lag Beunruhigung. Doch meine Eltern beachteten ihn nicht. Ihre Blicke waren unverwandt auf mich gerichtet.

»Es tut mir leid, dass ich dir das aufladen muss, mein Schatz«, sagte Dad. Er klang ruhig und beherrscht. Abgesehen von seinen rot geränderten Augen hätte dies eine ganze normale Unterhaltung sein können. »Es wird ein Schock für dich sein, aber du musst uns glauben, dass wir es dir nur verschwiegen haben, weil wir es für das Beste hielten.«

Meine Mutter hatte immer noch kein Wort gesagt.

»Was ... was denn?« Ich spürte die Angst wie aufsteigende Bläschen in der Kehle, wie kleine Stromschläge auf den Armen. Meine Gedanken überschlugen sich. Krebs. Wahrscheinlich war es Krebs. Und wenn sie es mir schon einige Zeit verschwiegen hatten, war Dad vielleicht nicht mehr lange unter uns.

»Sabina.« Sein Flüstern klang rau, sein Arm um meine Schultern zitterte. »Du wurdest adoptiert.«

Da. Drei knappe Worte, und mein Leben zerbrach. Das wusste ich in dem Moment noch nicht, doch es war die dicke schwarze Linie durch meine Zeitachse. Ab sofort gab es ein *Vorher* und ein *Nachher*.

Allerdings hatte ich wirklich noch nichts begriffen, denn in meiner ersten Reaktion hielt ich Dads Satz für Unsinn, ja geradezu für lachhaft absurd. Ich sah zu Ted hinüber. Er hob die Brauen und spiegelte damit meine eigene Empfindung – totale, tiefste Ungläubigkeit.

Es war einfach ausgeschlossen.

Völliger Quatsch.

Das hätte ich doch mit Sicherheit gemerkt oder zumindest geahnt. Ich hätte weder Mums braune Augen noch Dads Lächeln gehabt. Wir hatten gemeinsame Interessen, Gewohnheiten und Eigenschaften, zu viele, um sie aufzuzählen, viel zu viele, als dass sie rein zufällig sein konnten. Wie albern. Sollte das ein Witz sein?

Ich lachte. Es begann als letzter Ausbruch von Selbstvertrauen einer Frau, die genau wusste, wer sie war. Als niemand mitlachte, verebbte das Lachen zu einem verwirrten Wimmern.

»Ist das ein W…Witz?« Ich linste zu meiner Mutter hinüber, die resigniert auf den Boden starrte. Ihre Anspannung war verschwunden, sie war sichtlich zusammengesunken. Aber nein, es wurde keine Pointe geliefert, dies war eine Wahrheit, die lange hinter einer Mauer versteckt worden war. Und diese Mauer war soeben eingestürzt.

Ich stand auf, weg von meinen Eltern, als wären sie plötzlich eine Bedrohung. Da ich aber die Blicke nicht von ihnen abwenden konnte, stolperte ich rückwärts auf meinen Ehemann zu. Ted fing mich auf und schlang die Arme um mich. So viele Fragen stürmten gleichzeitig auf mich ein, dass ich keine einzige davon sinnvoll stellen konnte.

»Warum habt ihr ... Aber wie ... Was war ... und wieso ...?«

Die Worte klemmten. Sie flossen nie, wenn ich mich aufregte, sie blieben hängen, als hätte die Platte mit meiner Tonspur einen Sprung. Dann umkreiste ich endlos eine Silbe oder einen Laut, bis es mir gelang, mich zu beruhigen und meine Stimme in einen Rhythmus zu zwingen. Der sanfte Druck von Teds Arm beruhigte mich, und ich konnte den Satz beenden.

»Das verstehe ich nicht. Warum habt ihr das vor mir geheim gehalten? Wie konntet ihr nur?« Jetzt spielte sich meine Platte zwar wieder ab, aber zu schnell, sodass ich selbst in meinen eigenen Ohren lächerlich und panisch klang.

»Wir hielten es für das Beste«, sagte mein Vater. Ich sah zu Mum hinüber, meiner engsten Freundin ... beziehungsweise hatte ich das bisher geglaubt. Plötzlich fiel mir auf, dass sie seit ihrer Ankunft keinen Augenkontakt hergestellt hatte.

Kein Wunder, dass sie so heftig reagiert hatte, als ich

mich nach ihrer Schwangerschaft erkundigt hatte. Sie hatte gar keine gehabt.

»Wie kann es das Beste sein, sie fast vierzig Jahre lang zu belügen?« In der Stille, die seiner Frage folgte, schwang Teds Fassungslosigkeit mit.

»Das waren damals andere Zeiten«, versuchte mein Vater zu erklären. »Als du zu uns kamst, Sabina, wurde uns gesagt, es sei besser, wenn du dich nie damit auseinandersetzen müsstest. Und bis sich die gesellschaftliche Meinung darüber geändert hatte, warst du schon so alt, dass es einfach zu spät schien. Wir dachten …« Er brach ab, und seine Lippen bebten, als er schließlich flüsternd weitersprach. »Wir kamen zu dem Schluss, dass du es besser nie erfahren solltest.«

»Und wo … wo habt ihr mich her?« Vor meinem geistigen Auge sah ich mich auf einer Türschwelle liegen, ungewollt und ungeliebt. Ich malte mir peitschenden Regen, Dunkelheit, einsames Weinen und Hilflosigkeit aus. Das Bild war so plastisch, dass ich eine Sekunde lang überlegte, ob es eine echte Erinnerung war.

Entdeckte ich gerade eine Entstehungsgeschichte für mich selbst, das genaue Gegenteil der mir bisher bekannten Wahrheit?

»Du wurdest aus dem Entbindungsheim adoptiert, in dem deine Mutter damals gearbeitet hat.«

»Sie hat dort gearbeitet?« Ich war verwirrt. Meine Mutter? Wer war meine Mutter? War es Megan, die wie ein Häufchen Elend vor mir saß, oder die namenlose, gesichtslose Frau, die mich geboren und dann offensichtlich im Stich gelassen hatte?

»Ja. Nein, Moment mal, du meinst die Frau?« Auch

Dad wusste offenbar nicht genau, wie er sie nennen sollte. »Sie war eine Bewohnerin des Heims. Mum hat dort gearbeitet.«

Ich musterte sie. War sie tatsächlich körperlich geschrumpft seit gestern Abend? Oder war das eine optische Täuschung? Jetzt hielt sie sich die Hände vor das Gesicht. Ich hätte gern gewusst, was sie dachte. Und warum diese Frau, die im Lauf der Jahrzehnte Tausende von Stunden mit mir geredet und vieles zerredet hatte, immer wieder darauf verzichtet hatte, mir die entscheidende Tatsache mitzuteilen.

Es war wie eine außerkörperliche Erfahrung, ich schwebte an der Zimmerdecke, während das Gespräch unter mir stattfand. Wir waren keine gewöhnliche Familie, wir waren eine *außer*gewöhnliche Familie, mit einem sehr engen, offenen und ehrlichen, ganz und gar gesunden Verhältnis zueinander. Oder einem Verhältnis, so schien es nun, das bis ins Innerste verlogen war.

»Warum erzählt ihr mir das jetzt?«

Selbst Dad fühlte sich sichtlich unwohl. Sonst gab es das bei ihm nicht. Er war immer selbstsicher und stark, er regelte einfach alles. Er konnte mit mir über Menstruation und Jungs und Sex und das passende Kleid für eine Party reden. Mit den peinlichen Momenten des Elternseins ging er unbefangen um.

»Uns ist klar, dass Megan dich gestern ziemlich erschreckt hat. Sie hätte dich nicht mit unseren Problemen belasten dürfen. Davon hättest du nichts erfahren sollen. Natürlich machst du dir Sorgen, vielleicht etwas geerbt zu haben. Aber du darfst dich während deiner gesamten Schwangerschaft nicht umsonst ängstigen oder dich, Gott bewahre, so reinsteigern, dass tatsächlich noch etwas Schreckliches passiert.«

Später, viel später, als der Schock nachließ und die Wahrheit zu mir durchgedrungen war, sollte ich mich in jenen Augenblick zurückversetzen und ihn aus jedem Blickwinkel analysieren. Vorerst aber musste ich ihn einfach durchstehen, und das schien mir schon schwierig genug, ohne die Information zu sezieren, die mir da häppchenweise verabreicht wurde. Das war ein Segen. Denn hätte ich gleich begriffen, dass Dad gerade zugab, sein Schweigen nur deshalb zu brechen, weil er und Mum keine andere Wahl zu haben glaubten ... also, dann wäre ich vermutlich auf der Stelle in tausend Scherben zersprungen.

»Warum hat sie mich abgegeben?«

Endlich hob meine Mutter den Kopf. Stumme Tränen liefen ihr über die Wangen.

»Es war eine andere Zeit, Sabina. Sie war sechzehn Jahre alt. Dich zu behalten stand nicht zur Debatte.«

»War dieses Krankenhaus in die Zwangsadoptionen verstrickt, die jetzt andauernd in den Nachrichten kommen?«, fragte Ted. Er lachte immer über mein mangelndes Interesse an Tagespolitik, aber das war genau der Grund. Den Begriff Zwangsadoption hörte ich gerade zum ersten Mal, und ich hätte gern darauf verzichtet. Das alles stürmte auf mich ein, aber bevor ich meine chaotischen Gedanken sortieren konnte, schluchzte Mum auf, und ich hielt es nicht mehr aus. Ich befreite mich aus Teds Armen, setzte mich neben sie und schlang ihr die Arme um die schmalen Schultern. Soeben hatte ich den größten Verrat meines

Lebens entdeckt, doch ich konnte die Verräterin nicht weinen sehen.

»Mum.« Ich wusste nicht, was ich sagen sollte, und so stark die Bestürzung und die Verwirrung auch waren, der Drang, sie zu trösten, war noch stärker. Ich streichelte sie zwischen den Schulterblättern und starrte fassungslos auf den Boden. Die eigenartige Benommenheit eines physiologischen Schocks setzte ein. Es war, als stünde ich in einem Glaskäfig und sähe draußen einen Wirbelsturm vorbeifegen.

Nun stand Dad auf und ging vor Mum in die Hocke. Hinter ihrem Rücken berührten sich unsere Arme.

»Beruhige dich, Meg!«

Obwohl er leise und ausdruckslos sprach, hörte ich es. In seinem Tonfall erkannte ich die einzige Dissonanz, die in der Melodie unserer Familie meinem Empfinden nach schon immer präsent gewesen war. Ted hätte denselben Satz sagen können und hätte sich sowohl vernünftig als auch einfühlsam angehört. Bei Dad klang er wie ein Befehl. Dad stand leidenschaftlich hinter seiner Familie, und das war fast immer sehr gut – außer in Momenten, in denen die Leidenschaft einfach zu weit ging und er fordernd und herrisch wurde.

Das störte mich. Nicht zum ersten Mal, aber meinen Vater an jenem Abend so scharf mit meiner Mutter sprechen zu hören war beinahe zu viel. Ich wandte mich an meinen Mann, meinen Fels in der Brandung. Ted saß uns gegenüber auf dem Sofa, die Ellbogen auf die Knie gestützt. Seine Hände hingen zwischen den Beinen. Er konnte wirklich sehr sensibel sein, wenn es nötig war, vor allem aber war er rational. Er würde aus diesem

Durcheinander eine Wahrheit herausfiltern, die ich verarbeiten konnte.

»Und wer war sie?«, fragte er ruhig.

Eine ganze Weile reagierte niemand. Das Schweigen war unbehaglich, dann beklemmend. Mir wäre die Frage gar nicht eingefallen. Doch jetzt, da sie im Raum stand, brauchte ich unbedingt eine Antwort. Als mir schließlich klar wurde, dass meine Eltern sie einfach nicht zur Kenntnis nahmen, hakte ich nach.

»Mum?«

»Wir haben nie etwas über sie erfahren.«

Log sie? Wieder wich sie meinem Blick aus, aber ihr schlechtes Gewissen war unübersehbar. Ihre Schultern sanken nach vorn, als sie sprach. Die Schwere der Worte schien sie zu Boden zu drücken. Ted runzelte die Stirn und bemerkte es ebenfalls – das klare Anzeichen einer Lüge.

»Megan, es steht meiner Frau doch zu, alles zu erfahren, was du weißt«, sagte er sachlich.

Meine Mutter schüttelte den Kopf, und die Tränen flossen wieder.

»Tut mir ehrlich leid, Sabina, ich kann dir nichts sagen. Mehr weiß ich nicht.«

»Nun ja, sind Akten vorhanden?«, fragte Ted. »Es muss doch Unterlagen geben. Was ist mit Sabinas Geburtsurkunde?«

Das war der Hoffnungsschimmer, auf den ich sehnlichst gewartet hatte. Ich richtete mich auf und wandte mich zu Dad um.

»Da stehen *eure* Namen drauf.« Erleichterung erfüllte mich. Ich war zu verstört, um zu erkennen, wie albern das war. Als könnten sie sich vielleicht ja doch geirrt haben. »Die habe ich seit Jahren. Es stehen eure Namen drauf.«

»Ist das nicht das Original?«, fragte Ted, woraufhin ich wieder in mich zusammensank.

»Doch, ist es schon.« Mum schüttelte abermals den Kopf. »Wie gesagt, es waren andere Zeiten. Weil wir dich gleich nach der Geburt adoptiert haben, wurden wir als deine Eltern aufgeführt. Und das sind wir auch. Damals haben sich Kliniken nicht immer die Mühe gemacht, zusätzliche Akten aufzubewahren.«

»Dann könnte ich sie also gar nicht finden, selbst wenn ich es wollte?« Schlagartig betrauerte ich einen Verlust, von dem ich Minuten zuvor noch nichts gewusst hatte. Den ich noch gar nicht einzuordnen wusste.

»Sehr wahrscheinlich nicht, mein Liebling«, sagte Dad.

Eine Zeit lang schwiegen wir wieder, jeder in Gedanken mit der verfahrenen Situation beschäftigt. Dennoch war es laut im Zimmer, denn der Fernseher lief noch im Hintergrund. Irgendjemand hatte in der Gameshow viel Geld gewonnen. Zu triumphaler Musik regneten Ballons und Luftschlangen von der Decke herab.

Bei mir war nie eine Angststörung diagnostiziert worden, aber meiner Einschätzung nach war das der treffendste Begriff dafür, dass meine Sorgen manchmal außer Kontrolle gerieten. Wenn ich überrumpelt wurde, wälzte mein Verstand eine Situation um und um, bis ich von dem wirbelnden Gedankentornado fast mitgerissen wurde. Beinahe zufällig hatte ich im Lauf der Jahre gelernt, solche Panikanfälle abzuschwächen, indem ich mir die nackten Tatsachen vor Augen führte. Indem ich mich in der Realität verankerte, statt mich in meinen Ängsten zu verlieren.

Also ja, die Sonne schien immer noch durch das Fenster, und ein greller Lichtfleck auf den glänzenden Dielen in der Küche blendete mich. Der Timer am Ofen tickte weiterhin, und dem herzhaften Geruch nach zu urteilen, war das Lamm mit Linsen fast fertig. Die Zeit marschierte voran, wie sie es immer getan hatte. Meine nackten Füße waren angenehm kühl. Ich war immer noch ich, und ich war immer noch da. Die roten Streifen auf meinem Bauch von der zu engen Arbeitshose waren mittlerweile vermutlich verblasst.

Und keine Umstände dieser Welt, keine Kraft im Universum konnten mich dazu zwingen, das winzige Lebewesen aufzugeben, das in mir heranwuchs. Es war die körperliche Manifestation meiner Liebe zu Ted. Wie konnte sich jemand von einem solchen Wesen trennen? Die Antwort drängte sich fast sofort auf.

Ihre Geschichte – meine Geschichte – handelte vielleicht nicht von Liebe.

Mich überlief eine Gänsehaut, ich ließ Mum los und stand auf.

»Wir sollten gehen, damit du darüber nachdenken kannst.« Auch Dad erhob sich und streckte sich zu seiner vollen Länge. Ich dachte kurz an die Angst zurück, die ich bei seiner Ankunft verspürt hatte, als ich dachte, er sei möglicherweise krank. Das wäre mir lieber gewesen, denn gegen eine Krankheit konnten wir gemeinsam kämpfen. Krankheit bedeutete, dass es noch Hoffnung gab, selbst wenn sie nur schwach war.

Dies aber, dies hieß, dass ab sofort nichts mehr so war wie vorher.

»Das halte ich für eine gute Idee.« Mein stets aufmerksamer Mann musterte mich eindringlich. Ich fragte mich, was er gerade dachte und ob er spürte, wie aufgewühlt ich war. Wenn der Schock erst nachließ, war ich mit Sicherheit ein Wrack.

»Liebst du uns noch?«, fragte meine Mutter plötzlich. Während mein Vater bereits auf dem Weg zur Tür war, wollte sie ganz offensichtlich nicht gehen, bevor ich ihr versichert hatte, dass alles in Ordnung war. Und sonst hätte ich auch genau das getan, daher erwartete sie es wahrscheinlich.

Von ihrem eingefallenen, tränenfeuchten Gesicht sah ich zu Dads verhalten flehendem Blick, dann zu Boden.

»Natürlich l... liebe ich euch«, murmelte ich stockend, verwaschen. »Lasst mich einfach in Ruhe darüber nachdenken.«

Nachdem Ted die Tür hinter meinen Eltern geschlossen hatte, standen wir stumm nebeneinander, fast so, als wäre die Zeit stehen geblieben. Dann klingelte der Timer. Ted rührte sich zuerst. Er stellte den Ofen aus, holte die Auflaufform heraus und goss mir dann immer noch wortlos ein Glas von dem Ginger Beer ein, das Dad und ich einige Monate zuvor gebraut hatten. Ich ging ihm nach, lief planlos in seine Richtung, ohne richtig wahrzunehmen, wo ich mich befand. Nachdem ich kurz neben dem Fernseher gestanden hatte, ging ich zwei weitere Schritte zum Esstisch und ließ mich auf meinen Stuhl fallen. Das Polster war noch leicht warm, weil ich bis vor fünf Minuten dort gesessen hatte. Wie konnte sich in der kurzen Zeit, in der sich ein Stuhlkissen abkühlte, so viel verändern?

Ted schob meine Unterrichtspläne zur Seite und setzte sich neben mich. Ich starrte auf die Bläschen in dem Glas, das er vor mir abstellte.

»Echtes Bier wäre mir jetzt lieber«, flüsterte ich.

»Wenn du willst, hole ich dir eine Flasche. Eine kann sicher nicht schaden.«

»Nein, nein.«

Ich trank einen langen, tröstlichen Schluck und wandte mich dann zu meinem Mann um. Der Abend hatte jegliche Normalität verloren, ich fühlte mich wie in einem Albtraum. In der Wärme der späten Sonnenstrahlen versuchte ich mich zu erden, im Schein der Stehlampe zwischen dem Tisch und der kleinen Küche, dicht an Teds Oberschenkel, der mein Bein fast, aber nicht ganz berührte.

Es gelang mir nicht. Welche Entspannungstechnik sollte ich in diesem speziellen Fall anwenden? Gab es eine Achtsamkeitsübung, die wirksam genug war?

»Ist das gerade wirklich passiert?«

»Ich kann es auch nicht fassen.« Bedächtig schüttelte Ted den Kopf. »Hattest du jemals einen Verdacht?«

»Natürlich nicht.« Ich trank noch ein paar Schlucke, bis sogar die weiche Bitterkeit des Ginger Beers mich nur an Dad erinnerte. Meine Mutter hatte den kultivierten Gaumen einer Frau, die an einem Merlot die feine Schokoladennote lobte. Für mich aber schmeckte jeder Wein nach Essig. Mein Vater und ich waren beide geradezu besessen von Bier, und zwar von allen Biersorten, ob alkoholfreies Ginger Beer oder dunkles Stout, Pils und Porter. Er hatte ein Spalier im Garten, an dem er unterschiedliche Hopfensorten zog, und mehrmals im Jahr waren wir einen ganzen Abend lang mit der Herstellung unseres aufwändigen Selbstgebrauten beschäftigt. Beim letzten Mal, vor wenigen Wochen erst, hatte ich das Getreide tagsüber eingeweicht, während ich in der Schule war, und es dann quer durch die Stadt gefahren. Den riesigen Topf hatte ich auf dem Beifahrersitz angeschnallt. Es dauerte fast sechs Stunden, bis das Getreide auf die richtige Temperatur erhitzt und gesiebt, dann wieder abgekühlt, mit Hefe versetzt und zum Gären in ein Fass geschüttet war.

Nach einigen Wochen war das Ginger Beer trinkfertig, und dann verbrachten wir immer einen halben Tag am Wochenende mit dem Abfüllen der Flaschen.

Bisher hatte ich geglaubt, diese Liebe für das komplizierte Handwerk von Dad geerbt zu haben, ganz abgesehen von der Zufriedenheit über den hefigen Geschmack nach der ganzen Arbeit und Warterei.

»Aber alle sagen, dass ich ihnen so ähnlich sehe. Habe ich nicht Mums Augen? Dads Lächeln?«

»Das dachte ich auch.«

»Dann war also alles gelogen, was ich je von ihnen gehört habe?«

»Verständlich, dass du das sagst«, meinte Ted nach einer kurzen Pause. »Aber es stimmt nicht. Trotz ihrer Fehler kannst du nicht bestreiten, dass deine Eltern dich regelrecht vergöttern.«

»Wenn das so ist, warum belügen sie mich dann?«

»Ich habe nicht die geringste Ahnung.«

»Ich bin erst achtunddreißig. Vor achtunddreißig Jahren hat man doch garantiert schon begriffen, dass man einem Kind die Wahrheit über seine Herkunft nicht vorenthalten darf.«

»Tja, da bin ich mir nicht so sicher. Ich habe einen Bericht über die Kontroverse wegen dieser Zwangsadoptionen gesehen. Es scheint wirklich so, als hätten junge Mütter damals gar keine Wahl gehabt. Insofern ist es durchaus vorstellbar, dass man dem Kind die Adoption verheimlicht.«

»Aber warum, Ted? Warum hatten sie keine Wahl?« Bis zu diesem Moment war ich stoisch gewesen, doch plötzlich drang der Gedanke wirklich zu mir durch. Er war so ungeheuerlich und furchtbar, dass ich kaum ertrug, ihn mit mir in Verbindung zu bringen. Als ich schließlich weitersprach, wurden meine geflüsterten Worte vom Beben mühsam unterdrückter Tränen unterbrochen. »Willst du mir damit allen Ernstes sagen, dass den Müttern ihre Kinder einfach weggenommen wurden?«

»Ja, so habe ich das verstanden. Ich glaube, es ging um die Schande unehelich geborener Kinder.« Ted legte den Arm um mich. »Wir können uns ein bisschen einlesen, aber ich bin mir ziemlich sicher, dass alleinstehende Frauen – vor allem *junge* alleinstehende Frauen – in Entbindungsheime gesteckt wurden, wenn sie schwanger waren. Wie das Heim, in dem Megan offenbar gearbeitet hat. Dort wurden die Mütter oft gezwungen, entsprechende Papiere zu unterschreiben, und die Säuglinge wurden unmittelbar nach der Geburt zur Adoption freigegeben.«

»Ich kann nur einfach nicht glauben, dass Mum bei

so was mitgemacht hat. Das kann unmöglich stimmen. Vielleicht hat sie auch nicht verstanden, worum es ging. Aber selbst wenn ...« Jetzt dachte ich laut und rutschte etwas von Ted weg, um ihn ansehen zu können, um im tiefen Blau seiner Augen Trost zu suchen. »Selbst wenn sie es nicht gewusst hat, wie konnte sie mir die Adoption verheimlichen? Sie hat doch mit mir immer über alles geredet.« Ich sank wieder zusammen und lehnte mich an seine Schulter. »Zumindest dachte ich das.« Ich schluchzte auf, und Ted küsste mich sanft auf die Schläfe. »Kenne ich die beiden überhaupt?«

»Die Rolle deiner Eltern bei der ganzen Sache ist bestimmt für dich am schwierigsten zu verarbeiten«, murmelte Ted. »Es ist nur so, deine Eltern ... also ...«

»Ich weiß«, sagte ich düster. Es kam nicht oft vor, dass ihm die Worte fehlten, aber er brauchte den Satz auch nicht zu beenden. Sicher wollte er darauf hinaus, wie eng mein Verhältnis zu ihnen war und wie stark sie sich an meinem Leben beteiligten. Im Lauf der Jahre hatte sich Ted an uns gewöhnt, aber anfangs hatte er häufig argwöhnisch und verwirrt darauf reagiert, dass ich meine Eltern so gern mochte. Ich wiederum fand seine Familie immer seltsam, mit ihrer höflichen Distanz und dem komplizierten Geflecht aus Expartnern, Stiefeltern und Halbgeschwistern. »Meine Eltern sind einfach wundervoll.«

Ted räusperte sich und setzte sich um. Ich runzelte die Stirn.

»Was denn?«

»Deine Eltern können wundervoll sein, das stimmt, aber trotzdem ... Manchmal habe ich wirklich das Gefühl, dass du deine Familie durch die rosarote Brille siehst. Was sie da mit dir gemacht haben, ist echt ... ehrlich ganz großer Mist. Ja, diese Enthüllung kommt aus heiterem Himmel. Andererseits wundert es mich aber nicht, dass sie in der Lage sind, ein solches Geheimnis zu bewahren.«

»Was soll das denn bitte heißen?«

»Ich meine nur, sie können manipulativ sein.«

»Ted!«

»Weißt du noch, als wir das Haus gekauft haben?«

»Sie haben sich für uns gefreut.«

»Ja, schon. Am Tag der Unterschrift sind wir essen gegangen. Dein Vater hat eine Flasche Schampus geköpft, wie üblich, und wir haben stundenlang über unsere Pläne für das Haus geredet. Dass wir diese Einliegerwohnung vermieten wollten, zum Beispiel. Erinnerst du dich?«

Ich nickte, wenn auch misstrauisch. »Und?«

»Gleich am nächsten Tag bist du mit Megan einkaufen gegangen und hast hinterher behauptet, es sei dumm von uns, in das große Haus zu ziehen und die Wohnung zu vermieten.«

»Aber es war ja auch unsinnig. Wir sind nur zu zweit, und das Haus ist riesig.«

»Es war riesig, als wir es besichtigt haben, es war riesig, als wir es gekauft haben, und es war riesig, als wir deinen Eltern davon erzählt haben. Kein einziges Mal hast du den Sinn infrage gestellt, bis sie damit anfingen. Es ist ein luxuriöses großes Haus. Wir sind nach Dubai gegangen, und ich habe zwei Jahre lang neunzig Stunden in der Woche gearbeitet, um genug Geld zu sparen. Unsinnig war, das Haus zu kaufen und dann eine andere

Familie einziehen zu lassen, nur um möglichst viel von der Steuer absetzen zu können. Aber Graeme hielt es für das Vernünftigste, deshalb hielt Megan es für das Vernünftigste, und irgendwann hieltest du es auch für das Vernünftigste. Glaub mir, Sabina, wenn deine Eltern dich von etwas überzeugen, stehst du so felsenfest dahinter, dass es fast schon jegliche Vernunft übersteigt. Mit dem Ergebnis, dass wir hier eingequetscht wie die Ölsardinen wohnen und uns überlegen müssen, wie wir die Mieter aus dem Haus kriegen, bevor das Kind kommt.«

»Aber du warst doch auch einverstanden, hier einzuziehen«, wandte ich betroffen ein.

»Weil ...« Seufzend verschränkte Ted seine Finger mit meiner Hand. »Weil deine Loyalität eine der Eigenschaften ist, die ich am meisten an dir liebe. Außerdem dein Optimismus und sogar diese verdammte rosarote Brille. Ich gehe mal davon aus, dass du sie auch für mich verwendest – immerhin gibst du dich mit mir ab.«

Ich lächelte schwach, hatte aber Tränen in den Augen. Wenn ich eins mit Sicherheit wusste – bei meinem Mann brauchte ich keine rosarote Brille. Er war einfach wunderbar.

»Ich habe versucht, es dir auszureden. Aber es war unübersehbar, dass du es deinem Vater gern recht machen wolltest. Deshalb dachte ich mir, ich spiele ein, zwei Jahre mit, dir zuliebe. Eigentlich wollten wir das aber nicht. Und es geht ja nicht nur um das Haus, auch dein Studium und ...«

»Ich wollte studieren, Ted.«

»Ja, stimmt. Aber nicht auf Lehramt, oder? Du wolltest aufs Konservatorium und Konzertmusikerin werden. Das hast du mir gleich bei unserer ersten Begegnung erzählt. Deine Eltern haben dich überredet, den sicheren Weg zu gehen statt den mutigen. Ich liebe deine Eltern. Ganz ehrlich. Aber ich kann mir ehrlich gesagt deine Lobeshymnen über sie nicht mehr anhören, nicht nach dem heutigen Abend. Was sie sind und immer waren, sind zwei Menschen, die dich über alles lieben – aber für sie sind Liebe und Kontrolle untrennbar miteinander verbunden. Offen gestanden kommt mir der Gedanke, ob deine Mutter gestern Abend nicht auch deshalb so erschüttert war, weil wir sie nicht um Erlaubnis gebeten haben, ein Baby zu bekommen.«

»Bei dir werden sie regelrecht zu Monstern.«

»Aber nein, Bean! Das meine ich nicht so. Ich möchte nur, dass du das Ganze sachlich betrachtest. Was sie getan haben, ist einfach ätzend.«

»Man hat ihnen doch geraten, es mir nicht zu erzählen.«

»Das ist wahrscheinlich ein Grund. Aber als du älter wurdest, die Gesellschaft sich weiterentwickelte und allmählich erkannte, wie unmenschlich ein solches System war, müssen ihnen doch Zweifel gekommen sein.«

»Ich muss ihnen glauben, dass sie das Beste für mich wollten.«

Als ich Ted einen Seitenblick zuwarf, zuckte er mit den Achseln. »Ich hoffe, du hast recht.«

»Also glaubst du es nicht.«

»Das habe ich nicht behauptet.«

»Wer war das in diesen Entbindungsheimen? Ich meine, wer hat die Neugeborenen mitgenommen? Ärzte?«

»Hebammen und Ärzte, soweit ich gelesen habe. Und Sozialarbeiter.« Die letzten beiden Worte ergänzte er sehr sanft. Obwohl ich es schon befürchtet hatte, wurde ich sofort überraschend aggressiv und wütend, dass er sie laut ausgesprochen hatte. Ich wollte ihn anschreien und hätte es vielleicht auch getan, wenn er nicht hastig zurückgerudert wäre. »Hör mal, ich weiß eigentlich gar nicht so genau Bescheid. In den letzten Monaten habe ich nur den einen oder anderen Artikel überflogen. Und natürlich ist für mich kaum vorstellbar, dass Megan sich an diesen behördlichen Machenschaften beteiligt hat, um Müttern ihre Kinder wegzunehmen. Aber es gab diese Machenschaften, und sie war Sozialarbeiterin. Ganz offensichtlich hat sie tatsächlich in einem solchen Heim gearbeitet. Ich meine ja nur ... so schrecklich der Gedanke ist, wir wissen einfach noch nicht, welche Rolle sie dabei gespielt hat.«

»Du lieber Himmel, Ted!« Diese Erkenntnis reichte aus, um in mir alle Dämme zum Einsturz zu bringen. Ich schluchzte hemmungslos. »Bitte, sag so was nicht! Lass es für heute Abend gut sein, bitte! Ich glaube, mehr ertrage ich nicht.«

»Entschuldige, Schatz!« Ich nahm das Bedauern in seiner Stimme wahr, genau wie ich ihm vorhin angehört hatte, dass er mir das über meine Eltern schon lange hatte sagen wollen. Vielleicht war er weiter gegangen, als gut gewesen wäre, nachdem der Abend ohnehin schon so aufwühlend gewesen war. »Wir müssen auch gar nicht darüber reden, wenn du noch nicht bereit bist.«

»Wahrscheinlich muss ich das alles Schritt für Schritt verarbeiten, und das könnte eine Weile dauern.«

»Ja, könnte sein.«

»Als die sagten, sie wüssten nichts über sie – glaubst du, das war gelogen?«

»Ja. Ich sage es nur ungern, aber das war eindeutig gelogen.«

»Das Gefühl hatte ich auch. Mum konnte mich nicht ansehen. Aber das ganze Gespräch kam so plötzlich, dass ich völlig durch den Wind war … immer noch bin.«

»Sie wussten ihr Alter, ist dir das aufgefallen? Meg hat gesagt, deine leibliche Mutter war sechzehn, deshalb musste sie dich abgeben. Danach haben sie schnell das Thema gewechselt. Ich bin mir aber hundertprozentig sicher, dass sie dir nicht mehr erzählen wollten.«

»Dann belügen sie mich also immer noch«, sagte ich mit belegter Stimme. Es war ein neuerlicher Schlag in die Magengrube, dass meine Eltern diese Furchtbarkeit nicht nur früher einmal begangen hatten, sondern weiterhin begingen.

»Vielleicht wollen sie dir einfach nur Zeit geben, alles zu verarbeiten. Wir können ja nach einer Weile noch mal nachhaken. Wenn alle sich beruhigt haben, ist es bestimmt viel leichter, nach Einzelheiten zu fragen.«

Ich sah zum Fernseher hinüber. Die Abendnachrichten fingen gerade an. Gewöhnlich schaltete ich dann auf eine Soap oder eine Zeichentrickserie um, was auch immer.

Möglicherweise hatte ich diese Gewohnheit ein für alle Mal abgelegt. Mein Versuch, die schlechten Nachrichten dieser Welt zu meiden, war gescheitert. Die schlechten Nachrichten hatten *mich* gefunden, und das auf höchst persönliche Art und Weise.

Doch das Wechseln des Fernsehprogramms war der Beweis dafür, dass die Zeit voranschritt wie eh und je – die Welt hatte nicht angehalten, obwohl sich ihre Achse in nur wenigen Momenten für immer verschoben hatte.

Nach Stunden konfuser, verworrener, immer wieder unterbrochener Analysen mit Ted versuchte ich zu schlafen. Wir hatten das Gespräch begonnen, doch dann wurde es zu schmerzlich. Ich wollte unbedingt aufhören und schnitt das Thema wenige Minuten später selbst wieder an. Als er vorschlug, ins Bett zu gehen, wehrte ich mich erst dagegen. Schließlich hatte ich noch zu arbeiten und konnte mir ohnehin nicht vorstellen, wie ich mein Gedankenkarussell zum Stillstand bringen sollte. Ausschlaggebend war letzten Endes, dass er das Zimmer verließ und ich das Alleinsein nicht ertrug.

Ich lag in seinen Armen, bis er eingeschlafen war, konnte mich aber nicht überwinden, die Augen zu schließen. Sobald ich es doch versuchte, blitzten Bilder aus meiner Kindheit vor mir auf – die fröhlichen Urlaube, die wir gemeinsam verbracht hatten, die tröstliche Anwesenheit meiner Mutter, wenn ich krank war, die geduldige Unterstützung meiner Logopädin in all den Jahren, in denen mein Stottern ein unbesiegbarer Gegner zu sein schien. Statt Wärme und Dankbarkeit riefen diese Erinnerungen jetzt nur Scham in mir hervor, da ich die Lüge nie auch nur geahnt hatte.

Wie hatten sie mir meine Herkunft verheimlichen können?

Wie hatte ich es nicht merken können?

Ich gab auf und schlich aus dem Bett, als Ted in sein

tiefes Schnarchen verfiel. Mit einer Tasse Tee setzte ich mich wieder an den Tisch, auf denselben Platz, auf dem ich Stunden vorher gesessen hatte, als es an der Tür klingelte. Da die Sonne natürlich längst nicht mehr schien, war es kalt. Ich zog mir den Morgenmantel enger um die Schultern. Dann klappte ich den Laptop auf, öffnete eine Suchmaschine und ließ die Finger über der Tastatur schweben.

Wo anfangen?

Ich wusste, dass meine beiden Eltern in einem Krankenhaus auf dem Land gearbeitet hatten, vier Stunden westlich von Sydney. In dem Städtchen namens Orange war ich auch auf die Welt gekommen, aber trotz meiner Neugier nie mehr dort gewesen. Immer wenn ich meinen Geburtsort auf ein Formular schreiben musste, dachte ich über diesen mysteriösen Flecken nach, und oft hatte ich meine Mutter gefragt, ob wir nicht zusammen hinfahren könnten, um uns die Klinik und mein erstes Zuhause anzusehen. Aber immer hatte sie höchst plausible Ausreden parat gehabt. Ich hingegen hatte Verdacht geschöpft, dass dahinter ein unlauterer Grund stecken könne.

Ich tippte den Namen ein.

Orange.

Und dann erstarrten meine Hände, als mir der seltsame Begriff einfiel, den Ted verwendet hatte: *Entbindungsheim*. Ich schloss die Augen und stellte mir ein gefängnisartiges Gebäude mit Gitterstäben vor den Fenstern vor, durch die hilflose schwangere Halbwüchsige nach draußen spähten.

Wieder machten sich meine Finger an die Arbeit.

Entbindungsheim.
Ich klickte auf Suche.
Es gab neuere Zeitungsartikel, und zwar viele. Ich wählte den obersten Link aus.

Der Druck auf die australische Regierung wächst, sich bei den von den Zwangsadoptionen in den Sechziger-, Siebziger- und Achtzigerjahren des 20. Jahrhunderts betroffenen Familien zu entschuldigen. Zwar sind keine genauen Zahlen bekannt, da Unterlagen häufig zerstört oder gar nicht erst aufbewahrt wurden, doch Schätzungen zufolge wurden in dieser Zeit bis zu 150 000 Säuglinge ihren Müttern weggenommen. Manche Reporter nennen es eine Epidemie unvorstellbaren Ausmaßes. Hebammen, Ärzte und Sozialarbeiter ...

Sobald meine Augen das Wort *Sozialarbeiter* erreicht hatten, klickte ich etwas zu heftig auf den Zurück-Button.
Ich wandte mich an Wikipedia.
Entbindungsheim Orange und Bezirk.
Einige Fotos zeigten ein unscheinbares Backsteingebäude ohne vergitterte Fenster, ohne Schilder. Es hätte ein x-beliebiger Bürobau sein können. Ich überflog den kurzen Text.

Die Einrichtung war ein von der Heilsarmee betriebenes, von 1954 bis 1982 bestehendes Heim für ledige Mütter. Vermutlich über tausend junge Frauen waren während ihrer Schwangerschaft dort untergebracht, wobei die Aktenlage dürftig ist. Es wird vermutet, dass die Institution an der staatlich sanktionierten Praxis der Zwangsadoptionen beteiligt war.

1982 wurde das Entbindungsheim geschlossen und zu einer Station der örtlichen Klinik umfunktioniert, bis diese 2012 auf das Gelände des Bloomfield Campus umzog. Momentan steht das Gebäude leer.

Ich betrachtete die Fotos. Der Bau wirkte viel zu gewöhnlich, um ein so skrupelloses Programm beherbergt zu haben.

Nach einer Weile klappte ich den Laptop zu und stützte den Kopf in die Hände. Ich erinnerte mich an meinen Auszug von zu Hause, als ich die Uni abgeschlossen und einen Job als Sängerin auf einem Kreuzfahrtschiff angenommen hatte. Es war ein Abenteuer gewesen, das ich in jeder Sekunde genossen hatte – bis auf die erste Nacht.

In jener ersten Nacht allerdings, im Hafen von Sydney in meiner winzigen, fensterlosen Kajüte, fühlte ich mich einsamer als je zuvor in meinem Leben, und das flößte mir schreckliche Angst ein. Ich kam mir so klein und verloren vor auf diesem riesigen Schiff, am Vorabend der endlosen Reise.

Es war eine lange, kalte Nacht voller Zweifel und Sorgen und Reue.

Doch als die Sonne aufging, kroch ich aus meiner Koje, lernte beim Frühstück neue Freunde kennen und verbrachte die nächsten Jahre auf einer Dauerparty rund um den Erdball.

Aus der Angst erwuchs Mut, aus dem Mut Selbstvertrauen, und letzten Endes prägte die Zeit auf See meine Persönlichkeit.

Ich wollte glauben, dass auch diese lange, kalte Nacht etwas Schönes in mir erwachsen ließ, aber noch konnte ich mir nicht vorstellen, wie das gelingen sollte.

Kapitel vier

Lilly

JUNI 1973

Lieber James,
Du fehlst mir so sehr. Ich gäbe fast alles auf der Welt, nur um Dich heute zu sehen. Das Heim ist furchtbar. Es ist kalt und trist, und ich bin einsam und verzweifelt. Gestern war der schrecklichste Tag meines Lebens. Also bis heute.
Heute habe ich erfahren, dass die Sozialarbeiterin, die mich aufgenommen hat, Mrs. Sullivan heißt und ganz offensichtlich für mich zuständig ist. Sie ist eine abscheuliche Person. Wie sie mit mir spricht, was sie zu mir sagt. Schon bei ihrem Anblick bekomme ich Gänsehaut.
Gott sei Dank gibt es noch eine zweite Sozialarbeiterin, Mrs. Baxter, und gestern, an diesem Tag voller Tränen und Verwirrung, war sie als Einzige nett zu mir. Sie hat mich sogar kurz umarmt, als sie mir das Heim gezeigt hat, und meinte, es wird schon alles gut werden, ich darf mich nur nicht unterkriegen lassen.

Ich versuche es ja, James. Ich versuche es ehrlich. Sie nennen mich hier nicht Lilly, sondern Liliana W. Anfangs dachte ich, das sagen sie nur so, weil sie Wyzlecki nicht aussprechen können. Dann habe ich aber gemerkt, dass sie das bei allen Mädchen so machen. Den Grund dafür kenne ich nicht, aber auf jeden Fall gefällt es mir nicht, ich fühle mich unwohl dabei. Sogar in der Schule haben sie uns zumindest den Nachnamen gelassen. Es gibt hier zwar keine Anstaltskleidung, aber sonst ist es genau so, wie ich mir ein Gefängnis vorstelle, mit ganz vielen Regeln und Verboten, und keine von uns ist freiwillig hier.

Wir sind siebenundzwanzig Mädchen im Heim und müssen uns die Zimmer zu zweit oder zu mehreren teilen. Ich habe bei der Zimmerlotterie kein Glück gehabt. Ich wohne mit einer jungen Aborigine zusammen, sie ist schrecklich. Sie heißt Tania J., und obwohl wir uns erst zweimal unterhalten haben, hat sie sich schon über mein Stottern lustig gemacht und mich beim Abendessen vor allen anderen bloßgestellt. Ich rannte weinend in mein Zimmer, und als sie eine halbe Stunde später nachkam, machte sie einfach das Licht aus, als wäre ich gar nicht da.

Tania arbeitet in der Küche, besser gesagt leitet sie die Gruppe, die für uns kocht. Alle müssen hier arbeiten. Ich wurde zum Waschen eingeteilt, was ich anfangs gar nicht so schlecht fand, weil ich Tania den ganzen Tag nicht sehen muss. Aber das hier ist keine Waschküche wie bei uns zu Hause, es ist eine richtige Wäscherei für das Krankenhaus. Als Mrs. Baxter mich hinbrachte, konnte ich mich kaum überwinden, durch die Tür zu gehen. Schon von Weitem riecht es nach Waschmittel, es ist wie eine Wand aus Hitze, Feuchtigkeit und Gestank. Ich muss die Trockner be- und entladen. Das klingt eigentlich nicht schlimm, aber sie sind riesig. Die nasse Wäsche ist furchtbar schwer und die trockene Wäsche unglaublich heiß, aber ich muss sie sofort herausholen, ohne dass sie vorher abkühlen kann. Ich habe den ganzen Tag geschwitzt, so wie im Sommer auf dem Bauernhof, an diesen wolkenlosen Tagen, wenn die Luft steht und man sich nach jedem Windstoß sehnt, der die Hitze lindert. Die glühend heiße Luft aus den Trocknern macht den ganzen Raum unerträglich. Die ersten paar Stunden wurde mir jedes Mal schwarz vor Augen, wenn ich mich bücken musste, um die Wäsche vom Boden aufzuheben und oben in die Trockneröffnung zu stemmen. Ich hatte ständig Angst, ohnmächtig zu werden. Im Lauf des Tages habe ich mich ein wenig daran gewöhnt, aber mein Gesicht war noch nie so rot wie an diesem Abend.

Ich will mich wirklich nicht beklagen, ich meine, ich kann die Arbeit schon machen, und ich werde sie machen, weil mir gar nichts anderes übrig bleibt. So habe ich wenigstens etwas zu tun, während ich auf Dich warte. Die endlosen Wäscheberge lenken mich ab, so vergeht die Zeit schneller, bis Du kommst. Ich denke immer daran, was Mrs. Baxter gesagt hat, und versuche, mich nicht unterkriegen zu lassen.

Das fällt mir jetzt schon schwer, denn ich sehe den anderen Mädchen im Heim an, dass sie sich auch verloren fühlen. Ich frage mich, wo ihre Freunde sind und warum sie nicht einfach geheiratet haben. Sie können doch nicht alle so ein Pech gehabt haben wie wir.
Warten alle diese Mädchen auf jemanden, der sie abholt, so wie ich auf Dich?
Ich möchte Dir so gern zeigen, wie stark sich das Kind schon in meinem Bauch bewegt. Man kann es jetzt von außen fühlen, es tritt so kräftig und boxt andauernd. Heute ist mir zum ersten Mal richtig klar geworden, was das alles bedeutet. Das ist dumm, ich weiß. Aber bevor mein Geheimnis ans Licht kam, war ich voll damit beschäftigt, so zu tun, als wäre nichts. So furchtbar es hier im Heim auch ist, zumindest kann ich mich hier an den Gedanken gewöhnen, dass ich Mutter werde. All diese Boxhiebe und Tritte in mir sind keine Blähungen oder Einbildung. Nein, in meinem Bauch wächst tatsächlich ein ganz neues Wesen heran. Unser Baby wird sicher ein besonders süßes Kind. Wie kann das anders sein, bei dem Vater? Ich hoffe, es erbt Deinen Verstand, Deine Augen und Dein Lächeln. Eigentlich hoffe ich, dass es wie Du wird, nur vielleicht mit meinen Haaren, weil Deine immer so unordentlich sind. Meine brauchen praktisch keine Pflege.
Ich liebe dieses Kind, James. Wir werden sicher eine wunderbare Familie, glaubst Du nicht? Wir können in eins dieser Häuschen auf Eurem Hof ziehen, in denen die Schafscherer auf der Durchreise übernach-

ten. Ich werde es für uns hübsch einrichten, so gut das eben geht. Ich weiß, dass wir wenig Geld haben werden, aber wir haben ja uns, und darauf kommt es doch eigentlich an, oder? Nun kann ich die Schule nicht beenden und auch nicht studieren, aber ich werde das erste Lächeln und die ersten Schritte unseres Kindes begleiten. Ist das nicht viel wichtiger als ein Uniabschluss oder ein Beruf?
Ich kann ja Bücher aus der Bibliothek ausleihen und lesen, während das Baby schläft. Ich kann trotzdem weiter lernen, und statt Kinder zu unterrichten und ihre Köpfe mit Wissen vollzustopfen, kann ich eine kleine Persönlichkeit formen, indem ich eine gute, nein eine großartige Mutter werde.
Ich konnte mir nie richtig vorstellen, wie es ist, ein Kind zu bekommen. Als meine Mutter mit den kleineren Geschwistern schwanger war, sah ich, wie sie dick, schwerfällig und reizbar wurde. Mir war nicht klar, dass sie eine Hingabe gespürt haben muss, die größer und stärker ist als alles andere auf der Welt. Kein Wunder, dass sie gestern so böse auf mich war. Sie hatte große Pläne mit mir. Ich sollte die Erste in unserer Familie sein, die studiert, die Erste, die einen richtigen Beruf ergreift. Sie muss schrecklich enttäuscht sein. Aber weißt Du was, James? Ich bin ganz sicher, dass Mama nicht ewig böse auf mich bleibt. Denn egal, wie sich unser Kind jemals verhält, ich werde es deshalb nicht weniger lieben. Und so wird Mama schließlich einsehen, dass mir irgendwie nichts Besseres hätte passieren können, das weiß ich einfach.

*Ich hoffe, ich finde bald einen Weg, Dich zu erreichen. Vielleicht erwische ich Mrs. Baxter irgendwann allein. Dann kann ich sie fragen, ob sie diese Briefe für mich aufgibt. Das ist meine größte Hoffnung.
Ich liebe Dich für immer und ewig,
Lilly*

Kapitel fünf

Sabina

MÄRZ 2012

Als die Sonne aufging, saß ich immer noch am Esstisch. Ich war in die Falle getappt, indem ich glaubte, die Situation werde durch intensives Nachdenken plötzlich klar und verständlich. Als Ted schließlich kurz nach sechs aufwachte und mich sanft auf den Kopf küsste, begriff ich, dass ich mich in Wirklichkeit nur völlig verausgabt hatte. Der Anblick meines Mannes und sein forschender Blick in mein Gesicht brachten die Tränen wieder zum Fließen.

»Alles in Ordnung?«, fragte er, aber ich sah ihm an, dass er Bescheid wusste.

»Ich habe mich krankgemeldet.« Die SMS hatte ich um vier Uhr losgeschickt, damit meine Chefin sie früh genug fand und eine Vertretung auftreiben konnte. An sich liebte ich meinen Job, aber einem Klassenzimmer voller Grundschulkinder musikalische Harmonie abzuringen war an einem normalen Tag schon schwierig genug. Ohne Schlaf war es aussichtslos.

»Soll ich bei dir bleiben?«, fragte Ted. »Wir könnten

uns ins Bett kuscheln, heiße Schokolade trinken und Filme ansehen.«

»Nein, nein.« Ich schüttelte den Kopf. »Ich brauche nur ...« Wieder betrachtete ich den Laptop. Das Internet barg so gut wie jedes Geheimnis der Welt, praktisch alle Informationen, die die Menschheit je entdeckt hatte. Früher oder später musste ich doch über das richtige Stichwort stolpern, das alles aufklärte. »Ich brauche einfach ein bisschen Zeit zum Nachdenken.«

»Die letzten zwei Tage waren ganz schön heftig.« Er schaltete die Kaffeemühle an. Das Geräusch war grausam, aber die Belohnung winkte kurz darauf in Form von frischem Kaffeeduft. Ted wartete den Lärm ab, bevor er weitersprach. »Hast du überhaupt geschlafen?«

»Nein.«

»Müde?«

»Völlig fertig.«

»Und was hast du gemacht?« Er füllte das Kaffeepulver in die Maschine, und diese einfachen Handgriffe waren seltsam tröstlich für mich. Alles stand kopf, aber die Welt existierte noch. Ted kochte sich einen doppelten Espresso, wie jeden Morgen, und bald würde er sich anziehen und zur Arbeit gehen, als wäre alles wie immer. Ich konnte mir gar nicht vorstellen, dies jemals wieder zu tun.

»Letzte Nacht habe ich wohl jeden Moment meines Lebens noch mal durchgespielt, von meiner ersten Erinnerung bis heute. Ich habe gerätselt, wie sie mir das verschweigen konnten. Warum ich nichts gemerkt habe. Und jetzt kapiere ich es noch weniger als gestern Abend.«

»Willst du mit ihnen reden? Wir könnten sie bitten, noch mal vorbeizukommen.«

»Nein.« Beim bloßen Gedanken daran erschauerte ich. »Bloß nicht!«

»Bist du wütend?«

»Wütend nicht. Jedenfalls noch nicht. Dazu bin ich momentan zu geschockt und verwirrt. Ich denke die ganze Zeit, dass es ein schlimmer Albtraum ist und ich gleich aufwache.«

»Du siehst scheiße aus.« Er lächelte mich liebevoll an, und ich konnte nicht anders, als zurückzulächeln.

»So fühle ich mich auch.«

»Geh doch ins Bett!«

»Mache ich, wenn du weg bist«, versprach ich. »Lass uns erst frühstücken und uns über den langweiligen Ingenieurskram unterhalten, der dich heute erwartet.«

Ich schlief den ganzen Vormittag. Als ich in der grellen Mittagssonne erwachte, war ich desorientiert und dachte zuerst, ich hätte einen Fiebertraum gehabt. Eine Zeit lang starrte ich an die Decke, und zum ersten Mal stellte ich mich wirklich dem Schmerz und der Erschütterung. Doch selbst nach dem Schlafen hatte der Schock nur so weit nachgelassen, dass ich die Worte im Geist formulieren und ihre volle Tragweite verstehen konnte.

Ich war adoptiert.

Ich wusste vieles über mich. Ich war Lehrerin, im Herzen aber Sängerin und Musikerin. Von Jazz verstand ich mehr als jeder andere aus meinem Bekanntenkreis. Ich konnte einen widerspenstigen Siebenjährigen einfach dadurch verwandeln, dass ich ihm eine Triangel in die

Hand drückte. Ich hatte panische Angst vor Menschenmengen, außer wenn ich ein Mikrofon in der Hand und eine Band im Rücken hatte. Am liebsten trug ich knallige Farben, und ich machte gerade die ersten zaghaften Schritte in Richtung Mutterschaft. Ich liebte meinen Mann mit einer Kraft und einer Leidenschaft, die beinahe schon überirdisch war. Ich hasste Zimt, dafür mochte ich Basilikum in jeder Form. Ich hatte weder ein Piercing noch ein Tattoo und mir nie die Haare gefärbt. Ich war schon immer übergewichtig gewesen, und in den letzten Jahren hatte ich das auch endlich akzeptiert. Meine Kindheit war sehr glücklich und ereignisarm gewesen. Die Schule und die Uni hatte ich mit Ach und Krach dank meiner Leistungen in Musik geschafft.

Und jetzt gab es der Akte Sabina Lilly Wilson weitere Fakten hinzuzufügen.

Ich war adoptiert. Ich war mein Leben lang belogen worden. Ich war verraten worden.

Auf dem Handy entdeckte ich fünf verpasste Anrufe und mehrere SMS. Mum und Dad hatten es je zweimal probiert, Ted einmal. Ich simste Ted kurz, dass ich geschlafen hatte und es mir *einigermaßen* ging, was immer das bedeutete. Und dann schaltete ich das Telefon aus.

Nach dem Duschen kochte ich mir einen Kaffee und setzte mich wieder an den Laptop. Noch einmal öffnete ich den Wikipedia-Eintrag, und dieses Mal las ich ihn bis zum Ende durch.

Ich ließ das Bild vor meinem geistigen Auge entstehen. Eine sepiagetönte junge Frau vor dem Entbindungsheim, in der Hand einen altmodischen Plastikkoffer. Mum hatte gesagt, sie sei sechzehn gewesen, nicht einmal halb so alt wie ich. In meiner Vorstellung sah meine leibliche Mutter genauso aus wie ich und fühlte sich genauso verloren wie ich, doch sie hatte tausendmal größere Angst.

Ich malte mir aus, dass sie ihren Bauch betrachtete und über mich nachdachte, die ich darin eingekuschelt lag. Nervös beäugte sie die Tür zum Entbindungsheim, glaubte aber, keine andere Wahl zu haben. Sie hielt es für das Beste, war sich allerdings vielleicht nicht ganz sicher. Dass sie überhaupt das Beste für mich gewollt hatte, konnte ich ihr nur unterstellen.

Ich fragte mich, ob sie mich damals behalten wollte.

Ich fragte mich, ob sie etwas aus ihrem Leben gemacht hatte.

Ich fragte mich, ob sie noch an mich dachte.

Und dann fragte ich mich, ob ich versuchen sollte, sie zu finden.

Ich nahm mir einen weiteren Tag frei und besuchte meine Eltern.

Ich kündigte mich nicht an und sagte auch Ted nicht Bescheid. Da ich Angst vor dem Gespräch hatte und einen Rückzieher in letzter Minute für möglich hielt, wollte ich mich nicht mit Erwartungen oder Bedenken auseinandersetzen.

Als ich vor der Tür stand, überlegte ich, ob es mir irgendwie auch um Rache ging. Da tauchte ich nun unangekündigt bei ihnen auf und verlangte Antworten, genau wie sie unangekündigt bei mir aufgetaucht waren und mein Leben auf den Kopf gestellt hatten. Die

Hand auf den goldfarbenen Türklopfer gelegt, zögerte ich noch. Meine Eltern waren nicht reich, aber durchaus wohlhabend. Ich war in einem großen Haus im teuren Stadtteil Balmain aufgewachsen, nur wenige Kilometer von der Innenstadt entfernt. Meine Eltern hatten immer neue Autos gefahren, ich hatte renommierte Privatschulen besucht. Gemeinsam waren wir fast jedes Jahr zum Urlaub ins Ausland gereist.

Ich hatte viel Glück im Leben gehabt, zumindest schien es so.

Jetzt knallte ich den Klopfer mit aller Kraft gegen die Eichentür. Einen Moment später wurde sie geöffnet, und meine Mutter erschrak.

»Aber Schätzchen, du musst doch nicht klopfen! Warum hast du nicht aufgeschlossen?«

Ich dachte an den Schlüssel in meiner Tasche und die zahllosen Male, die ich ihn in dieses Schloss gesteckt hatte. Doch das schien ein anderer Mensch in einem anderen Leben getan zu haben. Rein optisch waren mir jeder Zentimeter dieses Hauses, jede Ritze, jede Ecke und die Geheimnisse jeder Nische vertraut. Hier hatte ich mit fünfzehn während meiner sehr kurzen Rauchphase Zigaretten versteckt, mit siebzehn durch ein Fenster meinen Freund eingeschmuggelt und mehr als einmal Mum auf einer dieser Stufen erwischt, wenn sie nach einem Streit mit Dad weinte.

Dies war mein Zuhause, es war für mich wie ein viertes Familienmitglied. Doch emotional, spirituell war ich zum allerersten Mal hier, und ich kannte keine einzige seiner Regeln.

»Weiß ich nicht«, gestand ich leise. Meine Mutter trat

zur Seite und bedeutete mir, ich solle hereinkommen. Aber ich zögerte. »Mum, ich weiß einfach nicht mehr, was ich denken soll. Können wir bitte reden?«

»Natürlich.« Sie strich mir das Haar aus dem Gesicht und legte mir die Hände auf die Wangen, genau wie an dem Abend, als ich ihr von dem Baby erzählt hatte. In ihren Augen lagen Besorgnis, Traurigkeit und Erleichterung, alles gleichzeitig. Seit ich erwachsen war, berührte sie mich nicht mehr oft. Allerdings lag das nicht daran, dass wir kein enges Verhältnis hatten. Sie war einfach nicht der Typ für Zärtlichkeiten. Dass sie in diesen Tagen so viel Körperkontakt zu mir herstellte, verriet mir nur, dass sie genauso viel Angst hatte wie ich.

Wie sollte ich mit alldem umgehen? Wie sollte ich diese Lüge verstehen und trotzdem nicht vergessen, dass ich nie an ihrer kompromisslosen Liebe mir gegenüber zu zweifeln brauchte? Selbst wenn wir im Lauf unseres Lebens das eine oder andere Mal aneinandergeraten waren.

»Selbstverständlich können wir reden«, sagte sie. »Dad kommt gleich vom Golf. Aber kochen wir uns doch einen Tee und setzen uns, und ich erzähle dir, was ich weiß.«

»Danke.« Plötzlich kamen mir die Tränen, und ich war so froh, hier zu sein. Alles hatte sich verändert, aber Mums Gegenwart schenkte mir immer noch Trost. Sie hakte sich bei mir ein, zog mich in die Küche und ließ erst los, als sie beide Hände brauchte, um die neue Teepackung zu öffnen. Nachdem sie mir eine Tasse gereicht hatte, holte sie eine Schachtel kalorienarme Früchtekekse aus dem Schrank, doch angesichts meines ungläubigen Gesichtsausdrucks legte sie sie seufzend zurück und förderte stattdessen Dads nicht so geheimen Vorrat an Triple-Chocolate-Keksen zutage.

»Schon besser«, murmelte ich, nahm ihr die Packung ab und steckte mir den ersten Keks auf dem Weg zum Wohnzimmer in den Mund. Um diese Tageszeit, im vollen Sonnenlicht, war der Raum eine Explosion pastellfarbener Blumenstoffe und Kissen. Es war das Lieblingszimmer meiner Mutter, vielleicht auch meins, denn es war so typisch für *sie* – stilsicher, ordentlich und makellos eingerichtet, gleichzeitig gemütlich und vertraut. Das absurd teure Lavendelraumspray, das sie seit Jahren verwendete, versetzte mich in die Zeit zurück, als ich unter diesem Dach gelebt hatte. Damals hatte mein unablässiges Nörgeln dazu geführt, dass Mum an einer der wenigen Stellen, die nicht von überquellenden Bücherregalen eingenommen wurden, einen Fernseher duldete.

Das Gerät war längst weg, durch ein besseres ersetzt und außer Sicht geschafft worden. Dad hatte das zweite Büro in ein Medienzimmer verwandelt, obwohl sie es selten benutzten. Den Großteil ihrer Freizeit verbrachten die beiden hier im Wohnzimmer mit Blick auf den Bauerngarten, den meine Mutter mit militärischer Präzision pflegte.

Erst als wir saßen und ich einen Schluck heißen Tee getrunken hatte, fiel mir auf, dass das ungezwungene Schweigen verschwunden war, das früher mein Verhältnis zu meinen Eltern ausgezeichnet hatte. Es war einer Anspannung und Beklommenheit gewichen. Vergeblich versuchte ich, eine intelligente Frage zu formulieren, und die Verstörung und der Schmerz äußerten sich als hoffnungsloses Seufzen.

»Was soll der Mist, Mum?«

Sie hielt die Teetasse mit beiden Händen und starrte mich an.

»Wo soll ich beginnen?«

»Wie wär's mit dem Anfang? Ich begreife so vieles nicht. Kannst du mir nicht einfach die ganze Geschichte erzählen? Warum du keine eigenen Kinder bekommen konntest?«

»Du bist mein eigenes.« In Mums Augen flackerte eine Heftigkeit auf, die mich etwas erschreckte. Ungeduldig räusperte ich mich.

»Du weißt schon, was ich meine.«

»Ich habe dich nicht geboren. Aber ich war vom ersten Tag an für dich da, bis heute. Und du bist *meine* Tochter.«

»Gut, gut.« Ich stellte den Tee auf einen Untersetzer und rieb mir die Stirn, dann zuckte ich mit den Achseln. »Entschuldige. Ich weiß gar nicht, wie ich mich hier ausdrücken soll.«

»Dad und ich haben jahrelang versucht, ein Kind zu bekommen. Es gelang einfach nicht. Am Anfang wurde ich einigermaßen problemlos schwanger, verlor die Kinder aber immer früh.« Sie hielt sich den Becher dicht vor das Gesicht, als suche sie die Wärme. »Nach einer Weile wurde ich überhaupt nicht mehr schwanger, und damals gab es so etwas wie künstliche Befruchtung ja noch nicht. Das dauerte noch Jahre. Wir suchten viele Ärzte auf, und sie probierten alles Mögliche, aber …« Sie seufzte. »Bei uns hat einfach nichts geklappt.«

Ich hörte die Haustür und dann Dads schwere Schritte. »Sabina?«

Sicher hatte er meinen Wagen in der Auffahrt gesehen. In seiner Stimme schwangen Eindringlichkeit und Verzweiflung.

»Im Wohnzimmer!«, rief ich. Er näherte sich eilig. Ich stand auf und stellte mich auf die Zehenspitzen, um ihn auf die Wange zu küssen.

»Schön, dich zu sehen«, sagte er und überraschte mich mit einer festen Umarmung zusätzlich zu unserem üblichen höflichen Kuss.

»Dich auch.«

»Ihr unterhaltet euch also?« Er ließ mich los, und ich bemerkte den warnenden Blick, den er Mum zuwarf. Kaum merklich schüttelte sie den Kopf, und ich runzelte die Stirn.

»Ich wollte mit euch über …« Es entstand eine weitere eigenartige Pause, während ich grübelte, ob das Wort *Adoption* unser Gespräch sprengen würde. »… alles reden«, schloss ich schließlich. »Setzt du dich zu uns?«

»Aber sicher.« Er ließ sich neben mir nieder und lehnte sich an, als sei er offen für meine Fragen. »Was willst du wissen? Wo wart ihr gerade?«

»Mum hat mir von den Schwangerschaften erzählt. Und deshalb habt ihr euch dann zu einer Adoption entschlossen?« Diese Frage war eher rhetorisch gemeint, doch keiner von beiden schien zu wissen, was er darauf antworten sollte. Das Schweigen dehnte sich unangenehm lange aus. »Mum? Dad?«

»Ja«, erwiderte mein Vater unvermittelt. »Wir haben

es lange probiert und dann beschlossen, ein Kind zu adoptieren.«

»Und dieses Entbindungsheim, wie bist du dort gelandet, Mum?«

»Wir wollten eine Veränderung. Heute nennt man so was wohl Stadtflucht. Wir packten einfach unsere Sachen und zogen nach Orange. Aber unter der Stelle in dem Heim hatte ich mir etwas anderes vorgestellt und … Nun ja, ich hatte unsere eigene Kinderlosigkeit noch nicht richtig verarbeitet, deshalb war es für mich eine sehr unschöne Situation. Ich hielt es nicht lange dort aus.«

Ich stellte mir das Gebäude vor, das ich im Netz gefunden hatte, und als ich mir noch einmal das Bild vor Augen rief, war die verängstigte junge Frau, die mir so ähnelte, zur Hälfte irgendwie auch meine Mum.

»Und wie war es?«

»Es war die schlimmste Erfahrung meines Lebens«, flüsterte Mum und räusperte sich. Als sie weitersprach, klang sie klar und stolz. »Sabina, ich rede eigentlich nicht gern über diese Zeit. Ich war nur ein paar Monate dort, und die Erinnerungen sind heute noch unangenehm.«

»Alles klar.« Die Erklärung klang nachvollziehbar. Und sie hatte nur wenige Monate dort gearbeitet? Das war doch ein gutes Zeichen, denn in so kurzer Zeit konnte sie kaum eine Schlüsselfigur im System der Zwangsadoptionen gewesen sein. Ich wandte mich an Dad. »Was hast du von alldem gehalten?«

»Die Situation war alles andere als einfach«, stimmte er bedächtig zu. »Aber nichts im Leben ist eindeutig, Sabina. Mum passte dort einfach nicht richtig hin. Offen gestanden war das vermutlich die schwierigste Phase unserer gesamten Ehe.«

Mum nickte, doch ihr Blick schweifte über den Tisch zwischen uns. Allein an damals zu denken schien sie unendlich traurig zu machen. Wieder fand ich mich in der seltsamen Lage, ihr Fragen stellen zu müssen, die sichtlich schmerzlich für sie waren.

»Also kanntest du sie?«, sagte ich sanft.

Nun starrte Mum in ihren Tee, als könne sie die Antwort in der Flüssigkeit entdecken.

»Ja, wahrscheinlich schon ...«

»Aber es lebten viele Frauen in dem Heim«, ergänzte Dad. Seine Worte klangen überzeugend, kamen aber viel zu schnell nach Mums Sprechpause. »Alle kann sie nicht gekannt haben.«

»Viele Frauen?«, wiederholte ich. »Das habe ich im Internet anders gelesen. Von welchen Zahlen reden wir hier? Hunderte?«

»Nein«, korrigierte Mum. »Irgendwas zwischen zwanzig und dreißig.«

»Und du hast wirklich keine Ahnung, welche von ihnen sie war? Haben sie ihre Kinder alle am gleichen Tag bekommen?«

»Natürlich nicht.« Dad wurde ungeduldig. »Hör mal, es war immer die gleiche Geschichte! Die Mädchen waren sechzehn oder siebzehn, haben sich schwängern lassen, und ihre Familien haben sie in dem Heim abgeladen, bis das Kind kam.«

»Immer die gleiche Geschichte? Mein Gott, Dad, bei dir klingt das, als seien sie völlig austauschbar gewesen!«

»Nein, um Himmels willen, nein!«, fuhr Mum dazwischen. »Sie waren wundervolle Mädchen, wirklich.« Bei Dads Formulierung war sie blass geworden. Ich wartete darauf, dass sie ihn mit einem scharfen Blick in die Schranken wies, wie sie es bei mir getan hätte, wenn ich etwas Ausfälliges gesagt hätte. Doch ihm warf sie solche Blicke nicht zu. Sie waren anderen vorbehalten – mir, meinen Lehrern, meinen Freunden und unseren Verwandten, sogar Fremden auf der Straße. Ihm galten sie nie. »Dad hat nur gemeint, dass ich hauptsächlich mit den anderen Aspekten befasst war, mit den eigentlichen Adoptionen.«

»Und warum habt ihr mich behalten? War ich besonders niedlich?« Ich versuchte es mit einem Witz, doch er verpuffte. Mein Vater lächelte schwach, Mum reagierte überhaupt nicht.

»Du warst wirklich ein niedliches Kind. Es hat sich einfach gefügt, du brauchtest ein Zuhause, und wir brauchten eine Familie.«

»Erzähl mir davon, bitte! Wie kam es zu eurem Wunsch, mich zu behalten?«

»Hab ich doch gerade gesagt, du brauchtest ...«

»Mum, hör mir zu!« Ich unterbrach sie, war aber ruhig. »Ich brauche Einzelheiten, ein bisschen Kontext. Du kannst dich doch wohl erinnern. Bist du durch den Flur gelaufen und hast mich im Säuglingszimmer gesehen? Hat dir jemand von mir erzählt? Hing ein Zettel an der Pinnwand, dass ein niedliches Baby Eltern brauchte? Du musst doch viele Adoptionen erlebt haben – warum hast du gerade mich behalten?«

»Du wärst sonst ins Waisenhaus gekommen«, erklärte

Mum steif. »Für dich hatten wir noch keine Familie gefunden, und ich hatte Angst, dass du im Waisenhaus bleiben müsstest, wenn du erst mal dort wärst. Das ist manchmal passiert und erwies sich immer als sehr ungut.«

»Warum?«

»Weil niemand ältere Kinder adoptieren wollte. Säuglinge, die nicht schnell vermittelt wurden, blieben häufig lange in Heimen. Ein Kind braucht doch Eltern und Stabilität.«

»Dann hattet ihr euch also zu einer Adoption entschlossen und habt nur noch darauf gewartet, dass ein Säugling zur Verfügung stand?«

»Nein, eigentlich nicht«, räumte Mum ein. »Das war eher impulsiv, alles ging sehr schnell. Ich hörte, dass ein kleines Mädchen auf die Welt gekommen war und noch keine Familie dafür gefunden worden war. Dann haben wir vor deinem Bettchen gestanden, und ich habe Dad vorgeschlagen, dass wir dich zu uns nehmen.«

»Sobald wir dich gesehen hatten, wussten wir, dass es einfach so sein sollte«, meinte Dad. »Also haben wir dafür gesorgt, dass es klappt.«

»Dann wolltet ihr gar nicht …« Ich brach ab und runzelte vor Ratlosigkeit die Stirn. »Heißt das, ihr hattet es gar nicht vor, bis ich aufgetaucht bin?«

Die beiden sahen sich an. Ich merkte, dass sie mit Blicken kommunizierten, aber irgendwie verschlüsselt. Ich hatte keine Ahnung, wie ich ihre Mienen deuten sollte.

»Früher oder später hätten wir uns dazu entschlossen«, sagte Dad zögernd. »Aber wir waren noch dabei, unsere Unfruchtbarkeit zu verarbeiten. Du hast uns

Heilung gebracht. Vom allerersten Moment an hast du zu uns gehört, und wir haben nie zurückgeblickt.«

Das hatte etwas Romantisches. Ich konnte mir meine Eltern gut in ihren jungen Jahren vorstellen, als sie den Verzicht auf Familie verschmerzen mussten. Und dann war ich plötzlich da, ebenfalls allein, und sie merkten sofort, dass wir zusammengehörten. Nach der Verstörung und Aufregung der letzten Tage durchströmte mich ein warmes Gefühl. Doch als ich den Mund zu einem Lächeln verzog, sah ich, wie sich der Blick meines Vaters verdunkelte. »Alles klar, Sabina? Das ist so ungefähr die ganze Geschichte. Ich hoffe, sie hilft dir weiter.«

Und da war es wieder, dieses Abblocken, mit dem das scheinbar vollständige Bild zerstört wurde, das mir meine Eltern gerade gezeichnet hatten. Ich hatte immer noch eine Million Fragen, doch er wollte nicht, dass ich sie stellte. Dad glaubte, das Gespräch mit einem Achselzucken einfach beenden zu können. Das hatte ich schon oft bei ihm erlebt, wenn er und Mum sich nicht einig waren. Als Kind dachte ich, ich solle ihre Auseinandersetzungen nicht mitbekommen. Irgendwie ging ich immer davon aus, dass die Debatten später fortgesetzt würden, nachdem ich nicht mehr dabei war.

Doch Dad hatte nicht die Absicht, diese Unterhaltung mit mir später fortzusetzen. Es ging nicht darum, uns erst einmal zu beruhigen oder mir Zeit zum Verarbeiten zu geben. Es war der Versuch, den Abbruch der Diskussion zu erzwingen. Mir fiel wieder ein, dass Ted meine Eltern der Kontrollsucht bezichtigt hatte. Die rosarote Brille, die ich angeblich trug, schien zu zersplittern.

»So leicht lasse ich mich nicht abspeisen. Diese Krümelchen geben mir gerade mal eine Ahnung vom ersten Teil der Geschichte. Aber was war dann? Warum habt ihr mir meine Herkunft verheimlicht?«

»Wir haben aufrichtig geglaubt, das sei besser für dich. Hättest du nicht lieber darauf verzichtet, dich so zu fühlen wie gerade eben? So verwirrt und durcheinander?«, fragte Dad. Ich hörte die wachsende Ungeduld in seiner Stimme und erkannte sie an seiner Haltung. Er saß sonst immer ganz gerade, aber in diesem Moment verrieten die Hände auf den Oberschenkeln und das Kinn seine Anspannung.

Die Schlichtheit seiner Sicht auf die Dinge erstaunte mich.

»Aber ich weiß doch gar nicht, wer ich bin!«

»Du bist derselbe Mensch wie vorher.«

»Aber meine Herkunft ...«

»Deine Herkunft sind wir.« Mums Stimme brach, ihre Augen füllten sich mit Tränen. »Sabina, du bist meine Tochter!«

Ich liebte meine Mutter mit einer Inbrunst, die aus langjährigen Kämpfen und dem daraus gewonnenen Gefühl gegenseitigen Verständnisses erwachsen war. Mit Dad war es einfacher gewesen. Trotz seiner Fehler war er für mich immer ein Held gewesen. Doch Mum und ich hatten uns unsere Beziehung hart erarbeitet, oft mit heftigen Wortgefechten. Die enge Bindung, die zwischen uns bestand, hatte uns verdammt viel gekostet.

Es war mein gutes Recht, mehr über meine Vergangenheit zu erfahren, und ich wollte auf keinen Fall nachgeben. Gleichzeitig brach es mir fast das Herz, Mum so traurig zu sehen und zu wissen, dass ich diejenige war, die ihr diese Aussprache aufzwang.

»Natürlich bin ich deine Tochter.« Ich griff nach ihrer Hand und hielt sie ganz fest. Ihre Finger waren knochig, selbst die Haut war dünn. Zum ersten Mal verglich ich bewusst die zarte, schmale Statur meiner Mutter mit meinen Rundungen, die ich nie so richtig in den Griff bekommen hatte. Bisher war ich davon ausgegangen, dass das an mir lag, an mangelnder Selbstdisziplin. Waren es vielleicht meine Gene? »Ich liebe euch. Und ich bin dankbar für meine wundervolle Kindheit. Aber ihr versteht doch sicher, dass ich mehr erfahren muss.«

»Tja, tut mir sehr leid, aber mehr wirst du nicht herausfinden. Das war damals eben so«, erklärte mein Vater verkrampft.

»Es gibt doch garantiert irgendwelche Akten …«

»Nein.«

Dads Tonfall duldete keinen Widerspruch. Behutsam ließ ich Mums Hand los, setzte mich zurück und atmete tief durch. Als ich meine Erregung wieder unter Kontrolle hatte, sah ich meiner Mutter in die Augen.

»Ihr wollt mir also wirklich weismachen, dass ihr einfach ein Baby aussuchen und als eures ausgeben konntet?« Beim besten Willen konnte ich mir nicht vorstellen, dass einer Krankenhausmitarbeiterin gestattet wurde, einfach ein fremdes Kind mitzunehmen.

»Unsere Adoptionskriterien waren ziemlich einfach. Uns ging es nur darum, Säuglinge bei verheirateten weißen Paaren unterzubringen. Es war grausam und ungerecht und rassistisch und sexistisch. Du glaubst gar nicht, wie schrecklich es war.« Mums Stimme bebte. »Aber damals hat niemand groß darüber nachgedacht. Es war so einfach.« Wieder sank sie in sich zusammen. »Es waren wirklich andere Zeiten, mein Liebling.«

»Habt ihr mich am Tag meiner Geburt bekommen?«

»Einen Tag danach.«

Das nahm mir plötzlich den Wind aus den Segeln, weil mir die Tragweite dieser schnellen Abfolge klar wurde.

»Dann hat sie mich also schon nach einem Tag weggegeben?«, flüsterte ich. »Sie muss mich wirklich überhaupt nicht gewollt haben.«

»So lief das nicht«, widersprach meine Mutter.

»Dann erklär es mir, bitte! Wie lief es dann?«

»Sie war minderjährig, also haben sehr wahrscheinlich ihre Eltern die Entscheidung für sie getroffen. Und lange vor deiner Geburt, als sie in das Heim gebracht wurde.«

»Heißt das, sie wollte mich doch?«

Ich war nicht sicher, was ich schlimmer fand – dass meine leibliche Mutter mich nicht behalten wollte oder dass sie wollte, aber nicht durfte.

»Wir haben es dir doch schon gesagt«, schaltete sich Dad auf einmal mit warnendem Blick an meine Mutter ein. »Wir wussten nicht mal, wer sie war, geschweige denn, welche Absichten oder Wünsche sie hatte. Mum meint das ganz allgemein.«

Ich wandte mich wieder an Mum, aber sie starrte nur in diese blöde Teetasse.

Log Dad mich an? Immer noch?

»Das klingt nicht sonderlich allgemein.«

»Doch, dein Vater hat recht«, bestätigte sie. »Wir

haben keine Ahnung, welche Bewohnerin dich auf die Welt gebracht hat.«

»Woher wisst ihr dann, dass sie sechzehn war?«, fragte ich sanft.

»Das war nur geraten«, antwortete Dad für sie. »Die meisten Mädchen waren in dem Alter.«

»Aber warum habt ihr sechzehn gesagt?« Ich wandte den Blick nicht von meiner Mutter ab.

»Das war nur so eine ...«

»Dad!« Jetzt riss mir wirklich der Geduldsfaden. »Du erwartest doch nicht im Ernst, dass ich dir das abkaufe!«

»Du konzentrierst dich auf die falschen Punkte, Sabina«, erwiderte er, selbst nur noch mühsam beherrscht. »Sechzehn, achtzehn, zwanzig! Wieso spielt das überhaupt eine Rolle? Wichtig ist, dass du ein Zuhause hattest und nicht in staatliche Obhut kamst. Gott weiß, was aus dir geworden wäre, wenn wir das zugelassen hätten.«

Ich musste kurz auflachen, ein spöttisches, verächtliches Schnauben, das meine Eltern beide mit einem bösen Blick quittierten.

»Ach, ihr seid also die Helden in dieser Geschichte, und ich bin ein undankbares Balg?«

»Du weißt genau, dass es im Leben nicht nur Schwarz und Weiß gibt. Es war eine komplizierte Situation, und wir haben eine Lösung gefunden, die allen zugutekam. Dir und uns.« Inzwischen war Dad so ungehalten, dass er sich mit dem Zeigefinger auf den Oberschenkel und mit dem Fuß auf den Boden klopfte. Er hatte überhaupt kein Rhythmusgefühl, und dass er nicht einmal nervös im Takt tippen konnte, empfand ich schlagartig als unfassbar ärgerlich. Ich funkelte ihn an. Die Anspannung im Raum steigerte sich schlagartig, und ich hielt es kaum noch aus.

»Aber was war mit ihr? Was war mit meiner ...« Ich verstummte. Die Worte *leibliche Mutter* lagen mir auf der Zunge, aber ich vermochte sie nicht auszusprechen. Mum wollte nicht, dass ich diese andere Frau Mutter nannte, das merkte ich ihr an, und ich wollte den Begriff auch nur auf sie anwenden. Verzweifelt versuchte ich, einen anderen Ausdruck zu finden. Ich nahm mir fest vor, mich im Internet mit der Sprache der Adoption vertraut zu machen, mich mit dem Vokabular dieser furchtbaren neuen Welt auszurüsten. Aber vorerst stand es dieser anderen, nicht anwesenden Frau zu, benannt und zur Kenntnis genommen zu werden. Und vielleicht hatte meine Mutter ihr unrecht getan, und vielleicht – nur ganz vielleicht – verdiente meine Mutter selbst, verletzt zu werden. Ich drückte den Rücken durch und bemühte mich, nicht auf das Flehen in ihren Augen zu achten.

»Ihr sagt, ihr hättet eine Lösung gefunden, die für alle gut war. Aber was war mit meiner leiblichen Mutter? Was ist aus ihr geworden?«

»Das wissen wir nicht.« Mum strich sich eine Strähne aus dem Gesicht und stellte mit zitternden Händen ihre Teetasse auf dem Tisch ab. »Ich würde dir gern alles zeigen, damit du selbst siehst, wie es damals war. Aber das ist nicht möglich. Du musst mir einfach glauben, dass wir wirklich keine Wahl hatten.«

»Dir glauben? Keine Wahl?« Ich konnte meine Fassungslosigkeit nicht verbergen. »Sie war doch diejenige, die keine Wahl hatte!«

»Sabina, es war Anfang der Siebzigerjahre.« Dad blaffte mich geradezu an. »Ärzte haben noch im Krankenhaus geraucht. Finanzielle Unterstützung für alleinstehende Mütter war ein reiner Wunschtraum, besonders dort draußen auf dem Land. Was, wenn sie dich behalten hätte? Niemand hätte sie eingestellt oder ihr auch nur eine Wohnung vermietet. Das Stigma einer ledigen Mutter hätte ihr Leben ruiniert. Die Gesellschaft bot solchen Mädchen keine positive Alternative. Es war definitiv das Beste für sie.«

Ich sah immer noch unverwandt meine Mutter an. Sie war diejenige, die dort gearbeitet hatte. Wenn jemand Antworten kannte, dann sie.

»Und du, Mum?«

»Und ich *was*?« Sie war auf der Hut und linste zu Dad hinüber. Gab es eine magische Frage, die ich nicht stellen sollte? Einen Satz, bei dem ihr Kartenhaus zusammenstürzte? Warum waren die beiden so nervös?

»Hast du ihr eine positive Alternative geboten?«

»Das war nicht meine Aufgabe.«

»Was war denn deine Aufgabe?«

»Wie gesagt, ich habe Familien für die Kinder gesucht.«

»Dann hast du diese jungen Frauen also nicht gezwungen, ihre Kinder abzugeben?«

»Wie kommst du denn darauf?«

»Weil ich lesen kann, Mum. Es steht in allen Zeitungen und im Internet, und in jedem Artikel werden Sozialarbeiter erwähnt.«

Meine Mutter hob die Teetasse an den Mund. Sie nippte vorsichtig daran, schluckte und senkte den

Becher dann wieder. Ich sah ihre Lippen zucken, und sie schien ihre Worte nicht richtig formulieren zu können. Dann quollen ihr Tränen aus den Augen und rollten auf die Wangen.

»Manchmal gehörte es zu meinem Job, bei dieser Entscheidung nachzuhelfen.«

Das Eingeständnis traf mich heftig. Meine Kehle war wie zugeschnürt. Wir starrten uns an, keine von uns beiden vermochte sich abzuwenden. Wenn ich mir jetzt erlaubte, den Blickkontakt abzubrechen, konnte ich ihr nie wieder in die Augen sehen.

»Das reicht jetzt, Sabina.« Dad stand auf, als wolle er mich zur Tür begleiten. Allerdings nahm ich ihn nur aus den Augenwinkeln wahr, da mein Blick immer noch auf meine Mutter gerichtet war.

»Mum, hast du ... hast du mich ihr weggenommen?« Ich musste mehrmals Luft holen, um den ganzen Satz auszusprechen, und danach hielt ich den Atem an. Eine weitere Träne rann Mum über die Wange, und ich hörte das Schluchzen, das sie zu unterdrücken versuchte.

»So war es nicht«, flüsterte sie.

»Wie war es dann?«

»Nein, ich habe dich ihr nicht einfach weggenommen oder sie dazu gezwungen, dich abzugeben. Aber ja, ich war Teil des Systems, das dafür verantwortlich war. Wolltest du das von mir hören?«

»Ich will, dass du ehrlich bist. Bitte! Wie kannst du ihren Namen nicht kennen? Wie soll ich dir glauben, dass du außer ihrem Alter keinerlei Informationen über sie hast? Dass ich niemals etwas über die Frau erfahren werde, die mich zur Welt gebracht hat?«

»Wir würden dir liebend gern sagen, wer sie war oder wie du sie findest, und dir zu einem traumhaften Wiedersehen verhelfen. Dann könntest du dich über alles beklagen, was dir in deiner Kindheit gefehlt hat.« Dad sprach mit seltsamer, steifer Unbeholfenheit, die diesem Thema offenbar anhaftete. Unser Gesprächston war jetzt zu einem Stakkato geworden, schrill und abgehackt, und ich vermisste den gemeinsamen Rhythmus, den wir früher gehabt hatten. »Aber wir können es nun mal nicht.«

»Glaubst du, darum geht es mir?« Ich musterte ihn ungläubig. Er war verunsichert – mir gegenüber? Der Gedanke war verrückt, ich konnte gar nicht in Worte fassen, wie absurd ich das fand. »Das Einzige, was mir in meiner Kindheit gefehlt hat, war Ehrlichkeit. Ich will euch nicht ersetzen oder auch nur ergänzen, ich will nur begreifen. Wenn du mir ihren Namen oder irgendwas über sie sagen kannst ... wenn du mir vernünftig erklärst, warum ihr mir das alles so lange verheimlicht habt ... damit wäre mir so geholfen.«

»Wir haben dir alles gesagt, was wir wissen, Sabina. Wir haben es erklärt, so gut wir können.« Nun wirkte er wieder ruhiger, doch er stand weiterhin an der Tür und zog demonstrativ die Schultern hoch. »Mehr haben wir nicht.«

Seufzend erhob ich mich, woraufhin Mum mir einen panischen Blick zuwarf und nach meiner Hand griff. »Wo willst du hin?«

»Ich kann nicht hier herumsitzen und mich mit euch im Kreis drehen. Entweder seid ihr bereit, mir die Wahrheit zu sagen, oder eben nicht.«

»Aber das ist die Wahrheit. Mehr gibt es wirklich nicht zu sagen. Bitte, bleib noch, und wir reden über was anderes!«

»Ich b... bin schwanger, Mum.« Verzweifelt hielt ich ihr die geballten Fäuste entgegen. »Ich werde bald Mutter. Die nächsten sieben Monate werde ich dieses Baby austragen und mich darauf vorbereiten, es zur Welt zu bringen. Ich will mir nicht die ganze Zeit Gedanken über die Frau machen, die *mich* auf die Welt gebracht hat, und was aus ihr geworden ist. Ich will mich mit dem Thema auseinandersetzen und es verarbeiten. Und dann will ich wieder glücklich sein, bevor mein eigenes Baby kommt. Verstehst du das nicht? Wir können nicht über was anderes reden. Wenn ihr nicht offen mit mir sprechen wollt, spreche ich erst mal überhaupt nicht mehr mit euch.«

Ich wartete einen Moment lang, und da keiner von beiden etwas sagte, verließ ich das Zimmer und ging durch den langen Flur. Mum folgte mir schweigend mit zwei, drei Schritten Abstand. An der Tür blieb ich stehen.

»Bitte, Mum, denk darüber nach! Ich bin gar nicht sicher, ob ich sie finden will. Ich will nur selbst entscheiden, was ich tue.«

Sie starrte auf den Fußboden.

Wieder wartete ich, und wieder reagierte sie nicht auf meine Bitte, also ging ich. Auf der Fahrt nach Hause dachte ich über die Werte nach, die meine Eltern mir beigebracht hatten. Wahrheit, Integrität, Ehrlichkeit – mehr als alles andere Ehrlichkeit. Und das bis zu dem Punkt, dass ich selbst als Erwachsene Geheimnisse kaum für mich behalten konnte.

Ganz eindeutig hatten diese Ideale Mum und Dad nichts bedeutet. Und aufgrund der dunklen Familiengeschichte, die sie so verzweifelt vor mir zu verbergen suchten, hatten sie sie vielleicht auch übersteigert vertreten.

So oder so, es lag eine besondere Bitterkeit in dem Paradox, dass ich mich so bemüht hatte, meine Schwangerschaft auch nur zwei Tage lang vor ihnen geheim zu halten, nur um genau dadurch ihre Lügen ans Licht zu bringen.

Ich wusste, dass ich früher oder später wieder zur Arbeit gehen musste. Im Bett am nächsten Morgen spielte ich mit dem Gedanken, einen dritten Tag zu Hause zu bleiben, aber die endlose Leere ungenutzter Zeit kam mir wie ein Fluch vor. Also zog ich mich an, kehrte in mein Klassenzimmer zurück und stürzte mich mit übertriebenem Enthusiasmus in meinen Unterricht. Wir machten Musikspiele, und mit einer Klasse ging ich hinaus aufs Kricketfeld und ließ die Schüler ein Brüllorchester bilden. Ich genoss das Lachen der Kinder, den Sonnenschein auf dem Gesicht und den Geruch nach frisch gemähtem Gras.

Als ich in der Mittagspause mein Handy holte, wurde ich durch eine Nachricht auf der Mailbox belohnt. Mein Arzt teilte mir mit, meine Tests seien alle gut ausgefallen, mein Hormonspiegel sei ideal. Das war inzwischen weniger überraschend, aber dennoch eine Erleichterung.

Insgesamt war es ein guter Tag, und am Ende freute ich mich, dass ich mich aufgerafft und das Bett verlassen hatte. Erst auf dem Heimweg dachte ich wieder an meine verfahrene Familiensituation. Ich trödelte. Selbst in besten Zeiten bin ich nicht gerade eine Schnellläuferin, aber an jenem Tag versank ich so tief in meinen Gedanken, dass ich kaum noch weiterkam. Ich steckte mir Kopfhörer in die Ohren, startete meine *Manic-Jazz*-Playlist und ließ mir von Miles Davis und John Coltrane Gesellschaft leisten.

Wie sehr hatte sich doch mein Blick auf meine Vergangenheit und Zukunft durch eine einzige Information verändert! Ich war so stolz auf das Erreichte gewesen, auch wenn es nur bescheidene Errungenschaften gewesen sein mochten. Ich führte eine wunderbare Ehe, wir hatten unser Haus abbezahlt, wir wurden zu einer kleinen Familie. Ich hatte die halbe Welt bereist und, wenn auch denkbar mühsam, ein Studium abgeschlossen.

Aber jetzt, da ich Bescheid wusste, fragte ich mich: Wer hätte ich sonst werden können? Wäre die *andere* Sabina mit Geschwistern aufgewachsen, und wenn ja, hätte das ihre Einstellung zu Freundschaften verändert? Selbst als Erwachsene war ich noch von einem Extrem ins andere gependelt. Auf der Uni und in den Jahren auf dem Kreuzfahrtschiff war das Leben eine einzige Party gewesen. Eine Weile hatte ich mir sogar eine Kajüte mit jemandem geteilt, also monatelang überhaupt keine Privatsphäre gehabt, und es hatte mich überhaupt nicht gestört. Damals fand ich leicht Freunde und konnte wie eine Klette mit ihnen zusammenhängen.

Bis ich den Sättigungspunkt erreicht hatte und wieder an Land ging. Als ich dann Wurzeln schlug, zog ich mich ganz von allein in mich selbst zurück. Seit einigen Jahren drehte sich meine Freizeitgestaltung hauptsächlich um Musik, und an den meisten Abenden wollte ich einfach bei Ted zu Hause in meinem kleinen Nest hocken. Er war mir wirklich genug, und seine Gesellschaft wurde mir nie langweilig.

Es gab sogar Gelegenheiten, zumindest in den letzten Jahren, dass wir endlich mal wieder ein lang geplantes Abendessen veranstalteten, mir aber schon um neun Uhr die Energie ausging. Ted konnte stundenlang irrsinnig lustige Anekdoten erzählen, und unsere Gäste richteten sich häuslich ein. Ich hingegen wurde immer schweigsamer und verstummte schließlich ganz. Dann entschuldigte ich mich so höflich wie möglich und verkrümelte mich ins Bett. Mir war bewusst, dass ich nichts mehr zur Unterhaltung beitragen konnte und mir die Kraft fehlte, noch weiter daran teilzunehmen.

Ich wusste, dass sich das eigentlich nicht gehörte und verwirrend für unsere Gäste war, und wahrscheinlich war es auch faul und egoistisch. Ted hasste es. Wäre die *andere* Sabina rücksichtsvoller gewesen? Wäre sie freundlicher oder sanfter oder weniger ichbezogen gewesen?

Würde sie überhaupt Musik mögen?

Würde sie immer noch mit den überflüssigen Pfunden kämpfen? Oder hätte meine leibliche Familie den Zauberweg gefunden, ihre Kalorienzufuhr zu beschränken und das Genießergen im Zaum zu halten?

Würde sie die Haare lang tragen, oder hätte sie gewagt, sie abzuschneiden? Ich liebte meine Haare, war aber mit der Frisur immer auf Nummer sicher gegangen, hatte nie auch nur gefärbt. Ich wusste, dass sie das Schönste an mir waren. Meine Haare waren glänzend und gesund, hatten einen wunderschönen, warmen Braunton, waren glatt, dick und locker, selbst bei feuchtem Wetter oder wenn ich ein furchtbares Shampoo benutzt oder gar Sport getrieben hatte, was sehr selten vorkam.

Auch Mum hatte dunkelbraunes Haar, aber unter der Farbe war es längst ergraut, spröde und widerspenstig. Ich hatte immer angenommen, dass der Unterschied zu meinem Haar am jahrzehntelangen Färben lag, und war deswegen davor zurückgeschreckt.

Hätte eine Sabina, die unter echten Verwandten aufgewachsen wäre, vielleicht mutigere Stilentscheidungen getroffen?

Meine Stimme war fantastisch. Seit ich ein Kind war, hörte ich von Lehrern, dass ich eine der begabtesten Sängerinnen war, die sie je unterrichtet hatten. Doch an der Schule und der Universität hatte ich mich immer so durchgeschlängelt, mich nur gerade genug angestrengt, und diese Haltung behielt ich auch im Berufsleben bei. Hätte diese andere Sabina mehr Ehrgeiz gehabt, mehr Elan? Ich war immer zufrieden gewesen, hatte nie das brennende Bedürfnis nach Berühmtheit oder viel Geld verspürt. Aber hätte ich einen solchen Elan besessen, dann hätte mir vielleicht die ganze Welt offen gestanden. Mit Sicherheit wäre ich auf eine andere Schule gegangen, und was hätte das verändert? Hätte ich an derselben Uni studiert? Hätte ich überhaupt studiert?

Wäre ich Ted begegnet?

Würde ich ihn trotzdem lieben?

Wären wir jetzt schwanger? Wären wir schwanger mit *diesem* Kind.

Oder hätte ich schon einen ganzen Stall voller Kinder? Meiner Ansicht nach fing ich ziemlich spät mit der Familienplanung an, aber das lag nicht an dem Wunsch nach Karriere oder dem idealen Zeitpunkt, sondern eher daran, dass ich vom Glück verwöhnt war. Mein Leben hatte mich gelehrt, dass sich früher oder später schon alles gut für mich fügte. Warum also überstürzt ein Kind bekommen?

Natürlich bestand auch die Möglichkeit, dass ich eine furchtbare Kindheit gehabt und irreparable psychische Schäden davongetragen hätte, wäre ich nicht zur Adoption freigegeben worden. Wäre ich einer Sucht verfallen? Wäre ich depressiv geworden? Hätte ich mir schreckliche Partner ausgesucht?

Und was war mit meinem Stottern? Mittlerweile hatte ich es im Griff, und das hatte ich Mum zu verdanken. Es hatte Jahre gedauert, bis ich mich selbstsicher unterhalten konnte, und ich erinnerte mich nur zu gut daran, mich dabei durchgehend gegen meine Mutter gewehrt zu haben. Ich hatte aufgeben, hatte akzeptieren wollen, dass ich niemals deutlich sprechen konnte. Als Kind, meistens schmollend, wenn Mum mich im Auto eingesperrt hatte, um mich gegen meinen Willen zur Logopädie zu bringen, malte ich mir gern leichtere Wege zur Lösung meines Stotterproblems aus. Zum Beispiel wollte ich einfach immer nur singen. Oder Zettel schreiben oder einfach jegliche Kommunikation mit anderen Menschen komplett vermeiden. Gewöhnlich stellte ich mir dann vor, den Rest meines Lebens isoliert zu verbringen.

Wäre dieses andere Ich mit dieser anderen Mutter jemals aus dem Schatten ihres Stotterns gekrochen? Hätte sie überhaupt entdeckt, dass sie singen konnte, und zwar flüssig und fehlerfrei?

Der Gedanke, mit der erstickenden Unberechenbarkeit des abgehackten Sprechens leben zu müssen, mit der ich mich als Kind gequält hatte, war unerträglich.

Wenn das mein Schicksal gewesen wäre, bezweifelte ich, dass ich das unversehrt überlebt hätte.

Es ist eigenartig, sich zu kennen und gleichzeitig zu begreifen, dass man lediglich das Produkt des Nestes ist, in dem man aufgewachsen ist – und dass ein anderes Nest leicht ein anderes Ich hervorgebracht haben könnte. Als ich an jenem Tag nach Hause zurückkehrte, trauerte ich um dieses andere Ich und bedauerte, es nicht zu kennen. Es hätte eine elende Versagerin sein können, aber eben auch eine großartige Frau, die alle Probleme überwunden hätte, die mich meinem Empfinden nach an irgendeinem Punkt meines Lebens aufgehalten hatten.

Gerade wollte ich in unsere Einfahrt abbiegen und an dem wunderschönen Heim unserer Zukunft vorbei die beengte Realität der Gegenwart betreten, als ich stehen blieb. Sobald ich die Wohnung betreten hätte, würde ich herumsitzen und grübeln, und es lag ein langer Nachmittag vor mir.

Also machte ich kehrt und ließ mich und meine Gedanken noch eine Weile treiben. Ich freute mich auf den Tag, an dem ich meinen inneren Frieden wiedergefunden hätte, und bis dahin musste ich mir Raum geben, musste mir Momente gönnen, in denen ich das emotionale Chaos einfach zuließ. Allmählich gewöhnte ich mich schon an die Vorstellung, adoptiert worden zu sein. Instinktiv wusste ich aber, dass die Phase des Fragens noch andauern würde, denn es gab keine Antworten.

Das war der Beginn des Trauerns. Ich trauerte um eine Version meiner selbst, die ich nie kennengelernt hatte. Denn dieses Ich hatte nie die Chance bekommen, existieren zu dürfen.

Der Sonntag war in meiner Familie ein Tag des Innehaltens. Wir machten Pause vom Alltag, entspannten und verbrachten Zeit miteinander. Als ich noch zu Hause wohnte, unternahmen wir sonntags oft Buschwanderungen. Vielleicht war es ein nicht sonderlich dezenter Versuch meiner Mutter, mich zu körperlicher Bewegung zu veranlassen, aber ich liebte diese Ausflüge in die Natur. Es ging um Verbundenheit, darum, gemeinsam an den sprichwörtlichen Blumen zu schnuppern beziehungsweise wenigstens am Eukalyptus. Während meiner beiden längeren Auslandsaufenthalte rief ich meistens sonntags zu Hause an. Nie versäumte ich, mich an diesem Tag in irgendeiner Weise bei meiner Familie zu melden.

Unser Festhalten am Familiensonntag gehörte zu den Ritualen, die Ted anfangs ziemlich seltsam fand. Bis dahin hatte er ein Grundelement meines Lebens dargestellt.

Daher erreichte die Nervosität der letzten Tage ihren Höhepunkt, als das Wochenende nahte. Es war fast eine Erleichterung, einmal nicht über die Adoption nachdenken zu müssen. Stattdessen wurde ich den Gedanken nicht los, dass ich eigentlich keine Lust hatte, meine Eltern zu sehen, aber gleichzeitig nicht wusste, wie ich das übliche Treffen vermeiden sollte. Der Familiensonntag war mehr als nur eine Gewohnheit, er war ein Zwang, und das offenbar für uns alle, denn am Samstagabend rief meine Mutter an.

»Ach, hallo, Megan!«, sagte Ted, und wir warfen uns einen jener bedeutungsschwangeren Blicke zu, die Ehepaare manchmal wechseln. Sie rief meinetwegen an, natürlich rief sie meinetwegen an. Allein schon aufgrund der Uhrzeit erriet ich, wie nervös sie war. Vor meinem geistigen Auge sah ich sie im Wohnzimmer sitzen, eins dieser albernen Puzzlespiele auf ihrem Handy daddeln und die ganze Zeit hoffen, dass ich anrief und ihr den ersten Schritt ersparte.

Um sicherzugehen, dass er meine Miene richtig gedeutet hatte, schüttelte ich den Kopf und zog mit dem Finger einen Strich quer über die Kehle. Aber er hob nur hilflos die Achseln. »Ja, sie ist da. Einen Moment.«

Ich kniff die Augen so fest zusammen, dass ich ihn kaum noch erkennen konnte, als ich den Hörer nahm. Dann legte ich eine Hand auf die Sprechmuschel, um ihn anzischen zu können.

»Was soll denn das?«

»Irgendwann musst du mit ihr reden.«

»Darf ich das nicht selbst bestimmen?«

»Sprich doch einfach mit ihr! Du musst dich sowieso entscheiden, ob wir uns morgen mit ihnen treffen.« Er blieb ganz ruhig. Ted und seine blöde Vernünftigkeit. Ich stöhnte unterdrückt und hielt mir den Hörer ans Ohr. Als das kalte Plastik meine Haut berührte, hörte ich ein leises Wimmern, und mir wurde flau im Magen.

Sei wütend, Sabina, du hast alles Recht der Welt dazu. Sei stark.

»Mum.« Ich klang böse und kalt. Ted zuckte merklich zusammen, und ich schämte mich sofort.

»Hallo, Sabina! Dad und ich haben überlegt ... also, wir dachten, ob ihr vielleicht morgen was mit uns unternehmen wollt.«

Bis zu dieser Sekunde war ich mir nicht sicher gewesen. Hätte ihre Stimme nicht gezittert, dann hätte ich wahrscheinlich Nein gesagt und aufgelegt. Ich war so hin- und hergerissen. Sollte ich mich mit ihnen treffen, als wäre nichts passiert? Oder nahm ich mir eine Auszeit – die Zeit, die mir verdammt noch mal zustand?

Ich schloss die Augen und sah sie geduldig meine pubertären Ängste ertragen, sah sie bei meinem ersten öffentlichen Auftritt in der vordersten Reihe vor Stolz weinen, sah sie um die halbe Welt reisen, um mich zu besuchen, als ich auf dem Kreuzfahrtschiff einmal besonders schlimmes Heimweh hatte, und noch ein zweites Mal, als Ted und ich in Dubai wohnten.

»Wie wäre es mit einem Brunch?«, schlug ich vor, ohne weiter nachzudenken.

»Im Café«, unterbrach Ted mich unvermittelt. »Lass uns ins Café gehen!«

»Ja, wir dachten ans Café«, sagte ich, als hätten wir das vorher besprochen, was wir aber eindeutig nicht getan hatten.

»Ah ja, ein wunderbarer Vorschlag!« Die Erleichterung war meiner Mutter deutlich anzuhören. »Wir kommen gern. Passt euch halb elf?«

»Ja, ist gut. Bis dann!« Ich legte auf und warf den Hörer aufs Bett. »Meine Güte, Ted! Warum hast du ihr nicht einfach gesagt, dass ich gerade nicht kann?«

»Ich bin in Panik geraten«, gestand er, und wenigstens hatte er den Anstand, kleinlaut zu wirken. »Entschuldige! Also treffen wir uns zum Brunch?«

»Ich kann ja immer noch anrufen und sagen, dass mir schlecht ist«, murmelte ich, obwohl wir beide wussten, dass ich das nicht tun würde. »Mist.«

»Ich dachte, ein Café ist vielleicht besser. Deine Eltern würden doch niemals in der Öffentlichkeit streiten.« Es war ein Versuch, sich über mich lustig zu machen, aber ich funkelte ihn nur wieder böse an.

»Darüber kann ich noch nicht lachen, Ted.«

Er streichelte mir die Schultern. »Ich weiß. Aber es stimmt doch. Ihr seid immer so höflich und kultiviert miteinander. Also wird es bestimmt ein durch und durch angenehmes Treffen. Und du fühlst dich hinterher wahrscheinlich besser.«

»Ich habe Angst, dass sie in der Sache nie wirklich offen zu mir sind«, sagte ich plötzlich. »Irgendwie haben sie mir den Boden unter den Füßen weggezogen und lassen mich bis in alle Ewigkeit frei durch den Raum schweben. Glaubst du wirklich, dass alles wieder normal wird? Dass wir uns weiterhin sonntags zum Brunch treffen, als hätte sich nichts geändert? Ob sie ahnen, wie wahnsinnig es mich macht, dass sie das Thema nicht direkt ansprechen?«

»Sie müssen sich bestimmt auch erst daran gewöhnen, dass du Bescheid weißt. Wahrscheinlich haben sie eine Riesenangst, dass du ihnen niemals verzeihst oder dass du deine leibliche Familie aufspürst und sie einfach austauschst. Ich glaube, sie brauchen auch ein bisschen Zeit.«

»Die will ich ihnen aber nicht geben«, flüsterte ich. »Ich will das alles jetzt gleich begreifen.«

»Das verstehe ich, Sabina, ehrlich. Kann doch auch sein, dass sie in den letzten Tagen nachgedacht haben. Wer weiß, vielleicht sind sie ja morgen bereit, ein offenes Gespräch mit dir zu führen.«

Kapitel sechs

Lilly

JULI 1973

Lieber James,
es ist schon einige Wochen her, seit ich das letzte Mal geschrieben habe. Ich versuche, mich an den Tagesablauf im Heim zu gewöhnen.
Vor Sonnenaufgang geht es los – so sollte es zumindest sein, aber oft verschlafe ich und bin dann zu spät dran, bevor der Tag überhaupt angefangen hat. Ich bin die ganze Zeit sehr müde, schlafe aber trotzdem schlecht. Die Matratze ist alt und unbequem, und ich bin inzwischen so schwer geworden. Den ganzen Tag ist mir zu heiß, viel zu heiß, aber nachts werden die Zimmer nicht geheizt, und ich habe nur eine Wolldecke. Meistens schlafe ich erst in den frühen Morgenstunden ein und habe dann Mühe, mit den anderen aus dem Bett zu kommen. Diese paar Minuten kosten mich dann meine Dusche. Und das kann ich mir wirklich nicht leisten, wenn ich den ganzen Tag in dieser Hitze arbeite.

Pünktlich um 6:30 gibt es Frühstück. Zuerst beten wir mit gesenktem Kopf, wobei wir selbst nicht laut mitsprechen dürfen. Das übernimmt die diensthabende Schwester für uns. Sie dankt Gott für den neuen Tag und erzählt ihm dann meist ausführlich, wie gut wir es haben, weil wir trotz unserer Sündhaftigkeit in diesem Heim leben dürfen, mit einem Dach über dem Kopf und Essen auf dem Teller. Darüber habe ich viel nachgedacht. Das ist doch unsinnig, oder? Weiß Gott das nicht alles längst? Ist er nicht der Grund für unsere Probleme, weil wir ihn mit unserem Verhalten so beleidigt haben? Warum ihn jeden Tag daran erinnern?
Inzwischen habe ich begriffen, dass das Ganze nicht für Gott bestimmt ist, sondern eindeutig für uns, damit wir unsere Schandtaten auch keine Sekunde lang vergessen. Die Schwestern beenden das Gebet immer damit, dass sie Gott – und uns – beinahe anflehen, das Richtige für unsere Kinder zu tun und selbstlos zu handeln, um wiedergutzumachen, was wir unseren Familien und der Gesellschaft angetan haben.
Ich bin sicher, dass die Schwestern nichts lieber tun, als uns morgens als Erstes an unsere Schande zu erinnern. Aber immer wenn ich höre, dass wir das Richtige für unsere ungeborenen Kinder tun sollen, schlinge ich die Arme um den Körper und stimme ihnen von ganzem Herzen zu.
Ich werde einen Weg finden, das Richtige zu tun, James. Wie, weiß ich noch nicht, aber früher oder später bekommst Du diese Briefe und kannst uns hier

abholen. Und genau das ist das Richtige für unser Kind, daran habe ich nicht den geringsten Zweifel. Nach dem Frühstück müssen wir zur Arbeit, davon habe ich Dir ja schon erzählt. Manchmal arbeiten wir schweigend, manchmal unterhalten sich die anderen Mädchen auch leise. Außer ein paar Worten auf dem Weg zur Wäscherei oder beim Abendessen habe ich bisher noch kaum mit jemandem gesprochen. Während der Arbeit ist es schwierig, den Lärm der Maschinen zu übertönen. Wenn ich es doch versuche, stottere ich so sehr, dass ich es auch sein lassen könnte.
Ich versetze mich immer wieder in die Zeit nach der Geburt des Babys, wenn wir alle drei zusammen sind. Dann stelle ich mir das Häuschen vor, das wir uns einrichten, und wie wir das Kind gemeinsam aufziehen, damit ich hier nicht den Verstand verliere. Ich habe großes Heimweh, was mich überrascht. Du weißt, wie laut und chaotisch meine Familie ist, und mit den jüngeren Geschwistern werde ich sehr schnell ungeduldig. Ich wollte immer nur Ruhe und Frieden, um zu lesen und zu lernen. Jetzt gäbe ich alles für diesen Trubel. Mir fehlt sogar Kasias Schnarchen. Es ist so sanft und leise im Vergleich zu Tanias lautem Sägen, bei dem ich überhaupt nicht schlafen kann. Ich sehne mich nach dem Geruch von Butter und Knoblauch, wenn Mama kocht. Sogar Tata vermisse ich. Dass er immer ganz klarmacht, was richtig und was falsch ist, und wie geborgen ich mich unter seinem Dach fühle. Und natürlich dieses Gefühl von Wyzlecki-Zusammengehörigkeit. Was auch immer aus

einer Gruppe von Menschen eine Familie macht – es fehlt mir so sehr. Und ich spüre das auch bei Dir, also muss es mehr als Blut und Gene sein. Manchmal frage ich mich, ob das Gegenteil von zu Hause weniger fort *als eher* allein *ist.*
Deswegen verbringe ich so viel Zeit damit, mich von hier wegzudenken. Wenn Du mich holen kommst, bin ich wieder bei meinen Leuten. Die Wyzleckis werden mir bestimmt trotzdem fehlen, aber bald seid ihr, Du und das Baby, meine Familie.
In Liebe
Lilly

Kapitel sieben

Sabina

MÄRZ 2012

»Wie soll ich mich deiner Meinung nach verhalten?«

Wir saßen vor dem Café im Auto. Ted war gefahren und wartete jetzt geduldig darauf, dass ich zuerst ausstieg. Ich wiederum wartete auf einen wundersamen Anfall von Mut.

»Ich glaube«, sagte er ruhig, »wir sollten einfach reingehen wie an jedem anderen Tag und alles auf uns zukommen lassen. Wenn das Gespräch deinem Gefühl nach natürlich verläuft und nicht irgendwie komisch, kannst du ja noch mal fragen. Aber ich gehe nicht davon aus, dass sie es von sich aus ansprechen.«

»Also gut. Also, wenn es komisch wird, bleibe ich einfach bei den ungefährlichen Themen wie Politik, Religion, Ethik.«

Ted lachte auf. »Auweia!«

»Du weißt doch, wie sie ihre Ansichten vertreten. Ich stelle irgendeine tiefschürfende aktuelle Frage und lasse sie die betretene Stille mit ihrer Arroganz füllen.«

Ich rechnete damit, dass Ted wieder lachte, aber

er drehte sich nur mit ernst gerunzelter Stirn zu mir um.

»Sabina, ich weiß, dass ich dich gestern gezwungen habe, mit Megan zu sprechen. Und wahrscheinlich ist es meine Schuld, dass wir hier sind. Aber wenn du willst, können wir noch umkehren.«

»Nein, du hattest recht. Ich kann ihnen nicht ewig aus dem Weg gehen.« Seufzend betrachtete ich ihn von der Seite. »Oder?«

Er hob die Schultern. »Könntest du vermutlich, wenn du wirklich wolltest.«

Ich schüttelte den Kopf und stieg endlich aus. Dann wartete ich neben der Beifahrertür, bis Ted meine Hand nahm, und ließ mich von ihm durch das Café in den Innenhof führen, einen Weg, den wir schon Dutzende Male gegangen waren. Ich wusste sogar genau, wo wir meine Eltern fänden, denn bei schönem Wetter saßen wir immer im Innenhof und oft an demselben schmiedeeisernen runden Tisch in der Mitte.

Es wehte eine sanfte Brise, und die Blätter einer Topfpflanze wirbelten mir um die Füße. Mum und Dad saßen an unserem Tisch. Als ich sie sah, spürte ich eine Anspannung im gesamten Körper, eine Welle der Nervosität vom Kopf bis in die Zehen. Ted drückte sanft meine Hand. Ich atmete tief durch und konzentrierte mich darauf, möglichst gelassen zu bleiben.

Wir werden das durchstehen. Sie werden sich daran gewöhnen, dass ich Bescheid weiß, und mir die Einzelheiten erzählen. Und ich werde lernen, zu verstehen und zu verzeihen. Ich werde es verarbeiten.

Ich ging weiter und war tatsächlich ziemlich ruhig, bis

meine Mutter aufgeregt aufstand und sich mein Vater daraufhin ebenfalls erhob, als wäre ich eine Fremde und dies ein förmlicher Termin.

Erst in diesem Augenblick, und damit zu spät, merkte ich, wie wütend ich eigentlich war. Der Groll saß nicht tief, sondern lauerte unmittelbar unter der Oberfläche und konnte jeden Moment über sie hereinbrechen. Innerhalb von Sekundenbruchteilen war ich auf hundertachtzig. Es ärgerte mich maßlos, dass sie glaubten, mir ausgerechnet in der glücklichsten Zeit meines Lebens die Wahrheit enthüllen zu müssen. Und das auch noch ohne Vorwarnung und ohne den Anstand, mir wenigstens keine Einzelheit mehr zu verheimlichen.

»Ich kann das nicht«, platzte ich viel zu laut heraus. Es klang beinahe wie ein Panikschrei.

»Bitte, Sabina!« Dad deutete auf einen Stuhl. »Setz dich doch! Wir können schön brunchen, wie immer.«

Die anderen Gäste starrten uns an. Im ganzen Innenhof war es still geworden, und aus den Augenwinkeln sah ich einen Kellner auf uns zukommen. Endlich ließ Ted meine Hand los, legte mir aber sofort einen Arm um die Hüften.

»Schatz, vielleicht sollten wir das doch verschieben.« Seine Worte klangen behutsam, wenn auch ein drängender Unterton darin mitschwang.

»Setzt euch, und wir unterhalten uns«, sagte Dad mit ruhiger Entschlossenheit. Früher einmal hätte ich das als Stärke interpretiert, nun aber bewertete ich sein Verhalten als Dominanz. Dad wollte mich kontrollieren. Mum liefen wieder Tränen über das Gesicht. Nachdem ich nun ihr Geheimnis kannte, war sie verletzlicher als je zuvor. Mit einem kläglichen Blick forderte sie mich zum Bleiben auf.

Ich ließ mich schwer auf den Stuhl fallen, und Ted ließ sich dicht neben mir nieder. Als ich mich umsah, bemerkte ich, dass es sich bei dem Kellner um Owen handelte, einen der Festangestellten, der uns mit Namen kannte. Mit raschen Schritten reihte er sich in den unbehaglichen Kreis meines Lebens ein und blieb in der eigenartig großen Lücke zwischen meinem Vater und Ted stehen.

»Alles in Ordnung, Graeme?«, fragte er nach einem kurzen Räuspern.

Nichts ist in Ordnung, hätte ich gern aufbegehrt. *Ganz im Gegenteil.*

»Alles ... wunderbar, danke«, sagte Dad, aber das Zögern in seiner Stimme verriet ihn. »Könnten wir schon mal Kaffee bestellen? Sabina, Espresso mit viel Milch? Bitte entkoffeiniert, Owen. Und für dich schwarz, Ted?«

Wenn wir uns sonst zum Brunch trafen, lasen wir Zeitung. Häufig begann Dad mit dem Politikteil und Ted mit dem Klatschteil, während Mum und ich die Beilagen durchblätterten. Wir unterhielten uns über interessante Filme, über Bücher oder die haarsträubende Weltlage, oder wir diskutierten die Entwicklungen auf dem Finanzmarkt. Dad, ganz der Buchhalter, liebte es, über Geld zu reden. An diesem Tag allerdings flüchteten wir uns geradezu in die Zeitung, bevor wir auch nur das Essen bestellt hatten. Ted hielt sie sich sogar vor das Gesicht. Niemand sprach, und während die anderen möglicherweise wirklich lasen, starrte ich nur mit Tränen in den Augen auf eine beliebige Seite. Genau das hatte ich befürchtet, als Mum am Abend vorher angerufen hatte. Wir versteckten uns hinter unseren Zeitungen und taten so, als wäre alles unverändert. Die erzwungene Normalität kränkte mich. Meine Eltern vermittelten mir damit, dass ich kein Recht hatte, die Wahrheit über meine eigene Geburt zu erfahren. Meine Hände um das Zeitungspapier ballten sich zu Fäusten.

Als ich zu Dad hinüberlinste, stellte ich fest, dass er mich ansah. Ich wusste, dass mir meine Wut und Frustration ins Gesicht geschrieben standen. Umso zorniger wurde ich, als er gemächlich seine Zeitung senkte und auf einen Artikel deutete.

»Hast du schon von diesem Projekt gehört, Ted?«

Mein Mann warf einen kurzen Blick auf das Hotel, das mein Vater ihm in der Zeitung zeigte. »Oh ja, faszinierend! Eingebaute Entsalzungsanlage, alles nur mit Solar- und Windenergie betrieben. Eine erste Welle von Dubaier Nachhaltigkeit, heißt es. Wobei das bei meinen Projekten dort leider gar nicht so war.«

»Wie läuft es überhaupt in der Arbeit, Ted?«, fragte meine Mutter. Dad hatte das Eis gebrochen, während sie ganz offenbar nur darauf gewartet hatte, ein Gespräch anzufangen.

»Ganz gut«, sagte Ted. »Mein Projektpensum ist momentan zu bewältigen, lange nicht so schlimm wie damals, als wir dort lebten. Stimmt's, Schatz?«

Ich nickte stumm. Nach Dubai waren wir kurz nach der Hochzeit gezogen, geködert von Teds lukrativem Jobangebot. Isoliert von der Außenwelt in der Seifenblase des Firmengeländes zu leben hatte sich anfangs wie ausgedehnte Flitterwochen angefühlt. Im dritten

Jahr aber waren Teds absurde Arbeitszeiten allmählich zur Belastung geworden.

Zu dem Zeitpunkt hatten wir jedoch schon genug Geld verdient, um uns ein schönes großes Haus in Leichhardt zu kaufen, gar nicht weit von dem meiner Eltern entfernt. Und dann hatte Dad mich überredet, unsere Pläne zu ändern und eine fremde Familie einziehen zu lassen. Damals hatte ich das nicht so empfunden. Es war mir vorgekommen, als hätten wir eine unkluge Entscheidung getroffen und mir wäre plötzlich ein Licht aufgegangen.

»Und bei dir, Sabina?«, fragte Mum. »Wie war deine Woche?«

»Ich würde sie nicht gerade die beste meines Lebens nennen.« Das war als lockerer Witz gedacht gewesen, aber als die Worte über meine Lippen kamen, trieften sie vor Bitterkeit. Schlagartig überfiel uns die Beklommenheit wieder. Mum rutschte auf dem Stuhl hin und her.

»Sprichst du mit jemandem darüber, Sabina?«, fragte sie, und ich fühlte mich sofort wie eine der Patientinnen, mit denen sie früher in Krankenhäusern gearbeitet hatte. Sie musterte mich neugierig, fast unbeteiligt, vergaß einen Moment lang offenkundig, dass sie die Ursache meines Problemverhaltens war.

»Mit euch würde ich gern darüber reden.«

»Natürlich«, murmelte sie, wandte sich dann aber wieder ihrer Zeitung zu. Mich anzusehen schien sie keine Sekunde länger zu ertragen. Unter dem Tisch drückte Ted mein Knie, eine unauffällige Geste der Unterstützung. Ich hielt seine Hand fest und verschränkte unsere Finger miteinander. »Obwohl in diesem Fall ein Profi besser helfen könnte«, ergänzte sie leise und räusperte sich.

»Ich brauche keinen Therapeuten. Ich brauche meine Familie.«

»Und du hast uns auch«, sagte Dad bestimmt. »Deshalb sind wir ja hier, oder? Um als *Familie* zusammen zu sein.«

Owen kam mit den Getränken und schob jedem schweigend seinen Kaffee hin. Wir bestellten, ohne überhaupt in die Speisekarte zu sehen, weil wir schon so oft hier gewesen waren. Unsere Lieblingsgerichte kannten wir auswendig. Ich nahm sonst immer das Müsli mit Magerjogurt, aber an diesem Tag entschied ich mich für Schoko-Pancakes mit Eis und Sahne. Ich wusste, dass sich meine Mutter wahnsinnig darüber aufregte. Vor allem wenn ich vor ihren Augen den ganzen Teller leer aß, was ich auch vorhatte. Sie sagte nichts, zog aber die Augenbrauen hoch, und ich musste innerlich kichern wie ein rebellischer Teenager.

Dann war der Kellner wieder weg, und wir widmeten uns unserer Zeitung. Wir redeten krampfhaft um den heißen Brei herum, debattierten über das Weltgeschehen und das Theater. Das Unausgesprochene, das zwischen uns stand, machte sich nur durch unerklärlich angespannte Kommentare und schuldbewusste Blicke bemerkbar, aber ich nahm alles deutlich wahr. Dennoch zwang ich mich, beim Thema zu bleiben, das böse Wort mit A zu vermeiden und vor allem eine weitere Szene. Als unser Essen kam, aß ich meine Pancakes bis zum allerletzten Krümel auf.

Seit meiner Kindheit hatte meine Mutter mir eingetrichtert, dass in Restaurants immer zu große Portionen serviert würden und es von guten Manieren zeuge, etwas übrig zu lassen. Auf ihrem Teller lag nun exakt ein Viertel ihres reinen Eiweißomeletts neben dem sorgsam angeordneten Besteck. Das hatte etwas so Ärgerliches – das gesunde, freudlose Frühstück, die scharfen Kanten ihrer Reste, der blitzblanke Teller ringsum. Wie oft hatte ich mich schon im Restaurant geschämt, weil ich meine gesamte Portion aufessen wollte und sie nicht einmal in Versuchung zu geraten schien! Wie oft hatte ich mich im Spiegel betrachtet und gewünscht, ich hätte ihren turboschnellen Stoffwechsel geerbt, oder sogar überlegt, ob ich ihn eben doch geerbt hatte, meine Abnehmversuche aber von einem abscheulichen Mangel an Selbstbeherrschung sabotiert wurden.

Ich sah meiner Mutter unverwandt in die Augen, nahm mir Teds übrig gebliebenen Toast und biss herzhaft und unnötig geräuschvoll hinein. Da ich schon immer eine Frustesserin gewesen war, konnte ich mich an einem Tag, an dem meine Emotionen völlig aus dem Gleichgewicht waren, natürlich überhaupt nicht zurückhalten.

Nachdem wir eine zweite Runde Kaffee bestellt und die Zeitung einmal um den Tisch gereicht hatten, musste ich noch einmal auf das Thema zurückkommen. Meiner Ansicht nach hatte ich Buße getan, indem ich glückliche Familie gespielt hatte, aber nun wurde es ohnehin bald Zeit zum Aufbruch, und wenn die Stimmung wieder in den Keller rutschte, dann musste es eben so sein.

»Es ist wirklich schwer für alle, ich weiß, und ich gebe mir Mühe, mich wie eine Erwachsene zu benehmen. Ich will es nur begreifen. Ihr scheint so sicher, dass ich sie nicht finden kann. Aber ihr müsst doch irgendeine Ahnung haben…«

»Was willst du denn noch von uns, Sabina? Ich weiß nicht, was wir dir deiner Meinung nach sonst noch sagen könnten«, unterbrach Dad mich. Ich verkniff es mir, ihn wütend anzufunkeln.

»Ich wollte euch nur mitteilen, dass ich trotzdem beschlossen habe, sie zu suchen.«

»Warum kannst du uns nicht einfach glauben, dass es unmöglich ist?« Dad war gereizt, aber ruhig. Ich hasste diese eisige Stimme, die Endgültigkeit in seinem Tonfall, wenn er eine Frage stellte, damit jedoch eine abschließende Aussage formulierte.

»Ich muss es versuchen.«

»Dann tu, was du nicht lassen kannst, aber es wird dir nicht gelingen. Wir haben dir ja schon gesagt, dass es keine Unterlagen gibt. Megan hat in dem Heim gearbeitet, und wenn es etwas Schriftliches gäbe, wüssten wir davon. Und wenn wir wüssten, wer sie war, würden wir es dir sagen. Seit dem Tag deiner Geburt hast du zu uns gehört, und dem gibt es nichts hinzuzufügen.«

»Ich wende mich an eine Organisation, die Adoptierten hilft, ihre Familien zu finden«, sagte ich zögernd, woraufhin Dad den Arm ausstreckte, als wolle er den Verkehr regeln.

»Wir sind deine Familie.«

»Dad!«, stöhnte ich genervt. »Natürlich seid ihr das. Aber wahrscheinlich habe ich irgendwo eine weitere Familie. Und über die möchte ich einfach ein bisschen mehr erfahren. Mum, eigentlich hatte ich gehofft, dass du mich begleitest, wenn ich mit den Sozialarbeitern dort rede.«

Mein Vorschlag war ein spontaner Test, ob sie mich unterstützte, aber ich hatte wenig Hoffnung auf Erfolg.

»Nein«, sagte Dad, und ich runzelte die Stirn.

»Mum kann für sich selbst sprechen.« Ich drückte mich so sanft wie möglich aus, doch sobald ich den Mund öffnete, schüttelte er energisch den Kopf.

»Nein, Sabina, das erlaube ich nicht. Megan kommt nicht mit. Wir halten deinen Plan für undurchführbar und wollen uns nicht daran beteiligen.«

»Du sollst nicht für sie sprechen, Dad!« Ich wurde wieder lauter, dieses Mal mit neu aufflammendem Zorn. Mir war Dads Dominanz immer bewusst gewesen. Vorher hatte ich allerdings nie darauf geachtet, wie sehr sie das Verhalten der beiden Eheleute untereinander prägte. Sein Heiligenschein war verrutscht, und plötzlich wirkte mein wunderbarer, starker Vater wie ein Tyrann. Meine Mutter sah ebenfalls fast wie eine Fremde aus, wie eine Frau, der das Rückgrat fehlte, ihren eigenen Willen zu äußern.

Ich hatte sie immer einzigartig schön gefunden, jetzt aber fiel mir auf, dass diese großen Augen voller Traurigkeit und Verwirrung ein bisschen zu groß waren. Die Wangenknochen über den nach unten zeigenden Mundwinkeln traten so deutlich hervor, dass die Haut dort wie gestrafft wirkte. Mum hatte ein ungewöhnliches Gesicht, und ich sah sie wie zum ersten Mal und stellte erschrocken fest, dass sie doch nur ein ganz normaler Mensch mit Fehlern war. Das galt für beide, sie und ihn, und diese Erkenntnis war fast so bestürzend wie die Nachricht über die Adoption.

Auf einmal nahm ich mit lebhafter Klarheit jede einzelne ihrer Schwächen wahr. Mum war unnahbar, und ihr Leben wirkte irgendwie inszeniert. Nach außen sah alles perfekt aus, aber hatte es auch Substanz? Sie mischte sich häufig zu vehement in meine Entscheidungen ein. Ich hatte sie immer als ausgeglichen und verlässlich besorgt empfunden, aber vielleicht war meine Sichtweise naiv gewesen. Vielleicht war meine Mutter in Wirklichkeit herrschsüchtig und spießig.

Würde ich auch so eine Mutter werden?

Ich stand auf und warf Ted einen ganz kurzen Seitenblick zu, den er sofort verstand. Er erhob sich ebenfalls.

»Wir gehen besser«, murmelte ich. Meine Eltern starrten mich beide an, Mum bittend, Dad hart und emotionslos. »Wahrscheinlich brauchen wir ein bisschen Abstand, während ich das alles verarbeite.«

»Was soll das denn heißen?«, fragte Dad.

»Du weißt, was das heißt.« Mittlerweile flüsterte ich. »Es heißt, dass ich nicht einfach weitermachen kann, als wäre nichts geschehen. Ich weiß es jetzt und kann nicht so tun als ob. Ich will keine geheuchelt höfliche Unterhaltung mit euch führen. Ich will ein verheultes, ehrliches Gespräch, bei dem ihr mir in aller Offenheit sagt, wer ich bin.«

Er seufzte ungeduldig, und das machte mich so wütend, dass ich meinen eigenen Puls in den Ohren pochen hörte. Ohne Abschied drehte ich mich um und ging mit tränenverschleierten Augen zum Auto. Als ich am Türgriff zerrte, fiel mir erst auf, dass Ted den Schlüssel hatte und zum Bezahlen noch im Café geblieben war. Also lehnte ich mich an den Wagen und starrte zum Eingang hinüber. Innerlich war ich völlig zerrissen und wünschte mir, dass mich meine Eltern in Ruhe ließen. Gleichzeitig flehte ich sie in Gedanken an, zu mir herauszukommen und mich zu einem aufrichtigen Gespräch zurückzubitten.

Sie kamen nicht, während Ted kurz danach an der Tür erschien. Er lief auf mich zu und zog mich in die Arme.

»Wieso begreifen sie nicht, wie sehr mich das verletzt?«

»Keine Ahnung.« Er atmete tief durch und schüttelte den Kopf, offenbar genauso verstört wie ich. Nach einer Weile schob er mich etwas von sich weg und betrachtete mich. »Meinst du das ernst – dass du sie finden möchtest?«

»Nun ja, eigentlich wollte ich nur eine Reaktion erzwingen.« Was nicht sonderlich gut funktioniert hatte. Statt sie aus der Reserve zu locken, hatte ich nur mich selbst in Rage versetzt.

»Dann willst du es also nicht versuchen?«

»Nein, so meinte ich das nicht. Ich meine … ich wüsste gar nicht, wo ich anfangen sollte, aber … ich möchte schon. Es könnte ja sein, dass sie auch schon nach mir gesucht hat oder sich fragt, warum ich mich nie bei ihr gemeldet habe. Vielleicht wollte sie mich gar nicht weggeben und wartet seit fast vierzig Jahren darauf, dass ich auftauche. Kannst du dir vorstellen, dass uns jemand unser Kind wegnimmt und wir dann vierzig Jahre lang nicht erfahren, ob es ihm gut geht?« Der bloße Gedanke brachte mich zum Schluchzen und Stottern. »Was für ein Albt…traum, Ted. Ich muss sie suchen.«

»Das ist nicht ohne Risiko, Schatz«, sagte Ted leise. »Wie auch immer du dich entscheidest, ich stehe hinter dir. Aber du solltest dich auf alles gefasst machen.

Du könntest alles Mögliche herausfinden und bist unter Umständen nicht rechtzeitig darauf vorbereitet.«

»Das weiß ich.« Bei der Vorstellung wurde mir leicht übel. »Aber ich glaube nicht, dass ich darum herumkomme. Es ist der einzige Weg vorwärts.«

Obwohl ich immer noch aufgewühlt war, verspürte ich zum ersten Mal eine stille Entschlossenheit. Ich würde nach der Wahrheit forschen, und zwar allein. Meine Eltern wollten ganz offensichtlich so unbedingt ihre Geheimnisse bewahren, dass sie auf ihren lächerlichen Lügen beharrten. Mein unübersehbarer Schmerz und meine Verletzung schienen sie nicht zu beeindrucken.

Ich war es mir schuldig, zumindest einen Versuch zu wagen. Noch nie hatte ich mich ihnen widersetzt, aber meine jetzigen Erkenntnisse zwangen mich, mein Leben selbst in die Hand zu nehmen.

So schmerzlich es auch war und so schwierig es mir vorkam, ich musste tapfer sein. Wenn ich die Frage nach meiner Herkunft unbeantwortet ließ, das wusste ich instinktiv, würde ich meine eigene Reise als Mutter mit emotional überforderndem Ballast antreten.

Ich wollte eine fröhliche Mutter sein, eine fürsorgliche Mutter, eine verlässliche Mutter.

Deshalb musste ich meine Vergangenheit aufarbeiten. Und das würde ich auch – wenn nicht für mich selbst, dann für mein Kind.

Kapitel acht

Lilly

JULI 1973

Lieber James,
vor ein paar Tagen war ich beim Arzt, sodass ich jetzt zumindest weiß, wann unser Kind kommt. Mir wurde zwar kein genaues Datum gesagt, eigentlich hat überhaupt niemand mit mir gesprochen. Aber der Arzt meinte zu Mrs. Sullivan, sie werden die Geburt einleiten, wenn es Anfang September noch nicht da ist.
Das ist viel zu früh, in zwei Monaten ist unser Kind da! Mir kommt es so vor, als ob ich gerade erst gemerkt hätte, dass ich Mutter werde, weil ich es so lange nicht wahrhaben wollte. Erst in den letzten Wochen konnte ich richtig darüber nachdenken und mir über meine eigenen Gefühle klar werden. Und das Datum stimmt – wir haben uns das letzte Mal kurz nach Neujahr gesehen.
Dem Baby und mir geht es gut, James, Du musst Dir also keine Sorgen machen. Aber die Untersuchung war sehr unangenehm. Der Arzt untersuchte mich

vor Mrs. Sullivan, ohne einen Sichtschutz dazwischen, und ich trug nur ein dünnes Hemdchen, das auch noch zu klein war. Inzwischen ist mir alles zu klein. Das war schon peinlich genug, aber richtig schlimm wurde es, als er den Geburtstermin nannte. Mrs. Sullivan war überrascht, wie weit ich schon bin und dass bisher niemand meine Schwangerschaft bemerkt hat. Er machte Witze darüber, wie schwer es ist, bei einem dicken Mädchen wie mir zu sehen, ob es sich um einen Kuchenbauch oder einen Babybauch handelt.

Sie lachten mich richtig aus, mit dieser ekelhaften Freude über ihre eigene Überlegenheit, so als ob ich überhaupt nicht im Raum wäre. Oder – das ist ein schrecklicher Gedanke – vielleicht haben sie auch so gelacht, gerade weil ich im Raum war. Ich hätte am liebsten geweint, aber ich wollte mir meinen Zorn nicht anmerken lassen. Das hätte sie vielleicht noch mehr belustigt. Ich sah nur auf meinen nackten Bauch und stellte mir vor, wie sicher und geborgen unser Baby dort liegt. Dann machte der Arzt eine Ultraschalluntersuchung. Ich durfte zwar nicht auf den Bildschirm sehen, aber ich hörte, wie er Mrs. Sullivan alles erklärte. Daher weiß ich, dass unser Kind gesund und kräftig ist und alles dran ist. Bisher war es für mich, wenn ich mir überhaupt gestattet habe, an das Baby zu denken, immer ein Junge. Bis ich beim Ultraschall den Herzschlag gehört habe. Ich kann das nicht erklären, aber seitdem bin ich mir ganz sicher, dass es ein Mädchen ist – eine Tochter.

Kannst Du Dir das vorstellen? Ich sehe schon vor mir, wie ihre Zöpfchen im Wind fliegen, wenn sie Dir abends nach der Arbeit auf dem Feld entgegenläuft. Du nimmst sie auf die Arme, sie kichert und quiekt ganz aufgeregt, dann erzählt sie Dir, was sie und ich tagsüber so gemacht haben. Wir haben Bücher gelesen und gespielt, sie hat mir bei der Hausarbeit geholfen und mich vermutlich mit ihren Fragen und dem unablässigen Geplapper fast verrückt gemacht. Ich sehe das so deutlich, als würde es jetzt gerade passieren. Im Augenblick lebe ich vielleicht zu sehr in einer Fantasiewelt. Ich stelle mir vor, wie es wird, wenn wir alle zusammen sind, und wie glücklich wir dann sein werden.

An die schlimmen Umstände denke ich so wenig wie möglich. Es hat Tage gedauert, bis ich nicht mehr sofort wütend wurde, wenn ich an den Ultraschall gedacht habe. Es hat sogar eine Weile gedauert, bis ich mich so weit beruhigt hatte, dass ich diesen Brief überhaupt beginnen konnte. Die Untersuchung hat sich fast angefühlt wie ein Gewaltakt. Ich weiß, sie wollen mir helfen, sie kümmern sich während der Schwangerschaft um mich, und Tata hat mich in ihre Obhut gegeben. Aber ich verstehe nicht, wie sie so über mich sprechen und mir jede Privatsphäre verweigern können. Auch wenn ich eine ledige Mutter bin, bin ich nicht trotzdem eine werdende Mutter? Das würde ich Mrs. Sullivan fragen, wenn ich hier etwas zu sagen hätte. Ist sie geliebt und umsorgt aufgewachsen? Wie fände sie es, wenn man ihre Mutter so behandelt hätte?

Aber ich habe hier nichts zu sagen. Ich bin nur hier, um die Zeit totzuschlagen, bis Du uns holen kommst. Da ich schon mit den schlimmen Umständen angefangen habe, muss ich Dir noch etwas Schreckliches erzählen. Sonntags müssen wir in die Kirche gehen, in die seltsamste Kirche, die ich je gesehen habe. Es gibt weder ein Kreuz noch bunte Glasfenster wie in unserer Schulkapelle. Der Pfarrer wird Captain *genannt und trägt eine Militäruniform. Ich weiß inzwischen, dass das die Heilsarmee ist, von der das Geld für unser Heim kommt. Deshalb müssen wir diese Gottesdienste besuchen.*

Zuerst habe ich mich richtig gefreut. Der Fußmarsch dorthin ist fürchterlich, aber die Kirche ist warm und die Musik ganz anders als bei uns. Sie spielen Gitarre und Blasinstrumente, sodass die Lieder kräftig und lebendig klingen. Ich dachte, das sei eine willkommene Abwechslung zu einem weiteren endlosen Tag in der Wäscherei.

Erst nach dem Gottesdienst, als es für die Gemeinde Tee und Kekse gab, wurde mir klar, dass wir keine richtigen Gäste waren. Wir mussten sitzen bleiben, bis alle anderen ihren Tee getrunken hatten, erst dann durften wir uns auch eine Tasse und einen von den trockenen Keksen nehmen. Die Schokoladenkekse waren natürlich schon alle weggegessen, als wir endlich an die Reihe kamen.

Die übrigen Gemeindemitglieder sahen uns dabei zu, als wären wir im Fernsehen oder als wäre es ein skandalöses Theaterstück, das zum Vergnügen der Zuschauer aufgeführt wird. Kannst Du Dir das

Schauspiel vorstellen, das wir abgegeben haben, siebenundzwanzig hochschwangere Mädchen, die in einer Reihe Tee trinken, während die braven Bürger sie stumm angaffen?

Hätte man mich in Ruhe gelassen, ich hätte mich niemals für meine Schwangerschaft geschämt. Ich bin voller Liebe und Freude auf unser Kind, auf das neue Leben und unsere wunderbare Familie.

Wenn man mich aber vor diesen Menschen und ihren kritischen Augen zur Schau stellt, dann zieht sich alles in mir zusammen. Ich möchte mich schützend um unser Baby kauern. Man sieht genau, was sie denken: Liederliches Frauenzimmer! Hure! Kind der Sünde! Unfähige Mutter!

Ich war jetzt schon einige Male dort, und mir ist aufgefallen, dass selbst die geschwätzigsten Heimbewohnerinnen nach dem Gottesdienst schweigend in das Heim zurückkehren. Vielleicht tragen wir alle innerlich den gleichen Konflikt aus – den Zwiespalt zwischen dem, was unser Instinkt uns über unser Kind sagt, und dem, was diese abfälligen Blicke in der Kirche uns weismachen wollen.

Und noch etwas ist schrecklich an diesen Kirchgängen, James. Wir gehen direkt am Postamt vorbei, aber ich darf meine Briefe nicht einwerfen, obwohl ich gefragt habe. Letzte Woche habe ich Mrs. Baxter angefleht, und sie meinte, sie überlegt sich etwas. Ich weiß nicht, ob es dumm von mir ist, auf ihre Hilfe zu hoffen. Sie ist wirklich nett, andererseits arbeitet sie hier, und es gibt so viele Verbote. Ich bin sicher, sie verliert ihren Job, wenn herauskommt, dass sie mir hilft.

Aber ich schreibe Dir weiter. Ich werde Dir immer schreiben. Stift und Papier sind mein einziger Ausweg, und ich wage gar nicht daran zu denken, was passieren könnte, wenn meine Briefe Dich nicht erreichen.
Ich gebe nicht auf. Ich liebe Dich. Bitte hol uns bald,
Lilly

Kapitel neun

Sabina

APRIL 2012

Knapp vierundzwanzig Stunden nach dem Tiefpunkt der Auseinandersetzung im Café erlebte ich den Höhepunkt, mein Baby zum ersten Mal zu sehen.

Wir hatten uns einen Termin in einer Privatklinik in der Stadt besorgt, und ich hatte mir den Vormittag freigenommen. Ted ebenfalls, und deshalb fuhren wir gemeinsam dorthin. Wir führten unser Gespräch leicht zerstreut, denn wir schwankten beide zwischen Nervosität und Vorfreude.

Man brachte uns in einen abgedunkelten Raum mit mehreren Bildschirmen und ließ uns eine Weile allein. Während ich das OP-Hemd anzog, schwiegen wir. Wir waren einfach zu aufgeregt für Small Talk oder Witze.

Sobald ich bequem und zugedeckt auf dem Bett lag, klingelte Ted nach der Ärztin und saß dann neben mir und hielt meine Hand, während sie die Sonde vorbereitete und ein vorgewärmtes Gel auf meinen Bauch schmierte. Auf dem großen Bildschirm über mir beobachtete ich die hellen Flecken auf dunklem Hintergrund, während sie nach einem günstigen Winkel suchte. Die Kehle tat mir weh, die Augen brannten, und ich bemerkte, dass ich die Luft anhielt. Was, wenn es nichts zu sehen gab? Was, wenn es einen Embryo gab, der aber nicht gesund war? Mein Herz begann zu rasen, und auf einmal verschwamm wegen der Tränen alles vor meinen Augen, bis Ted meine Hand drückte. Ich sah ihn an, panisch beinahe, und er deutete mit dem Kopf auf den Bildschirm.

Das Bild war jetzt scharf, und sofort erkannte ich die flackernden Punkte, die das in mir entstehende neue Leben darstellten.

Mein Baby befand sich in der fragilen Phase zwischen Klecks und erkennbar menschlicher Form. Ich sah die Ärmchen und Beinchen, die winzigen Hände, die herumwedelten und uns zu begrüßen schienen. Ich spürte ein Zittern in Teds Arm und sah eine einzelne Träne über seine Wange rinnen. Ohne sich dafür zu schämen, strahlte er mich an, und falls es in meinem Herzen noch ein winziges Eckchen gegeben hatte, das nicht bereits von Liebe zu Ted Wilson erfüllt war, wurde es spätestens beim Anblick seiner stolzen Miene von reinem Gefühl überflutet.

Dies war unser Moment, und er war so groß und eindringlich, dass er jeden anderen Gedanken aus meinem Kopf verbannte. Zum ersten Mal seit fast einer Woche fühlte ich wirklich die Freude unserer Situation. Sie sprudelte in meinem Innern, und plötzlich weinte ich auch. Pures Glück tropfte über meine Wangen auf das Bett. Die Zeit des Wartens auf den richtigen Augenblick, des Sparens und des Unterdrückens eines Kinderwunschs war vorbei. Wir hatten es nicht zu lange hinausgezögert, wir waren offensichtlich und glücklicherweise fruchtbar. Wir standen tatsächlich kurz davor, eine eigene Familie zu werden, und gleichgültig, was sonst gerade in meinem Leben passierte, das jedenfalls war mehr als wundervoll.

Nachdem die Untersuchung beendet war und nachdem Ted und ich uns unsere verschwommenen kleinen Ausdrucke in die Brieftasche gesteckt hatten, standen wir vor der Klinik und lächelten uns an wie Einfaltspinsel.

»Ich gehe heute nicht zur Arbeit.« Ted lachte. »Ich will mir Bettchen ansehen und Kinderwagen ... und was Babys sonst noch so brauchen.«

»Wir sollten uns lieber erst ein bisschen einlesen, was so allgemein empfohlen wird«, wandte ich ein, musste aber auch lachen. Die Freude und die Erleichterung waren berauschend. Ich fühlte mich ganz leicht, als hätten sich alle meine Probleme vorübergehend in nichts aufgelöst. So verlockend der Gedanke ans Blaumachen auch war, es war leider bei uns beiden nicht möglich. Eine Stunde später stand ich wieder vor einer Klasse Siebenjähriger, die mit geschlossenen Augen, die Köpfe auf die Pulte gelegt, klassischer Orchestermusik lauschten.

Mein Unterrichtsplan sah für diesen Tag eigentlich eine Blockflötenstunde vor, aber ich wollte mir meine Hochstimmung auf keinen Fall durch diese besondere Form musikalischer Folter verderben. Daher legte ich eine Platte auf und ließ meinen Gedanken freien Lauf. Ich erinnerte mich an die Angst, die ich gespürt hatte, bis ich den stetigen Herzschlag des Babys gehört hatte. Als die Musik schließlich verklang und die Kinder die Köpfe hoben, vergaß ich beinahe, ihnen die nächste Aufgabe zuzuteilen.

Der Beschützerinstinkt, den ich jetzt schon für mein Kind empfand, brachte gleichzeitig Panik mit sich. Mein Baby, dessen Foto in meiner Brieftasche und dessen Zukunft in meinem Herzen ruhte, war zwar in mir, aber unsichtbar für mich, und obwohl ich meinen Körper beherrschte und mein Körper das Ungeborene nährte, hatte ich nur bedingt Einfluss auf sein Wohlergehen. Plötzlich begriff ich, dass die Kehrseite meiner wachsenden Zuneigung zu dem Baby ein Risiko war – je stärker ich liebte, desto mehr hatte ich zu verlieren. Schon in der neunten Schwangerschaftswoche hatte die Mutterschaft mich durch neue emotionale Höhen und Tiefen geführt. Als ich auf dem Ultraschall gesehen hatte, dass er oder sie gesund und normal entwickelt war, hatte ich eine schier überwältigende Erleichterung verspürt.

Diese Überlegungen erinnerten mich natürlich übergangslos an den anderen Sturm, der gerade durch mein Leben fegte. Hatte meine leibliche Mutter dieselben Ängste ausgestanden wie ich? Hatte sie sich damals dieselben Sorgen gemacht? Hatte sie aber statt der süßen Erleichterung, dass es ihrem Kind gut ging, die endlose Leere von achtunddreißig Jahren Ungewissheit erlebt? Ich konnte mir nicht einmal annähernd vorstellen, wie man so lange mit einer solchen Angst leben konnte, ohne den Verstand zu verlieren.

Plötzlich wollte ich glauben, dass es ihr gelungen war,

mich ohne diese Zuneigung auszutragen und auf die Welt zu bringen. Ich wollte erfahren, dass sie ruhig und rational beschlossen hatte, mich abzugeben, weil sie es aufrichtig für das Beste hielt. Fast wollte ich glauben, dass sie mich einfach dem Krankenhaus überlassen und nie, nie zurückgeblickt hatte.

Aber das hätte bedeutet, dass ihre Schwangerschaft eine reine Bürde und meine Existenz nichts als Schande gewesen war. Was, wenn die verstörende Heimlichtuerei meiner Eltern nicht ihre eigenen dunklen Geheimnisse verbergen sollte, sondern die meiner leiblichen Mutter?

Was war schlimmer?

Allein schon das Nachdenken über die Parallelen zwischen meiner Situation und der meiner leiblichen Mutter löste eine gewaltige Empathie in mir aus, die sich am Ende des Tages zu einem regelrechten Zwang steigerte. Am liebsten hätte ich alles stehen und liegen gelassen, um sie und damit die Antworten auf alle meine Fragen zu suchen. Sicher übertrug ich einfach nur meine eigenen Gefühle auf sie, oder in diesem drängenden Impuls manifestierte sich der Stress, unter dem ich stand. Als ich an jenem Abend zu Bett ging, war mir zumute, als würde ich die ganze Zeit einen verzweifelten Hilfeschrei überhören. Es war, als hätte meine leibliche Mutter schon immer nach mir gerufen, als warte sie auf eine Reaktion, die nie erfolgt war.

Aber nun, da ich sie eben doch hörte, konnte ich sie genauso wenig verdrängen, wie ich den Schmerz des jahrzehntelangen Schweigens ungeschehen machen konnte.

Ich musste sie finden. Ich musste ihr die Chance auf die gleiche Erleichterung gewähren, die ich empfunden hatte, als ich den Herzschlag meines Babys auf dem Ultraschall gesehen hatte.

Es musste eine Möglichkeit geben.

Kapitel zehn

Lilly

JULI 1973

Lieber James,
endlich habe ich gute Nachrichten.
Eine ganze Reihe von Kleinigkeiten hat mein Leben ein wenig erleichtert. Das erste Wunder ist die Kleidung, die ich bekommen habe und die mir richtig passt. Mrs. Baxter zeigte gerade einem neuen Mädchen das Haus, da sah sie zufällig, wie ich mich in meine zu enge Hose zwängte. Ich erklärte ihr das Problem, und am folgenden Tag lag wie durch Zauberhand ein ganzes Bündel neuer Kleidung in meinem Spind, zusammen mit einem Zettel, ich solle niemandem davon erzählen, was ich natürlich auch nicht getan habe. Aber bei unserer nächsten Begegnung habe ich sie strahlend angelächelt. Sie ist so nett, aber sie wirkt nicht sehr glücklich. Vielleicht tut es ihr gut, wenn sie sieht, wie froh sie mich gemacht hat.
Tage später lag auf meinem Bett eine neue Wolldecke, als ich nach dem Abendessen in mein Zimmer kam.

Diesmal ohne Zettel, aber ich weiß, wem ich das zu verdanken habe. Niemand außer Mrs. Baxter kann oder will so etwas tun.

Seit ich nachts nicht mehr friere, schlafe ich viel besser. Ich stehe rechtzeitig auf, kann duschen und habe manchmal vor der Arbeit sogar Zeit für einen kurzen Plausch mit den Mädchen aus der Wäscherei. Ich will nicht sagen, dass ich Freundinnen gefunden habe, aber da ich nicht mehr die Neue bin, fühle ich mich etwas weniger als Außenseiterin.

Gestern Vormittag ließ mich Mrs. Baxter dann völlig unerwartet aus der Wäscherei rufen. Sie schlug vor, draußen in der Sonne einen Spaziergang zu machen. Du denkst wahrscheinlich, dass mich das nicht sonderlich gereizt hat, weil ich hochschwanger bin und schon unter normalen Umständen nicht so gern zu Fuß gehe. Aber hier ist alles anders. Wir dürfen nie aus dem Haus, außer zur Arbeit auf der anderen Straßenseite und in die Kirche, dann aber nur in der Gruppe mit einer Aufpasserin. Vermutlich dürfen wir nicht unbeaufsichtigt ins Freie, weil uns niemand sehen soll. Deshalb war der Vorschlag von Mrs. Baxter ein Geschenk – eine Stunde Freigang.

Wir gingen ganz langsam um das Krankenhaus herum. Im Rinnstein lagen Eis und Schnee, der Wind war so bitterkalt, dass meine Lippen ganz steif wurden und ich kaum sprechen konnte, sogar noch schlechter als sonst. Aber ich habe trotzdem geredet, denn Mrs. Baxter hatte unendlich viele Fragen. Sie schien meine Antworten wirklich hören zu wollen, auch wenn sie manchmal ein bisschen dauerten. Sie

fragte mich nach meiner Familie und der Schule und dann nach uns beiden.
Ich spreche so gern über uns beide. Wenn ich von Dir erzähle, wenn ich Dir schreibe, wenn ich an unser Baby in meinem Bauch denke, dann wird mir ganz warm, auch wenn ich gerade schrecklich friere wie bei diesem Spaziergang. Und Mrs. Baxter scheint das mit uns wirklich zu verstehen. Ich habe das Gefühl, dass uns die anderen für dumme Kinder halten, aber sie weiß, dass junge Menschen genauso tief lieben können wie Erwachsene.
Es ging viel um die Zukunft. Ich erzählte ihr, dass ich Geschichte studieren will. Sie riet mir, an diesem Traum festzuhalten, weil das immer noch möglich ist. Sie ist, glaube ich, ein bisschen naiv. Es ist eigentlich klar, dass ich mit einem Kind nicht an die Uni kann. Sie selbst hat keine Kinder, deshalb weiß sie vielleicht nicht, dass das nicht möglich ist.
Ich habe ihr von Deinem Studium erzählt, dass Du alles über Agrartechnik lernst, damit wir es einmal leichter haben als unsere Eltern. Und dass ich ein schlechtes Gewissen habe, weil daraus jetzt nichts wird. Mrs. Baxter hat mir auch ein bisschen von sich erzählt. Sie ist neu in der Stadt, ihr Mann arbeitet drüben im Krankenhaus als Buchhalter. Vielleicht liebt sie ihn genauso wie ich Dich. Wenn sie von ihm erzählt, verändert sich ihre Stimme, sie wird weicher und höher. Anscheinend ist er auch nach vielen Jahren Ehe immer noch ihr Traummann.
Ich merke, dass ihr die Arbeit im Heim nicht gefällt, und das macht sie mir noch sympathischer. Ich

wollte wissen, warum sie keine Kinder hat. Sie haben Schwierigkeiten, ein Baby zu bekommen, aber sie hat die Hoffnung noch nicht aufgegeben. Es ist ungerecht, dass eine so nette Frau, die keine eigenen Kinder bekommen kann, den ganzen Tag bei uns schwangeren Mädchen arbeiten muss. Es muss schwer für sie sein, freundlich zu bleiben, aber sie lässt sich nichts anmerken. Sie scheint wirklich ein guter Mensch zu sein.
Nachdem wir ganz langsam um den Block gegangen waren und ich allmählich in die Wäscherei zurückmusste, hatte Mrs. Baxter noch eine Bitte. Ich soll mir überlegen, was ich tue, falls Du uns nicht holen kommst. Ich verstehe, warum sie das sagt, es sind ja nicht alle Jungen so wie Du.
Aber ich weiß ganz sicher, dass Du uns holen wirst. Genauso wie ich weiß, dass morgen die Sonne aufgeht.
Und ich weiß jetzt auch, dass Du meine Briefe lesen kannst. Deshalb fällt es mir so viel leichter, Dir zu schreiben. Ganz am Schluss sagte Mrs. Baxter, ich soll die Briefe morgen in meinem Kittel verstecken. Sie holt mich wieder zu einem Spaziergang ab, und wir können die Post irgendwo einwerfen.
Wir sehen uns bald, James. Du bist schon fast unterwegs zu uns, ich kann es kaum erwarten.
In Liebe,
Lilly

Kapitel elf

Sabina

APRIL 2012

Mir war vorher nicht klar gewesen, wie schwierig die ersten Schritte nach meiner unbeholfenen Google-Suche wären: *Wie sucht man seine leiblichen Eltern?* Eine Agentur zu finden, die helfen konnte, war leicht, aber der eigentliche Anruf war unendlich viel schwerer, als ich erwartet hatte.

»Hallo, hier ist das Adoptionsinformationsbüro, mein Name ist Hilary.«

Jedes Mal hatte ich wirklich vor, etwas zu sagen, bis ich die Begrüßung hörte. Dann aber geriet ich in Panik und legte hektisch wieder auf. Hinterher verplemperte ich jeweils einige Minuten, indem ich mir gut zuredete, mir einen Tee kochte, die Wäsche aufhängte oder die Möbel umstellte, bis ich mich plötzlich wieder mutig und der Situation gewachsen fühlte. Und jedes Mal war ich überrascht, dass die Feigheit wiederkehrte und ich reflexartig einen Rückzieher machte.

Als sich die Geschäftszeiten dem Ende zuneigten, saß ich mit dem Hörer in der Hand auf dem Sofa. Warum fiel mir dieser Anruf so schwer? Telefonieren hatte ich schon immer gehasst. Wenn ich jemandem gegenüberstand und stotterte, sah der andere die Panik in meinen Augen und nahm wahr, dass ich mich bemühte. Am Telefon hatte ich das Gefühl, Worte in ein schwarzes Loch zu schießen.

Daher also hatte mich dieses Gerät schon immer bis zu einem gewissen Grad nervös gemacht, aber nicht so wie an diesem Tag. Es gab einfach zu viele Unbekannte. Was, wenn ich anrief und meine Mutter schnell gefunden wurde? Was, wenn ich sie treffen musste, bevor ich bereit war? Oder was, wenn ich anrief und sie gefunden wurde, mich aber nicht kennenlernen wollte? Oder wenn ich anrief und sie überhaupt nicht gefunden werden konnte und wir füreinander verloren waren? Oder wenn ich anrief und sie gefunden wurde und sie furchtbar war oder bei ihrer Empfängnis damals Gewalt im Spiel gewesen war oder ...

Irgendwie war alles ein bisschen viel. Trotz der Horrorszenarien und der schieren Unberechenbarkeit der ganzen Geschichte kam mir das Nichtwissen aber doch am schlimmsten vor. Konnte ich damit überhaupt leben? Immerhin bestand auch die Möglichkeit, dass wir eines Tages wieder vereint wurden und zumindest irgendetwas gemeinsam hatten, oder? Ich hatte ein großartiges Verhältnis zu meiner Mutter und meinem Vater gehabt. Also konnte ich doch sicherlich eine Beziehung zu der Frau und vielleicht sogar dem Mann aufbauen, die mich gezeugt hatten. Ich wählte ein letztes Mal. Schnell und entschlossen stach ich auf die Tasten ein.

»Hallo, hier ist das Adoptionsinformationsbüro, mein

Name ist Hilary.« Die Stimme klang ermüdet. Ich spürte, dass ich errötete.

»G... Guten Tag, Hilary.« Mein Stottern brachte mich aus dem Konzept, und wäre ich nur einen Sekundenbruchteil länger an dem Wort hängen geblieben, hätte ich einfach wieder aufgelegt. Aber da ich die Begrüßung überstanden hatte, fand ich auf einmal das Selbstvertrauen weiterzusprechen. »Ich heiße Sabina. Vor Kurzem habe ich erfahren, dass ich adoptiert bin, und möchte mich erkundigen, wie ich meine leiblichen Eltern finden kann.«

»Hallo, Sabina! Schön, dass Sie sich mit uns in Verbindung gesetzt haben, genau dazu sind wir da.« An ihrem Tonfall erriet ich, dass sie wusste, dass ich schon mehrfach angerufen und aufgelegt hatte. Andererseits konnte es auch gut sein, dass ich mir das nur einbildete, aus schlechtem Gewissen. »Unserer Erfahrung nach ist es das Einfachste, einen Termin für ein persönliches Gespräch zu vereinbaren. Wäre das in Ordnung für Sie?«

»Ja«, sagte ich. Dann stieß ich die ganze Luft, die ich unbewusst angehalten hatte, auf einmal aus und entspannte mich.

Als ich wenige Minuten später auflegte, ein Datum und eine Uhrzeit auf den Handrücken gekritzelt hatte, fühlte ich mich, als hätte ich einen irrsinnig hohen Gipfel erklommen. Ich wusste, dass das lächerlich war und ich lediglich den ersten Minischritt einer möglicherweise sehr langen Reise gemacht hatte, aber ich war stolz auf mich.

Und ich war voller Hoffnung – dass ich ohne Mum und Dad irgendwie einen Weg durch das Labyrinth meiner

Adoption fände. Wenn die Agentur mir dabei half, Antworten auf meine Fragen zu finden, konnte ich meine Beziehung zu ihnen trotz allem vielleicht erhalten.

Hilary Stephens war viel jünger, als ich sie mir vorgestellt hatte, und ich hatte in den vier Tagen zwischen dem Telefonat und dem Treffen ausgiebig über sie nachgedacht. Ich hatte eine Frau im Alter von Mum erwartet, mit mütterlich besorgter Miene und einem großen Notizblock. Ich ging sogar so weit, mir den Moment auszumalen, in dem sie mir den Namen meiner leiblichen Mutter nannte. Wie ich mich dabei fühlen und was sie tun würde, wenn ich weinte. Sie würde um ihren schweren Eichenschreibtisch herumkommen und mir die Schultern reiben. Und wenn sie mir dann mitteilte, dass meine leibliche Mutter mich schon lange unbedingt kennenlernen wolle und das Wiedersehen gar nicht erwarten könne, würden wir uns umarmen.

In der echten Welt war Hilary Stephens erst Anfang zwanzig und überhaupt nicht besonders mütterlich. Sie war einfühlsam und fürsorglich, aber eindeutig sehr professionell. Bestimmt würde sie keine Klienten umarmen, nicht einmal dann, wenn sie heulten wie die Schlosshunde. Ich war absurderweise enttäuscht, als sie mir und Ted die Hand schüttelte und uns hinter eine Trennwand führte. Sie hatte nicht einmal ein eigenes Büro. Und statt an einem schweren Eichenschreibtisch saßen wir auf billigen Plastikstühlen, während sie auf einem iPad meine Akte anlegte.

»Also, Sabina, erzählen Sie mir doch bitte von sich! Was ist Ihr Geburtsdatum?«

»Zehnter Oktober neunzehnhundertdreiundsiebzig.«

»Steht das in Ihrer Geburtsurkunde?« Auf mein Nicken hin notierte sie etwas. »Wissen Sie zufällig, ob das Ihr echtes Geburtsdatum ist?«

Die Frage erschreckte mich mehr, als sie hätte sollen. Mir blieb der Mund offen stehen, und ich starrte sie an, als hätte sie etwas Anstößiges gesagt. Ted griff nach meiner Hand.

»Also, ja. Ich glaube schon.« Aber woher wollte ich das wissen? Ich ließ die Schultern hängen. »Ich meine, davon bin ich ausgegangen.«

»Und wissen Sie Ihren Geburtsort?«

»Orange. Das Entbindungsheim.«

»Ja, das kenne ich.« Ihr Ton war bitter, und wieder tippte sie etwas in das iPad.

»Ist das schlecht?«, fragte Ted.

»Manchmal ist die Aktenlage dürftig, besonders bei diesen ländlichen Entbindungsheimen. Aber nicht immer, darum warten wir das erst mal in Ruhe ab. Versuchen Sie zum ersten Mal, Ihre leibliche Familie zu finden?«

»Ich habe erst vor wenigen Wochen davon erfahren.«

Hilary sah kurz auf und musterte mich. »Dann sind Sie also noch dabei, die Neuigkeit zu verarbeiten. War es ein Schock?«

Ich lachte. »Das ist eine Untertreibung.«

»Und wie kommen Sie damit zurecht?«

»Das weiß ich nicht. Ich hoffe wirklich, meine leiblichen Eltern zu finden oder zu erfahren, wer sie sind. Es könnte mir helfen, das alles zu verstehen.«

»Die Suche verläuft sehr unterschiedlich. Manchmal

begegne ich Menschen wie Ihnen, die spät erfahren, dass sie adoptiert wurden, und sofort nach ihrer Vergangenheit forschen. Häufig haben sie Erwartungen, die keinem gegenüber angemessen sind. Es läuft nicht immer glatt und geht selten schnell. Geburten auf dem Land zu jener Zeit sind zum Teil sehr schwer nachzuverfolgen. Selbst wenn ich Ihre erste Mutter oder Ihren Vater aufspüren kann ... Nun ja, nicht immer wollen sie auch gefunden werden. Zwischen dem jetzigen Zeitpunkt und einem Wiedersehen liegen viele sorgsame Schritte, und das Wiedersehen selbst ist der Anfang eines Prozesses, nicht das Ende.«

»Das verstehe ich«, sagte ich, war aber bereits enttäuscht und ohnehin so dünnhäutig, dass ich bei ihrer sehr nachvollziehbaren Warnung am liebsten aufgestanden und gegangen wäre. Ich starrte auf den Boden und zählte die Teppichschlingen neben meinen Füßen.

Ich war bei siebzehn blaugrauen Schlingen angelangt, eine davon etwas länger als die anderen, als sie weitersprach. Es roch schwach nach Kaffee. Hatte Hilary Stephens kurz vor unserem Termin einen Kaffee getrunken? Wie viele andere Männer und Frauen hatten auf diesem Stuhl gesessen? Wie viele hatten jahrzehntelang darauf gewartet, mehr über ihre Herkunft zu erfahren? Wie oft hatte die Suche in Tränen geendet, und zwar nicht in Freudentränen?

»Ist das immer der richtige Weg?«, fragte ich.

»Ich glaube nicht, dass es richtige oder falsche Wege gibt, um zu verarbeiten, was Sie erfahren haben. Meiner Ansicht nach können Sie nur auf Ihren Bauch hören, und Ihr Bauch hat Sie zu mir geführt. Also helfe ich

Ihnen sehr gern, wenn Sie sich dafür entscheiden. Aber wenn Sie zu irgendeinem Zeitpunkt merken, dass Sie nicht weitermachen wollen – oder noch nicht –, dann sagen Sie bitte einfach Bescheid, ja?«

»Das klingt doch nach einem guten Plan«, murmelte Ted. Ich sah ihn von der Seite an, ließ mich von seinem ruhigen Blick trösten und wandte mich dann wieder an Hilary.

»Gut. Dann probieren wir es.«

»Haben Sie Ihre Geburtsurkunde dabei?«

Ich holte die ausgebleichte Kopie aus der Handtasche, die ich seit Jahren besaß, seit meinem allerersten Job in einem Musikgeschäft mit fünfzehn. Hilary las sie sorgfältig durch.

»Haben sie Ihnen irgendetwas über die Adoption erzählt?«

»Nein, nicht so richtig. Meine Mutter war Sozialarbeiterin in dem Entbindungsheim. Aber sie sagt, sie weiß nicht, wer meine leibliche Mutter ist.«

»Wobei ...«, fiel Ted mir ins Wort, wenn auch etwas zögernd. »Ich meine, angeblich wissen sie es nicht, aber es ist ziemlich offensichtlich, dass sie lügen. Sie wissen, wie alt sie war, und wenn wir weitere Fragen stellen, werden sie fast aggressiv.«

»Vor ungefähr einem Jahr habe ich einen Adoptionsfall in Orange bearbeitet«, sagte Hilary. »Nur ein paar Jahre vor Ihrer Geburt sogar. Das Heim war nicht besonders groß, selbst in Spitzenzeiten nicht mehr als vierzig Frauen, und in den Siebzigern waren es schon weniger. Soweit ich mich erinnere, wurde es Anfang der Achtziger geschlossen. Insofern wäre ich überrascht, wenn sie wirklich nicht wüsste, wer wann entbunden hat. Vor allem weil es so klingt, als seien Sie kurz nach Ihrer Geburt adoptiert worden. Aber wir sehen uns einfach mal die Unterlagen an.«

Bis zu diesem Moment war es einfach gewesen, meine Wut auf Dad zu konzentrieren. Seine schroffe Art hatte meinen Zorn angezogen wie ein Magnet. Ihm konnte ich Vorwürfe machen, denn er schien die Situation in den Griff bekommen zu wollen. Und das hieß doch sicherlich, dass es seine Schuld war.

Doch Hilary Stephens drehte das Kaleidoskop und veränderte damit das Bild vor meinen Augen. Es wurde abwechselnd scharf und unscharf, und schlagartig begriff ich, dass Mum diejenige gewesen war, die in dem Heim gearbeitet hatte, diejenige, die mysteriöserweise in der Lage gewesen war, mich aus der Klinik zu sich nach Hause zu holen.

Bei Mum nahm die ganze Lüge ihren Anfang. Wenn Hilary recht hatte und Mum wirklich wusste, wer meine leibliche Mutter war, dann lag es auch in ihrer Macht, das Geheimnis zu lüften.

Mir fiel kein einziger einleuchtender Grund ein, mich weiter im Dunklen zu lassen. Ich war davon ausgegangen, dass wir diese Probleme überwinden könnten. Ich war davon ausgegangen, dass wir ein paar schwierige Wochen oder Monate hätten, meine Eltern aber früher oder später auf mich zugehen würden. Dann würde ich ihnen vergeben, und damit wäre der Fall abgeschlossen.

Plötzlich aber erkannte ich, dass ich unter Umständen meine Zukunft ohne meine Eltern gestalten musste. Mein erster Gedanke galt meiner Schwangerschaft und den vor mir liegenden Herausforderungen als Mutter. Wie sollte ich das ohne Mums Rat oder Dads Unterstützung bewältigen?

Andererseits, redete ich mir gut zu, hatte ich die letzte Woche ganz allein geschafft, und das konnte so weitergehen. Ich war mehr als aufgebracht, und meine Wut reichte schon bis in den roten Hassbereich. Nun war ich gar nicht mehr sicher, ob ich den Konflikt überhaupt beilegen wollte.

»Ich habe mich ein bisschen über Zwangsadoptionen eingelesen.« Meine Stimme klang gepresst. Wieder drückte Ted mir sanft die Hand. »Ich begreife das einfach nicht. Es klingt wie aus dem Mittelalter.«

»Sie dürfen allerdings nicht vergessen, dass die Schwangerschaft von Unverheirateten zur Zeit Ihrer Geburt eine Riesensache war, besonders in ländlichen Gegenden. Hier in der Stadt änderte sich die Einstellung damals allmählich, aber dort … Nun ja, als ledige Frau allein ein Kind aufzuziehen war undenkbar.«

»Mum hat mir erzählt, dass die Eltern meiner leiblichen Mutter wahrscheinlich in ihrem Namen der Adoption zustimmten. Dass sie unter Umständen gar nicht das Recht hatte, selbst zu entscheiden, wegen ihres Alters, meine ich.«

»Falls sie minderjährig war, dann war das vermutlich so. Aber *Zustimmung* ist im Hinblick auf Adoptionen generell ein schwieriges Wort. Besonders zu jener Zeit und in den kleinen Entbindungsheimen auf dem Land. Selbst wenn eine Frau dort die nötigen Unterlagen unterschrieb, selbst wenn sie volljährig war und das Recht dazu hatte, geschah das gewöhnlich nach monatelanger

Nötigung. Sollten wir herausfinden, dass Ihre erste Mutter der Adoption *zugestimmt* hat, muss das noch lange nicht ihrem freien Willen entsprochen haben.«

»Ich wäre weggelaufen«, flüsterte ich und legte die Hände auf den Bauch. Ich war fest von meinem Beschützerinstinkt gegenüber unserem Kind überzeugt. »Ich fände eine Fluchtmöglichkeit. Auf keinen Fall ließe ich mir mein Kind wegnehmen.«

»Das wäre ziemlich aussichtslos gewesen, Sabina«, widersprach Hilary sanft. »Das waren strengstens reglementierte Heime. Anwesenheitslisten wurden ständig kontrolliert und die Türen verschlossen gehalten. Ganz zu schweigen von den schweren Strafen bei Regelverstößen. Falls Frauen flohen, wurden sie nicht selten von der Polizei zurückgebracht. Bedenken Sie, dass das Gesetz auf Seiten der Heime stand.«

»Das kommt uns heute verrückt vor, oder?«, murmelte Ted. »Wenn so etwas passieren würde, gäbe es einen Aufruhr.«

»Der Aufruhr beginnt jetzt endlich«, sagte Hilary. »Das Problem war damals, dass die Regierung die Vorgänge nicht als Ungerechtigkeit betrachtete. Wenn überhaupt sah sie die Adoptionsindustrie als Weg, mit dem moralischen Versagen der Mütter umzugehen. Der Kern des Ganzen war eine krankhafte Form von Misogynie, nämlich die Überzeugung, dass Frauen, die unverheiratet schwanger wurden, gesündigt hatten und ihrer Kinder unwürdig waren. Viele Entbindungsheime wurden von religiösen Einrichtungen betrieben oder finanziert. Orange zum Beispiel von der Heilsarmee, wenn ich mich recht erinnere.«

»Glaubte man tatsächlich, Müttern und Kindern damit zu helfen?«, fragte ich kopfschüttelnd.

»Sicher waren die meisten Beteiligten von der Richtigkeit ihres Handelns überzeugt«, sagte Hilary ruhig. Ted und ich sahen uns an, und ich wusste, dass wir beide an Mum dachten.

»Wie geht es jetzt weiter?«, fragte Ted.

»Manchmal ist die Suche ein langwieriger Prozess.« Hilary stellte sich das iPad auf den Schoß. »Den Großteil der Unterlagen aus Orange habe ich schon hier, das könnte die Sache beschleunigen. Aber im Prinzip muss ich prüfen, welcher Fall genau auf die zur Verfügung stehenden Daten passt. Wenn ich mir sicher bin, wer Ihre erste Mutter war, dann kann ich nachsehen, ob sie schon bei uns registriert ist. Manchmal ist die Sache dann ganz schnell erledigt. Entweder wir haben ein Ja, das heißt, sie hat sich bei uns eintragen lassen, weil sie ihr Kind finden möchte. Oder ein Vielleicht, wenn wir sie noch nicht in unserer Datenbank führen und dann erst nach ihr forschen. Oder ein Nein. Das würde bedeuten, sie hat sich bei uns registrieren lassen, um ihr Veto gegen eine Kontaktaufnahme einzulegen.«

»Kommt das oft vor? Das mit dem Veto?« Mein Mund fühlte sich trocken an.

»Häufiger als man erwarten würde. Manche Mütter möchten einfach so tun, als sei die Schwangerschaft nie passiert, und das müssen wir respektieren. Oft liegt es daran, dass sie später eine Familie gegründet und niemandem von der ersten Schwangerschaft erzählt haben. Wenn eine Frau gegen eine Kontaktaufnahme ist, sind mir die Hände gebunden. Und wenn ich mir nicht absolut sicher bin, wer Ihre erste Mutter war, kann ich auch meistens nichts tun. Das kann passieren, wenn die Unterlagen gefälscht wurden, was ebenfalls nicht so selten vorkam. Zum Beispiel, wenn die erste Mutter ihre Zustimmung komplett verweigert hat.«

»Zustimmung verweigert? Also selbst wenn die Frauen nicht einwilligten, wurden ihnen manchmal die Säuglinge weggenommen?«

Hilary drückte sich das iPad an den Körper und nickte bedächtig.

»In den meisten Fällen spielte es keine Rolle, wie die Mütter sich verhalten haben. Selbst wenn sie nicht minderjährig waren und gesetzlich ein Mitspracherecht an der Zukunft ihres Kindes hatten, wurden die Mütter notfalls mit Drogen oder sogar mit roher Gewalt zur Zustimmung gebracht. Wenn das alles nicht zum Ziel führte, griff das Personal manchmal eben zur Urkundenfälschung.«

Rohe Gewalt. Zwangsadoption. Urkundenfälschung. Die Sprache dieser neuen Welt war unglaublich brutal.

»Glauben Sie ... glauben Sie, Mum ... also meine Adoptivmutter Megan ... könnte an so etwas beteiligt gewesen sein? Als Sozialarbeiterin?«

Hilary schien sich um ein Pokerface zu bemühen, aber ich bemerkte das leichte Zusammenpressen ihrer Lippen und ein kaum wahrnehmbares Verengen der Augen. Diese Andeutung von Verachtung verriet mir alles, was ich wissen musste.

»Möglich«, sagte sie nur.

Als wir das Büro verließen, rutschte ich in einen Tagtraum, aus dem ich eigentlich erst abends wieder auftauchte. Ich dachte an die Frau, die mich geboren hatte, und wie es wäre, wieder mit ihr vereint zu werden. Wie wunderbar es wäre, in ein Gesicht zu blicken, das mein eigenes spiegelte. Und ich fragte mich sogar, ob ich das vielleicht unterbewusst mein ganzes Leben lang vermisst hatte. Ich befasste mich ausschließlich mit der Zukunft, denn sobald ich an die Vergangenheit dachte, geriet mein Herz ins Stolpern, und die glimmende Wut in meinem Innern drohte aufzulodern.

Mum zerstörte meinen Tagtraum und löste die Explosion aus. Denn sie schickte mir eine SMS, eine liebe und an sich unschuldige SMS, die mich aber so aufbrachte, dass ich das Handy am liebsten gegen die Wand geschleudert hätte.

> Geht es dir gut, Sabina? Bitte gib mir nur Bescheid, ob alles in Ordnung ist. Ich mache mir große Sorgen um dich.

Wie konnte sie es wagen, sich nach meinem Wohlergehen zu erkundigen? Als wäre mein innerer Aufruhr unberechenbar und unvermeidlich, als hätte sie die ganze furchtbare Situation nicht verursacht.

Meine Hände zitterten, als ich zurückschrieb.

> Nein, es geht mir nicht gut. Du lügst mich immer noch an. Es wird erst wieder besser, wenn du mir die Wahrheit sagst. Was willst du verbergen?

Ich behielt das Handy in der Hand, während ich auf eine Antwort wartete, und starrte den Bildschirm mit solch verzweifeltem Zorn an, dass mir die Augen schmerzten. Nach einigen Minuten wurde mir klar, dass sie nichts erwidern würde.

»Ganz allmählich hasse ich sie«, flüsterte ich Ted zu. Er musterte mich überrascht.

»Das hast du noch nie über einen anderen Menschen gesagt.«

»Ich will ihnen wehtun. Ich will Rache. Ich will sie in tausend Stücke zerbrechen und als die Menschen neu zusammenbauen, die sie von Anfang an hätten sein sollen.« Beim Sprechen tippte ich wieder auf der Tastatur, aber Ted hielt mir unvermittelt die Hände fest.

»Du bist sauer und hast dazu auch jedes Recht. Aber sei vorsichtig, damit du hinterher nichts bereuen musst.«

Wortlos entriss ich ihm das Handy und hackte wütend auf die Tasten ein. Als ich mit meinem Text zufrieden war, fügte ich Dad noch der Empfängerliste hinzu und hielt ihn Ted zum Lesen hin.

Ich will von keinem von euch mehr hören, nie wieder, wenn ihr euch nicht einmal überwinden könnt, ehrlich zu mir zu sein. Meldet euch erst wieder, wenn ihr bereit seid, mir alles zu erzählen.

»Bist du sicher, dass du das willst, Sabina?« Teds Zögern war unüberhörbar, aber ich achtete nicht darauf, drückte auf *Senden* und warf das Handy auf den Wohnzimmertisch.

»Nein«, sagte ich tonlos. »Aber ich bin sicher, dass ich das brauche.«

Kapitel zwölf

Lilly

JULI 1973

Lieber James,
Tag und Nacht starre ich die Tür an und warte darauf, dass Du hereinstürmst. Ich stelle mir immer wieder vor, wie alle anderen uns beobachten und sich heimlich wünschen, Du wärst ihr Freund. Kommst Du direkt mit dem Bus von Armidale? Oder fährst Du erst nach Hause, um Deinen Eltern die Neuigkeiten beizubringen?
Jeden Moment kannst Du kommen.
Ich versuche wirklich, optimistisch zu bleiben, besonders in den Briefen an Dich, denn Du sollst nicht schlecht von mir denken. Ich möchte, dass Du stolz darauf bist, wie gut ich zurechtkomme, aber ... es ist einfach grauenhaft hier. Die Traurigkeit, die endlose Schufterei und die ewige Litanei, dass ich angeblich mein Leben ruiniert habe, zermürben mich allmählich. Mach Dir bitte keine Sorgen, natürlich glaube ich ihren Beschimpfungen nicht. Ich bin sehr wohl in der Lage, mich um dieses Kind zu kümmern, und

auf keinen Fall wäre es besser, wenn es bei anderen Leuten aufwächst. Wie könnte ich auf solche Lügen hören? Ihr kleines Herz schlägt in meinem Körper. Sie wächst in mir, ich sorge schon jetzt für sie. Sie ist Du und ich, und sie braucht uns. Es macht mich wütend, wenn sie hier verlangen, ich solle das Baby am besten Fremden überlassen.

Aber genau das sagen sie, James. Sie sagen es beim Tischgebet, sie sagen es in der Wäscherei bei der Anwesenheitskontrolle, sie sagen es, wenn sie denken, dass wir nicht zuhören, und sie sagen es noch lauter, wenn sie wissen, dass wir zuhören. Die Schwestern sagen es, Mrs. Sullivan, die Ärzte. Wir müssen verzichten, es sei egoistisch, sich etwas anderes einzubilden. Wir sollen Buße tun, und der einzige Weg dazu ist, unsere Kinder einer Familie mit gefestigterer Moral zu überlassen.

Darum kreist unser ganzes Leben hier. Der Druck, sich auf eine Adoption einzulassen, ist gnadenlos, sogar von Mrs. Baxter, wobei sie ihn natürlich auf ihre sanftere Art ausübt. Jedes Mal fragt sie mich, wie ich mich denn entscheide, falls Du nicht kommst. Offenbar will sie mich so auf eine Situation vorbereiten, die ganz sicher nicht eintreten wird.

Aus den Gesprächen der anderen Mädchen weiß ich, dass die meisten diesen Lügen glauben. Wäre ich mutiger, dann würde ich sie anflehen, sich das noch einmal zu überlegen. Inzwischen verstehe ich, was mit Gehirnwäsche *gemeint ist: Wir werden von morgens bis abends mit dieser negativen Einstellung geflutet.*

Meine Liebe zu diesem Baby ist bereits stärker als alles, was ich je empfunden habe, außer vielleicht meiner Liebe zu Dir. Ist das bei allen Frauen so? Wenn ja, dann vermissen Frauen, die der Adoption zustimmen, ihre Kinder bestimmt ihr Leben lang. Heute Abend sagte Mrs. Sullivan zu Tania, es werde ihr so vorkommen, als ob es das Kind nie gegeben hätte. Nach der Entbindung kann sie weiterleben, als ob sie nie einen Fehltritt begangen hätte. Das ist Irrsinn! Es ist widerwärtig, so etwas auch nur zu denken. Wie kann jemand Leben hervorbringen, nur um es dann zu vergessen?

Deswegen bin ich heute Abend so aufgelöst. Mrs. Sullivan hat mich völlig durcheinandergebracht. Zu behaupten, das sei so, als ob wir nie schwanger gewesen wären, ist völliger Quatsch. Wissen sie nicht, dass Herz und Verstand sich auch ausdehnen, nicht nur der Körper? Nach der Geburt werden die meisten körperlichen Veränderungen wieder verschwinden, aber niemand kann mir einreden, dass ich meine Tochter je vergessen könnte. Sie hat sich in meine Seele eingebrannt.

Als Tania zum Schlafen in unser Zimmer kam, wollte ich mit ihr reden. Sonst fühle ich mich in ihrer Gesellschaft unsichtbar, sie scheint mich überhaupt nicht wahrzunehmen, deshalb spreche ich sie auch nie an. Heute Abend wollte ich mich unbedingt davon überzeugen, dass noch jemand außer mir diese Lügen durchschaut. Also fragte ich sie, was sie von Mrs. Sullivans Ratschlägen hält.

Tania warf mir den spöttischen Blick zu, den ich jetzt

schon so gut kenne, machte ein paar abfällige Bemerkungen über meine Naivität und erzählte mir dann, wie sie schwanger geworden ist. Den Mann liebt sie nicht. Sie sieht keine gemeinsame Zukunft, und deshalb ist sie auch überzeugt, dass es dem Kind bei Adoptiveltern besser gehen wird. Das Gespräch beendete sie mit ein paar schlimmen Schimpfwörtern. Sie ist einfach so gemein und so eiskalt.
Danach konnte ich nicht einschlafen, und jetzt verstecke ich mich mitten in der Nacht hier auf der Toilette, verstoße gegen alle Regeln und schreibe Dir, denn Du bist wie immer mein einziger Trost.
Wenn ich Tania wäre ... Nun ja, mir würde das nicht passieren, weil ich so etwas nicht mit jemandem mache, den ich nicht liebe.
Ach, James! Jetzt habe ich sofort ein schrecklich schlechtes Gewissen, denn ich behandle Tania genau so, wie alle mich behandeln. Mit welchem Recht fühlt sich jemand überlegen und verurteilt Menschen, als ob manche von uns besser als andere seien? Das ist doch die Ursache des ganzen Übels hier. Vielleicht bin ich auch nicht anders.
Hat sie nicht das Gleiche getan wie wir beide? Der einzige Unterschied besteht darin, dass wir uns lieben. Aber für die Menschen, die hier im Heim das Sagen haben, ist das anscheinend völlig unwichtig. Ich will nicht daran denken, weil ich mir immer noch ganz sicher bin, dass alle Sorgen unnötig sind. In Wahrheit habe ich aber keine Ahnung, was werden soll, wenn Du nicht kommst. Es gibt sicher eine Möglichkeit, das Kind zu behalten, in Tanias Fall

aber ohne Märchenprinz, der zu ihrer Rettung herbeieilt ...
Eigentlich kann ich sie verstehen. Ohne Dich müsste ich das Heim mit einem Baby auf dem Arm verlassen und wüsste nicht, wohin ich mich wenden sollte. Auch wenn ich eine Unterkunft finde, könnte ich sie nicht bezahlen, von Essen ganz zu schweigen. Und wenn ich arbeite, wer passt dann auf unser Baby auf? Wer stellt mich schon ein, eine Frau mit Kind, aber ohne Mann? Wie kann ich unsere Tochter vor dem Getuschel schützen? Alle wüssten, dass sie unehelich ist, und das wäre ihr Verderben, noch bevor sie sprechen kann.
Das praktische Problem verstehe ich, aber ich liebe sie doch so sehr. Zu sehr, um sie einfach wegzugeben, als wäre sie unerwünscht. Vermutlich geht es Tania trotz ihrer Wut genauso, ebenso wie allen anderen.
Bei dem Gedanken, mich von unserem Kind trennen zu müssen, wird mir regelrecht schlecht. Ich könnte das niemals. Dazu kann mich niemand überreden. Niemals.
Ich rege mich schon wieder auf, deshalb mache ich jetzt Schluss, denn das ist alles völlig unnötig. Ich bin so froh, dass ich keine Angst haben muss, allein zu bleiben. Ich weiß, dass Du kommst, wahrscheinlich bist Du schon unterwegs.
Bis bald, mein Geliebter.
Lilly

Kapitel dreizehn

Sabina

APRIL 2012

Am Samstagabend saßen Ted und ich nebeneinander auf dem Sofa und sahen uns einen Film an. Ich hatte eine gehäkelte Decke auf dem Schoß und überlegte, woher die eigentlich stammte. Ich besaß sie schon lange. Hatte Mum sie für mich gemacht? Ich konnte mich nicht daran erinnern, sie von ihr geschenkt bekommen zu haben, aber es musste so gewesen sein. Warum sonst hatte ich sie mit auf das Kreuzfahrtschiff geschleppt, nach Dubai und beide Male wieder zurück nach Sydney? Ich empfand einen seltsamen Zwiespalt. Einerseits war ich so wütend auf meine Mutter, dass ich die Decke am liebsten in den Müll geworfen hätte, falls sie sie selbst gehäkelt hatte. Andererseits vermisste ich meine Mutter so schrecklich, dass mich die Vorstellung tröstete, die Decke sei von ihr.

Es kam eine Werbepause. Wie immer wechselte Ted sofort den Sender und suchte nach einer Ablenkung, bis der Film weiterging. Er blieb bei einer Tierdokumentation hängen. Eine Schildkröte legte an einem Strand ihre Eier ab und schwamm davon. Das Bild wurde ausgeblendet, dann sah man die kleinen Schildkröten aus den Eiern schlüpfen und auf ihren ungeübten Beinchen umhertaumeln.

»... die Jungen sind von Geburt an selbständig. Zu diesem Zeitpunkt ist die Mutter längst weg ...« Der Sprecher schien das nicht weiter bemerkenswert zu finden, ich aber war gebannt und beobachtete die winzigen Geschöpfe, wie sie ins Meer krochen. Vielleicht war es in der Natur ganz normal, dass eine Mutter ihr Kind zurückließ.

Erschauernd sah ich wieder das Bild vor meinem geistigen Auge. Ich ganz allein auf einer Türschwelle im strömenden Regen und peitschenden Wind. Natürlich wusste ich, dass es so nicht gewesen war, aber noch hatte ich keine alternative Vorstellung für meine übereifrige Fantasie. Ganz sicher aber entsprach es den Tatsachen, dass meine leibliche Mutter die Klinik eines Tages ohne mich verlassen hatte. Ich wusste fast nichts über sie, aber diese schlichte Tatsache war schon herzzerreißend.

Ted schaltete auf den Film zurück und merkte nicht, dass ich schon wieder einen kleinen Zusammenbruch erlitt. Wir saßen im Dunkeln, nur das flackernde Licht des Fernsehers erhellte unsere Gesichter. Ich hatte mich von dem Film abgekoppelt. Es bedurfte offenbar nur geringer Andeutungen, um mich wieder auf das Thema Adoption zu bringen.

Unwillkürlich legte ich mir die Hand auf den Bauch, diesen Schutzschild aus Fleisch und Blut für meine eigene Schwangerschaft. Gleichgültig, wohin meine Gedanken über meine Eltern auch schweiften, sie kehrten immer zu dem Baby zurück. Ich wollte glauben, dass die Liebe zu meinem eigenen Kind stark genug war, um es vor jeder Bedrohung zu schützen. Aber langsam und widerstrebend begriff ich, dass selbst die größte Liebe manchmal nicht ausreichte, um gegen das Böse in der Welt anzukommen.

Auf einmal umschlang ich Ted, presste das Gesicht an seinen Oberarm und begann zu weinen.

»He! Was ist denn los?« Er drehte sich zur Seite und drückte mich an sich.

»Glaubst du, diese Schildkröten vermissen ihre Mutter?«

»Welche Schildkröten?«

»Die in der Doku gerade eben.«

»Ach, die aus den Eiern? Ob die ihre Mutter vermissen? Nein, natürlich nicht. Sie brauchen sie nicht, das hat der Sprecher doch gesagt.«

»Warum hat mir meine Mutter nicht gefehlt? Würde unser Kind mich überhaupt vermissen, wenn es nicht bei mir wäre?«

»Wir sprechen hier von Säuglingen. Du kannst dich nicht erinnern, vielleicht hast du deine Mutter ja vermisst. Vielleicht warst du wahnsinnig traurig, und Megan hat es einfach toll hingekriegt, dich umzugewöhnen. Und über unser Baby brauchst du dir keine Sorgen zu machen. Schließlich wirst du ja bei ihm sein.«

»Aber was, wenn mir was passiert? Was, wenn ich nicht bei unserem Baby sein kann?«

»Sabina, wie kommst du jetzt darauf?«

»Wenn wir je meine Mutter finden, ist sie sicher verletzt, dass ich sie nicht vermisst habe«, flüsterte ich.

»Oder sie freut sich, dass du eine nette Familie gefunden hast und eine schöne Kindheit hattest.« Er war so geduldig mit mir, immer die Stimme der Vernunft. Ich entzog mich seiner Umarmung, und er protestierte. »Wo willst du denn hin?«

»Ich glaube, ich gehe ins Bett.«

»Ach, Sabina ...«

»Tut mir leid«, sagte ich. »Ich weiß, dass ich h... heule, weil Schildkröten ihre Mutter nie kennenlernen, und das ist albern.« Ich musste lachen, dann schluchzte ich wieder auf. »Es ist nur einfach so furchtbar. Zu ungerecht und zu verwirrend. Ich halte das nicht aus.«

Seufzend schaltete er den Fernseher ab.

»Du musst nicht mit ins B... Bett kommen.« Wieder entfuhr mir ein Schluchzer, den ich weder verstehen noch verhindern konnte.

»Doch, muss ich.« Wieder nahm er mich in die Arme. »Was du gerade durchmachst, ist schrecklich, und das Timing ist auch schrecklich. Und weil es ungerecht ist, darf es auch albern sein. Wenn du dich ins Bett legst und wegen dieser armen, einsamen Schildkröte weinst, dann will ich bei dir sein.«

Eine knappe Woche nach dem Gespräch mit Hilary rief sie mich an. Ich weiß, dass eine Woche nicht lange klingt, aber die Tage hatten sich hingezogen, und ich hatte die ganze Zeit kaum an etwas anderes gedacht. Als die Nummer auf meinem Handy aufleuchtete, kehrte ich gerade von der Schule nach Hause zurück. Sofort bekam ich einen heftigen Adrenalinschub, ich zitterte, halb vor Angst, halb vor Aufregung.

»Ich habe Neuigkeiten«, sagte Hilary, nachdem sie mich begrüßt hatte. Ich hörte das Zögern in ihrer Stimme, und meine Stimmung sank. »Keine besonders guten«, ergänzte sie.

Meine Schritte wurden langsamer, bis ich stehen blieb.

»Ich höre.«

Hilary begann zu reden, aber es waren zu viele Informationen über Gesetzgebung und zu wenige über meine aktuelle Situation. Nach einer Weile begriff ich, worum es im Grunde ging – ihr waren die Hände gebunden.

»... Sie verstehen also, ich darf Ihnen nur mitteilen, was zweifelsfrei mit Ihrer eigenen Geburt zu tun hat. Ich habe die Klinikunterlagen hinsichtlich des Datums auf Ihrer Geburtsurkunde überprüft, und es passt einfach kein Fall darauf. Was immer passiert ist, es entsprach nicht dem üblichen Prozedere.«

»Und was bedeutet das?«

»Es gab zwei Bestandteile einer Geburtseintragung, nämlich die an die Bundesbehörde weitergeleitete Geburtsurkunde und zusätzlich die vom Krankenhaus geführten Akten. Auf Ihrer offiziellen Geburtsurkunde steht, dass Sie am zehnten Oktober in der Klinik in Orange geboren wurden, aber in den Unterlagen sämtlicher Frauen im Entbindungsheim zu dieser Zeit ist für diesen Tag keine Geburt verzeichnet. Entweder hielt sich Ihre leibliche Mutter nicht in dem Heim auf, oder – noch wahrscheinlicher – das Datum auf der Urkunde stimmt nicht.«

Auf der Straße raste ein Fahrradfahrer an einem Kleinwagen vorbei. Er fuhr so schnell ... War das nicht gefährlich? Ich atmete die Abgase ein und wollte mich gegen den kommenden Schmerz wappnen. Es klappte nicht.

Die Enttäuschung fuhr mir heftig in den Magen und glich dem Gefühl, das man hatte, wenn das Flugzeug in ein Luftloch fiel.

»Selbst mein Geburtsdatum ist eine Lüge.«

»So sieht es tatsächlich aus. Das ist zwar nicht unbedingt der Normalfall, aber ich erlebe es nicht zum ersten Mal. Leider kam es durchaus vor, dass sämtliche Dokumente für den Geburtseintrag gefälscht wurden, um die Rolle der leiblichen Mutter komplett zu übergehen. Für die passenden Adoptiveltern arrangierte das Personal manchmal so etwas. Da Megan in dem Heim arbeitete, leuchtet das irgendwie ein.« Ich umklammerte das Telefon so fest, dass die Finger schmerzten. »Es ist ein komplexes Puzzle, und es fehlen momentan zu viele Teile. Tut mir so leid für Sie.«

Die Worte kreiselten umeinander und hallten in der plötzlichen Leere meines Kopfes wider. Alle meine Träume vom Kennenlernen meiner leiblichen Mutter, vom Gefühl einer kosmischen Verbindung lösten sich in einem einzigen Gespräch in nichts auf.

»Das war's dann also? Ich werde es nie erfahren?«

»Nicht unbedingt.« Es kam mir so vor, als sei Hilary im einen Moment bei mir und im nächsten weg. Der professionelle Tonfall verschwand, als würde auch sie von Traurigkeit überwältigt. Ich spürte das riesengroße Mitleid, das sie für mich empfand. »Tja, der Aktenlage zufolge könnte man glauben, es habe nie eine Adoption stattgefunden.«

Was genau der Absicht meiner Eltern entsprach, wie ich schlagartig erkannte. Sie hatten so tun wollen, als würde ich tatsächlich zu ihnen gehören. Und dabei blieben sie dann auch fast vierzig Jahre lang.

»Ich kann nicht fassen, dass ich so schnell in einer Sackgasse gelandet bin.«

»Es ist eine Sackgasse«, bestätigte Hilary sanft. »Aber nicht unbedingt das Ende. Es heißt nur, dass Sie eine andere Richtung einschlagen müssen, um Ihre Antwort zu bekommen.«

Ich lachte bitter. »Meine Mutter?«

»Nun ja, es gibt zum Beispiel DNS-Datenbanken, an die ich Sie verweisen kann. Wir machen einen Abstrich von Ihrer Wange, der dann mit der DNS von Menschen in aller Welt verglichen wird.« Ich seufzte ungeduldig, und Hilary seufzte ebenfalls. »Ja, ich weiß, das klingt nicht allzu erfolgversprechend. Aber die andere Möglichkeit wäre, wenn Ihre Adoptivmutter Ihnen einen Vornamen oder das echte Geburtsdatum nennen könnte. Damit könnte ich arbeiten. Ich brauche nur ein verlässliches Bindeglied.«

»Sind Sie sicher, dass sie den Vornamen meiner leiblichen Mutter überhaupt kennt? Sie bestreitet das.«

»Kann natürlich sein, dass das stimmt. Vielleicht gab es einen Vermittler, vielleicht hatte sie wirklich selbst nichts mit Ihrer leiblichen Mutter zu tun. Aber allein der Name desjenigen, der die Adoption ermöglichte, könnte uns unter Umständen schon weiterbringen.«

»Ich bin mir aber s... sicher, dass s... sie mir nicht helfen will«, flüsterte ich. Meine Kehle war wie zugeschnürt, mein Sprechen wurde immer ruckartiger. Die

Enttäuschung lastete mir auf der Brust wie ein schweres Gewicht.

»Es tut mir ehrlich leid, Sabina. Ich grabe natürlich weiter. Aber ich wollte Ihnen nur Bescheid geben, dass ich zum jetzigen Zeitpunkt einfach nicht weiß, ob wir sie finden können.«

»Danke trotzdem, Hilary.« Es gab also momentan keinen Anlass zur Hoffnung. »Und vielen Dank für Ihren Anruf.«

Unter den Wipfeln der Eichen, an denen ich jeden Tag auf dem Weg zur Arbeit vorbeikam, blieb ich noch eine Weile stehen. Nach und nach begriff ich, dass diese verschlossene Tür wahrscheinlich das Ende meiner Suche bedeutete. Aber das durfte einfach nicht sein, das konnte ich nicht zulassen. Ich spürte eine drängende Verzweiflung, etwas zu unternehmen, irgendetwas. Ich drehte mich zur Schule um, überlegte es mir anders und machte wieder kehrt. Schließlich musste ich mich an einen Baum lehnen, um mich aufrecht zu halten.

Die Klarheit kam so unvermittelt wie der Anruf zuvor. Ich stieß mich vom Stamm ab und stapfte mit wütenden, schnellen Schritten auf mein Haus zu, angetrieben von der Entschlossenheit, mir Gerechtigkeit zu verschaffen.

Wieder hämmerte ich mit dem Metallklopfer an die Tür. Dieses Mal war ich nicht unsicher, dieses Mal hatte ich eine Mission. Nicht selbst aufzuschließen war in Wirklichkeit ein Warnschuss. Dad öffnete, und ich sah die Freude auf seinem Gesicht, als er mich entdeckte. Selbst seine Zuneigung machte mich wütend.

»Ich muss mit euch beiden sprechen«, stieß ich hervor. Er seufzte, als wäre das jetzt schon ein Beweis meiner Unvernunft, und ich drängelte mich an ihm vorbei ins Haus. »Mum? Wo bist du?«

»Sabina, hallo Schatz! Ich bin im Schlafzimmer!«, rief sie von oben. Ich drehte mich zu Dad um.

»Komm mit!«

Dad folgte mir, aber ihm war offenkundig unbehaglich zumute. Als ich ins Schlafzimmer kam, legte Mum gerade sorgsam gefaltete Kleidungsstücke in die Kommode. Ihr glücklicher Gesichtsausdruck wich schnell derselben argwöhnischen Verblüffung, die mein Vater ausstrahlte.

Ich setzte mich nicht. Als Dad bei uns stand, breitete ich die Hände aus. »Ich werde sie finden«, sagte ich so ruhig wie möglich. »Und wenn ihr mir nicht helft, werdet ihr mich verlieren, auch Ted und euer Enkelkind.«

»Sabina, bitte ...«

»Ich bin nicht zum Diskutieren hier. Ich bin hier, um euch ein Ultimatum zu stellen. Ich glaube, ihr liebt mich beide sehr. Aber seit ihr mir davon erzählt habt, habe ich ein verzweifeltes, brennendes Bed...dürfnis, sie zu finden. Es ist, als würde sie mich rufen, und zwar schon die ganze Zeit, aber ich habe es jetzt erst bemerkt. Habt ihr eine Ahnung, wie schwer es für mich ist, damit zu leben?«

Meine Eltern wirkten völlig fassungslos. Mum hielt immer noch eine von Dads Unterhosen in der Hand. Beide starrten mich stumm an, obwohl meine Stimme bebte und mir Tränen über die Wangen liefen.

»Ihr werdet mich nicht mehr sehen oder von mir

hören, und ich will auch nicht, dass ihr euch bei uns meldet. Weder wenn ihr krank seid noch wenn das Baby kommt. Nie. Ich verlange ihren Namen und mein echtes Geburtsdatum, und bis ich das bekomme, möchte ich mit keinem von euch irgendetwas zu tun haben.«

Endlich räusperte sich mein Vater. »Das meinst du nicht so.«

»Mehr fällt dir dazu nicht ein?« Ich hatte erwartet, dass sie schlagartig weich würden und zur Hilfe bereit wären. Aber dass Dad sich überhaupt nicht bewegen ließ, war ein Schock.

»Wir haben dich besser erzogen, Sabina. So etwas haben wir nicht verdient.« Er war ernsthaft der Meinung, dass ich mich unangemessen verhielt. Ich musste lachen, aber es war eher ein Ausdruck von Ungläubigkeit und Empörung.

»Sie auch nicht, Dad. Ich weiß, dass das Entbindungsheim die Mädchen dazu zwang, ihre Neugeborenen abzugeben. Doch gleichgültig, wer meine Mutter war, wie ich gezeugt wurde oder was genau passiert ist, *das* hat sie nicht verdient.«

Ich sah zu Mum hinüber, spürte aber Dads Blick auf mir. Es gab so vieles, was ich sagen, was ich mir von der Seele reden wollte, so viel Wut, so viel Verwirrung und Kummer. Aber ich fühlte mich außerstande zu weiteren Erklärungen. Ich begann zu weinen, und Mum ließ die Unterhose fallen und kam einen Schritt auf mich zu. Doch ich hielt abwehrend eine Hand hoch und zwang mich zu einem letzten Versuch.

»Ich kann nur annehmen, dass bei meiner Adoption nicht alles mit rechten Dingen zugegangen ist. Dass die

Unterlagen nicht astrein sind, weiß ich bereits. Vermutlich ist das aber noch nicht alles. Eine andere Erklärung fällt mir nicht ein, weshalb ihr mir die Wahrheit verschweigt, obwohl ich so dringend darum bitte. Stellen wir uns doch nur vor, dass ich meine leibliche Mutter finde und alle eure unschönen Geheimnisse lüfte – seid ihr dann besser dran als jetzt? Im Moment hat es für mich den Anschein, als hättet ihr mich mein Leben lang belogen und seid immer noch so feige und verleugnet euer Tun.« Mum war sichtlich bestürzt, unentwegt ballte sie die Hände zu Fäusten und löste sie wieder. Dad sah ich weiterhin nicht an. »Beweise mir, dass ich falschliege, Mum!«, flüsterte ich. »Was ich nicht weiß, kann ich nicht verzeihen. Bitte hilf mir, sie zu finden! Ich flehe dich an. Sonst bedeutet es das Ende unserer Familie.«

Wieder stürmte ich davon, und wieder folgten sie mir nicht.

Dieses Mal fühlte es sich an, als hätte ich ein Buch zugeklappt.

Ich dachte wirklich, damit sei der erste Teil meines Lebens abgeschlossen und ich träte nun den zweiten Teil an – den Teil, in dem Megan und Graeme Baxter nicht mehr meine Eltern waren.

Kapitel vierzehn

Lilly

AUGUST 1973

*Lieber James,
ich verstehe nicht, warum Du immer noch nicht da bist. Du musst sofort kommen, hörst Du mich? Du darfst nicht mehr warten, fahr mit dem Auto oder mit dem Bus oder geh zu Fuß, aber* jetzt. *Wenn Du Geld brauchst, leih Dir welches, oder klau einfach – nur dieses eine Mal. Mir läuft die Zeit davon. Auch wenn Du zu Semesterende noch Prüfungen oder Hausarbeiten schreiben musst, lass alles stehen und liegen und komm her!
Es ist noch viel schlimmer, als ich dachte, James, viel, viel schlimmer.
Mir ist heute etwas klar geworden. Es fällt mir sogar schwer, nur darüber zu schreiben, Du musst also Nachsicht mit mir haben. In der Wäscherei war in meiner Gruppe ein Mädchen, Anita. Heute ist sie verschwunden. Das ist nichts Ungewöhnliches, weil immer wieder Mädchen auf die Entbindungsstation kommen, wenn es so weit ist. Aber sie war die Erste*

aus meiner Gruppe, und ich hätte gern gewusst, was passiert ist. Weil alle immer stiller und trauriger wurden, nahm ich an, es sei etwas Schreckliches geschehen. Ich habe auf eine Gelegenheit gewartet, während der Arbeit eine der anderen zu fragen, aber wir hatten so viel zu tun, dass es plötzlich Abend war. Beim Essen sagte Tania, dass Anita ihr Baby bekommen hat. Mehr haben wir nicht erfahren, aber niemand hat sich gefreut. Alle waren eher noch trauriger als vorher, und ich habe gar nichts mehr verstanden. Ging es Anita nicht gut? Gab es Probleme? Oder war das Kind tot?

Nachdem wir eine Weile geschwiegen hatten, ohne einander anzusehen, fragte ich schließlich, ob es ein Junge oder ein Mädchen ist. Als niemand antwortete, hakte ich nach und erkundigte mich, ob mit den beiden alles in Ordnung ist.

Tanias Wutausbruch traf mich völlig unvorbereitet. Ich wollte doch nur wissen, ob es unserer Freundin gut geht. Aber Tania stand auf, fuchtelte mit den Armen und schrie mich an, ich sei blöd. Und sie hat recht, in all diesen Wochen habe ich nicht begriffen, wie schlimm unsere Lage wirklich ist.

Die Sache ist die, James: Wir wissen nicht, ob es ein Junge oder ein Mädchen ist. Wir wissen auch nicht, wie es dem Baby geht.

Nicht einmal Anita weiß das. Vielleicht hat man ihr Medikamente gegeben, damit sie während der Geburt schläft, oder sie festgehalten oder ihr ein Kissen auf das Gesicht gelegt, damit sie ihr Kind nicht sehen kann.

Sie wird nichts über dieses Kind erfahren, nicht einmal wissen, ob es die Geburt überlebt hat.
Hier nehmen sie den Müttern das Baby gleich nach der Entbindung weg, und wenn das stimmt, was Tania mir heute Abend erzählt hat, ist es sinnlos, sich dagegen zu wehren. Durch die Schwangerschaft fühle ich mich stark wie eine Superheldin, aber gegen dieses System ist auch die Stärkste von uns machtlos. Wir wissen nur, dass Anita ihr Baby nicht in die Arme schließen konnte, um es zu begrüßen, geschweige denn, um Abschied zu nehmen. Sie durfte nicht nachsehen, ob es ein Junge oder ein Mädchen ist, sie durfte die winzigen Finger und Zehen nicht zählen oder den wunderbaren Duft einatmen.
So unvorstellbar das auch ist, es kommt noch schlimmer: Was Anita für sich und für das Kind möchte, spielt überhaupt keine Rolle. Das alles widerfährt nicht nur den Müttern, die mit einer Adoption einverstanden waren. Als ich Tania sagte, dass ich einer solchen Ungeheuerlichkeit niemals zustimmen würde, nahm mich eins der Mädchen still an der Hand und führte mich aus dem Raum. Ich tobte, mein Atem ging so schnell, dass mir die kalte Luft wie Feuer in der Lunge brannte. Sie erklärte mir leise, dass ich das Baby niemals mitnehmen darf, auch wenn ich mich wehre, um mich schlage oder laut schreie.
Darum geht es hier im Heim überhaupt nicht. Der ganze Druck auf uns, damit wir die Kinder zur Adoption freigeben, ist nur eine Formsache oder vielleicht eine zusätzliche Strafe, damit wir noch mehr leiden,

während wir warten. Letzten Endes interessiert es niemanden, wofür wir uns entscheiden oder was wir uns wünschen. Die Sozialarbeiterinnen sollen uns nicht bei der Entscheidung helfen, sie sollen uns die Entscheidung aus der Hand nehmen und unsere Kinder in geeignetere Familien geben.
Hoffentlich kannst Du meinen Brief überhaupt lesen. Meine Schrift ist heute Abend schrecklich, entschuldige bitte. Ich habe mich so aufgeregt, dass ich jetzt, Stunden später, immer noch am ganzen Körper zittere. Ich bin zu aufgewühlt, um zu schlafen. Ich kann nicht einmal stillsitzen. Ich möchte nur schluchzen und schreien, weil alles so ungerecht ist, aber wenn jemand hört, dass ich um diese Zeit noch auf bin, ist der Teufel los.
Erinnerst Du Dich an diesen heißen Sommertag, wir waren damals vielleicht zehn oder elf, als wir ganz weit vom Haus weggingen, obwohl Mama uns das verboten hatte, und in dem hohen gelben Gras überall Schlangen herumkrochen? Erinnerst Du Dich, wie Du mich auf einen Stein gesetzt, meine Hand gehalten und mir versprochen hast, dass alles gut wird, weil Du mich beschützt?
Bis heute habe ich mich nie mehr in meinem Leben so gefürchtet. Jahrelang hatte ich Albträume wegen der Schlangen. Wenn ich zu früh aus diesen Träumen aufwachte, war ich schweißgebadet, mein Herz raste, und ich war überzeugt, dass ich auf der Stelle sterbe. Wenn ich aber etwas länger schlief, war es im Traum genau wie damals auf dem Feld. Dann nahmst du mich an der Hand und redetest beruhigend auf mich

ein, dass uns nichts passiert, wenn wir ruhig weitergehen.
Heute geht es mir noch schlechter als damals. Es ist ein Albtraum. Dieses Mal sind die Schlangen hinter unserem Baby her, und ich sitze in der Falle, wenn Du mich nicht bei der Hand nimmst. Es ist eine stärkere, dunklere Angst, und ich weiß nicht, wie ich damit umgehen soll.
Ich sehe heute mit klareren Augen auf die letzten Wochen zurück und weiß nicht nur, dass ich in einer sehr schlimmen Lage bin, sondern auch, dass es ohne Dich keinen Ausweg gibt. Ich kann wirklich überhaupt nichts tun. Du fragst Dich wahrscheinlich, warum ich nicht einfach weglaufe, aber das ist nicht möglich. Ich habe kein Geld, und die Türen sind nachts verschlossen. Es gibt Gerüchte, dass Mädchen, die einen Ausbruch wagten, von der Polizei gesucht wurden. Was hier geschieht, ist kein heimlicher Kinderraub, es wird ganz offiziell von den Behörden organisiert, und wenn ich weglaufe, bin ich diejenige, die im Unrecht ist.
Als ich begriff, dass Tania die Wahrheit sagte, geriet ich in Panik. Ich rannte blindlings los, bis in das Treppenhaus hinter dem Heim, das eigentlich für uns verboten ist.
Ich wollte einfach nur allein sein. Man muss doch wohl irgendwo unbeobachtet weinen dürfen. Aber sogar hier, an der einzigen Stelle im Heim, die niemand betreten darf, wartete Mrs. Baxter. Sobald ich den Treppenabsatz betrat, sah ich sie ein Stockwerk höher auf der Betontreppe sitzen.

*Anfangs bemerkte ich gar nicht, dass auch sie weinte.
Ich wusste nur, dass ich sie bisher für eine Freundin
gehalten hatte. Nun aber begriff ich, dass sie hier
arbeitet und dass es zu ihren Aufgaben gehört, mir
mein Kind wegzunehmen. Ich war so wütend auf sie,
am liebsten wäre ich auf sie losgegangen. Du weißt,
dass ich nicht oft laut werde, aber in dieser Situation
war ich zu allem fähig. Doch als sie mich schließlich
entdeckte und den Kopf hob, glaubte ich in die Augen
einer Toten zu sehen, ganz ehrlich.
Ich schäme mich nicht wegen meiner Situation,
weißt Du. In dieser Hinsicht geht es mir möglicherweise besser als Mrs. Baxter. Ihr Schmerz ist offensichtlich. Sie möchte genauso wenig hier sein wie ich,
und ich habe keine Ahnung, warum sie bleibt. Vor
lauter Schreck beruhigte ich mich ein wenig, stieg die
Treppe hinauf und setzte mich neben sie. Eine Weile
saßen wir schweigend nebeneinander, dann schlang
sie plötzlich die Arme um mich, und wir fingen beide
wieder an zu weinen.
Nach einiger Zeit meinte sie, ich müsse jetzt ins
Bett, weil die Nachtschwester mich sonst Mrs. Sullivan melden würde. Ich weinte immer noch, aber
Mrs. Baxter wischte mir die Tränen ab und ermahnte
mich, stark für mein Baby zu sein. Hinter der dump-
fen Resignation und dem Selbsthass in ihren braunen Augen versteckt sich immer noch Güte. Ich habe
sie angefleht, mir zu helfen. Es muss einen Weg geben,
und wenn mir irgendjemand helfen kann, dann vielleicht sie.
Sie versprach, darüber nachzudenken, und riet mir,*

Dir heimlich noch einen Brief zu schreiben, der Dir meine verzweifelte Lage in aller Deutlichkeit schildert.
Deswegen erkläre ich Dir das alles. Ich kann nicht weiter so tun, als ob mit mir alles in Ordnung sei, falls Du das bisher geglaubt hast.
Nichts ist in Ordnung, James, weder für mich noch für das Baby. Unsere Familie ist in großer Gefahr, und es bleibt nicht mehr viel Zeit. Das darf einfach nicht sein. Wir können es nicht zulassen. Und wir werden es auch nicht zulassen, oder?
James, wenn Du tatsächlich nicht fahren kannst, wobei ich mir nicht vorstellen kann, warum ... Aber wenn es so ist, dann ruf bitte Deine Eltern an. Ich weiß, dass sie uns helfen werden.
Bitte, James!
Lilly

Kapitel fünfzehn

Sabina

APRIL 2012

Am nächsten Morgen lag ich noch im Bett, als Ted zur Arbeit ging. Er gab mir zum Abschied einen Kuss, und ich lag nur halb wach in meinem zerknautschten Bettzeug und betrachtete meinen Bauch.

In der Hektik des Alltags, abgelenkt durch das Drama mit meinen Eltern, war leicht zu vergessen, dass etwas Wundersames vor sich ging. Mehrmals strich ich mir über den Unterleib, ob vielleicht schon eine kleine Wölbung entstanden war. Ich fragte mich, ob das Baby sich unter meiner Hand bewegte und ob es von den Stresshormonen beeinträchtigt wurde, die in letzter Zeit sicherlich durch meinen Körper geströmt waren. Ob es mir ähnlich sah? Ich hoffte, dass es Teds Stoffwechsel und meine Stimme erbte. Wir hatten zwar noch nicht darüber gesprochen, aber ich hatte das Gefühl, Ted erhoffte sich einen Sohn. Gerade erstellte ich im Geist eine Liste möglicher Jungennamen, als ich Ted die Haustür öffnen hörte. Da sie nicht wieder geschlossen wurde, stand ich widerstrebend auf und zog mir einen Morgenmantel über das Nachthemd. Wahrscheinlich hatte er sie aus Versehen offen gelassen.

Er saß neben meiner Mutter auf der Stufe vor dem Haus, den Arm um ihre schmalen Schultern gelegt. Er bemerkte nicht sofort, dass ich hinter ihnen stand, und sein Gesichtsausdruck wirkte gequält. Ich beobachtete die beiden und dachte daran, wie schnell die Landschaft meiner Familie sich verändert hatte. Seit ich von der Adoption erfahren hatte, hatte ich viel geredet, aber mich nicht annähernd ausreichend damit befasst, welchen Einfluss das alles auf meinen Mann hatte.

»Komm doch rein, Mum!«, sagte ich leise. Ted hob den Kopf.

»Ich kann nicht«, flüsterte sie. Ich hatte sie erschreckt, und jetzt stand sie auf. »Ich habe kein Recht auf deine Gastfreundschaft ... und auch nicht auf deine Vergebung. Darum werde ich dich niemals bitten. Ich wollte das schon vor Wochen tun, aber wir hatten solche Angst, und Dad ...«

Ihr Lächeln hatte etwas schmerzlich Trauriges, doch sie streckte mir eine Hand entgegen, und ich griff reflexartig danach. Ich spürte ihr Zittern durch den Zettel hindurch, den sie festhielt und der nun zwischen unseren Fingern klemmte. Achtunddreißig Jahre Schuldgefühle lagen in ihren rot geränderten Augen.

»Es war schön, so zu tun, als wärst du wirklich unser Kind. Wie ein wunderbares Spiel, und nach einer Weile haben wir vergessen, dass wir nur spielen. Dad will das nicht aufgeben, aber ich weiß, dass es wichtig für dich ist.«

Sie entzog mir ihre Hand, der Zettel blieb.

»Bitte, k... komm doch rein und sprich mit mir!«
»Nein, Dad wird sich aufregen, wenn er aufwacht, bevor ich zurück bin.«
»Mach dir keine Gedanken um Dad! *Ich* brauche dich!«
Der letzte Rest von Schläfrigkeit war verflogen. Meine Hände bebten, als ich den Zettel las. Mums Schrift wirkte ungleichmäßig, ich sah, dass sie beim Schreiben gezittert hatte.

Liliana Wyzlecki
3. September 1973

Mir stockte der Atem.
»Das ist sie? Das bin ich?«
Mum nickte.
»D... Danke.« Ein Schluchzen drängte die Kehle herauf, und ich presste mir die Hand auf den Mund, um nicht völlig die Beherrschung zu verlieren.
»Ich ...«, setzte meine Mutter an, fand aber nicht die richtigen Worte. Hilflos sah sie Ted an, woraufhin er auf eine Schachtel neben der Tür deutete.
»Megan hat Fotoalben mitgebracht. Damit du deiner leiblichen Mutter zeigen kannst, wie dein Leben verlaufen ist, wenn du sie gefunden hast.«
In der Schachtel lagen mehrere unterschiedliche Alben, die ich noch nie gesehen hatte.
»Wo kommen die denn her?«
»Die habe ich für sie gemacht«, erklärte Mum mit erstickter Stimme. Sie wich einen Schritt zurück. »Viel Glück, Sabina! Ich wünsche dir ehrlich, ehrlich Glück, mein Liebling.«

Damit drehte sie sich um und ging zu ihrem Auto. Als ich ihr nachlaufen wollte, hielt Ted mich am Arm fest.

»Lass sie!«

Ich dachte nach. Immerhin hielt ich die Information, die ich am dringendsten brauchte, in der Hand. Das, was ich mir wünschte, hatte ich allerdings nicht bekommen. Ich wünschte mir Trost und Zuspruch. Ich wünschte mir ein offenes Gespräch und einfache Antworten.

»Ich kann sie nicht gehen lassen, Ted.«

Ich schüttelte seinen Arm ab und lief los. Meine Mutter drückte auf dem Funkschlüssel herum, um das Auto zu öffnen. Ihre tapfere Miene war verschwunden; ihr Gesicht war tränenüberströmt.

Ohne ein Wort nahm ich ihr den Schlüssel weg, und dann betrachteten wir uns im Morgenlicht. Ich war wütend, und ich war dankbar, und ich war am Boden zerstört und erleichtert. Meine Emotionen schwankten so wild in alle Richtungen, dass ich gar nicht wusste, wo ich anfangen sollte.

»Du kanntest sie also doch.«

Mum nickte und wischte sich die Augen. Mein Gott, sie sah so alt aus, so schmerzlich dünn. Es kam mir vor, als hätte sie in den Wochen, seit sie mir die Wahrheit gesagt hatte, eine körperliche Wandlung durchgemacht.

»Sie wollte mich behalten, oder? Deshalb habt ihr es mir nie erzählt.«

»Sabina, ich hab dir doch schon gesagt, so einfach war das nicht ...«

»Das weiß ich. Aber ich muss es wissen. Sie wollte mich behalten, ihr habt sie nicht gelassen, sondern mich zu euch genommen. So war es, stimmt's?«

»Wenn du alles so vereinfachst, Sabina, wirst du es nie verstehen.«

»Ich hätte Hass auf jeden, der mir mein Kind wegnimmt.« Ich dachte an den selig-friedlichen Moment gerade eben, als ich noch im Bett gelegen und über meine Schwangerschaft nachgedacht hatte. Es war keine Absicht gewesen, und bis ich Teds unterdrücktes Keuchen hinter mir hörte, war mir gar nicht bewusst, wie grausam und verletzend diese Worte waren. Plötzlich sah Mum mir wieder in die Augen.

»Und dazu hast du jedes Recht«, sagte sie ausdruckslos.

»Dads Verhalten in dieser Sache kapiere ich sogar fast. Ich kann mir gut vorstellen, dass er einfach entscheidet, was für alle das Beste ist, und dann die Fäden zieht wie ein Puppenspieler. Aber du? Du hast mir doch beigebracht, dass jeder Mensch zählt. Du hast mir beigebracht, immer die Wahrheit zu sagen. Du hast sogar Fotoalben für sie aufbewahrt, weil du ganz offensichtlich wusstest, dass ich eines Tages davon erfahren würde. Und trotzdem hast du es mir mein Leben lang verheimlicht? Das ist doch unlogisch, Mum. Und jetzt lässt du mich damit allein? Das ist einfach total ungerecht!«

Mum streckte den Arm nach mir aus, und einen Moment lang dachte ich, sie wolle meine Hand nehmen. Ich deutete die Geste als Zerknirschung oder als Entgegenkommen und wimmerte fast vor Erleichterung, erstarrte aber sofort wieder, als ich merkte, dass sie nur nach dem Schlüssel griff. Immer noch weinte sie lautlos, ihr Gesicht war fleckig und zerknittert, aber in ihrem Blick lag Entschlossenheit.

»Ich muss nach Hause, Sabina.«

»Das Schlimmste daran ist ja nicht, dass ich adoptiert wurde«, sagte ich vor lauter Verzweiflung, und die Worte klangen schroffer als beabsichtigt. »Dass du es vor mir verheimlicht hast, kann ich auch noch hinnehmen. Aber mir ist klar geworden, dass du nicht der Mensch bist, für den ich dich gehalten habe.«

Mum riss mir den Schlüssel aus der Hand.

»Tut mir leid, dass du das so empfindest«, flüsterte sie. »Ich weiß, dass ich dich enttäuscht habe. Ich weiß, dass wir unverzeihlich gehandelt haben. Ich kann nur hoffen, dass du darüber hinwegkommst und dir eine neue Zukunft aufbaust, jetzt, da du einige Antworten hast.« Schnell stieg sie in den Wagen und ließ den Motor an, den Blick geradeaus gerichtet statt auf mich. »Pass auf dich auf, mein Schatz!«

Ted legte mir einen Arm um die Hüften und schmiegte das Gesicht an meine Wange. Gemeinsam sahen wir dem Auto nach.

»Wenigstens hast du jetzt ihren Namen, Sabina.«

»Ja«, murmelte ich. Erst als Mums Wagen nicht mehr zu sehen war, wandte ich mich zu ihm um und erwiderte seine Umarmung. »Wenigstens das. Und ich werde sie finden, Ted. Es ist zu spät, um alles wiedergutzumachen, aber vielleicht können wir wenigstens unseren Frieden damit machen – wir alle.«

Kapitel sechzehn

Lilly

AUGUST 1973

Lieber James,
Du wirst es nicht glauben, aber in letzter Zeit habe ich nicht mal mehr Appetit. Auf dem Kalender sehe ich, wie ein Tag nach dem anderen vergeht. Die Uhr scheint immer schneller zu ticken. Obwohl ich es kaum erwarten kann, von hier wegzukommen, wage ich kaum daran zu denken, was vor mir liegt. Ich sitze in der Falle, bin nervös und habe von morgens bis abends Angst. Die Angst frisst meine ganze Kraft, ich kann mich auf nichts mehr konzentrieren. Dem Baby zuliebe versuche ich zu essen, auch wenn ich keinen Hunger habe. Zum ersten Mal in meinem Leben ist es zu anstrengend, den Mund aufzumachen und Nahrung hineinzuschieben.
Ich will nach Hause.
Zu den Mahlzeiten gehe ich nur, damit die Schwester meinen Namen abhaken kann. Manchmal stochere ich dann in meinem Essen herum, aber die meiste Zeit sitze ich allein in meinem Zimmer

und starre auf die Straße. Ich habe mir schon so oft vorgestellt, wie Du dort aus einem Auto aussteigst, dass es sich inzwischen wie eine Erinnerung anfühlt.

Tania hatte schon einige bissige Bemerkungen gemacht, weil ich nichts esse, und heute ist sie mir während des Abendessens sogar in unser Zimmer gefolgt. Erst dachte ich, sie will mich zurückholen, weil sie meine Appetitlosigkeit für Kritik an ihren Kochkünsten hält. Stattdessen zog sie ganz hinten aus ihrem Spind eine kleine schwarze Tasche hervor und forderte mich zum Mitkommen auf. Erst weigerte ich mich, aber Tania ist energisch. Am Ende bin ich mitgegangen. Ich dachte, es geht schneller, ihr zu gehorchen, als mit ihr zu streiten.

Sie brachte mich in Elizas Zimmer. Eliza arbeitet in der Küche. Ich kenne sie kaum, aber wir haben alle gestern in den frühen Morgenstunden den Tumult in ihrem Zimmer mitbekommen. Aus dem leisen Stöhnen wurde ein Jammern und schließlich lautes Schreien. Als die Schwester nachsah, war Eliza kurz vor der Geburt. Die Pfleger brachten sie in den Kreißsaal, danach war das Haus viel zu still.

Heute Morgen kam die arme Eliza völlig erschöpft zurück. Ihr Bauch ist leer und der Rest von ihr ebenfalls. Den ganzen Tag saß sie allein in ihrem Zimmer. Wenigstens muss sie nicht mehr arbeiten, sie ist nur noch wenige Tage hier, bis ihre Eltern sie nach Hause holen.

Ich bin ihr aus dem Weg gegangen, weil ich keine Ahnung hatte, was ich zu ihr sagen soll. Sie trauert,

und ich verwende meine ganze Energie darauf, dass mir das erspart bleibt.
Auf dem Weg zur Tür erklärte Tania mir und Eliza, was sie vorhatte. Sie wollte zur Säuglingsstation im Krankenhaus auf der anderen Straßenseite. Falls eine nette Schwester Dienst hatte, konnten wir vielleicht ein paar Minuten mit Elizas Baby verbringen. Wenn möglich macht Tania das offenbar immer für die Mädchen, obwohl es streng verboten ist, und Mrs. Baxter muss davon wissen. In der schwarzen Stofftasche hat Tania nämlich eine Polaroidkamera, die Mrs. Baxter uns geschenkt hat, damit wir wenigstens ein kleines Andenken an unser Baby haben, falls wir die Möglichkeit zu einem Abschied bekommen. Ich fragte Tania, warum sie mich dabeihaben wollte. Es kam mir so privat vor, und ich fühlte mich gar nicht wohl dabei. Ich dachte, sie ist vielleicht nur gemein und will sichergehen, dass ich auch genau verstehe, was mir bevorsteht.
Aber Tania erklärte uns, dass nicht alle Hebammen so mitleidig sind und das Fotografieren erlauben. Sie wollte zuerst allein in die Station gehen und im Schwesternzimmer nachsehen, wer Dienst hatte. Wenn dort schreckliche Hebammen waren oder aus irgendeinem Grund Mrs. Sullivan im Büro saß, dann sollte ich einen Notfall vortäuschen, damit sie Eliza hineinschmuggeln konnte. Tania schlug vor, ich solle stöhnen und jammern, als ob die Wehen eingesetzt hätten, und so viel Lärm und Aufhebens wie möglich machen, um die Aufmerksamkeit der Schwestern auf mich zu ziehen.

Du weißt, dass mir so etwas zuwider ist und dass ich in der Schule Auseinandersetzungen mit Lehrern möglichst aus dem Weg gegangen bin. Aber ich bin nicht mehr das Mädchen von damals. Eigentlich wollte ich nicht, aber konnte ich mich weigern? Eliza drückte meine Hand mit so viel Verzweiflung, es wäre unmenschlich gewesen, ihr nicht zu helfen.
Aber dann musste ich gar nichts tun. Freundliche Schwestern winkten uns herein und erlaubten Eliza sogar, ihren Sohn kurz auf den Arm zu nehmen. Wie niedlich der kleine Junge war, mit dem blonden Haarschopf und der plattgedrückten Knopfnase! Tania machte ein Foto von Eliza mit ihrem Söhnchen auf dem Arm. Es war ein wunderschöner Moment, der beste, den ich bisher hier erlebt habe. Einige kurze Minuten war sie eine junge Mutter, die ihr Baby kennenlernt. Ich konnte nachvollziehen, was Eliza tat. Sie sah ihn unverwandt an, berührte ihn überall mit den Fingerspitzen und atmete immer wieder tief durch. Sie wollte ihr Kind mit allen Sinnen erfassen, um es sich für immer einzuprägen.
Als wir dann gehen mussten, war das Glück dieses Augenblicks verflogen. Eliza wollte sich nicht von ihrem Sohn trennen. Schließlich musste ich sie festhalten, während Tania und die Schwester ihr vorsichtig das Kind abnahmen, um es in sein Bettchen zu legen. Eliza bettelte, weinte und versuchte, wenigstens noch eine Sekunde mehr herauszuschinden, eine Sekunde, die wir ihr wohl alle gern gegönnt hätten. Aber wir mussten unbedingt vor zehn Uhr in unseren Zimmern sein. Nur wenige Minuten nachdem wir

zurück waren, schloss die Schwester die Haustür zu und kam zum Durchzählen.
Ich spüre immer noch, wie Eliza am ganzen Körper zitterte, als sie sich aus meinen Armen zu entwinden versuchte. Ich höre ihre Schreie, sie haben sich in meinen Ohren eingenistet. Ich war noch nie einem Menschen so nahe, der so leidet. Ich fühlte ihren Schmerz, als ob es mein eigener wäre, vielleicht weil ich solche Angst habe, dass es auch mein Schmerz sein wird.
In Elizas Zimmer gab Tania ihr das Foto, sie drückte es an die Brust und brach auf dem Bett zusammen. Wir mussten Eliza dann allein lassen, um rechtzeitig in unseren Betten zu liegen. Wir hätten so gern irgendetwas für sie getan – aber was? Wir konnten ihr einfach nicht helfen.
Dabei hat sie sogar Glück gehabt, weißt Du. Viele Mädchen erleben nicht einmal diesen kurzen Moment mit ihrem Kind. Es geht doch nur um eine Kleinigkeit – um ein kurzes Kuscheln. Eigentlich ist das doch gar nichts, aber für diese Mädchen bedeutet es alles.
Mein Herz und meine Gedanken rasen heute Nacht. Ich fühle mich wie ein Tier im Käfig, es steht doch so viel auf dem Spiel. Ich war mir ganz sicher, dass Du inzwischen hier wärst. Wo bleibst Du, James? Ich grüble Tag und Nacht, warum Du nicht kommst. Es verstört mich so, dass ich weder essen noch schlafen kann.
Du musst die Briefe inzwischen bekommen haben, und Du musst wissen, wie verzweifelt ich auf Dich warte.

Was für eine Entschuldigung kann es dafür geben, dass Du noch nicht hier bist?
Ich mag das gar nicht schreiben, weil es dann vielleicht wahr wird. Aber inzwischen frage ich mich wirklich ... liebst Du mich? Wie kannst Du mich lieben, wenn Du mich mit meinem Kummer hier allein lässt?
Kann ich mich so getäuscht haben? Kenne ich Dich überhaupt? Du warst immer ein Teil meines Lebens, wie hätte ich mich so täuschen können?
Ich entschuldige mich für die Handschrift und für das Chaos. Ich denke an Eliza, an mich, an das Baby, an Dich und bin völlig durcheinander.
Wenn es stimmt, dass Du mich nicht liebst und mich tatsächlich nicht holen willst, schick bitte wenigstens Deine Eltern vorbei, damit sie es mir ausrichten.
Ich werde einen Weg finden, meine Liebe abzutöten. Vielleicht werde ich dann weniger empfinden und so abstumpfen, dass ich alles ertragen kann, was auf mich zukommt.
Lilly

Kapitel siebzehn

Sabina

APRIL 2012

Ted und ich meldeten uns beide krank. Wir saßen mit dem Zettel am Esstisch und betrachteten ihn, als wäre er ein neugeborenes Kind.

»Wyz...lecki?«, las ich nach einer Weile stockend vor. »Russisch?«

»Polnisch. Meiner Meinung nach klingt es polnisch. Sabina eigentlich auch, wenn man mal darüber nachdenkt. Und Liliana ... Lilly ... glaubst du ...«

»Sie haben mich nach ihr benannt?« Wieder nahm ich den Zettel in die Hand und starrte den Namen an, dann legte ich ihn hastig weg, als könne er mich beißen. »Das ist albern. Warum sollten meine Eltern mir ihren Namen geben und mich dann mein halbes Leben lang von ihr fernhalten?«

»Oder sie war diejenige, die dir deinen Namen gegeben hat«, meinte Ted.

Das war ein verblüffender Gedanke. Ich hatte meinen Namen immer geliebt. Oft hatte ich zu meiner Freude gehört, wie einzigartig er war, und in der Schule hatte es keine andere Sabina gegeben. Ich wusste noch, dass ich Mum einmal gefragt hatte, wie sie darauf gekommen sei, und sie hatte nur mit den Achseln gezuckt und gesagt, er habe ihr eben gefallen.

Dass Liliana möglicherweise an der Auswahl meines Namens beteiligt gewesen war, hatte etwas Verstörendes. Hätte ich mich nicht ohnehin gefragt, wer ich war, hätte mich spätestens diese Erkenntnis auf die Fährte gesetzt. Dass meine leibliche Mutter vielleicht meinen Namen ausgesucht hatte, gab mir das Gefühl, sie hätte mich über die Gene hinaus geprägt. Einen Menschen kennt man unter seinem Namen, in jedem Kreis, in jedem Kontext, in jeder Situation seines Lebens.

Ich war schon immer Sabina Lilly gewesen, aber ohne Lilianas Beitrag zu meiner Identität wäre ich möglicherweise jemand völlig anderes geworden.

Ich las das Datum und rechnete kurz nach. »Zwischen diesem Datum und dem auf der Geburtsurkunde liegt mehr als ein Monat.«

»Vielleicht hat sie sich einen Monat lang um dich gekümmert und musste dich dann aus irgendeinem Grund abgeben. Weil sie überfordert war oder etwas Schreckliches passiert ist.« Ted seufzte kopfschüttelnd. »Es wird immer verwirrender, findest du nicht?«

»Aber wenn es wirklich so einfach war, würde Mum es mir dann nicht einfach erzählen?«

»Auch wieder wahr. Ich bin mir zwar nicht sicher, ob wir ihr glauben dürfen, aber Megan hat behauptet, sie hätten dich seit dem Tag nach deiner Geburt bei sich gehabt.«

»Es gibt auch Fotos. Von mir als Neugeborenes mit Mum und Dad.«

Beide starrten wir wieder den Zettel an.

»Polnisch«, flüsterte ich. Unzusammenhängende Erinnerungen fügten sich in meinem Kopf auf einmal zu Bildern zusammen. »Manches leuchtet im Nachhinein aber ein. Weißt du noch? Mum ist nach der Schule mit mir nach Europa gefahren, und die Hälfte der Zeit waren wir in Polen.«

»Kam dir das nicht komisch vor?«

Ich hob die Schultern.

»Es war die Reise unseres Lebens, und Mum war schon immer fasziniert von polnischer Geschichte. Wie sollte ich darauf kommen, dass sie mich heimlich meinen Wurzeln näherbringen wollte?«

»Sie hatte doch auch mal eine Phase, in der sie diese polnischen Teigtaschen nachkochen wollte. Erinnerst du dich? Wie hießen die noch?«

»Pierogi, glaube ich.« Ich zog eine Grimasse, Ted ebenfalls.

»Genau. Mein Gott, waren die widerlich.«

»Sie hat damals gesagt, sie hätte in einer Zeitschrift davon gelesen.«

Unsere Blicke trafen sich, der Moment hatte etwas Trauriges. Meine arme, fehlgeleitete Mutter hatte sich ganz offensichtlich zumindest bemüht, mich mit der Kultur meiner leiblichen Mutter vertraut zu machen.

»Könnte ich Liliana nicht einfach googeln?«, fragte ich, und der Gedanke war so aufregend, dass ich mich sofort dafür erwärmte. »Vielleicht ist sie auf Facebook ...«

»Besser nicht, Schatz. Meiner Ansicht nach sollten wir Hilary einschalten, falls es ein Veto gibt.«

»Ach ja.« Ich ließ die Schultern hängen und warf

einen Blick auf die Uhr. »In etwa einer Stunde können wir sie anrufen.«

Nach einer Weile ging Ted los, um uns Kaffee und Croissants zum Frühstück zu besorgen. Allein und ungeduldig tigerte ich eine Zeit lang durch die Wohnung, bis mir die Fotoalben ins Auge fielen.

Es war unvorstellbar, wie viele Stunden in diese Bücher investiert worden waren. Es gab Hunderte von Aufnahmen von mir, aber auf keiner einzigen waren meine Eltern zu sehen. An den seltsamen Formen einiger Bilder erkannte ich, dass meine Mutter sich und Dad herausgeschnitten hatte. So viele wichtige Ereignisse meiner frühen Kindheit waren dokumentiert: *Sabina beim Versuch, sich umzudrehen, Januar 1974. Sabina sitzt allein, April 1974. Sabina isst Birnen, April 1974.* Es gab Fotos von mir im Kindergarten und einige frühe Kunstwerke, Urkunden aus der Grundschule und sogar eine Medaille, die ich beim Sackhüpfen auf einem Sportfest gewonnen hatte. Jedes einzelne Schulzeugnis war eingeklebt und sorgsam mit Datum versehen. Ich las die Kommentare der Lehrer und verzog das Gesicht. *Sabina muss sich mehr anstrengen. Sabinas Stottern hat sich deutlich gebessert, aber sie möchte im Unterricht immer noch nicht vorlesen. Sabina ist ein nettes Mädchen mit gutem Herzen, aber sie muss sich bei ihren Hausaufgaben mehr Mühe geben.*

Von jedem Geburtstag gab es ein Foto, außerdem Bilder, auf denen ich im Auto schlief, auf Urlaubsfahrten Musik hörte oder schmollend am Flughafen saß, während wir auf unseren Flug warteten. Bei vielen erinnerte ich mich daran, dass Mum sie geknipst hatte, zum Beispiel das von unserem Einzug in das Haus in Balmain, auf dem ich zahnlückig grinsend in meinem Zimmer stand und entzückt auf die bunten Wände deutete. Das grelle Pink hatte ich mir selbst ausgesucht, und obwohl sich Mum und Dad innerlich bestimmt gekrümmt hatten, ließen sie mir meinen Willen. An andere Aufnahmen erinnerte ich mich überhaupt nicht, so wie an meinen ersten Gesangsauftritt in der achten Klasse, bei dem ich das Mikrofon schief hielt und aussah wie ein Kaninchen im Scheinwerferlicht. Außerdem enthalten war ein Bild von mir mit meinem ersten Freund. Untertitelt war dieser Schnappschuss pubertärer Unbeholfenheit und Verlegenheit mit der Zeile: *Sabina und Robert – ewige Liebe, zumindest ein paar Wochen lang.*

Wie deprimierend, so auf mein Leben zurückzublicken! Ich fühlte mich wie eine verwöhnte Göre. Hier hatte ich den fotografischen Beweis, dass ich alle Chancen und Privilegien genossen hatte, die sich ein Kind nur wünschen konnte. Dennoch fühlte ich mich betrogen. Wo lag die Wahrheit? Wie konnte meine Mutter so rücksichtsvoll sein, diese Andenken aufzubewahren, und gleichzeitig so selbstsüchtig, sie die ganze Zeit für sich zu behalten?

Dass meine Mutter umfangreiche Fotoalben gebastelt hatte, wusste ich schon immer. In ihrem Wohnzimmer gab es schließlich eine ganze Regalwand mit solchen Bänden. Aber diese Bilder hatte ich noch nie gesehen und ahnte auch nicht, wo sie sie versteckt haben mochte. Wann hatte sie die Zeit dafür gefunden? Ganz offensichtlich hatte sie sich sehr sorgfältig darum gekümmert, denn dies war kein Einfall in letzter Minute.

Als Ted mit dem Frühstück zurückkam, deutete er auf die Alben.

»Hat sie die einfach in den letzten Wochen gemacht?«

»Nein. Es sieht so aus, als hätte sie sie mehr oder weniger seit meiner Geburt geführt. Die Fotos sind alle alt, und man sieht, wie ihre Handschrift sich im Lauf der Jahre verändert hat.«

»Das ist wirklich traurig.«

»Ja, stimmt«, murmelte ich kopfschüttelnd. »Geradezu tragisch. Ich weiß gar nicht, was ich davon halten soll. Warum gibt sie sich solche Mühe, versäumt es aber, mich über meine Herkunft aufzuklären? Erklärt mir nicht, dass ich die Frau suchen soll, für die sie die Alben geklebt hat?«

Ted hob eins der Alben auf und lachte über ein besonders wenig schmeichelhaftes Bild von mir als Kleinkind mit Geburtstagskuchen im Gesicht. Ich hatte gerade einen Wutanfall, weil wir uns laut Bildunterschrift ... *weigerten, ein elftes Mal* Happy Birthday *zu singen.*

»Offenbar hast du schon als Zweijährige Musik geliebt.«

»Du weißt doch, wie die beiden singen. Wahrscheinlich habe ich gew... weint, weil sie das Lied zehnmal geschmettert haben«, sagte ich. Mir war jedoch nicht nach Lachen zumute. Natürlich erinnerte ich mich nicht an jenen Tag, aber die Szene auf dem Bild konnte ich mir problemlos vorstellen. Schließlich hatten sich Mum und Dad auch später jedes Jahr größte Mühe mit meinen Geburtstagen gegeben. Bestimmt hatte es einen furchtbaren selbst gebackenen Kuchen gegeben, für den Mum Stunden gebraucht hatte, und dazu haufenweise Dekoration und

Geschenke. Alle meine Tanten, Cousins und Cousinen mütterlicher- und väterlicherseits waren sicherlich zum Feiern gekommen. »So viel Aufwand«, flüsterte ich, »und alles am falschen Datum. Am zehnten Oktober wurde ich nicht zwei. Ich wurde zwei Jahre, einen Monat und ein paar Tage alt. Schmälert das die Liebe, die in die Entstehung dieser Erinnerungen eingeflossen ist?«

»Weiß ich nicht. Ich glaube nicht.«

»Aber wie soll das möglich sein? Was haben sie überhaupt gefeiert? Meine Geburt jedenfalls nicht.«

»Einen Menschen macht mehr aus als der Tag, an dem er auf die Welt kommt. Sie haben dich gefeiert, Sabina. Das ändert sich doch nicht mit dem Datum deiner Geburt.«

»Es fällt mir schwer, nicht zynisch zu werden, wenn ich diese Fotos betrachte«, gab ich zu.

»Sie hätte die Alben nicht anfertigen müssen. Das sagt viel über ihre Absichten aus. Obwohl sie angeblich nie vorhatten, dir davon zu erzählen, hatte Megan anscheinend andere Pläne. In diesen Alben stecken Hunderte von Arbeitsstunden. Sie wollte, dass du Liliana findest, und dann solltest du ihr zeigen, dass es dir die ganze Zeit gut ging. Wünschst du dir nicht genau das?«

»Hätte Mum mir vor zwanzig Jahren davon erzählt, könnte Liliana selbst auf vielen dieser Bilder zu sehen sein.«

»Ja, das weiß ich. Aber vielleicht ist sie auf den Fotos der nächsten zwanzig Jahre zu sehen, und zwar zusammen mit ihrem Enkelkind. Wenigstens könnte das möglich sein. Und falls es klappt, dann hast du das Meg zu verdanken.«

»Du klingst seit heute Morgen weniger wütend auf Mum.«

»Klar bin ich noch wütend. Mein Gott, was die beiden dir zumuten! Und das in dieser Lebensphase. Es ist einfach schrecklich. Aber wenigstens bemüht sich Megan. Das ist ein Schritt in die richtige Richtung. Bis heute Morgen war ich mir nicht mal sicher, ob sie und Graeme in Zukunft noch zu unserem Leben gehören werden.«

»Und jetzt?«

»Was glaubst du?«

»Es ist ein Schritt«, räumte ich ein. »Er reicht nicht aus, aber es ist ein Schritt.«

Als der Zeiger endlich 8:59 überschritt, wählte ich Hilarys Büronummer.

»Adoptionsinform...«

»Hilary, hier ist Sabina. Ich habe ihren Namen herausgefunden. Und das richtige Datum.« Ich sprach atemlos und schnell. Hilary ließ mich in Ruhe ausreden. »Sie heißt ... also sie hieß Liliana Wyz...Wyzlecki, so spricht man das wahrscheinlich aus. Und ich bin am dritten September geboren.«

Plötzlich fiel mir auf, dass ich ja einen ganzen Monat älter war, als ich gedacht hatte. Welches Geburtsdatum würde ich von jetzt an feiern?

»Dann haben Ihre Adoptiveltern es sich also anders überlegt?«

»Meine Mutter. Mein Vater weiß nichts davon.«

»Gut. Ich überprüfe das gleich. Ich rufe Sie dann später zurück.«

Dann musste ich zum zweiten Mal warten, und auch

Ted war mittlerweile aufgeregt. Das merkte ich daran, dass er freiwillig das Geschirr vom Vorabend abspülte. Ich hingegen saß am Tisch, das Telefon in der Hand, und konnte an fast nichts anderes denken. Da mehrere Stunden zäh vergingen, ohne dass etwas passierte, zog ich mich schließlich an, und auch Ted tauschte seine Arbeitsklamotten gegen andere Kleidung.

Sobald ich mein Nachthemd ausgezogen hatte, klingelte das Telefon. Nur in Unterwäsche hob ich ab.

»Hallo?«

»Hi, Sabina, hier ist noch mal Hilary. Ich wollte Ihnen Bescheid geben, dass ich eine Akte über eine Liliana Wyzlecki in dem betreffenden Heim gefunden habe. Ich glaube, das ist ein Treffer. Es liegt kein Veto vor, im Gegenteil, sie hat uns vor ungefähr zwanzig Jahren selbst kontaktiert und gebeten, sie zu informieren, falls Sie sich bei uns melden. Es sieht ganz so aus ...« Hilary raschelte mit Papier und seufzte dann leise. »Genau genommen hat sie uns an Ihrem richtigen achtzehnten Geburtstag angerufen.«

»Wirklich?«

Ich war erleichtert und todtraurig zugleich. Seit zwanzig Jahren wartete Liliana auf ein Lebenszeichen von mir. Welche Sehnsucht und welchen Schmerz mochte sie in dieser Zeit empfunden haben!

»Also, ich rufe sie jetzt an. Falls ich sie nicht am Telefon erwische, teile ich ihr brieflich mit, dass Sie nach ihr suchen. Ich will nur sichergehen, dass sie noch immer Kontakt zu Ihnen aufnehmen möchte. Immerhin ist seit ihrem Anruf viel Zeit vergangen. Falls sie zustimmt, gebe ich ihr Ihre Adresse. Hoffentlich hat sie inzwischen

E-Mail, das erleichtert die Sache um ein Vielfaches. Es könnte schnell gehen, könnte aber auch ein Weilchen dauern. Da es jetzt an Liliana liegt, müssen Sie vielleicht etwas Geduld haben, falls sie sich alles überlegt. Ich weiß, dass Sie sicher sehr aufgeregt sind, aber ich will die Erwartungen nicht zu hoch schrauben. Ich melde mich sofort, wenn ich etwas erfahre.«

»Gut, gut! Das klingt doch hervorragend.«

Und so legte ich wieder auf, erzählte Ted alles, und dann hörte ich den Klang meines Lieds durch unsere Wohnung hallen, während ich mich anzog und endlich Appetit auf Frühstück bekam.

Kapitel achtzehn

Lilly

AUGUST 1973

Lieber James,
es ist jetzt fast zwei Monate her, dass wir den ersten Brief abgeschickt haben. Ich weiß, dass Du ihn bekommen hast, und verstehe Dein Schweigen nicht. Warum bist Du nicht gekommen? Warum sind nicht wenigstens Deine Eltern hier? Hast Du solche Angst vor ihnen? Du hast mich noch nie im Stich gelassen, und nichts war je so wichtig. Wo bleibst Du nur? Unser Baby kommt in weniger als einem Monat. Ich bin so dick, dass ich mich kaum mehr bewegen kann. Beine und Rücken tun mir weh, und heute musste Mrs. Baxter in der Wäscherei einen Stuhl für mich besorgen, damit ich mich zwischendurch hinsetzen kann, weil ich ständig ohnmächtig werde.
Du hast keine Zeit mehr, herumzutrödeln oder Dich erst mal in aller Ruhe an den Gedanken zu gewöhnen.
Solltest Du es immer noch nicht verstanden haben, lass es mich noch einmal klar und deutlich sagen:

Wir bekommen ein Kind. Wenn es Dir nicht gelingt, mich hier rauszuholen, nimmt man es uns für immer weg. Ich bin nicht stark genug, um das zu überleben, James. Und das will ich auch gar nicht.
Ich gebe Dir noch eine Woche, dann laufe ich weg, auch wenn ich große Angst vor diesem Schritt habe. Ich muss weg von hier. Ich kann nicht bleiben und zulassen, dass so etwas geschieht.
Ich konnte mir die Zukunft immer nur mit Dir zusammen vorstellen, aber wenn Dich diese Briefe erreicht haben und Du absichtlich nicht kommst, werde ich Dir niemals verzeihen. Der Platz in meinem Herzen, der bisher von meiner Liebe für Dich erfüllt war, wird dann voll von abgrundtiefem Hass sein.
Wenn Du jetzt nicht kommst und wir uns Jahre später zufällig begegnen sollten, dann gehst Du besser auf die andere Straßenseite. Wenn Du mir tatsächlich bewusst nicht hilfst, dann hoffe ich, dass die Schuldgefühle Dich langsam in den Wahnsinn treiben. Wenn Du auch nur einen Funken Liebe oder Respekt für mich empfindest, muss Dir klar sein, dass Du unser Kind nicht im Stich lassen kannst.
Du warst meine einzige Hoffnung. Ich habe Dir vertraut. Ich war so sicher, dass Du kommst. Ich verstehe nicht, wie ich mich so täuschen konnte.
Bitte James, beweise mir das Gegenteil! Ich flehe Dich an. Wo bleibst Du?
Lilly

Kapitel neunzehn

Sabina

APRIL 2012

Mehrere Stunden vergingen nach meinem Telefonat mit Hilary. Ted belud die Waschmaschine, aber ich war so aufgeregt, dass schon das Geräusch mich nervös machte.

»Unternehmen wir doch was!«, schlug Ted vor. »Gartenarbeit? Shoppen? Kino? Was könnte dich am besten ablenken?«

»Lass uns shoppen gehen!«, sagte ich, weil ich an meine zu engen Arbeitsklamotten dachte. »Ich will nur kurz ... nur kurz noch meine E-Mails checken. Für alle Fälle.«

Ich setzte mich an den Computer. Im Geist sah ich mich schon Ted durch das Einkaufszentrum schleifen. Er würde mir geduldig den ganzen Tag hinterherlaufen, und ich wusste, er würde sich kein einziges Mal beklagen, zumindest heute nicht. Vielleicht war es nicht nett von mir, sein Angebot anzunehmen. Vielleicht ...

Jeder Gedanke stockte, als ich sah, dass sich bereits eine E-Mail von Hilary in meinem Posteingang befand.

Der Betreff lautete: *Liliana Piper (Wyzlecki) und Sabina Wilson.* Sofort rief ich Ted, und wir starrten beide auf die Zeile. Nach einer Weile legte er mir eine Hand auf die Schulter.

»Willst du den Text lesen?«, fragte er leise.

»Ich kann nicht«, flüsterte ich. Ich war wie erstarrt, meine Gliedmaßen reagierten nicht mehr auf Befehle. »Warum hat sie nicht angerufen? Hilary hat mir doch zugesagt, dass sie anruft, sobald sie mit Liliana gesprochen hat. Heißt das, Liliana will nicht mit mir reden?«

Mehr oder weniger unterbewusst war ich so zuversichtlich gewesen, dass es nach diesem ganzen Durcheinander ein Happy End gäbe. Aber natürlich war es gar nicht selbstverständlich, dass meine leibliche Mutter mich in ihrem Leben haben wollte. Vielleicht war es zu hart für sie ... oder zu spät oder einfach zu schwierig. Wie konnte ich sie dafür kritisieren? Ich hatte keine Ahnung, wie ich entstanden war, und wusste nicht, wie wir getrennt worden waren.

Der Computer gab einen Klingelton von sich. Eine weitere Nachricht.

Von: *Lilly Piper.*

Ich begann zu weinen und zitterte so stark, dass ich die Maus nicht bewegen konnte. Daher stand ich auf und trat zurück. Mir war heiß und übel. Ted nahm meine Hand.

»Ich helfe dir, Sabina.«

Ich nickte, nickte noch einmal und wies auf den Stuhl. Meine Kehle war wie zugeschnürt, und ich konnte nicht sprechen. Ted setzte sich und öffnete zuerst Hilarys E-Mail.

Liebe Liliana und Sabina,
ich freue mich sehr, dass Sie beide sich so gern kennenlernen möchten. Da ich schon Dutzende solcher Begegnungen in die Wege geleitet habe, möchte ich Ihnen raten, es langsam angehen zu lassen und nicht von Anfang an zu viel zu erwarten. Wenn ich Ihnen irgendwie behilflich sein kann, während Sie Ihre Beziehung neu aufbauen, lassen Sie es mich bitte wissen. Ich werde Sie beide in den nächsten Tagen anrufen und mich erkundigen, wie es Ihnen damit geht. Seien Sie nett zu sich und zueinander!
Hilary.

»Bist du bereit für die nächste?«, fragte Ted, und ich drückte ihm die Schulter, weil meine Stimme immer noch nicht funktionierte.

Liebe Sabina,
ich bin so, so froh dass du dich entschlossen hast, Kontakt zu mir aufzunehmen. Auf diesen Moment warte ich seit achtunddreißig Jahren. Du sollst wissen, dass keine Sekunde vergangen ist, in der ich dich nicht in Gedanken ganz nahe bei mir hatte.
Ich weiß einfach, dass du ein wundervoller Mensch bist, und ich hoffe so sehr, dass ich die Gelegenheit bekomme, dich kennenzulernen.
Du musst unendlich viele Fragen haben. Ich will versuchen, ein paar davon zu erraten. Ich bin mit

deinem Vater verheiratet, James, und wir haben zwei andere Kinder, Simon und Charlotte. Außerdem bist du die Tante von Dominic und Valentina, wunderschönen sechs Monate alten Zwillingen, und von Neesa, die zwölf ist und ein ebenso schönes wie aufgeschlossenes Kind. Dein Vater und ich wohnen auf der Familienfarm Piper's Peace in der Nähe des Dorfs Molong im mittleren Westen von New South Wales. James ist Farmer, und ich bin Geschichtslehrerin.

Für mich gehörst du unbedingt mit zur Familie, und wenn du bereit bist, möchte ich mich wahnsinnig gern am Telefon mit dir unterhalten. Und falls du möchtest, aber das hat keine Eile, würde ich mich sehr über ein Foto von dir freuen. Ich habe eins von uns allen angehängt, es wurde einige Tage nach der Geburt der Zwillinge aufgenommen.

Nochmals vielen Dank, dass du auf mich zugekommen bist, Sabina. Meine Freude ist so groß, dass ich gar keine Worte dafür finde.

Alles Liebe, für immer und immer, Lilly.

Ted öffnete das Bild. In der Mitte stand ein Paar, jeder mit einem winzigen Säugling auf den Armen und einem Ausdruck reinster Seligkeit auf dem Gesicht. Rechts von ihnen umarmte eine große blonde Frau ein älteres Kind.

Wie Buchstützen stand zu beiden Seiten der Gruppe ein älteres Paar, aber ich konnte mich noch nicht dazu überwinden, genauer hinzusehen.

»Ted«, raunte ich, »ich habe eine Schwester und einen Bruder.«

»Und du bist Tante.«

»Ich bin Tante«, wiederholte ich, und dann ließ ich mir das noch einmal durch den Kopf gehen und lächelte. »Ich bin Tante, Ted!«

»Sie sehen dir ähnlich.«

»Ja, stimmt. Nun ja, die nicht.« Ich wies auf die zwei blonden Frauen auf dem Bildschirm. »Die da mit dem Baby ist bestimmt Simons Frau, oder? In der E-Mail steht ihr Name nicht.«

Ted deutete mit dem Kopf auf die andere Blonde.

»Ausgeschlossen, dass diese glamouröse Frau gerade Zwillinge geboren hat. Also ja, du hast wahrscheinlich recht.«

»Sie sieht umwerfend aus.«

»Du auch«, sagte Ted hastig. »Aber ihr habt einen unterschiedlichen ... Teint.«

»Und einen anderen Körperbau. Weißt du, das kann ich durchaus sehen.« Kleine Blasen stiegen in meinem Innern auf und zerplatzten als leises Gelächter. »Ich habe eine Schwester, die aussieht wie ein Model. Da habe ich ja noch mehr Ähnlichkeit mit Mum. Wie kann das sein?«

»Das muss von der Seite des Vaters kommen. Wahrscheinlich ähnelt sie eher ihm.« Ted legte den Finger auf den großen Mann links auf dem Bild. Jetzt erst schweifte mein Blick an den jüngeren Familienmitgliedern vorbei.

Der Mann war sehr schlank und hatte silbernes Haar. Seine Haut war gebräunt, auf diese verwitterte Art, die so typisch für australische Farmer ist. Sein Lächeln war unfassbar breit und verriet unübersehbar Stolz und Freude.

Ich mochte ihn sofort. Sein Lächeln hatte etwas so Offenes.

»Wie heißt er noch?« Als Ted die E-Mail wieder anklicken wollte, fasste ich ihn an der Schulter.

»James Piper«, sagte ich. Der Name war mir jetzt schon ins Gedächtnis eingebrannt, und niemals würde ich ihn vergessen. »Das heißt dann wohl, dass sie hier Liliana ist.«

Jetzt endlich konzentrierte ich mich auf Liliana Wyzlecki – meine Mutter beziehungsweise eine meiner Mütter. Noch lange nachdem ich das Bild durch den unvermeidlichen Tränenschleier hindurch nur verschwommen wahrgenommen hatte, wandte ich den Blick nicht ab.

Ich weinte um Liliana Piper, die auf einem Foto von ihrer wunderbaren großen Familie umringt war und dabei stolz und fröhlich lächelte. Dennoch entdeckte ich eine gewisse Traurigkeit in ihren Augen. Ich sah ihr an, dass sie genau wie ich ihre Gefühle nicht verstecken konnte. Sie war keine Frau, die ein Geheimnis bewahren konnte. Ihre Emotionen standen ihr klar und deutlich ins Gesicht geschrieben.

Und ich war ihr tatsächlich wie aus dem Gesicht geschnitten. Im Gegensatz zu mir trug sie einen praktischen Bob, aber unser glänzendes, dickes Haar war von dem gleichen Braun. Wir hatten beide große braune Augen, runde Wangen und ein breites Lächeln. Sie war kurvig wie ich, wirkte aber kräftiger, vielleicht verrichtete sie körperliche Arbeit auf dem Hof. Sie trug ein blaues Oberteil, einen roten Schal und Jeans zu knallroten Stiefeln. Ich fragte mich, ob sie genauso gern leuchtende Farben trug wie ich. Und was wir sonst noch gemeinsam hatten.

Ich empfand schreckliche Angst und riesige Freude, Nervosität und Erleichterung, alles gleichzeitig. Ich war einfach völlig aufgewühlt. Auf einmal hatte ich eine neue Familie, und zwar eine riesige nach meinen Maßstäben, Geschwister, mit denen ich mich anfreunden, Nichten und Neffen, um die ich mich kümmern konnte. Sicherlich waren die Beziehungen so vieler Menschen untereinander komplex, es gab abweichende Ansichten und Gefühle. Ich musste mein eigenes Leben mit diesem Netz verweben, um ein Teil davon zu werden. Das war einschüchternd, denn Mum und Dad hatten sich schon als kompliziert genug erwiesen.

Als ich Lilly und dann wieder James ansah, wurde ich von plötzlicher Ungeduld gepackt. Sanft stieß ich Ted gegen die Schulter, und als er aufstand, setzte ich mich und tippte eine kurze Antwort.

Liebe Lilly,
wann können wir uns treffen? Sabina

Ted räusperte sich. »So willst du das Gespräch anfangen?«

Ich dachte wieder an Hilarys Rat, nicht gleich zu viel zu erwarten und alles langsam anzugehen, und nahm die Hände von der Tastatur.

»Ich habe einfach das Gefühl, sie treffen zu müssen. Im Ernst, was erfahre ich schon per E-Mail? Oder am Telefon? Wenn ich sie nicht vor mir sehen kann ... ich meine, kennenlernen kann ich sie erst, wenn wir uns gegenüberstehen. Findest du das überstürzt?«

»Hilary hat ja gesagt, es braucht etwas Zeit.«

»Hilary hat leicht reden. Ich will Antworten. Und wenn ich Liliana wäre und es um unsere Tochter ginge, würde ich mir wünschen, dass sie alles stehen und liegen lässt und mir zeigt, dass es ihr gut geht.«

Eine ganze Weile schwieg Ted. Ich drehte mich um und sah zu ihm auf. »Also?«

»Meiner Ansicht nach musst du das entscheiden«, sagte er ruhig.

»Komm schon, Ted, hilf mir! Ich würde die Mail jetzt abschicken, aber du wirkst so nervös. Also zögere ich.«

»Natürlich bin ich nervös. Du auch – zumindest vermute ich das. Aber wenn du deine Leute sofort sehen willst, setzen wir uns am Wochenende eben ins Auto.«

Ich klickte noch einmal auf das Foto und betrachtete es eingehend. Waren Ted und ich die fehlenden Stücke in dem Puzzle? Oder waren wir zusätzliche Teile, die nie ganz hineinpassen würden?

»Wir könnten uns irgendwo in der Mitte treffen. Oder wir laden sie zuerst zu uns ein.«

»Wir haben ja noch nicht mal Platz für ein Schlafsofa. Sollen wir sie in einem Hotel unterbringen?«

»Auch wieder wahr.« Ich stöhnte genervt. »Ach, könnte ich doch mit Mum über alles reden! Als ich fünf oder zehn war, von mir aus auch sechzehn oder achtzehn … Dann hätte ich mich mit ihrer Unterstützung damit befassen können. Warum jetzt?«

»Nach Stand der Dinge kannst du froh sein, überhaupt von deiner wahren Herkunft erfahren zu haben. Und warum rufst du Megan nicht einfach an, wenn du wirklich mit ihr sprechen willst?«

»Weil ich es satthabe, sie um Informationen anzubet-

teln. Und weil sie und Dad so verdammt störrisch sind.«
Doch plötzlich hatte ich einen Moment der Entschlossenheit, setzte mich auf und holte tief Luft. »Weißt du was? Wir sollten wirklich anbieten, zu den Pipers zu fahren, und zwar an diesem Wochenende, wenn sie Zeit haben. Und wenn es dort ganz schrecklich ist, musst du dir eine Ausrede ausdenken, warum wir wieder aufbrechen.«

»Soll ich dann sagen: *Wir fühlen uns total unwohl, und Sabina mag euch nicht*?« Er grinste mich an, und ich seufzte ungeduldig.

»Oh nein! Glaubst du, so wird es sein?«

»Ein bisschen komisch könnte es schon werden, aber bestimmt nicht schrecklich. Und ich bin ganz zuversichtlich, dass ihr Gemeinsamkeiten findet. Falls nicht, müssen wir ja nie wieder hinfahren. Stimmt's?«

»Stimmt.«

»Dann probieren wir es?«

»Ja, wir probieren es«, sagte ich, legte die Hand auf die Maus und schickte die E-Mail ab.

Kapitel zwanzig

Lilly

AUGUST 1973

Lieber James,
es tut mir so leid, dass ich in meinem letzten Brief an Dir gezweifelt und so schreckliche Worte gebraucht habe. Aber ich wusste ja nur, dass ich nichts von Dir gehört hatte.
Jetzt weiß ich, dass Du hier warst.
Als ich gestern Abend zum Essen ging, hörte ich, dass es Ärger gegeben hatte. Es wurde getuschelt, die Wachleute hätten während unserer Arbeitszeit mehrere Personen aus dem Haus geworfen. Ich überlegte zwar, ob Du das vielleicht gewesen warst, konnte mir das aber nicht erklären. Wenn Du mit Deinen Eltern gekommen wärst, hätte man mich bestimmt gerufen, und ich wäre jetzt bei Euch zu Hause in Sicherheit. Heute holte Mrs. Baxter mich dann aus der Wäscherei und erzählte mir, was passiert ist. Sie hatte vorher auch keine Ahnung, zumindest sagt sie das, und ich muss ihr wohl vertrauen.
Wir wissen jetzt, dass Du, Ralph und Jean Euch um

meine Entlassung bemüht habt und dass Ihr einen Anwalt eingeschaltet habt und jeden Tag hier wart. Mrs. Baxter sagt, Du hast alles Menschenmögliche versucht und unermüdlich für uns gekämpft. Wir wissen auch, dass Du gestern hier warst, um mich zu holen, und dass Mrs. Sullivan Dich vor die Tür setzen ließ und Du einen gewaltigen Aufstand gemacht hast. Beziehungsweise nicht nur Du, sondern auch Deine wundervollen, resoluten Eltern.
Und dann erfuhr ich, dass alles umsonst war. Wieder komme ich mir so dumm und naiv vor. Mir war schon aufgefallen, dass niemand mich dazu gedrängt hat, eine Verzichtserklärung zu unterschreiben, aber ich dachte, sie wüssten eben, dass ich mich strikt weigern würde. Darauf war ich sogar ein bisschen stolz und dachte, dass sie gemerkt hätten, wie stark ich bin.
Heute zeigte mir Mrs. Baxter meine Akte. Ich weiß noch, dass ich an diesem furchtbaren Tag, als Tata mich hier ablieferte, die Buchstaben BZA auf den Akten gelesen habe. BZA bedeutet Baby zur Adoption, *ein Kürzel für die Mitarbeiter, dass die Entscheidung gefallen ist.*
In meinem Fall hat Tata diese Entscheidung getroffen, und weil ich minderjährig bin, reicht das schon aus.
In der Mittagspause nahm Mrs. Baxter meine Akte mit nach Hause und rief von dort Deinen Vater an, damit Mrs. Sullivan nichts mitbekommt. Ehrlich gesagt war ich nicht überrascht, dass Tata Dir mit der Polizei gedroht hat, falls Du noch einmal

Ärger machst. Mrs. Baxter musste mir erklären, was Unzucht mit Minderjährigen ist und dass man Dich tatsächlich verhaften kann.
Aber mir ist jetzt klar, dass Du genauso ausgeliefert bist wie ich.
Aber ich bin stolz auf Dich. Und wahnsinnig dankbar dafür, dass Du Dich so für uns eingesetzt hast. Schlimmer als das, was jetzt kommt, wäre nur, es allein durchstehen zu müssen. Durch Deine wunderbaren Bemühungen spüre ich Deine Liebe für mich und für unser Kind.
Ich wollte mich nicht unterkriegen lassen. Ich wollte optimistisch sein. Ich wollte an der Hoffnung festhalten.
Weißt Du, was passiert, wenn es keine Hoffnung mehr gibt? So muss sich der Tod anfühlen. Ich weine Tag und Nacht. Alle Farben sind aus meinem Leben verschwunden, ich sehe überall nur noch tristes Grau. Die anderen Mädchen versuchen mich zu trösten, sogar Tania hat mir heute das Essen aufs Zimmer gebracht, aber ich möchte keine Kraft mehr damit vergeuden.
Ich möchte jede wache Sekunde festhalten. Wenn ich einen Tritt, eine Drehung oder einen sanften Boxhieb spüre, versuche ich das Gefühl in Worte zu fassen, die ich mir für später einprägen kann. Das Baby können sie mir wegnehmen, Erinnerungen können verblassen, aber mit diesen Worten kann ich etwas von meiner Tochter bewahren. Kräftige Hiebe. Plötzliche Drehungen. Schwaches, sanftes Zappeln. Niemals werde ich dieses sanfte Zappeln vergessen.

Ich schlinge die Arme um meinen Bauch und weine, ich kann einfach nicht glauben, dass nicht einmal mein Körper ausreicht, um die Kleine zu beschützen. Manchmal hat sie Schluckauf. Diese Hopser fühlen sich an wie ein Takt. Ich muss beinahe lächeln, so hinreißend ist das. Aber vor einigen Tagen wurde mir plötzlich bewusst, wie viel von ihrem Leben ich verpassen werde, und jetzt überfällt mich jedes Mal, wenn es passiert, Panik vor der Zukunft und ...
James, ich kann das nicht. Ich kann es einfach nicht. Ich kann sie nicht abgeben. Ich muss ihr erstes Lächeln sehen, ihre ersten Schritte und alle andere kleinen Momente.
Wie soll ich weiterleben, wenn uns das zustößt?
Ich bestehe nur noch aus Angst, Entsetzen und dem Gefühl des Verlusts. Wenn mir unsere Tochter weggenommen wird, bleibt nichts Bewahrenswertes mehr übrig.
Lilly

Kapitel einundzwanzig

Sabina

APRIL 2012

Liliana antwortete innerhalb von drei Minuten auf meine Nachricht.

Ich wusste genau, wie lange es dauerte, weil ich vor dem Computer saß und die Uhr in der Bildschirmecke beobachtete.

Liebe Sabina,
ich bin so froh, dass du uns genauso gern kennenlernen möchtest wie wir dich!
Können wir telefonieren und ein Treffen vereinbaren?
Bitte ruf mich an, meine Adresse steht unten.
Alles Liebe, Lilly

Ich wählte sofort. Meine Hände zitterten, und ich griff nach Teds Hand, während ich wartete und das Klingelzeichen hörte. Es beruhigte meine Nerven kein bisschen, dass sie mich mit einem Schluchzer begrüßte.

»Bist du das, S… Sabina?«

»Ja, hallo! Ich bin es.« Hatte ich da ein Stottern gehört? Ich konnte selbst kaum sprechen.

Sie lachte und weinte, und ich lachte und weinte ebenfalls. Ich saß immer noch vor dem Bildschirm und ließ Teds Hand los, um das Foto von Lilianas Familie wieder zu öffnen.

»Vielen, vielen Dank, dass du mich gesucht hast!«, sagte Liliana. Als ich das Glucksen in ihrer Stimme hörte, musste ich ebenfalls lachen. »Ich bin ja so froh! Geht es dir gut? Bist du glücklich? Wo lebst du?«

»Mir geht es gut, mir geht es sehr gut. Ich wohne in Sydney, mit meinem Mann, in Leichhardt in Sydney. Zum Jahresende erwarten wir unser erstes Baby.«

»Oh, ein Baby!« Wieder weinte sie. Diese Reaktion hatte ich mir von Mum gewünscht, reine, hemmungslose Freude über ein neues Leben. Wieder tastete ich nach Teds Hand und ließ den Tränen freien Lauf. »Das ist ja so wundervoll, Sabina! Einfach wundervoll.«

»Wir möchten euch gern kennenlernen, wenn ihr das auch wollt«, sagte ich. »Wir ... ich meine, mein Mann Ted und ich. Können wir dich und James sehen?«

»Ja. Auf jeden Fall. Bitte, macht es möglich! Wir können zu euch kommen, oder wir treffen uns irgendwo. Oder ... ach! W...Wir möchten euch natürlich unsere Farm zeigen. Könntet ihr zu uns kommen? Ich weiß, es ist weit, aber das wäre großartig.«

»Ja, gern«, sagte ich. Ihre Aufregung war ansteckend, sie schwang auch in meiner Stimme mit. »Gleich dieses Wochenende? Dürfen wir an diesem Wochenende kommen?« Als daraufhin eine kleine Pause entstand, sprach ich hastig weiter. »Es gibt so vieles, worüber ich mit dir reden möchte, so viele Fragen. Ich will ja nichts überstürzen und habe natürlich Verständnis, falls ihr schon was anderes vorhabt. Aber wenn nicht …«

»Sabina, wir wären geehrt, wenn du an diesem Wochenende zu Besuch kämst. Aus Sydney, sagst du? Das ist wahrscheinlich zu weit, um am selben Tag zurückzufahren. Wir haben reichlich Platz, wenn ihr bei uns übernachten wollt.«

Ich riss den Mund auf und sah Ted an, der die Schultern hob und auf sein Ohr deutete. Damit wollte er mich daran erinnern, dass er Liliana nur undeutlich hören konnte.

»Wir … das wäre super«, sagte ich, aber dieses Mal nahm sie mein Zögern wahr und korrigierte sich rasch. »Oder, wenn das zu viel für den Anfang ist, gibt es auch ein kleines Hotel im Dorf. Ich könnte euch ein Zimmer reservieren.«

Ich sagte mir, dass wir ja immer noch abreisen konnten, wenn es wirklich alles zu viel wurde. Gleichzeitig hatte ich von Beginn an versucht, mich in meine leibliche Mutter hineinzuversetzen. Hätte sich meine Tochter nach Jahrzehnten bei mir gemeldet, hätte ich sie auch unter mein Dach eingeladen. Und ich hätte mir von ihr Mut zur Verletzlichkeit beim Aufbau unserer Beziehung gewünscht.

Ich hätte sie in meiner Nähe haben wollen, nachdem eine so unvorstellbare Entfernung zwischen uns gelegen hatte.

»Nein, nein, wir würden sehr gern bei euch übernachten. Wenn euch das nicht stört und wenn es wirklich für euch in Ordnung ist.«

»Aber natürlich. Natürlich ist das in Ordnung, ihr gehört zur Familie, und es wäre uns eine Ehre.« Sie weinte wieder. Ich ließ Ted los und umklammerte das Telefon mit beiden Händen, beinahe überwältigt vom Ansturm ihrer Emotionen.

»Ich kann es kaum erwarten, dich kennenzulernen, Liliana.«

»Nenn mich doch bitte Lilly! Und ich kann es auch kaum erwarten.«

Kapitel zweiundzwanzig

Lilly

SEPTEMBER 1973

Lieber James,
gestern Abend wurde unser Kind geboren.
Es gibt nicht viel zu erzählen, ich habe keine Kraft für einen ausführlichen Bericht. Vielleicht später, wenn wir uns einmal sprechen können.
Es war eine langwierige Geburt, und obwohl es niemand ausgesprochen hat, wurde es für uns beide zum Ende wohl sehr kritisch. Am Schluss konnte ich einfach nicht mehr, aber genau da kam Mrs. Baxter dazu und half mir. Ich bekam den ganzen Tag über starke Medikamente. Alles, woran ich mich erinnere, sind die Schmerzen und die Erleichterung, als endlich jemand hereinkam und freundlich meine Hand hielt. Kurz darauf war das Baby da.
Ich konnte unsere Tochter nur kurz betrachten, aber ich habe mir ihr Bild fest eingeprägt. Schließlich wusste ich, dass ich sie niemals berühren oder ihren Duft einatmen darf. Mir blieb nur dieser eine Augenblick. Hätte ich mit reiner Willenskraft die Zeit

anhalten können, dann hätte ich es gestern getan, das schwöre ich Dir. Noch nie habe ich mich so angestrengt wie gestern, um den Anblick unseres Kindes niemals zu vergessen.
Als Erstes fiel mir ihr ungewöhnlich dichtes schwarzes Haar auf, das in feuchten Kringeln am Kopf klebte. Vielleicht bekommt sie später ja Locken. Dann sah ich ihr Gesicht. Ich bete und hoffe, dass mein Gedächtnis dieses Gesichtchen bewahren kann. Ich wollte es in meine Lider einbrennen, damit ich es in mir tragen und immer betrachten kann, wenn ich die Augen schließe. Ihre winzigen Gesichtszüge waren zerknautscht, sie schien wütend, dass man sie aus der Wärme meines Bauchs ans kalte Licht gezerrt hatte. Das gefällt mir, ich bin richtig stolz auf sie. Unsere Tochter hat den Kampfgeist, um schon in den ersten Sekunden ihres Lebens gegen die Zustände hier zu protestieren. Sie hat ein Herzmündchen und suchte damit sofort nach meiner Milch. Ihr Kinn war ein bisschen eingedrückt, und im Gesicht hatte sie seitlich ein paar blaue Flecken. Sie hat einen kugelrunden Bauch, und sie ist wirklich ein Mädchen. Wir haben eine Tochter, und in der Sekunde, in der mir das bewusst wurde, war sie auch schon verschwunden.
Vor diesem Moment hatte ich mich so gefürchtet, ich wusste, dass es furchtbar würde. Aber ich hatte unterschätzt, wie sehr ich sie auf den ersten Blick lieben würde. Wie viel ich zu verlieren hatte, konnte ich erst richtig begreifen, als sie mir weggenommen wurde.

Nie hat es ein reineres Wesen gegeben als unsere Tochter, James, und noch nie ein reineres Gefühl als meine Liebe zu ihr. Ich bin nicht einmal wütend, dass sie diese Liebe vergiftet haben, indem sie mir mein Baby weggenommen haben. Ich bin untröstlich, ich kann keine Wut mehr empfinden, und ich kann nicht mehr kämpfen. Ich fühle mich so verloren.
Meine Arme sind leer, und diese Leere fühlt sich größer an als der ganze Erdball.
Ich bin völlig im Schmerz versunken. In den letzten Stunden hatte ich manchmal das Gefühl, nicht mehr atmen zu können. Aber das spielte keine Rolle, weil ich es gar nicht wollte.
Trotz alledem habe ich nicht geweint, James, und ich glaube nicht, dass ich je wieder weinen kann. Ich starre an die Decke und denke an eine Erdkundestunde, in der wir die riesigen Stauseen besprochen haben, die in anderen Ländern gebaut werden. So groß fühlt sich mein Schmerz an, so groß wie die größten Stauseen, zusammengehalten nur von einer ganz dünnen Haut. Wenn ich diese Haut zerreiße und die eine oder andere Träne fließen lasse, was soll das nutzen? Tränen allein können den Druck eines so gewaltigen Schmerzes nicht lindern, sie würden mir nicht die allerkleinste Erleichterung verschaffen. Es ist sinnlos zu weinen, wenn der Kummer so groß ist.
Jetzt erst fühle ich mich unrein. Nach allem, was sie gesagt, nach allem, was sie mir angetan haben, fühle ich mich jetzt tatsächlich schmutzig. Vielleicht stimmt mit uns wirklich etwas nicht, dass wir in

diese Lage geraten sind. Vielleicht haben sie recht, und wir haben unsere Strafe verdient. Es kann doch niemand anderen Menschen solchen Schmerz zufügen, wenn sie es nicht wahrhaft verdient haben.
Die Schwestern sagen, dass ich einige Tage im Krankenhaus bleiben muss. Mrs. Sullivan wird Tata anrufen, damit er mich abholt, wenn alles halbwegs verheilt ist.
Sollten sie wirklich abwarten, bis ich ganz geheilt bin, sterbe ich in diesem Bett.
Immer wenn ein Baby weint, denke ich, das muss sie sein. Ich schäme mich, dass ich das Weinen meiner Tochter nicht erkenne. Sie braucht mich, ich bin hier, aber ich kann nicht zu ihr. Vorhin bin ich aufgestanden in der Hoffnung, sie zu finden, aber eine der Hebammen erwischte mich und brachte mich ins Bett zurück. Ihre neue Familie könnte schon hier sein. Die Hebamme meint, es sei schlecht für uns alle, wenn wir uns begegnen würden.
Ich kann mich nicht zum Aufstehen überwinden, ich liege unglücklich im Bett und weiß nicht einmal, was ich mir wünschen soll. Soll ich den Menschen, die mir meine Tochter wegnehmen, Gutes wünschen? Soll ich ihnen Schlechtes wünschen, damit mein Kind vielleicht irgendwann zu mir zurückfindet? Muss ich ihnen dankbar sein?
Ich möchte nur meine Tochter in den Armen halten. Sie gehört in meine *Arme.*
Wenn Du diesen Brief vor meiner Entlassung bekommst, darfst Du mich vielleicht besuchen. Falls Du kommst – ich liege im allerletzten Zimmer auf der

*Entbindungsstation, in dem Raum ohne Fenster, der am weitesten vom Säuglingszimmer entfernt ist. Aber geh zuerst ins Säuglingszimmer. Sieh Dir alle Neugeborenen an, und präg Dir ihre Gesichter ein, vielleicht ist sie noch dort.
Lilly*

Kapitel dreiundzwanzig

Sabina

APRIL 2012

So nervös wie an jenem Freitag war ich noch nie in meinem Leben gewesen. Ich hatte mir freigenommen, damit wir früh aufbrechen konnten, und um eine Minute nach neun bereute ich diese Entscheidung bereits.

Es gab keinerlei Ablenkung. Ich saß zu Hause, beobachtete den Uhrzeiger und fütterte meine innere Unruhe mit Junkfood. Ich empfand die gleiche Frustration wie ein Mensch, der an Schlaflosigkeit leidet, nur dass ich nicht einschlafen, sondern mich vor dem Fernseher betäuben wollte, mein Gehirn aber einfach nicht zum Abschalten bewegen konnte.

Auf dem Bett lagen drei Outfits: ein flippiges rotes Kleid mit breitem schwarzem Gürtel, eine vernünftige Umstandshose mit einem geblümten Oberteil und eine etwas lässigere Kombination aus Jeans mit Elastikbund und einem langärmeligen T-Shirt. Ich hatte die Sachen gleich morgens ausgesucht, und jetzt stellte ich mich jedes Mal, wenn ich in den Werbepausen wie ein Geist durch die Wohnung wanderte, in die Schlafzimmertür und betrachtete sie. Die Entscheidung erschien mir lebensverändernd. Ich wollte weder zu schrill wirken noch zu konservativ, zu locker oder zu urban. Hinter diesen Überlegungen verbarg sich natürlich ein viel entscheidenderer, ein viel entsetzlicherer Gedanke, den ich nicht zuließ, bis Ted endlich nach Hause kam.

»So willst du doch wohl nicht bleiben, oder?«, fragte er, als er mich im Jogginganzug auf dem Sofa lümmeln sah. Mit gerunzelter Stirn sah ich an mir hinunter und bemerkte die Essensflecken auf der Brust. Ich sank noch tiefer in die Polster.

»Was, wenn sie mich nicht mag?«

»Ist das dein Ernst? Seit fast vierzig Jahren wartet sie auf ein Lebenszeichen von dir.«

»Na eben! Was, wenn ich sie enttäusche?«

»Das ist doch albern, Sabina!«

»So was passiert doch sicher dauernd. Ich wette, ihre Erwartungen sind riesengroß.«

»Sie freut sich schon so lange darauf, dich kennenzulernen, Schatz. Du könntest eine zähnebleckende Serienkillerin sein, und sie wäre zumindest froh, dich einmal zu sehen.«

»Ich will ja nur, dass sie mich mag.«

»Das wird sie. Aber wenn du dich zu unwohl fühlst, rette ich dich und denke mir eine Ausrede aus. Versprochen. Bitte zieh dich um! Wir müssen wirklich los.«

Ich hievte mich von der Couch, ohne mich um die Chipskrümel zu kümmern, die mir vor die Füße rieselten, und schlang die Arme um meinen Mann.

»Danke.«

»Dazu bin ich da.«

»Nein, ehrlich Ted. Ohne dich würde ich das nicht schaffen.«

»Oh doch.« Er küsste mich auf die Schläfe und drehte mich zur Schlafzimmertür um. »Hopp, anziehen! Sonst kommen wir noch zu spät.«

Um kurz nach zwei fuhren wir so gut wie pünktlich los. Damit würden wir nach Teds Berechnung gegen sechs Uhr in James' und Lillys Einfahrt einbiegen, rechtzeitig für meine erste Mahlzeit mit meinen leiblichen Eltern.

Ich packte eine Tasche für zwei Nächte, und Ted legte die Schachtel mit den Fotoalben in den Kofferraum. Ich war mir nicht hundertprozentig sicher, ob der Zeitpunkt passend war, aber wenn es sich richtig anfühlte, würde ich Lilly die Alben schenken, bevor wir wieder abfuhren.

So weit im Westen des Bundesstaats war ich noch nie gewesen. Bisher war ich nur bis zu den Blue Mountains gekommen, die eine geografische Barriere zwischen der Stadt und den ländlichen Gebieten darstellten. Ted kannte sich etwas besser aus, aber er verließ sich auf das Navi, weshalb wir auf einem zweispurigen Highway durch dichten Busch landeten.

Anfangs bestaunte ich die Aussicht entlang der Bells Line of Road. Bis zum Straßenrand war alles üppig grün bewachsen, und ich hatte einen großartigen Blick auf die Stadt und die Täler jenseits davon. Als wir um einige enge Kurven fuhren und sahen, dass der Verkehr in unserer Richtung offenbar ins Stocken geraten war, wurde ich leicht nervös. Nachdem wir einen Abschnitt erreicht hatten, in dem links eine steile Felswand lag und rechts ein schroffer Abhang, kamen die Autos vor uns plötzlich zum Stehen.

Nach einer Weile holte ich mein Handy aus der Tasche, um herauszufinden, was los war, und stellte fest, dass wir uns in einem Funkloch befanden. Ted suchte eine alternative Route auf dem Navi, aber es wurde schnell klar, dass wir fast bis nach Sydney zurückfahren müssten, um den Stau zu umgehen.

Wenn der Vormittag meinem Empfinden nach schon zäh vergangen war, dann schien die Zeit jetzt vollends still zu stehen. Ted und ich schafften es sogar, eine einigermaßen hitzige Auseinandersetzung über die von ihm ausgewählte Route zu führen, und ich stritt mich länger mit ihm, als ich es sonst getan hätte, nur zur Ablenkung.

Wir standen bereits zwei Stunden, als ein Polizist an Teds Fenster klopfte und uns mitteilte, wir müssten umkehren. Die Straße werde über Nacht geschlossen. Ein Sattelschlepper hatte mehrere Kilometer weiter vorn einen Unfall gehabt, und die Rettungsdienste waren noch mit dem Räumen der Straße beschäftigt.

Wir schwiegen, während das Navi die Route auf dem anderen Highway durch die Berge erstellte. Unsere voraussichtliche Ankunftszeit lag jetzt schon weit nach neun Uhr.

»Ich glaube, wir sollten einfach nach Hause fahren. Wir können den Besuch auf ein anderes Wochenende verschieben.«

»Das geht nicht, Sabina.«

»Es ist ein Omen.«

»Ach, Quatsch! Hast du schon wieder Empfang? Du solltest Lilly anrufen und Bescheid sagen.«

Ich fingerte ein Weilchen an meinem Handy herum und verfluchte mich innerlich für meine Feigheit.

»Sabina.«

»Ja, ich mach ja schon!« Seufzend wählte ich die Nummer, die ich inzwischen auswendig kannte.

»Hallo, hier ist Lilly.«

Sie sang geradezu, und mein Herz wurde schwer wie ein Felsbrocken. »Hallo Lilly, hier ist Sabina.«

»Hallo, mein Schatz! Oh ...« Mit einem Schlag war ihre Freude verschwunden. »Oh nein! Du hast es dir anders überlegt.«

»Nein, nein«, versicherte ich hastig. »Nein, wir kommen nur zu spät, wir stecken im Stau. Es wird sehr spät werden, deshalb dachten wir, dass wir vielleicht unterwegs in einem Hotel übernachten. Vielleicht könnten wir zum Frühstück kommen.«

Ich hörte ihren Atem stocken und bekam sofort ein schlechtes Gewissen, war aber gleichzeitig erleichtert, das Wiedersehen um einen Tag aufschieben zu können. Am Morgen wären wir frischer, außerdem müssten wir dann nur eine Nacht bei ihnen verbringen statt der vereinbarten zwei.

»Bitte kommt heute!«, flehte sie flüsternd. »Bitte, Sabina!«

»Es wird aber so spät, neun oder sogar zehn Uhr ...«

»Ich verstehe, wenn das zu viel verlangt ist.« Jetzt hörte ich die Tränen in ihrer Stimme. »Aber wenn ihr es schaffen könnt, wäre ich so dankbar. Ich weiß, es ist nur ein Tag, einmal schlafen, einmal aufwachen ... Ich warte nur schon so ...« Sie verstummte kurz. »Ich warte schon so lange.«

Fast hätte ich vergessen, wie viel ihr das Wiedersehen bedeutete. Mich trieb die Neugier. Sie ein lebenslanger Traum.

Also willigten wir ein, im Dunklen zu ihr zu finden.

Wir entdeckten Silhouetten auf der Veranda, zwei winzige Gestalten vor der endlosen Weite des Grundstücks ringsum. Jetzt war mir wirklich übel, das Mittagessen war mir in die Kehle hochgestiegen. Ted parkte unter einem knorrigen Pfefferbaum.

»Bist du bereit?«, raunte er mir zu.

»Wie denn?«, flüsterte ich zurück.

Langsam bewegten wir uns auf das Haus zu. Ich konzentrierte mich auf die Atmung, wollte durch reine Willensanstrengung Nervosität, Aufregung und Erschöpfung in den Griff bekommen. Vergeblich, wie ich schnell feststellte. Es war unmöglich, meine Gefühle zu beschwichtigen – ich musste sie einfach aushalten. Und dann löste Lilly sich aus der Umarmung ihres Mannes und rannte über die Wiese auf mich zu, mit jungem und federndem Schritt wie ein spielendes Kind. Als ich den ersten Blick auf das Gesicht meiner leiblichen Mutter erhaschte und mich darin erkannte, sah ich auch ihre Entschlossenheit. Sie wäre durchs Feuer gerannt, um mich zu umarmen. Sie hatte jahrzehntelang darauf gewartet.

Um ein Haar hätte sie mich umgeworfen. Lilly war keine große Frau, aber sie war rundlich und stark, sie umfing mich und drückte mich an sich. In der Dunkelheit roch ich Knoblauch, Kräuter und Seife, als sie das Gesicht fest an meinen Hals presste. Sie erschauerte, holte tief Luft und schluchzte laut auf.

Noch nie hatte ich jemanden so weinen gehört. Sie umklammerte mich, zerrte an mir und durchweichte meine Schultern mit ihren Tränen.

Ich weinte ebenfalls, denn ich konnte unmöglich unbewegt in solch einem Sturm stehen. Bis einen Monat vorher hatte ich noch nicht einmal von ihr gewusst, jetzt aber lösten wir uns gemeinsam in Tränen auf. Es ging mir nicht um meinen eigenen Schmerz, es ging um sie und die verlorene gemeinsame Zeit.

Nach einer Weile stieg die andere Gestalt die Stufen der Veranda herunter, und ich sah ein Gesicht im Mondlicht. Der Mann schüttelte Ted die Hand, stellte sich als James vor und wollte Lilly dann von mir wegziehen. Sie weigerte sich und brachte immer noch kein Wort heraus. Stattdessen scheuchte sie ihren Mann wild fuchtelnd weg. Schließlich zog sie mich sanft auf das Haus zu.

»Entschuldige«, murmelte sie heiser und schluchzte immer wieder laut auf. »Entschuldige bitte.«

»Macht doch nichts«, sagte ich. »Ich kann mir gar nicht vorstellen ...«

Von allen Momenten in meinem Leben, in denen mir die Worte fehlten, war dieser mit Abstand der schlimmste. Was sollte ich in einer solchen Situation sagen? Wie sollte ich einen Menschen trösten, ohne mich in Plattitüden zu flüchten? Ich fühlte mich wie die Zuschauerin einer Tragödie. Noch hatte ich nicht ganz begriffen, dass ich ebenfalls zu den Opfern gehörte.

»Ich hatte mir fest vorgenommen, mich zu beherrschen. Ganz fest hatte ich mir das vorgenommen.« Sie lachte kurz auf. »Aber keine einzige Stunde ist vergangen, in der ich nicht an dich gedacht habe, Sabina. Keine einzige Stunde. Und achtunddreißig Jahre haben viele Stunden.«

Meine leibliche Mutter hatte den ganzen Tag über für mich gebacken.

Es dauerte eine Weile, bis sie den Tisch gedeckt hatte. Das Essen hatte sie entweder warmgehalten oder erhitzte es nun, und während sie das Festmahl vorbereitete, zeigte James Ted und mir das Haus.

Es war nicht unordentlich, aber so vollgestellt, wie Mum und Dad es bei uns daheim niemals geduldet hätten. Überall standen Sachen herum, Vorratsgläser und Schachteln auf den Schränken und dem Kühlschrank. Selbst auf den Sitzbänken häuften sich Krimskrams oder Sammelfiguren. In Gedanken hörte ich Mums Missbilligung angesichts solcher *nutzloser Staubfänger*. Viel Staub war nicht zu sehen, aber ich hatte so eine Ahnung, dass Lilly in den letzten Tagen ihre Nervosität mit Putzen niedergekämpft hatte.

Jede Wand war eine Fotoausstellung mit unzähligen Bildern der Kinder und Enkel. Manche waren gerahmt, andere einfach so auf den Putz gesteckt. Die Fotos stellten praktisch die einzige Dekoration dar. Es gab keine sorgsam ausgewählten Kunstwerke, Kissen oder Rattantischchen wie bei Mum und Dad. Dies war ein funktionales Haus mit robusten Möbeln und unempfindlichen Holzdielen. Das Leben und die Atmosphäre darin wurden ausschließlich von Familienandenken erzeugt.

Wie oft hatte ich mich über mein eigenes mangelndes Talent für Inneneinrichtung geärgert! Letzten Endes hatte auch ich der Funktion den Vorzug gegenüber der Form gegeben. Die Ziergegenstände in meiner Wohnung hatte ich mit Mums Unterstützung ausgesucht und war nie ganz überzeugt davon gewesen. Sosehr ich mir ein schönes, stilvolles Heim wie das meiner Adoptiveltern wünschte, meine starke Seite war dessen Ausstattung nie gewesen.

Ganz offensichtlich lag es mir einfach nicht im Blut.

»Dies war Charlottes Kinderzimmer und ganz früher mal meins«, erklärte James und stieß eine Tür auf. Mein Blick fiel auf einen Schreibtisch voller Unterlagen und zwei Sessel. »Jetzt ist es sozusagen mein Büro. Lilly liest gern hier, es ist sehr sonnig, und man hat einen schönen Blick auf die Felder.«

Wir durchquerten ein Wohnzimmer mit schweren Ledersofas, und James öffnete die Tür zu einer Veranda mit einer Hollywoodschaukel und einer umfangreichen Sammlung kleiner Tierfiguren.

»Neesa hat hier früher gern Zoo gespielt«, erklärte James in trockenem Tonfall. »Eine Zeit lang haben sich diese Dinger offenbar fortgepflanzt. Ich glaube, Lilly hat sie hinter meinem Rücken gekauft.«

»Das stimmt nicht!«, rief Lilly aus dem Haus, aber es schwang ein Lachen mit. Ganz eindeutig war das ein beliebtes Spiel zwischen ihnen.

»Mittlerweile ist Neesa zu alt dafür, aber früher oder später werden die Zwillinge Spaß daran haben. Also bleibt die Menagerie stehen.« James seufzte.

Das nächste Zimmer war frisch gestrichen, dem Geruch nach sehr frisch. Die unteren Wandhälften waren dunkelbraun, die oberen etwas dezenter beige. Die Möblierung bestand aus einem Sessel und einem schweren Holzbett, auf dem ein Stapel Kissen angeordnet war.

Der Raum machte einen verdächtig perfekten Eindruck, selbst die Möbel kamen mir neu vor. Ich fragte mich, ob Lilly es in den vergangenen vier Tagen renoviert hatte. Wenn ich an den überaus üppigen Festschmaus in der Küche dachte, war das durchaus denkbar.

»Das ist aber schön«, sagte Ted, als er sich in dem großen Zimmer umsah.

»Das war früher Simons Zimmer, inzwischen ist es das Gästezimmer. Wir dachten uns, ihr beide könntet dieses Wochenende hier wohnen. Und natürlich jederzeit, wenn ihr uns noch einmal besuchen wollt«, sagte James etwas steif.

»Vielen Dank, James«, sagte ich leise. Seine zurückhaltendere, aber zugewandte Art war leichter zu verkraften als Lillys Überschwang.

Nachdem er uns noch das gemeinsame Schlafzimmer und das Bad gezeigt hatte, blieb er auf dem Weg in die Waschküche unvermittelt stehen. Jetzt erst merkte ich, wie nervös er war.

»Da gibt es eigentlich nicht viel zu sehen. Ich weiß gar nicht, warum ich euch hier heruntergeschleppt habe.«

»So wissen wir, wo wir unsere Klamotten waschen können, falls nötig«, meinte Ted. James lachte.

Der Flur führte um die riesige Küche und das Esszimmer herum. Lilly hatte mit einem Tafelservice und edlem Besteck gedeckt, aber die vielen Schüsseln und Platten bildeten ein buntes Sammelsurium.

»Fertig!«, rief sie. »Seid ihr so weit?«

Über dem langen Tisch hing tief eine Lampe, deren etwas vergilbter Schirm warmes Licht verströmte und eine verblüffend trauliche Atmosphäre erzeugte. Ted und ich wechselten einen erstaunten Blick angesichts des kulinarischen Überflusses auf dem Tisch. Es gab Kuchen und Kekse, Braten und Fisch, Suppen, Salate und eine Anzahl polnischer Gerichte, die ich nicht kannte.

Lilly wuselte umher, belud mir einen Teller mit diesem und jenem, und James saß nur stumm da. Ich versuchte, Small Talk zu machen, aber hauptsächlich beobachtete ich die beiden nur – Lillys nervöse Geschäftigkeit und James' besorgtes Schweigen. Hin und wieder blitzten Tränen in seinen Augen auf, aber er sah mich nicht an, hielt den Blick immer nur auf Lilly gerichtet. Nur allzu gern hätte ich seine Gedanken gelesen.

»Probier das zuerst!«, sagte Lilly, als sie mir endlich den Teller hinstellte. Sie deutete auf ein dickes Teigtäschchen auf einem Nest aus Speck und Zwiebeln. »Das ist ein *pieróg.*«

»*Pieróg*«, wiederholte ich, als hätte ich das Wort noch nie gehört, und versuchte auch, das R wie sie zu rollen. Ich linste zu Ted hinüber, und er nickte mir zu. Wir dachten beide an Mums armseligen Versuch, *pierogi* zuzubereiten, an den verbrannten, zähen Teig und das viel zu lange gebratene, zu schwach gewürzte Hackfleisch. Plötzlich wirkte Mums Bemühung beinahe wie eine Beleidigung im Vergleich zu diesen appetitlichen Täschchen.

Etwas unbeholfen trennte ich ein Stück mit der Gabel ab und schob es mir in den Mund. Es schmeckte köstlich, salzig und deftig, der Teig war weich und glatt, ein überraschend stimmiger Genuss. Ich stieß Geräusche des Entzückens aus und spießte die zweite Hälfte auf, woraufhin Lilly die Hände vor der Brust zusammenpresste und leise quiekte.

»Ich wollte dir schon immer das Essen vorsetzen, mit dem ich aufgewachsen bin. Die ursprüngliche Sabina – Sabinka – war meine Großmutter. Sie ist im Krieg gestorben, deshalb habe ich sie nie kennengelernt, aber ihre *pierogi* waren legendär. Ich kann dir das Rezept geben. Ich habe auch Krapfen gemacht, wie mein Tata früher an Ostern. Da, siehst du?« Sie deutete auf ein knuspriges dickes Gebäck auf meinem Teller, neben dem Kuchen. »Die gab es mein ganzes Leben lang immer zu Ostern. Manchmal habe ich das Auto in der Sonne geparkt und den Teig dort drinnen gehen gelassen. Und das da ist Hering, *sledz,* in Essig eingelegt mit Zwiebeln und Pfefferkörnern ...«

»Lilly«, unterbrach sie James mit ruhiger Stimme. »Schatz, bitte setz dich!«

»Erst muss ich Ted einen Teller zusammenstellen. Er ist so weit gefahren. Woher kommt deine Familie, Ted?«

»Wir wurden mitten aus dem kulturellen Schmelztiegel geschöpft, wir sind alles Mögliche.« Ted stand auf und nahm Lilly behutsam den Teller aus der Hand. »Ich kann mich selbst bedienen, Lilly. Nimm doch Platz und unterhalte dich mit Sabina!«

Lillys Augen waren immer noch rot. Als sie mich ansah, wurden sie wieder feucht. Sie machte Anstalten, Ted den Teller wegzunehmen, dann verschränkte sie die Hände und nickte mir zu. Schließlich setzte sie sich neben mich.

»Ich kann es nicht fassen, dass du wirklich hier bist«, flüsterte sie. Ich hatte den Mund voller Krapfen und murmelte undeutliche Worte, die meine Freude ausdrücken sollten. »Manchmal habe ich davon geträumt. Nur dass du in echt viel schöner bist als in meinen Träumen.«

»Das sagst du nur, weil ich dir so ähnlich sehe«, meinte ich scherzhaft, als mein Mund leer war. Sie verschlang mich mit den Augen, kostete meine Anwesenheit aus. Das war natürlich nicht verwunderlich. Ich hatte erwartet, dass sie in Anbetracht der Situation aufgewühlt wäre. Allerdings hatte ich nicht damit gerechnet, dass mich ihr Gefühlsüberschwang verlegen machen würde. Von einer Frau angehimmelt zu werden, die ich gar nicht richtig kannte, machte mich überraschend befangen.

»Du siehst mir wirklich ähnlich.« Immer noch sprach sie fast ehrfürchtig leise. »Wenn ich dir auf der Straße begegnet wäre, hätte ich dich mit Sicherheit sofort erkannt. Ich habe immer nach dir Ausschau gehalten.«

»Diese Farm ...«, sagte Ted unvermittelt, und ich warf ihm möglichst unauffällig einen dankbaren Blick zu. »Seit wie vielen Generationen ist sie schon in der Familie?«

»Vier«, antwortete James und lehnte sich zurück. »Mein Urgroßvater hat damals mehrere Grundstücke zusammengekauft. Und das Land nebenan, das Lillys Bruder Henri und seine Frau bewirtschaften, ist auch schon seit der vierten Generation im Besitz der Familie von Lillys Mutter.«

Es war ein merkwürdiges Gefühl, an einem Ort zu

sein, der meinen Verwandten schon so lange gehörte. Eigentlich hätte ich mich fühlen müssen, als sei ich nach Hause gekommen, aber so tiefgründige Empfindungen hatte ich gar nicht. Ich war nur erschöpft, nervös und etwas beklommen. Und zum Glück hungrig.

»Kommt ihr aus großen Familien?«, fragte ich.

»Ich habe einen Bruder, er wohnt mittlerweile in Melbourne«, erzählte James.

»Ich habe sieben Geschwister«, ergänzte Lilly leise.

»Wow.«

Beide lachten über mein Erstaunen.

»Werdet ihr beide ... glaubt ihr, dass ihr mehr als das ...« Lilly deutete auf meinen Bauch, und ich musste lächeln.

»Hoffentlich schon«, antwortete Ted für mich. »Nicht gleich sieben. Dazu haben wir vermutlich zu spät angefangen.«

»Bis vor wenigen Jahren waren wir sehr viel auf Reisen«, erklärte ich, obwohl ich mich sicher nicht rechtfertigen musste. »Danach haben wir uns erst niedergelassen. Das Timing stimmte einfach bisher nie. Ihr habt also drei Enkel?«

Eigentlich hatte ich es anders formulieren wollen, korrigierte mich aber im letzten Moment selbst und fragte nicht, ob sie schon *drei* Enkel hätten. Es schien mir vermessen, mein ungeborenes Kind als ihren Enkel zu bezeichnen.

»Simon und seine Frau Emmaline hatten es auch nicht eilig. Er ist drei Jahre jünger als du, und sie haben erst in diesem Jahr ihre Zwillinge bekommen. Charlotte dagegen ...« James und Lilly wechselten einen

Blick. »Sie hat jung geheiratet und sich jung scheiden lassen. Neesa ist jetzt zwölf und Charlotte vierunddreißig. An dem Tag, als sie ihre Lehre abgeschlossen hat, hat sie uns von der Schwangerschaft erzählt. Dann hat ihr Mann sie verlassen, und seitdem ist sie meist allein geblieben. Ich kann gar nicht glauben, dass du auch Lehrerin bist.« Lilly lächelte mich an und holte zufrieden Luft. »Muss in den Genen liegen. Wer hätte das gedacht?«

»Ich sicher nicht.« Ich lachte kurz auf. »Mum und Dad haben mich dazu überredet, noch Pädagogik draufzusatteln. Ursprünglich hatte ich nicht vor, das jemals anzuwenden. Als ich aus dem Ausland zurückkam, wurde mir aber klar, dass ich mehr tun muss, als einmal pro Woche in Bars zu singen.«

Erst hinterher fiel mir auf, dass ich *Mum und Dad* gesagt hatte. Ich wartete auf eine Reaktion von Lilly, aber sie setzte das Gespräch einfach fort, als sei ihr gar nichts aufgefallen.

»Du hast bestimmt die Stimme meiner Mutter geerbt. Sie hatte nie eine Ausbildung, aber sie hat immer gesungen. Wir wussten meistens, wo sie gerade war, weil sie mit einem Lied auf den Lippen im Haus herumlief.«

»Hattet ihr ein enges Verhältnis?«, fragte ich, und Lillys Blick wurde traurig.

»Mit meinen Eltern war es kompliziert. Nachdem ich endlich zu Hause ausgezogen war, sprachen wir jahrelang nicht miteinander. Erst kurz vor dem Tod meiner Mutter versöhnten wir uns wieder. Sie hätte dich sicher gern singen gehört und wäre sehr stolz gewesen.«

»Sind Charlotte und Simon musikalisch?«

»Charlotte schlägt nach mir, sie kann nicht mal fehlerfrei ihren iPod abspielen«, gluckste James. »Simon hatte wahrscheinlich ein gewisses Talent, aber nie Lust, was daraus zu machen. Neesa allerdings ...«

»Ja, Neesa kann toll singen. Sie ist ja noch klein, aber sie hat eine echte Leidenschaft für Musik. Alle freuen sich übrigens sehr darauf, dich morgen kennenzulernen.«

»Ich mich auch«, sagte ich. Gleichzeitig hatte ich einen Riesenbammel.

Irgendwo im Haus schlug eine Uhr. Wir horchten, jeder im Geist mitzählend.

»Schon Mitternacht!«, rief James, als könne er es nicht fassen. »Lilly, wir sollten die beiden lieber ins Bett schicken, wenn sie nichts mehr essen möchten.«

Lilly machte ein bestürztes Gesicht, und ich legte eine Hand auf ihren Arm.

»Wir sind ja das ganze Wochenende hier.« Ich lächelte sie an. »Wir haben so viel nachzuholen. Morgen können wir uns den ganzen Tag unterhalten.«

Sie lächelte ebenfalls, ergriff meine Hand und verschränkte unsere Finger, verband uns fest miteinander.

»Kommt!« James stand auf. »Ich bringe eure Taschen zu euch ins Zimmer.«

Als das Licht aus und das Haus still war, lagen Ted und ich nebeneinander unter der Decke. Ich drehte mich zu ihm um.

»Sie ist so voller Temperament«, flüsterte ich.

»Kein Wunder.«

»Ja, ich weiß.«

»Wie geht es dir damit?«

»Gut, gut. Ich bin froh, dass wir hier sind. Hoffentlich wird es morgen ein bisschen weniger ...«

»Schräg?«

»Ja, schräg. Ich habe schon ein schlechtes Gewissen, so etwas überhaupt nur zu denken. Sie ist so wunderbar, aber ich bin ein bisschen überfordert.«

»Die beiden scheinen sehr nett zu sein.«

»Ich habe so viele Fragen. Heute Abend wollte ich sie nicht gleich damit überfallen, sie wirkt so verletzlich.«

»Schon. Aber daran merke ich, was die arme Frau durchgemacht haben muss.«

Darüber dachte ich noch lange nach, nachdem Ted eingeschlafen war.

Kapitel vierundzwanzig

Megan

SEPTEMBER 1973

Ich war schon immer der Ansicht, das Leben sollte einfach nur gerecht sein. Wäre es nicht viel einleuchtender, wenn schlechten Menschen nur Schlechtes zustieße und guten nur Gutes, wenn jeder genau das bekäme, was er verdient?

Wenn das Leben so funktionieren würde, hätte ich niemals von dem Entbindungsheim in Orange gehört. Ich wäre in Balmain geblieben und hätte mich dort um meine eigenen Kinder gekümmert. Und wenn das Leben so funktionieren würde, wären Lilly Wyzlecki und ich uns niemals begegnet. Wären wir uns in einer gerechten Welt begegnet, dann wären wir bestimmt gute Freundinnen geworden, jede mit einem Stall voller Kinder, ohne auch nur etwas von der anderen Realität zu ahnen, in der dieses Zusammentreffen unser beider Leben verändern sollte.

Als Lilly ankam, arbeitete ich erst seit einem knappen Monat in dem Heim, und ich werde nie vergessen, wie sie an jenem ersten Tag aussah. Sie war sechzehn, wirkte aber viel jünger, und selbst gegen Ende ihrer Schwangerschaft sah man sie ihr nicht an. Vielleicht war es eine optische Täuschung, weil sie so jung war, oder es lag an ihrem kräftigen Körperbau. Aber auch in den letzten Tagen vor der Entbindung glich sie eher einem leicht übergewichtigen Teenager als einer werdenden Mutter.

Lilly hatte riesige braune Augen, in denen sich jede Gefühlsregung wie auf einer Filmleinwand spiegelte. Sie war weder zurückhaltend noch bedächtig, sie war ein offenes Buch. In den ersten Tagen ihres Heimaufenthalts war sie von rührender Unschuld, doch dann war zu beobachten, wie diese nach und nach verloren ging. Ich war mit den Vorgängen im Heim überhaupt nicht einverstanden, das Schicksal aller Insassinnen empörte mich, bei Lilly allerdings war es von Anfang an mehr. Ein professioneller Umgang mit ihr war mir völlig unmöglich. Bei jeder Begegnung wurde ich daran erinnert, wie ungerecht und falsch sie behandelt wurde. So etwas hatte sie nicht im Entferntesten verdient.

Das dachte ich bei allen Mädchen, bei Lilly aber *wusste* ich es.

Niemand hat das Recht, das Licht in den Augen eines anderen Menschen zum Erlöschen zu bringen, aber genau das geschah mit unseren Bewohnerinnen. Wir stahlen ihnen die Hoffnung, und dieser Prozess war in Lillys Augen in aller Deutlichkeit zu beobachten. Anfangs war sie unschuldig und zuversichtlich, dann verwirrt und besorgt und schließlich niedergeschmettert und verängstigt. Und jedes dieser Gefühle war in ihrer Miene abzulesen.

Ihre Eltern hatte die Schwangerschaft erst spät bemerkt, deshalb blieb sie nur wenige Monate bei uns. An einem Freitagnachmittag Anfang September erfuhr ich von June Sullivan, dass man die Geburt einleiten wollte, da Lilly vermutlich eine schwere Depression hatte und das Essen verweigerte. Die Ärzte fürchteten um das Wohl des Kindes. Der genaue Geburtstermin war unklar, aber aufgrund der Größe des Ungeborenen war man ziemlich sicher, dass bis zum eigentlichen Termin nur noch wenige Wochen fehlten.

Als June mir sagte, die Einleitung stehe unmittelbar bevor, war mir nicht klar, dass sie vom gleichen Tag sprach. Am Montagmorgen dann war ich überrascht, dass Lilly schon das ganze Wochenende über Wehen gehabt hatte. Ich ging zum Kreißsaal, aber die Hebammen meinten, die Situation sei dort gerade sehr schwierig, ich solle besser nicht stören.

Also blieb ich an diesem Vormittag in meinem Büro und wartete nervös auf Nachricht von der Geburt. June war nicht besonders ordentlich, deswegen vervollständigte ich die Akten der letzten Neuankömmlinge, konnte mich aber nicht konzentrieren. Kurz vor der Mittagspause klingelte das Telefon, und nach einigen leisen Worten wandte sich June kopfschüttelnd zu mir um.

»Es sieht nicht gut aus für Liliana W.«

»Nicht gut?«, wiederholte ich tonlos.

»Offensichtlich ist sie sogar zum Pressen zu faul. Sie wollen sie in den OP bringen.«

Ohne auf June zu reagieren, die mir nachrief, rannte ich über die Straße zum Kreißsaal hinüber. Sobald ich die Schwingtür aufstieß, sah ich, dass es wirklich nicht gut um Lilly stand.

Sie lag auf dem Rücken und war ans Bett geschnallt, die Handgelenke steckten in dicken Lederschlaufen und waren von den stundenlangen Befreiungsversuchen blutig und zerkratzt. Der Geburtshelfer machte sich gerade mit der Zange zwischen ihren Beinen zu schaffen. Man schrie sie an, sie solle endlich pressen. Ein Arzt drückte auf ihrem Bauch herum.

Lillys Augen standen offen, waren aber ausdruckslos zum Fenster gerichtet. Die spröden Lippen waren aufgeplatzt, und am Kinn haftete ein eingetrockneter Blutfleck.

Während ihrer Zeit im Heim hatte ich mich mehrmals ausführlich mir ihr unterhalten. Ich bewunderte sie und war mir sicher, dass sie trotz ihrer schwierigen Situation die Kraft hatte, ihre Zukunft positiv zu gestalten. Eigentlich hatte ich sie an diese Kraft erinnern wollen, wenn sie sich an ein Leben ohne ihr Kind gewöhnte. Als ich sie nun dort liegen sah, wusste ich, dass ich so lange nicht warten durfte.

Ich schnallte ihr die Hände los, beugte mich über das Bett und zwang sie, mich anzusehen. Ihre Augen waren glasig, weiß der Himmel, mit welchen Medikamenten sie vollgepumpt war. Die Ärzte sedierten die Heimbewohnerinnen während der Entbindung routinemäßig. Einfacher für alle, sagte June mir damals. Was immer ihnen verabreicht wurde, für die Mädchen schien es die Geburt nicht leichter zu machen. Sie hatten trotzdem Schmerzen, konnten sich nur nicht so leicht wehren oder um Hilfe bitten und auch nicht pressen. Das bedeutete, dass die Zange gang und gäbe war und die jungen Mütter später mit den Folgen einer viel traumatischeren Geburt zurechtkommen mussten.

Ich schüttelte Lilly ein wenig, und da sie nicht reagierte, schüttelte ich sie heftiger. Schließlich schrie ich sie an, bis sie wach genug war, um mich wahrzunehmen. Als sich ihre großen braunen Augen mit Tränen füllten, wusste ich, dass sie einigermaßen zu sich gekommen war und mich erkannte.

»Du schaffst das, Lilly«, sagte ich, aber sie schüttelte den Kopf. Ich drückte ihre Hand, so fest ich konnte. Sie wimmerte, und ich sprach die Ärzte am Fußende des Betts an. »Wollen Sie einen Kaiserschnitt machen? Dauert das nicht schon zu lange?«

»Auf jeden Fall«, sagte eine der Hebammen hinter mir leise. »Der Puls des Babys wird langsamer, uns bleibt keine Zeit mehr. Wir müssen es jetzt holen, sonst ...«

Plötzlich nahm ich das Piepsen und den ungleichmäßigen Rhythmus wahr, der alle Handlungen im Raum bestimmte wie der Takt eines Lieds. Der Herzschlag war zu schnell, dann auf einmal zu langsam, und wie alle anderen im Raum geriet ich in Panik.

»Komm schon, Liliana! Um Himmels willen, du musst pressen!«, schrie der Arzt sie an. Ich packte Lilly bei den Schultern und hielt den Kopf dicht vor ihr Gesicht.

»Ich schaffe das nicht«, flüsterte sie. Ihrer rauen Stimme war anzuhören, dass sie vielleicht schon tagelang schrie. »Ich kann einfach nicht.«

»Wir schaffen das gemeinsam«, raunte ich zurück. Ich hielt Augenkontakt und atmete ein. »Press mit mir zusammen, Lilly, ja? Wir zählen bis zehn. Du kannst das. Ich weiß, dass du es kannst.«

Sie nickte mir zu, und ihre Hände tasteten nach meinen Schultern. Wir zählten gemeinsam bis zehn, wieder und immer wieder, Lillys heisere Stimme ein verzweifelter Schrei bei jeder Zahl, aber sie schaffte es – sie schaffte es nach diesen schier endlosen Stunden. Sie brachte ihr Kind auf die Welt. Auge in Auge mit mir, ihre Hände auf meinen Schultern, meine Hände auf ihren Schultern. Wenige Minuten später glitt das Kind heraus, und die Spannung im Raum löste sich mit seinem ersten schwachen, aber entschiedenen Protest gegen die eiskalte Luft. Lilly sank auf dem Bett zusammen, richtete sich aber sofort wieder auf, bis sie völlig senkrecht saß.

Ein freudiger Schatten huschte über ihr Gesicht, als sie ihr Kind ansah. Es dauerte nicht lange, aber es war unverkennbar in dem kurzen Aufblitzen ihrer Augen. Wie immer brachte man den Säugling sofort aus dem Zimmer. Ich fragte mich, ob Lilly wusste, wie viel Glück sie hatte, dass alle in den angespannten letzten Minuten der Entbindung zu abgelenkt waren, um ihr den Blick sofort mit einem Kissen zu verstellen, wie es eigentlich Vorschrift war.

Dann fiel sie zurück auf ihr Kissen, und nun sah sie nicht mehr zu jung aus, um schwanger zu sein. In Anbetracht dessen, was hier mit ihr geschah, hatte ich ein schlechtes Gewissen, die Worte *Glück* und *Lilly* im gleichen Atemzug gedacht zu haben. Plötzlich sah sie alt aus, eingefallen und erschöpft, und als sie die Augen schloss, rechnete ich mit Tränen.

»Gut gemacht, Lilly«, sagte ich leise, doch sie wandte sich wieder ab. Ich nahm ihre Hand, die meinen Druck matt erwiderte und dann schlaff wurde. Einen Moment lang dachte ich, sie sei ohnmächtig geworden. »Lilly?«

Sie schüttelte den Kopf, und mir wurde klar, dass sie ein wenig Zeit für sich brauchte. Also ließ ich ihre Hand los und trat mit einem unbehaglichen Gefühl vom Bett zurück. Die Stimmung im Raum war wieder umgeschlagen, statt Panik herrschte normale Geschäftigkeit, während die Ärzte auf die Plazenta warteten und die Schwestern sich über ihr Wochenende unterhielten.

Ich ging hinaus, und sobald ich auf dem Flur war, merkte ich, dass mir regelrecht übel war. Es war zu spät, eine Toilette zu suchen, ich war froh, einen Abfalleimer zu finden, in den ich mich immer wieder übergab.

»Geht's Ihnen gut?« Eine der Lernschwestern kam mir zu Hilfe, und als es vorüber war und ich mich an die Wand lehnte, deutet sie auf meinen Bauch. »Sind Sie ...?«

Hastig, beinahe rabiat schüttelte ich den Kopf und fing an zu weinen.

»Oh, tut mir leid!«

»Nein, nein«, erwiderte ich viel zu scharf und fühlte mich gleich wieder schlecht, als ich das betrübte Gesicht der jungen Schwester sah. »Entschuldigung, es war ein schlimmer Vormittag, aber jetzt ist alles in Ordnung. Vielen Dank für die Hilfe.«

Mühsam richtete ich mich auf und ging zur Toilette, wusch mir das Gesicht, spülte den Mund aus und betrachtete mich im Spiegel. In den fünf Monaten im Entbindungsheim hatte ich schon oft fälschlicherweise gedacht, schlimmer könne es nicht mehr werden. Aber einen schrecklicheren Tag als den heutigen konnte es doch einfach nicht geben.

Ich ging auf die Säuglingsstation, wo die Hebamme Lillys Baby wickelte. Auf beiden Seiten des Kopfes waren dunkle Flecken zu sehen, ein sonderbares Violett, das sich von der sonst himbeerroten Haut leuchtend abhob.

»Ein Mädchen?«, fragte ich leise.

»Ja.«

»Wissen Sie, warum so lange nichts voranging?«

»Sie lag nicht richtig und kam mit dem Steiß zuerst, was das Ganze immer schwierig macht. Hätten wir sie noch zwei Wochen in Ruhe gelassen, bis sie so weit gewesen wäre, hätte es nicht solche Probleme gegeben. Jetzt ist es zu spät. Wir können das Kind ja schlecht wieder zurückstecken.«

»Ist alles in Ordnung?«

»Ihr geht's gut, aber ein paar Minuten länger, und es wäre vermutlich anders ausgegangen.«

Ich seufzte und betrachtete das Kind. Die Kleine schlief ganz friedlich, als ob sie das Geburtstrauma bereits verarbeitet hätte und nun ein Nickerchen machen würde. Sonst wagte ich Neugeborene nicht anzufassen, sie sahen so winzig und zerbrechlich aus.

Aber dieses Kind war anders. Fast kam es mir so vor, als hätte ich an seiner Geburt teilgehabt. Behutsam berührte ich die kleine Wange mit der Fingerspitze.

»Habt ihr schon jemanden für sie?«, fragte die Hebamme munter. Ich schüttelte seufzend den Kopf.

»In den letzten Wochen haben wir einige Kinder untergebracht, aber im Moment steht niemand auf der Warteliste.«

»Ins Heim also? Manchmal kommt es einem nicht

richtig vor, dass wir den Müttern das alles antun und der Winzling am Ende doch keine Familie findet.«

»Nein, es kommt einem nicht richtig vor.« Sofort wurde mir wieder heiß und übel, weshalb ich meine Hand rasch zurückzog. »Ich komme später noch mal vorbei, um nach ihr zu sehen.«

Ich wankte hinaus ins Freie, wo mir die frische Frühlingsluft entgegenschlug, was die Übelkeit linderte und die Hitze auf meinen Wangen kühlte.

Seit fünf Monaten arbeitete ich in diesem Heim, und die ganze Zeit über hatte ich mit einem ständig wachsenden Unbehagen zu kämpfen. Wenn ich mich nachts im Bett hin und her wälzte, konnte ich kaum glauben, dass ich einen weiteren Tag überlebt hatte. Manchmal musste ich mich vollkommen von meiner Arbeit distanzieren. Die einzige Möglichkeit, um weiterzumachen, lag in der konsequenten Trennung von Arbeit und Privatleben. Ich musste so tun, als hätte ich überhaupt keinen Anteil an dem Geschehen in dem Entbindungsheim.

Es war nämlich so, dass mich Graeme in eine Falle gelockt hatte. In seiner typischen Graeme-Baxter-Art spazierte er eines Tages nach der Arbeit in unser gemütliches Haus in Balmain herein, mit einer Flasche Champagner und einem verschmitzten Grinsen. Dann verkündete er, einer Versetzung in die Finanzabteilung der Gesundheitsbehörde von Orange zugestimmt zu haben. Das war schon eine ziemliche Überraschung, aber dann fügte er noch hinzu, er habe auch für mich eine Stelle ausgehandelt. Nach der Traurigkeit und den Schwierigkeiten der letzten Jahre hätten wir einen Tapetenwechsel nötig, also habe er ihn organisiert.

An meinem ersten Arbeitstag erfuhr ich dann, dass ich in einem Entbindungsheim in der Abteilung für Adoptionen arbeitete. Ich war einfach davon ausgegangen, dass ich, wie immer seit dem Studium, wieder in der Altenpflege beschäftigt sei. Damals hatten wir gerade die siebte Fehlgeburt hinter uns, und ich hätte unter keinen, unter gar keinen Umständen wissentlich eine Stelle angenommen, bei der ich jeden Tag mit unglücklichen schwangeren Teenagern zu tun hatte.

Aber ich hätte es wissen müssen. Graeme hatte schon längst die Hoffnung auf ein eigenes Kind aufgegeben. Seine Geduld mit dem ewigen Warten, der Sehnsucht, der kurzen Freude, bevor der Schmerz wieder losging, war endgültig erschöpft. Ich aber war mir so sicher, dass wir einfach nur Zeit brauchten. Wunder geschahen jeden Tag, das hatte ich während meiner mehr als fünfzehnjährigen Tätigkeit in der Altenpflege selbst erlebt. Wie oft hatten wir die Familien einbestellt, damit sie sich von ihrem todkranken alten Angehörigen verabschieden konnten, der dann Tage oder auch nur Stunden später wieder aufstand und auf dem Flur auf und ab spazierte. Ich war immer überzeugt gewesen, dass ich früher oder später ein Kind austragen könnte und die ganze Quälerei sich gelohnt hätte.

Außerdem war ich diejenige, die die Fehlgeburten hatte. Wenn ich zum Weitermachen bereit war, wie kam er dann dazu, etwas völlig anderes vorzuschlagen?

Aber so war Graeme eben. Mein willensstarker, schrecklich charmanter und zunehmend arroganter Ehemann. Nachdem ich vergeblich um einen allerletzten Versuch gekämpft hatte, als sein Bohren, Fragen und Fordern unerträglich wurden änderte ich meine Verzögerungstaktik und behauptete, meine Arbeit zu lieben und noch eine Weile nicht aufgeben zu wollen, bevor wir uns auf ein fremdes Kind einließen. Vielleicht stimmte das sogar für die Altenpflege, denn ich hatte das Gefühl, dort tatsächlich etwas bewirken zu können.

Doch dann brachte er mich in eine Situation, in der ich Tag für Tag mit meiner Unfruchtbarkeit konfrontiert wurde. Ich fühlte mich wie ein Fisch auf dem Trockenen in dem Entbindungsheim, wo wir nur zu zweit waren, ich mit June Sullivan, die felsenfest an unsere Arbeit glaubte. Vom ersten Tag an beobachtete ich mich selbst, wie ich mit entsetztem Gesichtsausdruck herumlief, und keine Professionalität der Welt konnte meine Missbilligung verbergen.

Ich hatte nichts gegen Adoptionen. Ich sah ein, dass sie in bestimmten Fällen sinnvoll waren – für junge Frauen, die für die Mutterrolle noch nicht bereit waren, für Kinder, die sonst kein geeignetes Zuhause gefunden hätten, und für unfruchtbare Ehepaare.

Mich selbst hielt ich natürlich nicht für unfruchtbar, ich hatte vielleicht gewisse Schwierigkeiten, aber ich war mir ganz sicher, dass Adoption nicht das Richtige für uns war, zumindest derzeit noch nicht. Ich wollte nicht einfach irgendein Baby, ich wollte *unser* Baby, ich wollte das volle Programm, die Morgenübelkeit, die Schwangerschaftsstreifen, die Entbindung, das Glück, an meinem Körper hinunterzublicken und zu sehen, wie sich unsere Familie auf natürliche Art und Weise vergrößerte. Ich wollte unser Kind großziehen ohne das unangenehme Wissen, dass es irgendwo dort draußen noch eine andere Familie gab, die es vermisste, die es liebte und – das war das Schlimmste – die es nicht aufwachsen sah. Außerdem war ich sicher, dass jedes der Mädchen im Heim sein Kind selbst versorgen könnte, wenn es die notwendige Unterstützung bekam. Es erschien mir mehr als bösartig, die jungen Frauen vom Gegenteil überzeugen zu wollen.

Graeme dagegen fand dieses System großartig und konnte nicht nachvollziehen, dass ich Probleme damit hatte. Anfangs versuchte er noch, mich zu trösten, wenn ich aufgebracht und verunsichert von der Arbeit zurückkam. Er massierte mir den Rücken, schenkte mir ein Glas Wein ein und bestärkte mich, nicht aufzugeben. Er hielt Vorträge über die Vorteile einer Adoption für minderjährige Mütter und wiederholte all jene Lügen, die ich jeden Tag von June zu hören bekam. Dabei ließ er völlig außer Acht, dass ich es mit der menschlichen Seite der Theorie zu tun hatte, und davon verstand ich sehr viel mehr als er.

Wenn ich besonders niedergeschlagen war, erinnerte er mich daran, wie großzügig sich mein Arbeitgeber gezeigt und mich überhaupt eingestellt hatte. Nur so hätten wir umziehen und diese großartige Chance wahrnehmen können. Er freundete sich rasch mit dem Verwaltungschef des Krankenhauses an und betonte immer wieder, dass das Entbindungsheim der ganze Stolz aller Zuständigen in der Gesundheitsbehörde sei. Als ich Graeme gegenüber zum ersten Mal von Kündigung sprach, war er völlig entsetzt und meinte, das werde die Kollegen kränken. Also gab ich den Plan fürs Erste auf.

Ich war damals sehr unsicher und hatte kein Vertrauen in meine eigene Meinung, besonders wenn es um eine so ernste Angelegenheit ging. Meistens hatte Graeme nämlich recht. Das Leben hatte mich gelehrt, dass Meinungsunterschiede zwischen Graeme und mir häufig daher rührten, dass er besser Bescheid wusste.

Zurück im Entbindungsheim, dauerte es dann keine drei Minuten, bis ich erneut an Kündigung dachte.

Nach einiger Zeit ging ich ihm offenbar mit meiner schlechten Stimmung auf den Geist, denn er wich mir immer öfter aus und verkroch sich mit seinen Papieren in seinem Büro. Wenn ich mit ihm sprechen wollte, gab er unaufschiebbare Arbeiten vor und fragte mich, ob mein Anliegen nicht warten könne. Ich sah, wie genervt er war, aber diese Situation war seine Schuld. Er wurde immer ungeduldiger, ich immer wütender.

Und dann bekam Lilly ihr Kind.

Kapitel fünfundzwanzig

Sabina

APRIL 2012

Als ich am nächsten Morgen erwachte, war Ted verschwunden und das Bett neben mir kalt. Ich stand auf und zog den Morgenmantel an. Ich war immer noch sehr nervös, hoffte aber, dass wir uns alle im Lauf des Tages etwas entspannen konnten.

Als ich aus dem Bad kam, roch ich etwas Köstliches und bekam auf der Stelle nagenden Hunger. Langsam folgte ich dem Duft durch den Flur und bemerkte eine lange Reihe von Familienfotos in einheitlichen schwarzen Rahmen. Ich blieb stehen und betrachtete eins der Bilder. Lilly und James, viel jünger als heute, saßen vor einem zu blauen Hintergrund auf stoffbezogenen Kisten. Zwischen ihnen standen ein sehr kräftig gebauter Junge mit Topfschnitt und Zahnlücke und ein dürres kleines Mädchen mit Korkenzieherlocken und finsterer Miene.

Ich erkannte darin Simon und Charlotte, die ich auf dem Foto in Lillys E-Mail gesehen hatte. Mit jedem Bild, an dem ich vorbeikam, wurden die Kinder älter, und ich spürte eine eigenartige Sehnsucht. Eigentlich wäre ich auf diesen Fotos auch zu sehen gewesen. Ich hätte vermutlich zwischen ihnen gestanden, weil ich die Größte gewesen wäre, zumindest bis zum Zeitpunkt von Simons Pubertät. Wie hätte sich das angefühlt? Hätte ich ein böses Gesicht gemacht wie Charlotte? Oder gegrinst wie Simon?

Noch mehr Fragen. Aber immerhin hielt ich mich jetzt im Haus der Pipers auf, und es bestand die Chance, dass an diesem Tag zumindest einige meiner Fragen beantwortet würden.

»Guten Morgen, Schlafmütze«, sagte Ted, als ich in die offene Küche trat. Er saß an der Frühstückstheke, vor sich einen Teller. Lilly stand in einem Baumwollnachthemd und Morgenmantel am Herd und wendete einen kleinen Pfannkuchen. Sie wirkte erschöpft, aber strahlend glücklich. Als sie mich entdeckte, leuchtete ihr Gesicht auf.

»Guten Morgen, Sabina! Hast du gut geschlafen?«

»Wie ein Stein.« Ich streckte mich. »Hier riecht es gut.«

»Kartoffelpuffer, mit Speck und Eiern von einer Farm die Straße runter«, berichtete mir Ted mit verzücktem Lächeln. »Lilly ist die absolut beste Köchin der Welt. Das musst du probieren.«

Ich nahm einen Bissen und riss die Augen auf. Dann tat ich so, als wolle ich Ted vom Stuhl schubsen, um seinen Teller zu stehlen. Lilly lachte viel lauter, als mein Witz es rechtfertigte, und ich sah den Stolz in ihren Augen schimmern.

»Auf Polnisch heißen sie *placki ziemniaczane*«, erklärte Lilly. »Noch ein Rezept von meinem Vater.«

»Sehr lecker.«

»Ich brate dir auch einen Pfannkuchen. James ist schon unterwegs und erledigt einiges. Wenn er zurückkommt, wollen wir euch den Hof zeigen. Wir haben auch einen Abstecher auf Wyzlecki-Land vor. Es führt ein Weg über die gesamte Länge an beiden Grundstücken vorbei.«

Während der nächsten Stunde unterhielten wir uns zu dritt ganz ungezwungen und angenehm über unser Leben. Was ein Mensch arbeitet, wo er studiert hat oder welche Hobbys er hat, spielt keine große Rolle, wenn man ihn erst einmal kennt. Ohne diese grundlegenden Informationen allerdings ist er ein Fremder, daher mussten Lilly und ich diese Einzelheiten erst einmal austauschen. Wir staunten über die Gemeinsamkeiten und bejubelten nachträglich die Errungenschaften der anderen. Lilly war fasziniert von unseren Reisen, ich beeindruckt von ihrer Entschlossenheit, ein Studium zu absolvieren, obwohl sie erst mit fast dreißig die Gelegenheit dazu bekam.

»Ich wollte schon immer Geschichtslehrerin werden«, erzählte sie. »Seit ich klein war. Ich glaube, weil mein Vater nach dem Zweiten Weltkrieg ausgewandert ist und von seinen Erfahrungen in Polen so schwer traumatisiert zu sein schien. Ich wollte unbedingt verstehen, was mit ihm passiert war, aber er wollte nie darüber sprechen. Also musste ich selbst nachforschen. Ich war entsetzt, als ich Näheres darüber las, und begriff nicht, warum Tata bei dem Thema so verschlossen war. Heute verstehe ich, wie sehr seine Psyche unter den schrecklichen Erlebnissen gelitten haben muss. Dass ich unbedingt Schüler unterrichten wollte, führe ich auf meine

Neugier als Kind zurück. Wenn wir aus den Fehlern der Vergangenheit nicht lernen, wie sollen wir dann verhindern, dass sie sich wiederholen?«

»Gibt es hier in der Nähe eine Uni?«, fragte Ted.

»Mittlerweile eine in Orange. Als meine Kinder in der Grundschule waren, gab es aber weit und breit nichts. Den Schulabschluss und auch den Großteil der Uni habe ich per Fernstudium gemacht.«

»Und du unterrichtest nach wie vor?«, wollte ich wissen.

»Aber ja. Nun, ich war schon relativ alt, als ich meine Prüfung ablegte. Insofern habe ich noch kein besonders langes Berufsleben hinter mir. Ich arbeite nur drei Tage in der Woche, und das würde ich am liebsten bis in alle Ewigkeit so weiterführen. Manchmal möchte James, dass ich aufhöre und mit ihm zusammen hier arbeite. Aber ich glaube, wenn ich den ganzen Tag auf dem Hof wäre, würden wir nach einer Woche die Scheidung einreichen.« Sie holte sich einen Hocker, setzte sich mir gegenüber an die Theke und nahm sich einen Kartoffelpuffer. »Außerdem bin ich ja erst vierundfünfzig. Noch viel zu jung für den Ruhestand. Da ich in Teilzeit arbeite, kann ich gleichzeitig Emmaline und Simon mit den Zwillingen helfen.«

»Klar«, sagte ich und kam mir dumm vor. »Ich denke andauernd, dass du älter bist, weil …« Ich verstummte und wurde rot.

»Weil ich älter aussehe?« Sie neckte mich, und Ted lachte.

»Nein, nein. Nur weil …« Ich räusperte mich. »Weil Mum älter ist.«

»Ich war ja erst s... sechzehn, als ich dich bekommen habe«, sagte Lilly freundlich, stand aber auf, obwohl sie kaum einen Bissen zu sich genommen hatte. Ihre Miene war zwar unbewegt, das Stottern allerdings verriet ihren inneren Aufruhr. Bis dahin war das Gespräch glatt verlaufen, aber allein die Erwähnung der Adoption war wie ein Schluckauf mitten in der Unterhaltung. Ich hätte gern nachgehakt, noch mehr jedoch wünschte ich mir den entspannten Umgangston zurück.

Also wechselte ich das Thema. Ich gab mir große Mühe, unbekümmert zu klingen, was mir zu meiner Freude auch ganz gut gelang.

»Du siehst gar nicht aus wie vierundfünfzig. Was ist dein Geheimnis?«

Lilly lächelte mich an. »Hauptsächlich die guten Gene. Du hast offenbar die gleichen geerbt, das sehe ich dir an. Du wirst braun, statt Sonnenbrand zu bekommen. Du kriegst keine Sommersprossen, und deine Haut hat das ganze Jahr über einen hellen Olivton, stimmt's?«

Ich dachte an Mums Blässe, und zum wiederholten Male wunderte ich mich, warum mir nie aufgefallen war, dass wir genetisch keinerlei Ähnlichkeiten hatten.

»Ganz genau.«

»Charlotte hat James' Teint geerbt, sie verbrennt superschnell in der Sonne und bekommt schon ein rotes Gesicht, wenn sie ein Glas Wein nur ansieht. Aber Simon und ich ... und du ...« Sie lächelte, und ich begriff, dass wir wieder über etwas Tieferes sprachen. »Wir sind die Glückspilze.«

Lilly teilte mir mit, dass man eine Farm am besten von einem Pick-up aus besichtigen sollte. Es handelte sich um James' Arbeitswagen, ein älteres Modell mit zerbeulter Ladefläche. Das Rückfenster fehlte, was Lilly als *Klimaanlage* bezeichnete.

Ich hatte es für einen Scherz gehalten, dass wir auf der Ladefläche sitzen sollten, bis sie wie eine verspielte Zehnjährige hinaufkletterte.

»Ist das nicht gefährlich?« Ich schlang mir die Arme um den Leib, um sie an meine Schwangerschaft zu erinnern. Sie lächelte mich fragend an.

»Aber natürlich«, sagte sie und reichte mir eine Hand. Als ich immer noch zögerte, wurde ihre Miene weich. »Wir fahren wirklich nicht schnell, Sabina. Euch beiden kann bei mir hier oben nichts passieren, versprochen.«

Ich war immer noch ängstlich, konnte angesichts ihres sanften, beruhigenden Lächelns und der schimmernden Freude in ihren Augen aber nicht ablehnen. Ich ergriff ihre Hand und ließ mich von ihr auf die Ladefläche ziehen. Sie setzte sich auf eine Werkzeugkiste, die auf der einen Seite befestigt war, und ich ließ mich gegenüber nieder. Ted zwinkerte mir zu und stieg vorn bei James ein.

»Bist du noch nie hinten auf einem Pick-up gefahren?«, fragte Lilly. Ich schüttelte den Kopf und hielt mich unbeholfen an der Seitenwand hinter mir fest, als der Wagen mit einem Satz nach vorn ansprang.

»In der Stadt gibt es nicht viele Gelegenheiten dazu.«

»Wie war es denn, dort aufzuwachsen? Auf welcher Schule warst du?«

»Nach der Grundschule war ich auf einer musischen Highschool.«

»Und war sie gut?«

»Ja, super sogar. Damals wusste ich gar nicht, wie gut ich es hatte. Die Schule, an der ich jetzt unterrichte, ist eine unabhängige, hübsche kleine Privatschule, aber nichts im Vergleich zu meiner. Und bei dir, wie ist die, an der du arbeitest?«

»Eine ganz normale öffentliche Highschool. Da waren meine eigenen Kinder auch. Sie liegt etwa eine halbe Stunde entfernt in Molong. Es ist eine nette Schule, aber die Mittel sind immer knapp, und einige Kinder schlüpfen durch die Maschen. Selbst Charlotte wäre das beinahe passiert, und zu dem Zeitpunkt habe ich schon dort unterrichtet.«

Wir schwiegen ein Weilchen, während der Wagen über einen Feldweg holperte, vorbei an mehreren Silos und Schuppen. Ich betrachtete die Felder, endlose Flächen von winzigen Pflänzchen, unterbrochen von hohen Eukalyptusbäumen entlang der Zäune. Wären die Umstände anders gewesen, wäre ich frei über dieses Land gestreift. Ich wäre daran gewöhnt gewesen, auf der Ladefläche eines Pick-ups zu sitzen, immer Erde zu riechen und Schmutz unter den Fingernägeln zu haben. Mit Sicherheit hätte ich die gleiche Hornhaut in den Handflächen gehabt, die bei Lilly zu spüren gewesen war, als sie mich auf den Wagen gezogen hatte.

Dann fuhr James ungebremst auf einen Zaun zu, und ich hielt die Luft an. Der Zaun legte sich flach auf den Boden, sodass das Auto einfach darüberfahren konnte. Hinterher schnellten die langen Drähte wieder zurück.

»Zauberzäune?«

»Wer hat schon Zeit für Gatter?«, lachte Lilly.

Wir überquerten den Bach, ein Rinnsal in einem ziemlich tiefen Tal. Lilly erklärte, dass er nach schweren Regenfällen, die offenbar immer seltener vorkamen, anschwoll und manchmal sogar die umliegenden Weiden überflutete.

Die einspurige Brücke bestand aus Beton und war von Viehgittern gesäumt. Jetzt näherten wir uns einem Haus, das dem von Lilly und James stark ähnelte, mit einer umlaufenden Veranda, einem großen Hühnerhof und einem Gemüsegarten.

»Wohnen deine Geschwister noch in der Gegend?«, fragte ich leise. »Abgesehen von Henri, meine ich.«

»Die sind überall verstreut. Eine Schwester wohnt in Sydney, eine in Darwin, ein Bruder in Polen. Die restlichen leben in Orange und Molong. Und Henri und seine Frau Sara eben hier.«

»Hast du Nichten und Neffen?«

»Vierundzwanzig von den kleinen Monstern, und die meisten sind inzwischen verheiratet und haben Kinder.« Sie zog eine Grimasse. »Familienfeste sind der Albtraum. Gewöhnlich treffen wir uns jedes Jahr zu irgendeinem Anlass. Ich glaube, dieses Jahr zu Weihnachten, und ich lade dich auch ein. Natürlich nur, falls du kommen willst ...«

»Aber klar. Gern.«

»Bei den Wyzleckis ist Weihnachten eine ziemlich große Sache. In Polen feiert man traditionell am Heiligabend, wir sitzen zusammen und essen, und manche gehen in die Christmette. Wie habt ihr immer gefeiert? Waren es nur du und ...« Sie verstummte, und das Zögern schmerzte mich. »Deine Eltern?«

»Ja, nur wir drei, aber wir haben einen ziemlichen Aufwand betrieben. Bis ich dreizehn oder vierzehn war, bin ich praktisch jedes Jahr viel zu früh aufgewacht, so um ein oder zwei Uhr nachts. Dad hat mich dann wieder ins Bett gebracht. Aber natürlich war ich dann zu aufgeregt zum Schlafen, sodass er sich zu mir legen und mit mir kuscheln musste, bis ich wieder eingedöst bin. Um fünf oder sechs bin ich wieder aufgewacht, und dann ging nichts mehr, also sind meine Eltern auch aufgestanden. Sobald ich lesen konnte, durfte ich die Geschenke verteilen. Und es gab immer zu viele davon. Mum ist in praktisch jedem Lebensbereich ziemlich diszipliniert, nur nicht in Bezug auf Geschenke für mich. Ich habe immer den ganzen Vormittag ausgepackt. Danach sind wir dann meistens zum Mittagessen zu den Großeltern gefahren, und am Nachmittag habe ich mein Zimmer umgeräumt, damit die Geschenke hineinpassen.« Beim Erzählen ließ ich den Blick über die Weiden schweifen. Da Lilly nichts sagte, wandte ich mich wieder ihr zu und bemerkte den eigenartigen Ausdruck auf ihrem Gesicht. Es war keine Traurigkeit, sondern etwas Undeutbares. Ich zögerte, unsicher, ob ich das Thema wechseln und weitersprechen sollte. Immerhin hatte sie sich danach erkundigt. Plötzlich fiel mir jedoch auf, wie unsensibel ihr meine Schwärmerei über meine wunderbare Kindheit vorkommen musste. Davon war sie schließlich völlig ausgeschlossen gewesen.

»Das klingt toll«, sagte sie schließlich. »Und seid ihr in den Urlaub gefahren?«

»Oh ja, fast jedes Jahr. Sie haben mich durch die ganze Welt geschleift. Nach der Schule reiste Mum mit mir nach Europa, und wir waren drei Wochen in Polen. Mit gerade achtzehn Jahren war ich zu verwöhnt, um wirklich auch alles würdigen zu können. Aber es war trotzdem sehr schön.«

»Das ...« Lilly räusperte sich und starrte zu Boden. »Also, das muss einfach wundervoll für dich gewesen sein.«

»Eine Zeit lang hat sie sogar versucht, *pierogi* zuzubereiten«, sagte ich leise. »Sie schmeckten furchtbar. Deine sind viel besser.«

Es überraschte mich nicht, dass Lilly das Gespräch auf ein anderes Thema lenkte.

»Erzähl mir von Ted! Wie habt ihr euch kennengelernt?«

Der Wagen ratterte in einem Bogen um das Haus herum und dann über eine Kuppe in ein sehr langes Tal hinab.

»An der Uni. Zuerst hatten wir nur gemeinsame Freunde, und im zweiten Jahr haben wir uns dann auch selbst angefreundet. Damals hatten wir beide andere Beziehungen. Nun ja, ich hatte *einen* Freund und Ted eine wunderschöne Freundin nach der anderen.«

Lilly lachte. »Er sieht gut aus.«

»Oh ja. Und das wusste er auch. Ich bin nie auf den Gedanken gekommen, dass ein Mann wie Ted sich für mich interessieren könnte. Ich wusste, dass er meine Gesellschaft schätzte. Wir sahen uns alle paar Tage, und meistens hat er das Treffen angeleiert. Nur konnte ich mir kaum vorstellen, dass er jemals eine feste Beziehung eingehen wollte, geschweige denn mit einer so durchschnittlichen Frau wie mir.«

»Du bist wirklich nicht durchschnittlich, Sabina!«

»Doch, früher schon.« Ich lachte. »Ted war immer mit superdünnen Mädchen zusammen, was ich nun definitiv nicht bin. Jahrelang waren wir einfach nur Freunde, bis ich nicht länger auf Kreuzfahrtschiffen arbeitete und nach Sydney zurückkehrte. Und dann hat es sich irgendwie so ergeben.« Lilly lächelte mich an. »Und wie war das bei dir und James?«, fragte ich.

»James ist zwei Jahre älter als ich, und ich bin ziemlich sicher, dass ich nur laufen gelernt habe, um ihm nachzurennen. Es gibt keine Geschichte, wie wir uns ineinander verliebt haben, wir waren es einfach immer und werden es immer sein.« Sie linste in die Fahrerkabine hinüber. »Meistens treibt er mich in den Wahnsinn. Er spricht fast kein Wort, und dann erwähnt jemand das Wort Erde oder Samen, und er redet stundenlang. Mal im Ernst, wer ist denn so versessen auf Landwirtschaft?«

»Ihr Lieben, wir hören jedes Wort von euch«, meldete sich James durch das fehlende Rückfenster.

»Weiß ich.« Lilly zuckte mit den Achseln. »Aber bei dem Thema findest du wirklich kein Ende, James.«

»Eigentlich habe ich nur höflich abgewartet, bis ihr mit eurem sentimentalen Gequatsche fertig seid, damit ich Ted erklären kann, was wir hier anpflanzen.«

»Er ist doch ein wahrer Gentleman, oder?« Lilly zwinkerte mir zu. »Dann leg mal los!«

Während wir an einem Acker nach dem anderen vorbeifuhren, sprach James in aller Ausführlichkeit über

Fruchtfolge und Pflanzenzucht und wie sehr die Weizenernte durch Anwendung neuester wissenschaftlicher Erkenntnisse gesteigert worden war. Lilly verdrehte die Augen, und ich musste kichern. Daraufhin erzählte sie mehr von sich.

Alles ringsum hätte unter anderen Umständen auch mir gehört, sagte sie. Dann erwähnte sie den Stausee, in dem Charlotte an einem heißen Sommertag mit zwölf gebadet hatte. Danach aber nie wieder, weil sie sich dort einen riesigen Blutegel am Bein zugezogen hatte. Sie erzählte auch von Simons gebrochenem Bein, nachdem er vom Baum gestürzt war. Und sie beschrieb den Platz, an dem jedes Jahr ein riesiges Feuer entfacht wurde. Mitten im Winter veranstaltete die Familie immer ein großes Fest, in dessen Verlauf James das Holz anzündete. Zahllose Gäste wurden eingeladen, und als die Kinder noch zur Schule gingen, kamen die Halbwüchsigen von den umliegenden Farmen und zelteten dort. Es gab mal eine verrückte Phase, da waren Mutproben angesagt. Man zog sich nackt aus und rannte über die Felder.

»Im Winter?«

»Ja, meistens sogar bei Frost, aber das hat niemanden abgehalten. Erst haben sie sich gegenseitig stundenlang angestachelt, dann ist einer nach dem anderen verschwunden. Man sah weiße Schemen durch die Dunkelheit flitzen und hörte lautes Gekreisch. Sie waren weit genug entfernt und mussten sich wegen ihrer Nacktheit nicht schämen. Aber doch so nahe, dass wir spürten, wie kalt ihnen war. Pubertät eben. Währenddessen saßen die vernünftigen Erwachsenen schön am Feuer und grillten Marshmallows oder Würste und tranken heiße Schokolade.«

»So was haben wir in der Stadt nicht gemacht.« Ich zog die Nase kraus, und Lilly stieß ihr bellendes Lachen aus, das ich allmählich so sehr liebte.

»Das freut mich zu hören.«

Kapitel sechsundzwanzig

Megan

SEPTEMBER 1973

Aus heutiger Sicht klingt es völlig verrückt, aber damals dachte ich wirklich, eine geniale Lösung für sämtliche Probleme gefunden zu haben.

Den Einfall hatte ich mitten in der Nacht, als ich mich im Bett unruhig hin und her wälzte und jeden einzelnen Moment mit Lilly im Kreißsaal noch einmal durchlebte. Noch nie hatte ich jemanden während der Entbindung oder danach so leiden gesehen, und ich machte mir große Sorgen um sie. Ehrlich gesagt beunruhigte mich meine eigene Situation mindestens genauso wie ihre. Zum ersten Mal lebte ich nicht im Einklang mit meinen Werten. Ich musste schmerzhaft erfahren, dass innerer Aufruhr Zufriedenheit verhindert.

Irgendwann starrte ich an die Decke und fragte mich, wie wir beide diese Lebensphase durchstehen sollten. Da fügten sich auf einmal alle Puzzleteile zusammen, und ich glaubte, den gordischen Knoten mit einem Schlag durchtrennen zu können.

Ich musste einfach einen Ausweg finden. Lilly brauchte

mehr Zeit, damit sie und James heiraten konnten. Und Graeme ... tja, Graeme wollte unbedingt, dass ich über Adoption nachdachte. Wenn das also mein einziges Druckmittel war, konnte ich damit vielleicht etwas erreichen.

Mit einem Mal war alles glasklar, ich musste nur noch die praktischen Einzelheiten ausarbeiten. Schließlich fiel ich in einen unruhigen Schlaf, stand aber früh auf und bereitete Graeme ein warmes Frühstück zu.

Während er den nicht ganz durchgebratenen Speck und die verbrannten Eier verschlang, unterbreitete ich ihm meinen Vorschlag.

»Wir könnten es mit einer Probeadoption versuchen.«

Ich sah ein kurzes Aufleuchten in seinen Augen, doch er blieb argwöhnisch.

»Gibt es so was denn? Warum sollten wir das tun?«

»Nun ja, es kommt nicht besonders oft vor.« In Wahrheit hatte ich den Begriff gerade erst erfunden. »Im Krankenhaus gibt es ein kleines Mädchen, für das wir noch keine Familie gefunden haben. Wahrscheinlich muss es jetzt ins Waisenhaus. Wir könnten es doch für ein paar Wochen zu uns nehmen.«

»Und warum können wir es nicht behalten?«

Ich verschluckte mich an meinem Kaffee.

»Graeme, du weißt, für eine Adoption bin ich noch nicht bereit.« Der Kaffeeduft reizte meine Nase, und meine Augen wurden feucht, was Graeme irrtümlich für Tränen hielt. Seine Miene wurde freundlicher, aber seine Stimme klang weiterhin entschlossen.

»Das sagst du seit zwei Jahren, Meg. Wir werden nicht

jünger. Wenn dieses Kind keine Familie hat, warum adoptieren wir es dann nicht einfach?«

»Also, irgendwann nehmen die leiblichen Eltern die Kleine wahrscheinlich zu sich. Sie sind ein wunderbares Paar und werden sicher großartige Eltern. Wir würden ihnen nur ein wenig Luft verschaffen, damit sie heiraten und sich auf die Ankunft der Kleinen vorbereiten können. Wir könnten ihnen wirklich helfen, wenn wir sie für einige Zeit zu uns nehmen, und ...« Das war der heikle Punkt. Ich zuckte mit den Achseln und gab mir Mühe, nachdenklich auszusehen. »Wer weiß? Vielleicht hilft es mir, mich an die Vorstellung einer endgültigen Adoption zu gewöhnen.«

»Und was ist mit deiner Arbeit?«

»Ich müsste natürlich kündigen. Ein Neugeborenes braucht viel Zuwendung.«

»Ich dachte, du arbeitest gern.«

»Ja, schon. Aber diese neue Stelle ist nicht einfach.«

»Du willst deine Arbeit aufgeben, nur um dich ein paar Wochen lang um dieses Baby zu kümmern?«

»Ich finde schon wieder was, und vielleicht sind wir dann ja bereit, ein Kind zu adoptieren.« Es entstand eine längere Pause, und ich sah, dass er noch nicht überzeugt war. »Bitte, Graeme! Ich würde das wirklich gern probieren.«

»Geht das überhaupt? Ein Baby mit nach Hause nehmen? Einfach so?«

»Ich könnte es hinbekommen.« Zumindest war ich mir ziemlich sicher. »Ein paar Wochen machen da keinen großen Unterschied. Wir melden die Geburt erst, wenn die Eltern sie abholen können. Das heißt nur, dass sich das offizielle Geburtsdatum ein bisschen nach hinten verschiebt. Aber unter den gegebenen Umständen haben sie bestimmt nichts dagegen.«

Graeme wandte sich wieder seinem Frühstück zu, während ich schweigend meinen Kaffee trank. Es war die ideale Lösung für alle Beteiligten. Einige Hürden gab es noch, aber es war machbar. Vielleicht brauchten Lilly und James als Minderjährige eine Sondergenehmigung für die Hochzeit, aber ich war gern bereit, eine Empfehlung zu schreiben. Und vielleicht konnte ich sogar den Captain der Heilsarmee dazu überreden.

Da meine und Lillys Probleme so drängend waren, hatte ich völlig vergessen, dass noch ein weiterer Mensch beteiligt war. Erst als mich Graeme ein paar Minuten später ansah, dachte ich auch über seine Rolle in diesem Plan nach. Sein Blick war seltsam verschleiert, seine Miene von einer Eindringlichkeit, die ich nicht so recht deuten konnte. Er nahm meine Hand. »Meg«, sagte er sanft, »alles in unserem Leben ist perfekt … außer diesem klaffenden Loch an der Stelle, wo es eigentlich Kinder geben sollte. Wenn du wirklich glaubst, dass das ein erster Schritt zu unserer eigenen Familie ist, dann kann ich dich nur unterstützen. Ich hatte gehofft, wenn du diese Stelle annimmst … Ich meine … Ich wusste, dass du es dir anders überlegst, wenn du eine Zeit lang beruflich mit Adoptionen zu tun hast.«

Hätte er doch den Schmerz in Lillys Gesicht gesehen, als die Schwester mit ihrem kleinen Mädchen auf dem Arm den Kreißsaal verließ … Oder die anderen Fälle, von denen ich gehört hatte. Junge Frauen, die sediert werden mussten, weil sie unaufhörlich nach ihren Kindern schrien und die ganze Station in Aufruhr versetzten. Oder die furchtbaren Fälle, in denen junge Mütter Wochen nach der Adoption zurückkamen und uns anflehten, ihnen ihr Kind zurückzugeben.

Wäre er doch dabei gewesen, als ich den neuen Adoptiveltern ihren kleinen Sohn überreichte und der Vater wegen der etwas dunkleren Hautfarbe des Babys schier ausrastete! Hätte er doch die traurige Stimme des Polizisten gehört, der uns telefonisch informierte, dass eines der Kinder, die wir im letzten Jahr vermittelt hatten, auf ungeklärte Weise gestorben war!

Ich hatte auch begeisterte Eltern und Kinder erlebt, vor denen zweifellos ein erfolgreiches und zufriedenes Leben lag. Aber in unserem System mussten Adoptiveltern tatsächlich nur zwei Auswahlkriterien erfüllen. Waren sie weiß? Waren sie verheiratet? Wenn die Antwort auf beide Fragen Ja lautete, konnten sie sich das Baby eigentlich frei aussuchen.

Graeme irrte gründlich in der Annahme, meine Arbeit im Entbindungsheim habe mir den Gedanken an eine Adoption nahegelegt.

Das sagte ich ihm natürlich nicht. Ich hätte es möglicherweise getan, einige Jahre vorher, ehe der Arzt uns so rücksichtsvoll wie möglich mitgeteilt hatte, dass wir wahrscheinlich nie ein Kind bekämen und dass es ausschließlich an mir lag.

Wahrscheinlich hätte ich davor über jede Entscheidung des letzten Jahres mit Graeme diskutiert. Über die Anmaßung, einen Umzug zu planen, ohne mich miteinzubeziehen, über die Unsensibilität, mir eine Arbeitsstelle zu vermitteln, in der ich Tag für Tag mit

Schwangeren zu tun hatte. Ich hätte vielleicht um meines eigenen Seelenfriedens willen auch ohne seine Zustimmung gekündigt, statt mich unablässig mit Fragen zu quälen. Aber ich war mir so sicher gewesen, dass er irgendwie doch recht hatte.

Aber ich stritt nicht mit ihm und widersprach ihm nicht. Vielmehr sagte ich mir wie immer, dass ich großes Glück hatte. Trotz meiner Unfruchtbarkeit, trotz schmerzhafter Verluste hielt er ja zu mir.

Ein weniger guter Mann hätte mich schon längst verlassen.

Also lächelte ich, drückte ihm die Hand und machte mich ans Aufräumen der Küche. Ich wollte das neue Baby schließlich in einem ordentlichen Haushalt willkommen heißen.

Kapitel siebenundzwanzig

Sabina

APRIL 2012

Zum Mittagessen gab es Reste. Ein Blick in Lillys Kühlschrank verriet mir, dass die Vorräte nach dem üppigen Mahl vom Vorabend noch wochenlang reichen würden. Als ich um *pierogi* bat, leuchteten ihre Augen auf. Ted und James waren unterdessen in ein Gespräch über Erntezeiten und die Auswirkungen der sinkenden Regenmengen in den letzten Jahren vertieft. Lilly und ich unterhielten uns über die Gerichte, die sie gekocht hatte.

»Zeit für Opas Nickerchen.« James gähnte. Er lehnte sich auf dem Stuhl zurück, wie er es am Abend zuvor mehrmals getan hatte, und rieb sich den Bauch. »Hat Lilly euch schon gesagt, dass wir uns heute Abend in der Stadt mit den anderen treffen?«

»Ach nein, das hatte ich ganz vergessen!« Plötzlich setzte Lilly sich auf. »Ich hoffe, ihr habt nichts dagegen. Simon und Emmaline gewöhnen die Zwillinge gerade an einen festen Tagesrhythmus. Deshalb haben sie gefragt, ob wir vielleicht nach Orange kommen können.

Dann müssten sie nicht den weiten Weg bis zu uns fahren. Wir essen im Bistro, dann sind sie früher wieder zu Hause.«

»Aber sicher«, sagte ich. »Kein Problem.«

»Vielleicht lege ich mich auch ein bisschen hin«, sagte Ted zu meiner Überraschung. »Die viele Sonne hat mich müde gemacht. Hast du was dagegen?«

Ich schüttelte den Kopf und ließ mich von ihm auf dem Weg aus dem Zimmer flüchtig küssen.

»Er erinnert mich an James«, murmelte Lilly. »Es freut mich so, dass du einen so guten Mann gefunden hast, Sabina. Solche Goldstücke gibt es nicht an jeder Ecke.«

»Er hat mich gefunden.« Ich lachte leise und räumte die Teller ab.

»Lass doch das Geschirr! Setzen wir uns lieber auf die Veranda. Möchtest du Fotos sehen?«

Ich räusperte mich. »Sehr gern. Und möchtest du welche von mir sehen?«

Ich holte die Bilder aus dem Auto und kehrte auf die Veranda zurück, wo Lilly auf der Hollywoodschaukel Platz genommen hatte. Ich setzte mich neben sie, und sie legte sich das erste ihrer Alben auf den Schoß.

»Ich hebe alles auf«, sagte sie. »Wie man dem Haus ansieht, bin ich der Hamstertyp.«

»Das Haus ist wunderschön«, widersprach ich, aber ich wusste, was sie meinte. Mum und Dad waren immer rational gewesen. Alles hatte seinen Platz, sonst war der Platz der Mülleimer.

»Ich bin einfach gern vorbereitet. Es beruhigt mich,

wenn ich vorausplanen kann«, erklärte Lilly. »Ich glaube, das habe ich von Tata. Er hat mir früher furchtbare Angst eingejagt mit Geschichten aus Polen, wo es ihnen zum Teil am Nötigsten mangelte. Er duldete keine Verschwendung, und ich bin mittlerweile genauso.« Mit einem schiefen Lächeln strich sie sich über den Magen. »Ich weiß sehr wohl, dass ich mich mäßigen sollte, aber ich esse lieber alles auf, bevor ich einen Rest wegwerfe.« Dann schlug sie das Album auf. »Deshalb habe ich die albernsten Andenken aufbewahrt, alles ist ein bisschen durcheinander. Bitte, hab Nachsicht mit mir!«

»Ist das Simon?« Auf der ersten Seite waren mehrere Fotos von Lilly mit einem winzigen Kind und auch einige mit James zu sehen. Ganz offensichtlich waren sie kurz nach Simons Geburt aufgenommen worden, denn Lilly zeigte diese erschöpfte, aber zufriedene Miene, die junge Mütter oft an den Tag legen. Gleichzeitig war aber auch eine unübersehbare Traurigkeit in ihren Augen zu erkennen, als sie in die Kamera blickte.

»Ja, das ist mein kleiner Junge. Das Entwickeln von Fotos war damals sehr teuer, aber ich wollte keine einzige Gelegenheit verpassen.« Es waren unendlich viele Bilder, allerdings nicht nach den Maßstäben, die derzeit galten. Es kostete inzwischen ja kaum etwas, Dutzende von Fotos zu machen und sich die besten auszuwählen. Dennoch hatte Lilly damals eine ähnliche Absicht verfolgt, denn in dem Album klebte ein Babyfoto von Simon hinter dem anderen. Beim Umblättern sah ich ihn also gleichsam in Zeitlupe aufwachsen.

»So viele Bilder von uns dreien zusammen«, murmelte sie und strich mit dem Finger über einen Schnappschuss von ihr, James und Simon. »Ich hatte solche Angst, ihn zu verlieren und dann kein aktuelles Foto mehr zu haben.«

Der Schmerz, den diese schlichte Aussage enthielt, traf mich tief. Ich betrachtete die Fotos meiner leiblichen Verwandten, und obwohl die drei zusammen eine harmonische kleine Familie bildeten, erkannte ich den Platz, den ich mit eingenommen hätte.

»In welchem Jahr ist er geboren?«

»Wir haben fünfundsiebzig geheiratet, wenige Wochen nach meinem achtzehnten Geburtstag, und Simon kam gegen Ende jenes Jahres zur Welt. Ich dachte, mit einem Baby würde ich dich vielleicht nicht mehr ganz so heftig vermissen. Simon war wunderbar und entzückend, wie du siehst. Aber es war einfach Irrsinn – eine Mutter hört offenbar nie auf, ihr Kind zu vermissen.« Mit einer fahrigen Bewegung wischte sie sich die Tränen von den Wangen und blätterte wieder um. »Hier siehst du Charlotte, sie kam ein Jahr nach Simon. Sie hat das gleiche Haar wie meine Schwester, wilde Korkenzieherlocken, und zwar seit sie ein paar Monate alt war. Wobei davon heute nichts mehr zu sehen ist. Von der Statur her ist sie wie James, groß und dünn wie eine Bohnenstange. In dieser Hinsicht hattest du Pech.« Lilly zwinkerte mir zu, aber angesichts ihrer Tränen fühlte ich mich keineswegs getröstet. Ich legte den Arm um sie und lehnte mich an. Lilly atmete zitternd ein und erwiderte meine Umarmung. Gemeinsam starrten wir auf die Seite, die Fotos der Geschwister, die ich nie kennengelernt hatte.

»Nach Charlotte haben wir beschlossen, dass es reicht«, fuhr Lilly mit leicht zitternder Stimme fort. »Ich hätte gern mehr Kinder gehabt, wenn ich meine Angst bezwungen hätte, aber das ist mir nie so recht gelungen. Ich bin unglaublich gern Mutter, aber diese Aufgabe flößt mir nach wie vor ziemlich große Furcht ein.«

Nun schlug sie die letzte Seite des Albums auf, und dort klebte ein einzelnes Foto. Es war die einzige dekorierte Seite des Buchs. Auf rosafarbenem Karton prangte in einem Spitzenrahmen ein ausgeblichenes Polaroid. Lilly hielt ein Neugeborenes fest in den Armen. Ihre Schultern waren nackt, an den Handgelenken und an einem Handrücken waren Blut und blaue Flecke zu sehen. Sie war bleich und wirkte ausgezehrt, und trotz der verblassten Farben erkannte ich die Schatten unter ihren Augen. Doch sie strahlte. Die Lilly auf diesem Bild war nicht traurig, nur froh und stolz.

»Das bin ich, oder?«, flüsterte ich. Lilly legte mir einen Arm um die Schultern.

»Das Bild ist für mich der kostbarste Besitz auf der ganzen Welt. Es liegt eine Kopie in unserem Safe und eine bei meinem Bruder, falls es mal brennt, und dazu ein laminierter Abzug in meiner Brieftasche. Das Original habe ich hier zu den anderen Säuglingsfotos geklebt, damit niemand jemals vergessen kann, dass du zu unserer Familie gehörst.« Sie konnte nicht weitersprechen.

Dieses Bild zu betrachten war unheimlich – mich selbst in den Armen der Frau zu sehen, die mich vor allen anderen gekannt hatte, die aber gleichzeitig eine Fremde war. Ich wehrte mich erfolglos gegen die Tränen und erkannte mit verschwommenem Blick, dass Lilly wirklich ich hätte sein können. Bald schon säße ich mit einem Neugeborenen in einem Krankenhausbett, bald schon wäre ich diejenige, die mit erschöpfter Freude in eine Kamera strahlte.

Aber da endeten die Parallelen auch schon.

»Megan Baxter hat das Foto gemacht«, flüsterte Lilly.

»Kannst du mir erzählen, was passiert ist?«

»Was möchtest du denn wissen?«

Mir war so, als hätten wir den Augenblick erreicht, nach dem ich mich gesehnt hatte, seit ich von Lillys Existenz erfahren hatte. Wir steckten mitten in einem Gespräch ohne Filter und ohne Zögern. Die Wahrheit war zum Greifen nahe.

»Eigentlich weiß ich überhaupt nichts«, sagte ich. »Mir ist nur bekannt, dass du sehr jung warst.«

»Ich war kurz vor der Geburt sechzehn geworden«, bestätigte Lilly. »James hatte gerade mit dem Studium angefangen, und es dauerte eine Weile, bis ich begriff, dass ich schwanger war. Und dann verfrachtete Tata mich in das Entbindungsheim. Was weißt du schon über diese Einrichtungen?«

»Nur das, was ich auf Wikipedia gelesen habe.«

»Es war nicht schön dort, und es waren keine netten Menschen.« Sie verkrampfte sich, ihre Atemzüge wurden flach und hastig. »Seit einigen Jahren gehe ich zu einer Selbsthilfegruppe, bei der sich Opfer der damaligen Zwangsadoptionen treffen. Manchmal helfe ich Frauen, ihre Geschichten aufzuzeichnen. Bevor ich dieses Projekt anstieß, hatte ich das Schlimmste fast vollständig verdrängt. Den Druck und die Lügen, die endlos langen Tage harter Arbeit ... Mein Gott, selbst für eine gesunde Erwachsene wäre das ein Albtraum gewesen, für schwangere Teenager aber unvorstellbar schlimm.

Aus heutiger Sicht erscheint das System unmenschlich. Und den jungen Frauen die Kinder dann einfach wegzunehmen ...«

Sie schüttelte den Kopf und betrachtete wieder das Polaroid.

»Weißt du, in meinem Fall hatte ich wirklich keine Wahl«, murmelte sie. »Ich war erst sechzehn. Tata hatte die Verzichtspapiere schon unterschrieben, als ich im Heim aufgenommen wurde. Ich hatte kein Mitspracherecht, genauso wenig wie James oder James' Eltern. Wir haben es alle probiert, jeder auf seine Art, aber nichts hat funktioniert. Also haben sie dich mir weggenommen.«

»M... Mum war das?« Irgendwie fand ich es unsensibel, sie Mum zu nennen. Und so beschloss ich ganz spontan, sie ab sofort Megan zu nennen.

Der Blick aus Lillys braunen Augen tastete sich über mein Gesicht. »Was weißt du über sie, Sabina?«

»Nicht genug. Fast nichts.«

»Dass sie als Sozialarbeiterin in der Klinik gearbeitet hat?«

»Ja, das schon.«

»Sie waren zu zweit, sie und ihre Chefin, Mrs. Sullivan. Die war ein gemeines, grausames Scheusal mit Gotteskomplex. Aber Mrs. Baxter ... Megan ...« Behutsam nahm Lilly den Arm von meiner Schulter, lehnte sich zurück und rieb sich eine Weile die Augen. Dann sah sie wieder in das Fotoalbum auf ihrem Schoß. »Sie war nett zu mir, zumindest während meiner Zeit im Heim. Besser gesagt war sie ganz wunderbar. An die Entbindung selbst kann ich mich kaum erinnern.

Aber ich weiß noch, dass sie dazukam und mich wie eine Geburtsbegleiterin unterstützte, als es gegen Ende richtig schlimm wurde. Aber es war mehr als das. Für mich verstieß sie gegen Regeln, und zwar oft. Wahrscheinlich lag es nur an ihr, dass ich jene Zeit geistig gesund überstanden habe.«

»Aber?«

»Aber sie hat mich reingelegt.« Lilly wurde erst lauter, dann versagte ihr die Stimme, und sie begann zu weinen. Sie klang wie ein verzweifeltes kleines Mädchen. »Ich kann nur annehmen, dass die N... Nettigkeit bloß vorgetäuscht war, dass sie Teil eines grausigen Spiels war, das sie mit mir treiben wollte. Weiß der Himmel, warum sie das getan hat.« Sie zog ein Taschentuch aus der Hose, hielt es aber nur in der Hand und nestelte nervös daran herum. »S... Seit vierzig Jahren versuche ich, es zu verstehen, aber selbst heute kann ich mir noch keinen Reim darauf machen.«

»Aber wie? Wie hat sie dich reingelegt?«

»Es sah aus, als sei alles vorbei und ich hätte dich für immer verloren«, erklärte Lilly bedächtig. Ich beobachtete, dass sie die Tränen zurückhielt und sich zwang, möglichst deutlich zu sprechen. »Ich wusste, dass du mir weggenommen würdest, und so war es auch. Ich habe dich nur zwei oder drei Sekunden lang gesehen, bevor die Schwestern dich wegbrachten. So schrecklich das war, es wäre das Ende der Geschichte gewesen.«

Lilly verzog das Gesicht und schniefte mehrmals, bevor sie mich wieder ansah. »Am nächsten Tag kam Megan Baxter aber zurück und brachte dich mit«, hauchte sie. »Sie hatte sich einen tollen Plan ausgedacht, wie wir dich behalten konnten. Sie kündigte ihre Stelle und nahm dich zu sich. Sobald wir verheiratet wären, wollte sie dich zurückgeben. Gemocht hatte ich sie schon immer, aber eine Weile war sie geradezu meine Heldin.«

In meinen Ohren entstand ein Rauschen, ein Dröhnen der Angst. Ich hatte das Gefühl, sie beschrieb die Mutter, mit der ich aufgewachsen war. Doch was nun käme, würde mir eine Seite von Megan offenbaren, die ich genauso wenig kennen wollte, wie ich sie kennen musste.

»Was ist dann passiert, Lilly?«, flüsterte ich, als die Stille sich ausdehnte.

»Das weiß ich nicht.« Damit wurde sie endgültig von Traurigkeit überwältigt und schluchzte auf. »Ich weiß nur, dass sie nach einigen Wochen anrief und mir mitteilte, dass sie dich behalten wollte.«

Kapitel achtundzwanzig

Megan

SEPTEMBER 1973

Lilly in meinen Plan einzuweihen war einfach. Offen gestanden kam ich mir vor wie der liebe Gott – ich tat ein Wunder, als sie es am allernötigsten brauchte. Als ich mit ihrem Kind auf dem Wägelchen ins Zimmer kam, fing sie sofort an zu weinen, und das noch bevor ich ihr das Beste erzählen konnte.

»Mrs. Baxter! Oh, Mrs. Baxter!«, schluchzte sie, presste ihre kleine Tochter an sich und wollte mich gleichzeitig umarmen. Auch ich drückte sie kurz, dann richtete ich die Kamera auf sie, die ich mir von Tania auf dem Weg zum Krankenhaus zurückgeholt hatte. Während ihre Freude noch ganz frisch war, knipste ich das einzige Foto von Lilly und ihrer Tochter. Das Leuchten in Lillys braunen Augen nahm mir fast den Atem.

Das war Mutterschaft, die sich hier dicht vor meinen Augen bewies. Aus völliger Verzweiflung erwuchs neue Hoffnung. Genau das wünschte ich mir auch und machte mir wieder einmal bewusst, dass ich aus diesem Grund einen sozialen Beruf ergriffen hatte. Um Hoffnung zu vermitteln. Plötzlich empfand ich einen Stolz, der mir in den letzten fünf Monaten gänzlich gefehlt hatte.

»Ich kann nicht versprechen, dass mein Plan gelingt«, sagte ich vorsichtshalber und sah, dass sie ein wenig erschrak. »Es geht um eure Hochzeit. Ihr müsst eine Möglichkeit finden, sie in die Wege zu leiten. Vielleicht kann euch James' Anwalt helfen. Soweit ich weiß, kann ein Richter seine Zustimmung erteilen, auch wenn dein Vater sie verweigert, nachdem du erst sechzehn bist. Ich kümmere mich gern um die eine oder andere Empfehlung.«

»Gut, ich schreibe James gleich, wenn Sie weg sind.« Lillys Stimme war immer melodisch. Wenn sie aufgeregt war, klang sie jedoch wie ein Lied. Sie hatte mir erklärt, dass sie mit dieser Technik das Stottern im Zaum hielt. Ich aber fand es wie viele ihrer Eigenarten einfach nur bezaubernd. »Sind Sie sicher, dass Sie das alles organisieren können? Bringen Sie das Baby dann mit in die Arbeit?«

Ich schüttelte den Kopf, atmete tief durch und genoss den Augenblick.

»Nein, ich höre heute auf. Ich kündige.«

»Wirklich? Aber Mrs. Baxter, das ist ja ... Ich freue mich sehr für Sie! Nur für die Mädchen im Heim ist es schade.«

»Aber es ist richtig. Ich denke schon eine ganze Weile darüber nach, wie ich das am besten anstelle. Dein kleines Mädchen hilft mir dabei. Wie willst du sie eigentlich nennen?«

Lilly rang nach Luft und sah mich so verwundert und glücklich an, dass ich lachen musste. »Schließlich ist es ja deine Tochter, du solltest den Namen aussuchen.«

»Ich wollte sie nach meiner Großmutter nennen, Sabina.« Lilly lächelte mit feuchten Augen. »Das sind Freudentränen, Mrs. Baxter. Ich hätte nie geglaubt, ja nicht einmal gehofft, dass ich ihr einen Namen geben darf. Ich kann Ihnen gar nicht genug danken.«

»Bedank dich, wenn alles vorbei ist!«, sagte ich so behutsam wie möglich. »Wir haben noch einiges vor uns.«

Ich gab ihr meine Telefonnummer und bat sie, mich anzurufen, wenn sie mit James gesprochen hatte. Gleichzeitig wollte ich dafür sorgen, dass eine Hebamme den nächsten Brief an James einwarf, falls ich vor ihrer Entlassung nicht ins Krankenhaus kommen konnte.

Die kleine Sabina brachte ich wieder ins Säuglingszimmer, dann kehrte ich durch die langen Korridore in mein Büro zurück. Ich ließ mir viel Zeit, falls ich meine Meinung doch noch änderte. Wenn ich erst einmal gekündigt hatte, gab es kein Zurück mehr.

Doch ich wusste, dass ich das gar nicht wollte. Ich wollte anderen Menschen *helfen,* und Lilly war nur der Anfang. Mit einem Lächeln öffnete ich die Tür zum Büro. June telefonierte gerade, und als sie auflegte, warf sie mir einen neugierigen Blick zu.

»Du siehst heute viel besser aus, als ich erwartet hätte. Wie ich hörte, ist dir gestern auf der Entbindungsstation schlecht geworden.«

»Das war nur ... nun ja, ich wollte nur sehen, wie die Geburt voranging, und das hat mich ziemlich überfordert. Es war wirklich sehr schlimm.« Ich atmete tief durch. »In den letzten Wochen habe ich sehr viel nachgedacht, das heißt, Graeme und ich haben gemeinsam nachgedacht. Und wir haben beschlossen, dass wir jetzt für eine Adoption bereit sind. Ich weiß, dass wir für Lillys Baby noch keine Familie haben, und glaube, dass wir ihm ein gutes Zuhause bieten können.«

Während der Zeit im Entbindungsheim hatte ich beobachtet, dass June zwei ganz verschiedene Seiten hatte. Die June, die die Bewohnerinnen einschüchterte, war kalt, streng und ohne Mitgefühl, wenn es darum ging, für die Kinder das vermeintlich Beste durchzusetzen. Bei geschlossener Bürotür hingegen war sie warmherzig und freundlich, einigermaßen geduldig mit meinen Eingewöhnungsschwierigkeiten und regelrecht mütterlich mir gegenüber, nachdem sie von meinen Fehlgeburten erfahren hatte.

Als ich fertig war, hielt ich den Atem an, aber meine Befürchtungen waren überflüssig gewesen. June strahlte und klatschte vor Freude in die Hände.

»Das ist absolut fantastisch, Megan! Glückwunsch. Es tut mir wirklich leid, wenn du gehst, aber ich habe immer gehofft, dass du dich früher oder später so entscheidest.«

Kapitel neunundzwanzig

Sabina

APRIL 2012

Lilly hatte ein Bein auf den Sessel gelegt, das andere baumelte knapp über dem Verandaboden. Langsam schaukelte sie vor und zurück, fast im gleichen Rhythmus, wie sie schluchzte und hickste. In der schmerzvollen Stille, während sie sich mühsam wieder sammelte, hatte ich ihre Hand genommen, und unsere Finger lagen jetzt verschränkt auf dem Kissen.

»Ich kann dir nur aufrichtig versichern, dass wir alles Menschenmögliche versucht haben. Aber sobald sie dich zu sich genommen hatte, gab es für uns keine Chance mehr. Ich hoffe wirklich, dass du mir glaubst, Sabina. So verrückt es klingt, sie hatte ein größeres Anrecht auf dich als ich.«

Ich war in meine eigenen Gedanken versunken und schreckte plötzlich hoch. »Warum hat sie das getan?«, flüsterte ich mehr zu mir selbst.

»Ich hatte gehofft, das könntest du mir sagen.«

»Sie hat mir nichts erzählt. Nicht so richtig. Nur dass sie ihr Tun unverzeihlich findet.«

»Da hat sie verdammt recht«, murmelte Lilly, wischte sich die Augen, putzte sich die Nase und seufzte erschöpft. »Danach gibt es eine achtunddreißigjährige Pause in unserer Geschichte, bis diese Agentur anrief. Aber natürlich habe ich dich nicht vergessen. Mein Leben ging zwar weiter, aber in gewisser Hinsicht blieb ich in einem Schwebezustand. Ich fragte mich, was um alles in der Welt mit dir passiert war und ob es dir gut ging. Ich hatte monatelange Phasen, in denen die Sonne vollständig aus meiner Welt verschwunden war, meistens im Frühling. Dann wurde mir klar, dass wir ein weiteres Jahr deines Lebens verloren hatten. Mehrmals schleifte James mich zu unterschiedlichen Ärzten, die mir Medikamente gegen die Depressionen verschrieben, aber sie traten immer wieder auf. Ich ging zu Therapeuten, eine Weile sogar zu einem Psychiater, und nach und nach brachten sie mir Verständnis entgegen. In den Anfangsjahren begriff jedoch niemand, warum mich dein Verlust so zerrüttet hatte.«

»Mein Gott, Lilly, das tut mir so leid.«

»Das Schlimmste ist der Hass«, stieß sie erstickt hervor. In ihren Augen loderten eine Wildheit und Qual, die befremdlich gewirkt hätten, wäre ihre Geschichte nicht so erschütternd gewesen. Ihr Trauma mitzuerleben war kaum auszuhalten, aber völlig nachvollziehbar. »Ich hatte das Gefühl, dass mir statt der Liebe brodelnde Hassgefühle eingepflanzt worden waren, und irgendwann vergiftete dieser Hass mein ganzes Leben. Nach wie vor begreife ich nicht, warum sie so mit mir spielen musste. Ich hatte dich doch schon verloren. Warum machte sie mir nochmals Hoffnung und entzog dich mir dann doch für immer? Das bleibt mir ewig ein Rätsel.«

»Wenn ich könnte, würde ich es dir liebend gern erklären.«

Eine Weile schwiegen wir. Ich lauschte den bebenden Schluchzern, die immer noch in regelmäßigen Abständen zu hören waren, und dachte dabei an Mum. Ich war furchtbar wütend auf sie und hatte mich in den vergangenen Wochen einige Male schrecklich über sie aufgeregt. Aber darunter mischte sich die Erinnerung an mein Entsetzen, als ich von ihren Fehlgeburten erfahren hatte. Und ich dachte an die Angst, die ich um mein eigenes ungeborenes Kind gehabt hatte. Nicht einmal ansatzweise konnte ich mir den Kummer einer Frau vorstellen, die solche Schicksalsschläge immer und immer wieder erleben musste.

War in Mum vielleicht irgendetwas zerbrochen? Noch nie hatte ich sie so verstört erlebt wie an jenem Tag, als sie mir von ihren Fehlgeburten erzählt hatte. War es einfach zu viel für sie gewesen, sich um einen fremden Säugling zu kümmern, obwohl sie sich doch so sehnlich Kinder wünschte? Ich fragte mich, ob sie sich vorher überlegt hatte, welches Chaos ihre Entscheidung anrichten würde, oder ob sie nur einem Impuls gefolgt war. Ich sah sie beinahe vor mir, wie sie mich in den Armen hielt, mich liebevoll betrachtete und mit dem Wissen kämpfte, dass sie mich zurückgeben musste. Dabei konnte sie mich doch einfach behalten, und niemand würde es je erfahren.

Oder war sie wirklich so hinterhältig gewesen, wie Lilly argwöhnte? Hatte Mum von Anfang an diese Taktik geplant?

Gleich nachdem mir der Gedanke durch den Kopf geschossen war, wollte ich ihn sofort wieder verwerfen. Glaubte ich wirklich, dass Mum ihre Entscheidungen aus reiner Bosheit getroffen hatte? Dafür hätte ich sie hassen müssen. Und tatsächlich war ich noch immer wütend auf sie. Trotzdem hielt ich sie für keine Frau, die anderen absichtlich Schmerz zufügte.

»Also, jetzt bist du an der Reihe. Warum hast du nach so langer Zeit nach mir gesucht, Sabina?«, fragte Lilly. Ihre Miene war wieder eine Spur weicher geworden. »Warum warst du nach all den Jahren ausgerechnet jetzt bereit dazu?«

»Oh ...« Erschrocken schüttelte ich den Kopf. »Nein, Lilly, ich habe erst vor Kurzem davon erfahren. Von der Adoption, meine ich.«

Lilly rang nach Luft und schlug sich die Hand auf den Mund. »Sie haben dir nie etwas gesagt?«

»Nein. Als ich ihnen meine Schwangerschaft bekannt gab, kam alles völlig unerwartet ans Tageslicht. Ich glaube nicht, dass sie es mir erzählen wollten. Angeblich hielten sie es für besser, wenn ich nichts davon erfuhr.«

Sie starrte auf die Wiesen vor dem Haus. Eine Weile blieben wir stumm, während Lilly die Information verarbeitete. Dann wandte sie sich wieder zu mir um.

»Die Grausamkeit ist kaum zu fassen«, raunte sie tonlos. »Ich habe mich bei der Agentur eintragen lassen, damit du mich am Tag deiner Volljährigkeit sofort finden konntest. Nach deinem Geburtstag harrte ich wochenlang buchstäblich neben dem Telefon aus, so sicher rechnete ich mit deinem Anruf. Und du wusstest gar nichts von mir.«

»Ich hatte nicht den geringsten Verdacht«, erklärte ich. Ein Schauer lief mir über den Rücken. Gleichgültig, wie die Adoption zustande gekommen war, an der schrecklichen Tatsache, dass Mum sie mir verheimlicht hatte, führte kein Weg vorbei.

»Aber hast du keine Geburtsurkunde? Wie hast du ohne sie den Führerschein bekommen oder einen Job?«

»Auf der Urkunde stehen Megan und Graeme als meine Eltern. Sie muss irgendwie gefälscht worden sein. Hilary hat mir erzählt, dass das damals öfter mal passierte.«

»Ich stehe nicht mal auf deiner Geburtsurkunde?« In Lillys Blick lag Panik, ein verzweifeltes Entsetzen, das mir fast das Herz brach. Mir kamen ebenfalls die Tränen.

»Sie haben mich ausradiert«, klagte sie. »Und ich dachte immer, du seist sauer auf mich oder würdest mir die Schuld zuschieben. Dabei ist alles noch viel schlimmer. Du wusstest gar nichts von mir.«

»Jetzt weiß ich von dir«, flüsterte ich.

»Dafür muss sie büßen, Sabina.« Lilly zitterte vor Entrüstung. »Das kann doch nicht legal sein, was sie da gemacht haben.«

»Büßen?« Ich konnte meinen Schrecken nicht verbergen. »Aber Lilly ...«

»Das System war kaputt und behandelte uns Mädchen wie Wegwerfware. Das ist schlimm genug. Aber was Megan getan hat, ist etwas völlig anderes. Das Fälschen von Geburtsurkunden war noch nie legal. Hast du eine Kopie davon? Wir könnten zur Polizei gehen. Irgendwas müssen wir unternehmen, sie darf damit einfach nicht ungestraft davonkommen.«

»Lilly, ich w... weiß nicht ...« Ihr Zorn verwirrte mich, und ich geriet selbst ins Stottern. Sie hatte natürlich recht. Falls meine Geburtsurkunde tatsächlich gefälscht war, hatte Mum höchstwahrscheinlich gegen das Gesetz verstoßen. Aber das war nicht das ganze Bild. Zwischen jener Entscheidung und unserer Diskussion lagen Jahrzehnte der Liebe und des Glücks. Aber wie um alles in der Welt sollte ich das Lilly mit diesem Hass in den Augen und diesem Schmerz in der Stimme erklären?

Ihre Rache stand ihr ohne Zweifel zu. Lilly war Schreckliches angetan worden, und vielleicht fände sie ihren inneren Frieden wieder, wenn sie die Verursacherin ihres Unglücks anzeigte.

Aber die Rede war von meiner *Mum*.

So wütend ich auch auf sie und Dad war, bis zu einem gewissen Grad blieb ich ihnen gegenüber immer tief verbunden. Vielleicht würde ich sie eines Tages wirklich hassen, und vielleicht war ihr Verhalten tatsächlich unverzeihlich, aber die schönen Zeiten konnte ich niemals vergessen. Musste ich nun für immer mit diesem Zwiespalt leben?

»Die Geburt eines Kindes zwingt eine Mutter zur Selbstlosigkeit.« Lilly deutete auf meinen Bauch. »Sie lernt, sich an eine neue Realität anzupassen, in der sie nicht mehr an erster Stelle steht. Das wirst du in wenigen Monaten selbst erleben. Auch wenn ich außer Acht lasse, was sie mir und James angetan haben, bin ich fassungslos, wie Eltern ihr Kind anlügen und ihm verheimlichen können, wer es in Wirklichkeit ist.« Abermals wurde sie lauter, bis sie unvermittelt verstummte und mich ansah. »Du musst sie doch auch hassen, oder?«, fragte sie dumpf.

»Ich weiß es nicht und bin so verwirrt, dass ich mir kaum einen Tee kochen kann.« Ich zupfte mir einen Fussel von den Jeans, um Lillys bekümmerte Miene nicht länger ertragen zu müssen. »Du kannst es vielleicht nur schwer glauben und findest die Vorstellung sicher schrecklich, aber sie waren t...tolle Eltern. Ich hatte die beste Kindheit, die du dir ausmalen kannst. Es gab keinerlei Hinweis auf die Abgründe, die sich im Schatten der Idylle verbargen. Bis sie mir von der Adoption erzählten, und diese Eröffnung kam für mich aus heiterem Himmel. Warte, bis du die Alben siehst! Du wirst eine Bilderbuchkindheit erleben.«

Ich starrte auf meine Oberschenkel und wartete darauf, dass sie sprach. Doch der Moment zog sich schier endlos lange hin, und ich fand endlich den Mut, zu ihr aufzusehen. Ihr Blick war immer noch auf mich gerichtet, aber meine Worte schienen ihre Wut irgendwie aufgelöst zu haben. Jetzt las ich darin nur noch Verwirrung und Kummer. Ich wollte noch mehr sagen, mehr erklären, aber mir fiel nichts mehr ein. Entschuldigend zuckte ich mit den Achseln, und sie seufzte, langsam, ausgiebig, und wandte sich wieder den Wiesen zu. Nach einer Weile setzte sie das Schaukeln fort und zog mich noch einmal fest an sich.

Mum hatte mich früher oft mütterlich umarmt, aber seit ich erwachsen war, berührten wir uns selten. Lilly dagegen drückte mich ungefähr alle fünf Minuten. Sie war einfach so anders als Mum, weicher, wärmer, leidenschaftlicher. Mehr wie ich. In diesem Moment beschloss ich, eine Frau und Mutter zu werden, die andere in den Arm nahm. Diese Geste hatte etwas überaus Großzügiges.

»Ich hatte alles für unser Kennenlernen geplant«, sagte sie nun. »Und ich habe die Pläne ständig aktualisiert. Als du ein Kind warst, habe ich mir ausgemalt, dass wir zusammen malen oder einen Park aufsuchen würden. Als du ein Teenager warst, wären wir shoppen gegangen oder hätten über Jungs geredet. Und als du Anfang zwanzig warst, hatte ich vor, dir meine Fotoalben zu zeigen, und zwar alle, ein Album nach dem anderen, und mich mit dir über deine Vorstellungen für dein Leben zu unterhalten. Und jetzt sitzen wir hier und machen alles, was ich für ein noch späteres Wiedersehen mit dir vorgesehen hatte. Nur hatte ich nie darüber nachgedacht, wie heftig die Gefühle wären, wenn du wirklich und wahrhaftig bei mir wärst.« Sie lehnte den Kopf an meine Schulter. »Es ist so intensiv, findest du nicht? Und auch die Anspannung hatte ich nicht bedacht. Ich sehe deinen Blick mit diesem leichten Misstrauen. Du kennst mich natürlich überhaupt nicht. Aber ich habe die Erinnerung an dich so festgehalten, als wärst du die ganze Zeit bei mir gewesen. Und du bist genau so, wie ich es mir vorgestellt und erhofft hatte. Selbst wenn dieses Treffen schwieriger als erwartet ist.«

»Tut mir leid, Lilly.« Ich setzte mich auf und hob hilflos die Schultern. »Ich kann mir gar nicht vorstellen, wie das für dich ist. Wenn es dich irgendwie tröstet, ich finde dich wunderbar und bin unendlich froh, dass ich dich gefunden habe.«

»Ich auch, Sabina. Komm, zeig mir doch mal deine Fotos, ja?«

Ich schlug das erste Album auf. Lilly betrachtete die vorderste Seite.

»Ach, sieh dich nur an!«, flüsterte sie mit einem Schluchzen. Sie berührte ein Bild mit der Fingerspitze. »Du warst p... perfekt.«

Sie nahm das Buch auf den Schoß, hob es auf, als wäre es mein neugeborener Körper. Ich sah die Emotionen über ihr Gesicht huschen, während sie weiterblätterte. Jedes Foto berührte sie, ließ den Finger kurz auf jedem Wort der Beschriftung ruhen. *Sabina beim Versuch, sich umzudrehen, Januar 1974. Sabina sitzt allein, April 1974. Sabina isst Birnen, April 1974.*

»Sind die alle so?«, fragte sie. »So ordentlich?«

»Ja, schon. Die Alben reichen bis zu meinem letzten Geburtstag. Und wenn du möchtest, kannst du sie auch behalten.«

Lilly runzelte die Stirn. »Bist du sicher? Willst du sie denn nicht behalten?«

»Mum hat noch mal die gleichen«, flüsterte ich. »Diese hat sie für dich gemacht.«

Lilly erstarrte. Ihr Fuß schleifte über den Boden der Veranda, die Schaukel hörte auf zu schwingen. Ihr Blick schweifte von mir nach unten, ihre Schultern sanken herab, und sie erzitterte, als hätte ich sie geohrfeigt. Kopfschüttelnd schlug sie eine Hand vor den Mund. Ganz kurz flackerte in ihren Augen etwas Stürmisches auf, und ich fürchtete, dass sie aufstehen und gehen oder – schlimmer noch – vollkommen zusammenbrechen könnte. In dem Sekundenbruchteil fragte ich mich, ob ich vielleicht mit den Alben noch hätte warten sollen.

Besänftigend legte ich ihr eine Hand auf den Arm. »Es tut mir leid, Lilly. Es tut mir ehrlich so leid.«

Wieder begann sie zu weinen, genau wie am Abend vorher, als ich angekommen war. Ein tiefes Schluchzen, das ihrem Innersten entsprang.

»Ich frage mich nur, was sie damit beabsichtigt«, stieß sie mühsam hervor. »Glaubt sie, dass dadurch alles wieder gut ist?«

»Das bezweifle ich«, murmelte ich und dachte an Mums Miene, als sie mir die Alben gebracht hatte.

»Es ist eine wunderschöne Geste. Ich werde mir die Bilder immer wieder ansehen. Früher oder später werde ich sie alle auswendig kennen.« Lilly wischte sich die Wangen und die Nase. »Es stand ihr jedoch nicht zu, diese Momente zu katalogisieren. Zwar ist es großzügig von ihr, sie mit mir zu teilen, aber eigentlich gehörten sie mir.«

Kapitel dreißig

Megan

SEPTEMBER 1973

Als wir zu Hause ankamen, hatte ich Sabina noch kein einziges Mal richtig angesehen.

So furchtbar es klingt, sie war beinahe nebensächlich. Schließlich war sie nicht mein Kind. Ich würde mich nur ein paar Wochen um sie kümmern, eine kleine Gefälligkeit, eine gute Tat für eine Freundin. Erst als ich mit ihr allein war, dachte ich darüber nach, was das eigentlich bedeutete.

Die Schwestern hatten mir ein Kinderbettchen geliehen und mir eins der Starterpakete mitgegeben, mit denen junge Adoptiveltern nach Hause geschickt wurden. Es enthielt Milchnahrung, Babycreme und Windeln, und ich war ziemlich sicher, dass ich mit diesen Dingen umgehen konnte.

Meine Zuversicht verflüchtigte sich in dem Moment, als ich in meiner Küche stand und Sabina betrachtete. Die Verantwortung überrollte mich förmlich.

Sie lag in ihrem Bettchen, die kleinen Hände neben den Wangen zu Fäusten geballt, die gestreifte Krankenhausdecke straff bis zum Kinn gespannt, wo sich nach der Geburt ein violetter Bluterguss gebildet hatte. Seitlich am Kopf waren zwei tiefe Kratzer von der Geburtszange zu sehen. Wenn sie ausatmete, war ein leises Pfeifen zu hören.

Als mir plötzlich klar wurde, dass ich dieses kleine Bündel Mensch zumindest für einige Wochen am Leben erhalten musste, ergriff mich Panik. Von den Schwestern wusste ich, dass sie ein Fläschchen brauchte, aber wann genau? Weinte sie dann? Woher sollte ich wissen, ob sie eine frische Windel brauchte oder ob sie krank war? Ob sie genug schlief? Vielleicht würde ich sie zu sehr ins Herz schließen und konnte sie dann nicht zurückgeben, wenn es so weit war. Wie konnte ich mich davor schützen? Wie konnte ich Graeme schützen?

Ich wartete. Dabei hielt ich den Atem an und war bereit, mich von dem bezaubernden neuen Leben überwältigen zu lassen. Ich liebte Babys. Ich meine, jeder Mensch liebt Babys, und Sabina war trotz der kleinen Geburtsverletzungen von der ersten Stunde an wunderhübsch. Ich wartete, aber vergeblich. Es kam keinerlei Gefühlsreaktion, als Sabina da in meiner Küche lag.

Nach einigen Minuten schob ich sie vorsichtig in die Tischmitte und kochte mir eine Tasse Tee. Ich empfand nicht das Geringste, auch nicht dieses verzweifelte Verlangen nach einem eigenen Kind, und ich musste mir eingestehen, dass ich mich genau deswegen vor einer Adoption gefürchtet hatte. Bei der leiblichen Mutter halfen bestimmt Hormone, eine Bindung zu dem Kind herzustellen, und das brauchte ich auch, das wusste ich. Ich war nie ein besonders gefühlsbetonter Mensch gewesen und sicher nicht übermäßig herzlich. Bei meiner Arbeit hatte ich inzwischen gelernt, emotional aufgeladene Situationen tunlichst zu vermeiden. Instinktiv wusste ich, dass ich selbst in dem Fall, dass Sabina für immer zu uns gekommen wäre, nicht anders empfunden hätte. Ich war einfach nicht dazu geschaffen, Mutter eines fremden Kindes zu werden.

Also setzte ich mich mit meinem Tee neben das Babybettchen auf dem Tisch und las die Gebrauchsanweisung für das Milchpulver. Und dabei wartete ich darauf, dass sie erwachte.

Während ich trank, beschloss ich ganz ruhig, Sabina in den kommenden Wochen gewissenhaft zu betreuen, ihre körperlichen Bedürfnisse zu befriedigen, wie sich das gehörte, aber mehr auch nicht. Ich wollte nicht so tun, als sei ich ihre Mutter. Und ganz sicher würde ich mir nicht vormachen, dies sei ein Testlauf für eine richtige Adoption. Ich war nur die Kinderschwester, die ihre Aufgabe erledigte. Das war unter den gegebenen Umständen sehr viel klüger, als mich von irgendwelchen überreizten Gefühlen oder von einem verzweifelten Babywunsch leiten zu lassen. Vor allem musste ich die Kleine ja Lilly zurückgeben, wenn sie und James so weit waren.

Wenn ich nicht mehr als reine Pflichterfüllung von mir erwartete, würden wir diesen eigenartigen Lebensabschnitt alle unbeschadet überstehen.

Wieder betrachtete ich das Baby, lehnte mich auf meinem Stuhl zurück und lächelte. Ich war hochzufrieden und stolz auf meine Klugheit. Innerhalb von vierundzwanzig Stunden hatte ich alle Probleme gelöst, für mich, für Lilly und für James.

Endlich hatte ich wieder die Rolle übernommen, in der ich mich wohlfühlte – ich half anderen Menschen, unterstützte Familien, bewirkte etwas.

Und vielleicht wäre das Leben nun, da ich wieder Gutes bewirkte, auch gut zu mir. Vielleicht war die eigene Familie ja in greifbare Nähe gerückt.

Kapitel einunddreißig

Sabina

APRIL 2012

Wenn Lilly traurig oder nervös war, zog sie sich in die Küche zurück. Also ließen wir nach einer Weile die Alben auf der Veranda liegen und kehrten ins Haus zurück. Ich setzte mich an die Frühstückstheke, während sie Tee kochte und Kuchen holte. Übertrieben ausführlich sprachen wir über das Rezept dafür. Sie erklärte mir, welche Mehlmarke sie benutzte und wie wichtig es war, dass die Eier Zimmertemperatur hatten. Ich fragte sie, ob sie einen Umluftherd besaß und welche Backformen sie bevorzugte. Immer wenn das Kuchengespräch ins Stocken geriet, brachte eine von uns beiden das Thema wieder zur Sprache. Hauptsache, wir vermieden die Rückkehr auf die Veranda zu den Fotoalben, zu der Verwirrung und dem Schmerz.

Als ich meine Riesenportion vertilgt hatte und keinen Bissen mehr schaffte, spazierte James zur Tür herein.

»Kuchen? Nach *dem* Mittagessen?« Er grinste. »Du passt jetzt schon bestens zu uns, Sabina.«

Ich lächelte ihn an, und er stellte sich neben Lilly.

Einen Moment lang musterte er sie, dann umarmte er sie unvermittelt.

»Möchtest du eine Tasse Tee?«, fragte sie ihn, ließ mich dabei aber über seine Schulter hinweg nicht aus den Augen.

»Nein, nein, aber danke, mein Schatz.« Dann neigte er sich zu ihr hinunter. »Alles in Ordnung bei dir?«, raunte er. »Du hast geweint.«

»Es ist so schwer«, flüsterte sie. »Wunderschön, aber so schwer.«

Ich schluckte den Kloß in der Kehle hinunter. James drehte sich zu mir um, ließ aber den Arm um Lillys Hüften liegen. Seine Augen funkelten, und ich merkte, dass er einen Witz machen wollte, um die Atmosphäre zu entspannen.

Plötzlich begriff ich, warum ich noch nie Geheimnisse wahren konnte. Lilly und James waren Menschen, denen jeder Gedanke dick auf die Stirn geschrieben stand, und Megan und Graeme hatten mir eingetrichtert, wie wichtig Ehrlichkeit war. Ich hatte keine Chance gehabt.

»Was hattet ihr beide denn jetzt vor?« Das Funkeln wurde frecher. »Wollt ihr vielleicht den Acker besichtigen, auf dem ich gentechnisch veränderte …«

»James, nein!« Lilly musste lachen und stieß ihn sanft von sich. »Keine landwirtschaftlichen Fachgespräche mehr, sonst kommt Sabina nie wieder zu Besuch. Aber ich wollte ihr gerade unser Hochzeitsalbum zeigen. Möchtest du dich mit uns nach draußen setzen?«

»Sehr gern.« James zwinkerte mir zu. »Wenn du aber doch ein landwirtschaftliches Fachgespräch führen möchtest, Sabina, sag einfach Bescheid, ja?«

Seine Anwesenheit war wohltuend, sogar für mich, denn er vertrieb die letzten Reste von Anspannung nach der Diskussion, die Lilly und ich gehabt hatten. Während der nächsten Stunden verlief die Unterhaltung ganz anders. Irgendwann stieß Ted zu uns, und er und James saßen zwischen den vielen Tierfiguren auf den Stufen. Lilly und ich hatten uns wieder auf der Hollywoodschaukel niedergelassen und arbeiteten uns durch die Fotos von ihrer und James' Hochzeit und durch sämtliche Alben mit Kinderbildern von Simon und Charlotte. Wir kicherten über altmodische Frisuren und Kleidung, und auf Umwegen lernte ich meine Geschwister nach und nach kennen.

Wäre die dunkle Wolke nicht gewesen, die über meinem Kopf zu hängen schien, hätte ich das alles sehr genossen. Ich wollte die Zeit mit Lilly auskosten, gleichzeitig aber wäre ich am liebsten ins Auto gesprungen und zu Mum gefahren. Ich wollte sie zur Rede stellen und Antworten verlangen, warum sie mich behalten hatte, statt mich wie versprochen Lilly zurückzugeben.

Alles schien an dieser Entscheidung zu hängen, denn aus dieser Entscheidung war das Leben entstanden, das wir alle seitdem geführt hatten. Ich musste ihr Verhalten verstehen, und darüber hinaus hoffte ich, dass eine Erklärung Lillys Schmerz und Wut etwas lindern würde.

Doch zunächst einmal war ich hier bei meiner anderen Familie, und es wurde allmählich Zeit, meine Geschwister zu treffen. Beim Umziehen versuchte ich, mich zu beruhigen und in eine fröhlichere Stimmung zu versetzen. Beim Abendessen wollte ich unbedingt gut gelaunt sein, damit Simon und Charlotte mich mochten.

Als wir zum Aufbruch bereit waren, öffnete James das Garagentor und zeigte uns sein anderes Auto.

»Mit dem fahren wir nicht über den Acker«, meinte er scherzhaft zu Ted, und beide lachten.

»Das kann ich mir vorstellen. Der ist wunderschön.«

Es war ein ziemlich neuer dunkelgrauer Mercedes, offensichtlich liebevoll gepflegt von James, der nun beinahe zärtlich über das Dach strich. Lilly sah mich an und verdrehte demonstrativ die Augen, dann stieg sie auf den Rücksitz.

»Nein, nein, setz du dich doch nach vorn!«, rief ich, aber sie schüttelte den Kopf, zog die Tür zu und deutete auf den Beifahrersitz. Widerstrebend ließ ich mich dort nieder. Ted nahm neben Lilly Platz.

»Ich möchte mich mal mit deinem Mann unterhalten. Außerdem braucht James einen Zuhörer, dem er von seinem Wunderauto vorschwärmen kann. Ich kenne seinen Vortrag schon auswendig.«

»Sie liebt es auch«, versicherte mir James, während er den Wagen behutsam auf den Weg steuerte. »Wir haben es vor einigen Jahren nach einer Rekorderte gekauft.«

Und er geriet wirklich ins Schwärmen. In aller Ausführlichkeit zählte er sämtliche Einzelheiten des Automodells auf, mehr, als ich eigentlich wissen wollte. Dabei merkte ich, dass meine Gedanken abschweiften und sich mit James' und Lillys wundervoller Beziehung beschäftigten. Die liebevollen Neckereien, die offene Zuneigung, die Geduld mit dem anderen, das alles erinnerte mich an meine eigene Ehe. Ich freute mich für die beiden, dass es ihnen gelungen war, sich ein gemeinsames Leben aufzubauen.

Der Vergleich mit Mum und Dad war unvermeidlich. Ich war mir relativ sicher, dass meine Eltern sich liebten. Sie behandelten sich manchmal zärtlich und fast immer nett. Doch in der kurzen Zeit, seit ich von der Adoption erfahren hatte, war mir auch aufgefallen, was ihrer Beziehung fehlte. Im Gegensatz zu Lilly und James oder auch zu Ted und mir gab es bei ihnen keine echte Partnerschaft. Dad stand am Bug und steuerte, Mum blieb am Heck und trieb das Schiff voran. Und so war es immer gewesen. Vielleicht war das sogar ein Grund für meine Liebe zu Ted. Von Beginn unserer Beziehung an hatte er nicht nach einem Accessoire gesucht, sondern nach einer Partnerin.

James sprach immer noch von seinem Wagen. Ted und Lilly unterhielten sich über ihre Schule. Und ich machte mir plötzlich Gedanken über Mum und ob ihr bewusst war, wie schroff sich Dad manchmal ihr gegenüber benahm. Ich erinnerte mich daran, dass er ihr strikt verboten hatte, mich zu einer Agentur zu begleiten, dass er ihr keine eigene Entscheidung zugestand. Warum ließ meine intelligente, eigensinnige Mutter sich das gefallen?

Bis zu dem Moment hatte ich sie eigentlich nicht vermisst. Ich war so wütend auf sie gewesen, weil sie mir meine Geschichte verheimlicht hatte und es mir so schwer machte, selbst die Wahrheit herauszufinden. Jetzt fragte ich mich, was ich noch alles nicht wusste. Wie viel Anteil hatte mein Vater an der Lüge? Warum war ich so wütend auf meine Mutter, obwohl ich schließlich selbst erlebt hatte, dass er manchmal einfach über sie bestimmte?

Ich wollte sie anrufen und mich vergewissern, dass es ihr gut ging. Sicherlich litt sie schrecklich und machte sich Sorgen um mich. Und dann wollte ich mir Dad geben lassen und von ihm eine Erklärung und eine Entschuldigung verlangen. Er war ein guter Mensch, da war ich mir sicher. Er war mir ein wundervoller Vater gewesen, und ich zählte ihn zu meinen besten Freunden. Den Großteil meines Lebens hatte ich ihn tatsächlich durch eine rosarote Brille gesehen.

»He, Sabina, wir sind ziemlich früh dran! Möchtest du sehen, wo du geboren wurdest?«, fragte James.

Ich erstarrte kurz, drehte mich dann aber zu Lilly um und erwartete, Entsetzen in ihrer Miene zu lesen. Doch sie lächelte.

»Schon gut, Sabina! Den gleichen Vorschlag wollte ich dir sowieso auch machen. Ich war schon oft dort und habe mich damit versöhnt.«

»Bist du sicher? Ist das nicht zu viel verlangt?«

»Ich habe Charlotte im selben Krankenhaus bekommen. Es gab kleinere Komplikationen, deshalb wurde ich aus der Klinik in Molong verlegt. Da deine Geburt so schwierig war, wusste ich schon, dass so was wieder passieren konnte und ich dann hierher müsste. Ich habe mich darauf vorbereitet, so gut es ging.« Auf einmal schnaubte sie und lächelte mich verschmitzt an. »Es hilft natürlich auch, dass inzwischen ein ganz neues Krankenhaus gebaut wurde und das alte eine verfallene Bruchbude ist. Wie sollte ich mich vor einem Kasten fürchten, der beim kleinsten Windhauch umzukippen droht?«

Wenige Minuten später hielt James vor dem roten Backsteinbau, den ich von der Wikipedia-Seite wiedererkannte. Lilly hatte recht, er war völlig heruntergekommen, der Eingang mit Spanplatten vernagelt. Das obere Stockwerk glich einem klaffenden Maul, sämtliche Fenster waren zerbrochen, die gesplitterten Scheiben wirkten wie geborstene Zähne. Ohne das geringste Zögern stieg Lilly aus, stellte sich an einen Bauzaun und spähte hinein.

Ich drehte mich zu James um.

»Bist du sicher, dass das in Ordnung ist? Es muss für euch doch sehr schlimm sein.«

»Wir haben ganz furchtbare Erinnerungen an diesen Ort«, stimmte James seufzend zu. »Ich wurde von Wachmännern vor die Tür geschleift, als Lilly in den Wehen lag. Sie war monatelang hier, und ich konnte nichts dagegen unternehmen. Glaub mir, ich habe es wirklich versucht. Lillys Vater hatte dafür gesorgt, dass sie dich auf keinen Fall behalten durfte. Also nein, ich bin nicht gern hier, aber ...« Er deutete mit dem Kopf zu Lilly hinüber. »... meine Frau besitzt die bemerkenswerte Eigenschaft, dass sie nicht vor ihrer Vergangenheit zurückschreckt, wie schlimm sie auch gewesen ist. Ihre Theorie lautet, dass man Dämonen nur töten kann, wenn man sie ans Licht zerrt. Deshalb haben wir den anderen Kindern von dir erzählt, sobald sie alt genug waren und es begreifen konnten. Ich will ehrlich zu dir sein, Sabina – sie hat einige sehr dunkle Phasen durchgemacht. Aber sie hat immer mit mir über dich gesprochen. An jedem Geburtstag haben wir getrauert, zu Weihnachten haben wir dich vermisst. Und falls ich dich bei einem wichtigen Anlass aus Versehen einmal vergessen habe, dann hat sie mich garantiert daran erinnert.«

Ich konnte es kaum glauben, dass ich nichts von diesen wunderbaren Menschen geahnt hatte, die sich mir so innig verbunden fühlten. Ich hatte das Gefühl, ihre Liebe zu mir war so groß, dass ich sie hätte spüren müssen, auch ohne von ihnen zu wissen. Einen Moment lang hatte ich fast ein schlechtes Gewissen, weil mir nie etwas aufgefallen war.

»Danke, James«, murmelte ich, stieg aus dem Wagen und trat zu Lilly an den Zaun.

»Das dort war mein Zimmer.« Sie deutete auf ein Fenster im ersten Stock. »Dort, wo beide Glasscheiben zerbrochen sind.«

»Wurde ich hier geboren?«

»Oh nein! Die Entbindungsstation lag gegenüber im eigentlichen Krankenhaus. Aber in diesem Heim habe ich monatelang vor deiner Geburt gewohnt, nachdem Tata von der Schwangerschaft erfahren hatte.«

Eine Zeit lang betrachteten wir schweigend das Gebäude. Lilly legte mir einen Arm um die Schultern und zog mich an sich. Es wehte ein sanfter Wind, gerade ausreichend, um die Scheiben zum Klirren zu bringen. Die Dämmerung brach herein, das Licht schwand rasch. Ich ahnte, dass an diesem Ort in der Dunkelheit einige sehr laute Geister ihr Unwesen trieben.

»Hast du dich mit anderen Mädchen angefreundet?« Ich versuchte, mir vorzustellen, wie sie in diesem Quasigefängnis gelebt haben mochte.

»Nicht so richtig. In gewisser Weise mit meiner Zimmergenossin, wobei ich sie damals nicht als Freundin betrachtet habe. Sie war eine äußerst zornige junge Frau, als wir hier wohnten.« Sie lächelte traurig. »Sie ist die Einzige, mit der ich noch Kontakt habe. Ich bin ihr vor ungefähr zehn Jahren in einem Supermarkt begegnet, und mittlerweile haben wir ein ziemlich enges Verhältnis.«

»Hat sie ihr Kind gefunden?«

»Nein. Beziehungsweise schon, aber er will nichts mit ihr zu tun haben.«

»Oh.«

Ich wusste nicht so recht, wie ich darauf reagieren sollte, und Lilly kam offenbar zu dem Schluss, dass sie den Sachverhalt etwas weiter ausführen musste.

»Sie heißt Tania. Wir wissen nicht sehr viel über ihren Sohn, aber es klingt, als sei er bei keiner so tollen Familie untergebracht. Er scheint ziemlich verkorkst zu sein. Tania hofft, dass er sich eines Tages doch mit ihr trifft. Aber wer weiß ... Sie sitzt übrigens mittlerweile im Stadtrat, leitet eine Wohlfahrtseinrichtung und hat eine Selbsthilfegruppe für Frauen gegründet, die in ländlichen Entbindungsheimen wie diesem gelebt haben.«

»Das klingt nach einer großartigen Frau.«

»Das ist sie auch«, sagte Lilly. »Großartig und traumatisiert, genau wie wir alle in dieser Selbsthilfegruppe. Aber wenigstens sind wir nicht an unserem Schicksal zerbrochen wie so viele Mädchen, die Ähnliches hinter sich haben.«

»Warum wurde das Heim nicht abgerissen?«

»Das wird vermutlich bald geschehen. Und an dem Tag ...« Sie ließ mich los und schloss die Finger wieder um den Zaun. »An dem Tag komme ich mit meinem Vorschlaghammer und beteilige mich daran. Siehst du die Tür dort drüben?« Ich wandte mich dem vernagelten breiten Eingang zu. »Nachts haben sie uns eingeschlossen. Um Punkt zehn Uhr wurde die Tür doppelt verriegelt. Manche Mädchen flüchteten sogar, aber die Polizei brachte sie immer wieder zurück. Wir waren Häftlinge, die zur Strafe für ihre Vergehen eingesperrt wurden. Es gab greifbare und formale Begrenzungen, am schlimmsten aber waren die emotionalen Barrieren. Man kann jemanden ziemlich leicht festhalten, wenn man ihm einredet, dass er einer Flucht unwürdig ist.« Mit einem Seufzer lehnte Lilly den Kopf an den Maschendraht. »Einmal wollten Tania und ich weglaufen, kurz vor deiner Geburt. Erst nach Jahren konnte ich James davon erzählen. Wir wurden praktisch sofort erwischt. Nach der abendlichen Zählung haben wir uns aus den Betten geschlichen, es aber nur bis zum Notausgang geschafft. Die Tür war alarmgesichert, wir sind nicht mal aus dem Gebäude gekommen.« Ihre Miene verzerrte sich, sie kämpfte gegen die Tränen. »Ich habe es probiert, mein Liebling. James und ich haben wirklich alles versucht, um dich zu behalten.«

»Das glaube ich dir, Lilly«, flüsterte ich. »Ich merke dir an, wie sehr du es gewollt hast.«

»Weißt du, lange dachte ich, die Monate hier seien die schlimmsten meines Lebens gewesen. Aber ich habe auch gute Erinnerungen. Ich weiß noch, wie ich mich in dich verliebte und wie aufregend die ersten Wochen waren. Damals war ich mir so sicher, dass James uns beide nach Hause holen würde. Bis ich hier eingeliefert wurde, hatte ich die Schwangerschaft verleugnet. Und dann gab es eine Phase, in der ich mir endlich eingestand, dass ich Mutter wurde. Da glaubte ich immer noch, dass James es schaffen würde.« Sie lächelte traurig. »Damals war ich so optimistisch.«

»Und ... Megan ...« Ich bemerkte, wie sie sich bei Mums Namen verspannte. Dennoch wünschte ich mir aber so verzweifelt, etwas Positives über Mum zu hören, dass ich weitersprach. »Du hast gesagt, sie war freundlich zu dir. Als du hier warst, meine ich.«

»Oh ja. Ich habe auch Erinnerungen an sie während der Entbindung. Genau genommen war sie an fast allem Positiven beteiligt, was sich innerhalb dieser Mauern abspielte. Aber das alles wurde von den Ereignissen vergiftet, die später passierten. Sie unternahm oft Spaziergänge mit mir, damit ich an die frische Luft kam, und verstieß meinetwegen gegen viele Vorschriften. Ohne sie hätte James erst nach meiner Entlassung erfahren, dass ich schwanger war. Es war Winter, als ich hier war, immer eisig, und sie besorgte mir neue Kleidung und eine zusätzliche Decke. Einmal hat sie mir in der Krankenhauscafeteria eine heiße Schokolade gekauft. Sie war freundlich, Sabina, aber das macht es fast noch schlimmer. Heute frage ich mich, ob sie von Anfang an einen Plan verfolgte. Ich wüsste gern, was sie bewogen hat, so etwas zu tun. Habe ich es irgendwie provoziert?«

Kapitel zweiunddreißig

Megan

SEPTEMBER 1973

Als ich mittags in der Einfahrt Autoreifen knirschen hörte, war ich verunsichert und einen Moment lang geradezu panisch. Rasch analysierte ich die Situation. Hatte ich das Gesetz gebrochen? War die Polizei schon hinter mir her?

Aber nein! Obwohl ich mich irgendwie schuldig fühlte, hatte ich absolut nichts Verbotenes getan. Ich trat ans Küchenfenster und erkannte erleichtert Graemes Wagen. Mit der kleinen Sabina auf dem Arm ging ich ihm entgegen, und als er ausstieg, hielt er inne und musterte uns ausgiebig.

»Welch ein Anblick! Steht dir gut, Megan.«

Aus seiner Stimme und seiner Miene sprachen tiefe Zärtlichkeit und große Sehnsucht. Ich hingegen fühlte mich eher unbehaglich.

»Ich übe nur für später«, erklärte ich, aber meine Stimme klang unerwartet hoch und dünn. Graeme küsste mich flüchtig auf die Wange, und als ich aus der Tür trat, um ihn vorbeizulassen, hielt er mich sanft am Arm fest, trat einen Schritt zurück und betrachtete mich noch einmal ausführlich.

»Was soll das?«

»Lass mich den Moment genießen!«, bat er und achtete nicht auf meinen ungeduldigen Blick. Er atmete tief durch, und ein warmes Lächeln breitete sich auf seinem Gesicht aus. Ich hatte immer das Gefühl, dass Graeme ein bisschen zu gut für mich war, ein bisschen zu attraktiv, ein bisschen zu charmant, ein bisschen zu klug. Er war in den letzten Jahren stark gealtert, aber dieses Lächeln verwandelte ihn. Jedes Anzeichen von Anspannung und Anstrengung fiel von ihm ab. »Gehen wir hinein, damit ich sie mir genauer ansehen kann.«

»Ich lege sie in ihr Bettchen und mache uns was zu essen«, sagte ich, aber Graeme schüttelte den Kopf.

»Ich möchte sie erst ein bisschen halten.« Er streckte die Arme aus, und ich überreichte ihm ungelenk das schlafende Bündel. Bei ihm wirkte die Geste viel natürlicher, und er sah sie an wie ein kleines Wunder. »Sie ist hinreißend.«

»Sie ist ein Baby.« Wieder klang meine Stimme steif. »Die sehen alle gleich aus. Wenn sie heute Nacht Hunger hat, findest du sie wahrscheinlich nicht mehr so hinreißend.«

»Hör nicht auf die brummige Meg! Ich stehe für dich auf«, flüsterte Graeme und streichelte sanft die kleine Wange. »Wie heißt sie?«

»Sabina.«

»Sabina«, wiederholte er leise. »Ein schöner Name. Passt wunderbar zu ihr.«

Ich wollte weder seine glänzenden Augen noch sein

glückliches Gesicht sehen, als er das winzige Geschöpf auf dem Arm hielt. Ich schnitt Brot ab und holte Wurst aus dem Kühlschrank.

»Im Krankenhaus ist also alles gut gelaufen?«

»So wie erwartet. June war enttäuscht.«

»Hat sie davon gesprochen, ob du wiederkommen kannst, wenn das Baby nicht mehr hier ist?«

»Nein, bis dahin haben sie bestimmt eine Neue. Ich finde schon was anderes, das hab ich doch gesagt.«

»Ich weiß. Ich frage ja nur.« Sabina strampelte und ächzte leise. Graeme legte sie sich wie selbstverständlich über die Schulter und massierte ihr den Rücken. »Was müssen wir alles kaufen?«

»Im Krankenhaus haben sie mir das meiste mitgegeben. Irgendwann brauchen wir wahrscheinlich noch mehr Anziehsachen, Windeln und Babynahrung. Das Bettchen hab ich mir geliehen, Möbel brauchen wir demnach eigentlich nicht.«

Sabina ächzte wieder, und als ich mich umsah, spuckte sie Graeme den Rücken voll. Er erschrak und setzte sie sich vorsichtig aufrecht auf den Schoß. Ich sah ihn entsetzt an.

»Das fühlt sich nach einer Menge an.« Er zog eine Grimasse. »Einer ganzen Menge. Wie viel Milch hast du ihr gegeben?«

»Eine ganze Flasche. Sie muss sehr hungrig gewesen sein.«

»Meg, ich bin mir ziemlich sicher, dass kleine Kinder nicht so viel brauchen.«

»Nein?«

»Nein. Bestimmt nicht.«

»Woher willst du das wissen?«

»Ich bin doch der Älteste von uns. Gilly hat die Flasche bekommen, und ich war zwölf, als sie geboren wurde. Ich bin ziemlich sicher, dass sie in den ersten Tagen viel weniger gekriegt hat.«

»Aber sie hat gar nicht mehr aufgehört zu trinken.«

»Vielleicht solltest du die Kinderschwestern um Rat bitten«, schlug er sanft vor. »Mir macht das nichts aus, wenn sie mich anspuckt, aber ich will nicht, dass sie Bauchweh hat.«

Mein erster Test als Ersatzmutter, etwas so Einfaches wie ein Fläschchen zu geben, war also völlig gescheitert. Während Graeme Sabina auf dem Arm hielt und gleichzeitig aß, bügelte ich ihm ein frisches Hemd und eine Hose. Ihn schien es überhaupt nicht zu stören, mit völlig durchweichtem Rücken und einem Neugeborenen auf dem Arm zu essen. Später gab er mir die Kleine, damit ich ihr einen frischen Strampler anziehen konnte. Aber in der Zeit, in der er seine komplette Garderobe wechselte, konnte ich Sabina nicht einmal aus dem Höschen schälen. Graeme kam mir zu Hilfe, und bei ihm sah alles ganz einfach aus. Ich hatte ja keine Ahnung gehabt, wie schwierig es war, die Ärmchen von Neugeborenen in Ärmel zu stecken.

»Mach dir keine Sorgen, Sabina! Du bist in guten Händen ... bei mir.« Er zwinkerte mir zu.

»Gott sei Dank sind es nur ein paar Wochen«, murmelte ich und sammelte vorsichtig den Haufen schmutziger Sachen auf.

»Ah, bis dahin bist du ein Profi! Du wirst sie gar nicht mehr hergeben wollen.« Graeme legte Sabina zurück in ihr Bettchen. »Ich muss jetzt wieder arbeiten. Auf dem Heimweg bringe ich Babynahrung und Windeln mit, damit du nicht mit ihr einkaufen gehen musst. Rufst du im Krankenhaus an und fragst, wie viel Milch sie braucht?«

»Das hätten sie mir sagen sollen, als ich das Baby abgeholt habe.«

»Wir müssen noch viel lernen. Aber es ist eine gute Übung, oder?« Er grinste, jagte mich durchs Zimmer und schloss mich in die Arme. Mit einem Quieken ließ ich die schmutzige Wäsche fallen, verstummte dann aber verwirrt, als er mich leicht nach hinten bog und zärtlich küsste.

»Graeme!«, protestierte ich und schob ihn weg – nach mehreren Sekunden. »Was ist denn in dich gefahren?«

»Ich glaube einfach, unser kleiner Gast tut uns beiden richtig gut.« Er rückte die Krawatte zurecht, küsste mich etwas gesitteter auf die Wange und marschierte pfeifend zur Tür.

Kapitel dreiunddreißig

Sabina

APRIL 2012

Die Sonne war mittlerweile ganz hinter dem Gebäude verschwunden, und wir standen im Schatten. Es war bitterkalt, und ich schlang die Arme um den Körper, um das Zittern zu unterdrücken.

»Ihr Büro war ungefähr hier«, sagte Lilly. Sie ging voran und blieb vor einigen brettervernagelten Fenstern stehen. »Das Büro der Sozialarbeiterinnen, meine ich. Wir Mädchen durften dort nicht oft hinein. Ich habe es nur wenige Male gesehen, wenn ich im Schwesternzimmer war und die Tür zufällig offen stand. Ich weiß heute von meiner Selbsthilfegruppe, dass Mrs. Sullivan jahrelang hier gearbeitet hat und sehr schlampig mit dem Papierkram umging. Unzählige Familien wurden ohne vernünftige Dokumentation auseinandergerissen, sodass keine Hoffnung auf eine Wiedervereinigung besteht. Was aus ihr geworden ist, weiß ich nicht. Ich wünsche keinem Menschen etwas Böses, aber ...« Lilly beendete den Satz nicht, und das musste sie auch nicht. Sie räusperte sich, hakte sich bei mir unter und schleifte mich mehr oder weniger um die Ecke. »Hier war das Küchenfenster. Dahinter lagen der Speisesaal und ein kleiner Aufenthaltsraum, wo wir abends ein paar Stunden fernsehen durften. Ich war nicht oft dort, denn meistens bin ich in meinem Zimmer geblieben und habe gelesen. Aber manchmal, wenn ich meine Geschwister vermisst habe, habe ich mich in das Zimmer gesetzt und so getan, als sei ich zu Hause.«

Nun überquerten wir die Straße in Richtung Krankenhaus. Die Grundfläche nahm einen ganzen Block ein, der aus einer wüsten Ansammlung von Gebäuden unterschiedlicher Materialien und Formen bestand. Das größte Haus war drei Stockwerke hoch, aber ringsum von Anbauten umgeben, die ganz offensichtlich im Lauf von Jahrzehnten entstanden waren. Ich drehte mich zum Auto um und sah, dass James einigen Abstand zu uns hielt, uns aber langsam folgte.

»Wohin bist du gegangen, als du entlassen wurdest?«, fragte ich.

»Zu meinen Eltern zurück«, flüsterte sie. »Bis ich achtzehn war, habe ich bei ihnen gewohnt, und dann habe ich sofort denselben Koffer gepackt, den ich im Heim dabeihatte, bin quer über die Äcker gelaufen und habe Ralph und Jean mitgeteilt, dass ich nie wieder nach Hause gehen würde.«

»Ralph und Jean?«

»James' Eltern. Sie haben mich aufgenommen, und wenige Wochen später haben James und ich geheiratet. Während seines restlichen Studiums haben wir zusammen in Armidale gewohnt, und dann war auch schon

Simon da. Also sind wir alle zurück auf die Farm gezogen. Den Rest kennst du ja.«

Sie blieb an dem Zaun stehen, der um das Hauptgebäude herumführte. Es wurde rasch dunkel, und ich konnte nur schwer erkennen, worauf sie deutete.

»Das war die Tür zur Wäscherei. Dort habe ich jeden Tag verbracht, außer an den Sonntagvormittagen, wenn wir zu dieser blöden Kirche gehen mussten. Und hier um die Ecke ist die Entbindungsstation.«

Auch hier waren Fenster und Türen mit verwitterten Spanplatten vernagelt. Natürlich sollten dadurch Eindringlinge abgehalten werden, aber es sah eher so aus, als wolle jemand die schlimmen Erinnerungen im Innern des Hauses einschließen.

»In einem der Zimmer hier habe ich zum ersten Mal deinen Herzschlag gehört«, flüsterte Lilly. »Ursprünglich hatte ich geglaubt, du würdest ein Junge. Aber in dem Moment wusste ich einfach, dass du ein Mädchen bist. Hast du ein Gefühl, was dein Kind wird?«

Ich schüttelte den Kopf. »Zumindest jetzt noch nicht.«

»Bei den anderen beiden hatte ich auch keine Ahnung, nur bei dir. Ich sah dich nie auf dem Ultraschall, aber ich hörte die Umstehenden reden und wusste, dass du gesund bist. Das war am Anfang. Zwei Monate nach meiner Ankunft dachte ich noch, ich könne dich behalten, wenn ich einfach meine Unterschrift verweigere. An dem Tag war ich schlecht drauf, weil sie bei der Untersuchung überhaupt keine Rücksicht auf mein Schamgefühl genommen hatten. Aber ich beschloss, dich nach meiner Großmutter zu benennen, wenn James einverstanden wäre.«

»Du hast mir gestern Abend ihren Namen gesagt, aber ich habe vergessen, wie er genau lautete.«

»Sabinka. Mein Vater sprach selten über seine Familie, den Großteil hatte er im Krieg verloren und war deshalb schwer traumatisiert. Wobei er das natürlich niemals zugegeben hätte. Die einzige Geschichte, die er uns immer erzählte, handelte von einem Geburtstag während des Krieges. Sie konnten damals von den Lebensmittelrationen gerade so recht und schlecht überleben, und selbstverständlich gab es keine Geschenke. Er arbeitete mit seinem Bruder auf dem Feld, und als sie zurückkamen, hatte ihre Mutter ihnen einen Festschmaus aus *pierogi* zubereitet. Er meinte, das seien die besten *pierogi* gewesen, die er je im Leben gegessen hatte. In all den Jahren danach und bei allem Wohlstand hier in Australien hat nie wieder etwas so gut geschmeckt. Seine Mutter hatte ihm etwas aus weniger als nichts gezaubert.« Endlich schien auch Lilly die Kälte zu spüren, zog den Mantel fester um die Schultern und bohrte die Hände tief in die Taschen. »Ich wollte dir ihren Namen geben ... nun ja, vermutlich um Tata zu beschwichtigen, aber hauptsächlich, weil diese Geschichte mir solche Kraft gab. Und zwar mein ganzes Leben lang. Wir stammen von Frauen ab, die aus nichts etwas machen konnten. Das sollte man sich doch merken, oder?«

»Auf jeden Fall«, stimmte ich leise zu. Hinter uns blitzte ein Licht auf, und ich merkte, dass James den Wagen dichter zu uns heranfuhr. Wir wandten uns beide um, woraufhin er aufblendete und uns zuwinkte.

»Er macht sich wahrscheinlich Sorgen, dass du uns hier draußen erfrierst«, sagte Lilly. »Geht's dir gut?«

»Ja, alles in Ordnung.« Obwohl ich mich sehr darauf freute, wieder in den beheizten Wagen zu steigen, hätte ich diese Augenblicke für nichts in der Welt verkürzen wollen. Schon bevor ich von Lilly wusste, hatte ich davon geträumt, Orange zu besuchen und mehr über meine Geburt zu erfahren. Schon bevor ich ahnte, wie kompliziert alles war, wollte ich meine Herkunft nachvollziehen.

»Nur noch ein paar Minuten! Dort drüben waren die Kreißsäle, du wurdest in Saal eins geboren. Das Zimmer hatte ein Fenster mit Blick auf einen Innenhof, in dem ein Pflaumenbaum wuchs. An den Ästen hingen winzige, wunderhübsche Blütenknospen. Während ich in den Wehen lag, betrachtete ich sie, zumindest wenn ich die Augen offen halten konnte. Für mich bedeutete es, dass der Frühling gekommen war, ein Geheimsignal des Universums, dass alles doch noch gut würde.« Ihre Stimme bebte, und sie musste sich mehrmals räuspern, bevor sie fortfahren konnte. »Die ganze Zeit machte ich mir Sorgen um diese arme Frau, die ich hören konnte. Sie rief ständig um Hilfe, aber offenbar kam niemand, und sie klang so verzweifelt und schien solche Schmerzen zu haben. Und dann, wenn die Wirkung der Medikamente wieder nachließ, wurde mir klar, dass ich selbst geschrien hatte.«

»Ach, Lilly ...«

»Wie gesagt, ich hatte seit jeher Geschichte studieren wollen, aber nach dem Unglück mit dir fühlte ich mich entschlossener denn je. Es war mir gleichgültig, wie lange es dauerte. Ich hatte keine Ahnung, wie weit verbreitet solche Zustände zu jener Zeit waren – oder auch, wie falsch sie waren. Keine von uns wusste es vermutlich. Aber ich wollte schon immer eine Lehrerin sein, die künftigen Generationen die Geschichte näherbringt. Wenn wir nichts über die Vergangenheit lernen, wie sollen wir daraus dann unsere Schlüsse ziehen? Und wir müssen daraus lernen, Sabina. So etwas darf nie wieder passieren. Nie wieder.«

»Es war eine einzige Ungerechtigkeit!«, stieß ich erstickt hervor. Schon die Vorstellung, was Lilly durchgemacht hatte, überforderte mich. Mir fiel auf, dass ich irgendwann während ihres Berichts die Hände in die Jackenärmel gezogen und fest um den Bauch geschlungen hatte, und ich wusste, dass dies nicht nur an der Kälte lag. Fast hatte ich ein schlechtes Gewissen wegen meines eigenen Glücks – zu einer Zeit geboren zu sein, als solche Erfahrungen nicht der Normalfall waren, sondern undenkbar.

»Das Leben ist ungerecht«, wisperte sie. »Darum muss es aber noch lange nicht grausam sein.« Sie nahm die Hände aus den Taschen und umarmte mich noch einmal. In vierundzwanzig Stunden hatte sie mich öfter umarmt als Mum in meinem gesamten Erwachsenenleben. »Eins musst du wissen, Sabina. Ich schäme mich nicht dafür, was uns widerfahren ist, es tut mir nur leid. Deshalb möchte ich dir alles zeigen und ganz offen mit dir darüber sprechen, wie schwer es uns auch fallen mag. Wenn ich zulasse, dass ich Scham, Schuld oder Reue empfinde, dann fühle ich mich machtlos.« Sie atmete tief durch, und ihre Stimme war wieder fest und klar. »Sie haben mir fast alles genommen, Sabina, aber ich werde mich nie wieder machtlos fühlen.«

Jetzt leuchteten die Scheinwerfer wieder auf. Es war fast vollständig dunkel geworden, und meine Ohren und die Nasenspitze brannten vor Kälte.

»Schon gut, schon gut!« Lilly lachte kurz auf und löste die Umarmung. »Komm, begrüßen wir deine Geschwister!«

Kapitel vierunddreißig

Megan

SEPTEMBER 1973

Wir wollten von Anfang an ein Kind.

Damals, unmittelbar nach unserer Hochzeit, hatten wir das Gefühl, die ganze Welt stehe uns offen. Ich war überzeugt, den besten Mann von allen erwischt zu haben, und wir hatten so große Pläne. Das war, bevor der Alltag in unsere Ehe einkehrte, als ich Frauen nicht verstand, die entnervt waren, weil der Mann sein Handtuch nicht aufhob und nie sein Bett machte. Für Graeme tat ich das doch gern.

In diesem ersten Jahr kam ich mir vor, als spielte ich Mutter, Vater, Kind. Ich kaufte allerlei Krimskrams, Bilder und Tischtücher, und Graeme schien sich dafür zu interessieren. Fast jeden Abend probierte ich ein neues Rezept aus und wartete auf den magischen Tag, an dem ich plötzlich kochen konnte. Dieser Tag kam nie, aber Graeme tat meist so, als schmecke es ihm.

Nach einem Jahr war er nicht mehr ganz so überzeugend, aber ich probierte es weiter. Ein Monat nach dem anderen verging, schneller und immer schneller, und ich machte mir allmählich Gedanken, warum ich regelmäßig meine Tage bekam. Anfangs wollte Graeme nicht, dass ich zum Arzt ging. Er war sich so sicher, dass es bald so weit wäre, absolut überzeugt, dass er mich schwängern konnte. Und ich wollte seine Erwartungen unbedingt erfüllen. Deshalb sprach ich mit keinem Menschen über meine Sorgen, obwohl die Alarmglocken in meinem Kopf immer lauter schrillten.

Nach zwei Jahren ärgerten mich allmählich die nassen Handtücher auf dem Fußboden, und gelegentlich machte ich aus reinem Trotz nur eine Hälfte des Betts. Graeme beklagte sich ständig über meine Kochkünste, aber es störte ihn nicht so stark, dass er selbst gekocht hätte. Ich schrieb mir mittlerweile auf, wann die nächste Periode fällig war, damit wir uns für diesen Abend nichts vornahmen. Denn jedes Mal verkroch ich mich dann mit einem Glas Merlot und einer Packung Taschentücher.

In jenem Jahr schlug Graeme schließlich vor, einen Arzt aufzusuchen. Wir waren beide nervös, und ich überlegte ständig, an wem es wohl lag. Ich betete, dass es nicht meine Schuld war. Ein Kind wünschte ich mir mehr als alles andere auf der Welt – abgesehen von Graeme natürlich. Wäre er unfruchtbar, würde ich bei ihm bleiben, wenn ich es wäre, würde er mich verlassen, da war ich mir ganz sicher. Seit unserer ersten Verabredung sprach Graeme von den Kindern, die er haben wollte. Zwei Söhne und eine Tochter stellte er sich vor, am besten in dieser Reihenfolge. Und er wollte anständige, traditionelle australische Namen für sie. Bruce und Barry, die Tochter sollte vielleicht Kylie heißen. Auch die Sportarten hatte er schon für sie ausgesucht. Die Jungen sollten Kricket und Rugby spielen, die kleine Kylie sollte sich auf die Schule konzentrieren und vielleicht ein Instrument lernen.

Graemes Spermadichte war ungewöhnlich hoch, sodass er bereits durch die ersten Tests von jeglicher Schuld freigesprochen wurde. Anfangs hieß es, auch bei mir sei alles in Ordnung. Die Ärzte konnten sich nicht erklären, warum ich nicht empfing. Wir versuchten es mit verschiedenen Medikamenten, und tatsächlich wurde ich schwanger. An die überwältigende Freude von damals erinnere ich mich heute noch. Der Traum zerplatzte nach wenigen Wochen. Dieser erste Verlust traf mich am härtesten, denn ich hatte überhaupt nicht damit gerechnet.

Aber wir rappelten uns auf und warteten lange Monate, wie die Ärzte empfohlen hatten, bevor wir eine weitere Schwangerschaft riskierten. Dann nahm ich wieder Medikamente, und wir hofften das Beste.

Und das passierte wieder und immer wieder. Wenn es einmal klappte und ich schwanger wurde, dann blieb es nicht dabei. So oder so ging es immer schief. Es dauerte Jahre, bis die Ärzte meinem Problem einen Namen gaben, hostiler Uterus, und auch heute, nach so vielen Jahren, weiß ich immer noch nicht genau, was das bedeutet. Als wir es erfuhren, saßen wir abends am Küchentisch, ich starrte auf meinen Teller und forderte Graeme auf, mich zu verlassen.

Er war noch jung und trotz verschiedener schrecklicher Angewohnheiten eine gute Partie. Sicher würde er schnell wieder heiraten und innerhalb weniger Jahre die Familie haben, die er sich immer erträumt hatte.

Graeme schob das (angebrannte) Essen zur Seite und nahm meine Hand. Er erklärte, er habe sich für mich entschieden, mit oder ohne Baby. Und damit basta.

Graeme ist eigentlich kein Mann, der sein Herz auf der Zunge trägt. An jenem Abend gab ich ihm die Möglichkeit zu gehen, und er blieb.

So kamen zwei neue Aspekte in unsere Beziehung, die beide wenig willkommen und sehr verunsichernd waren, nämlich Dankbarkeit und Schuld. Wir waren vielleicht schon immer nicht ganz gleichberechtigt gewesen. Die Hausarbeit war an mir hängen geblieben, obwohl wir beide berufstätig waren, und er kommandierte mich gelegentlich herum. Inzwischen kam also noch dazu, dass ich mich unglaublich glücklich schätzte, weil er bei mir blieb, und ein schlechtes Gewissen hatte, weil er niemals Vater würde. Seitdem stand ich dauerhaft unter Hochspannung. Jedes Mal wenn wir uns stritten, verkrampfte ich mich und wartete darauf, dass er das Gespräch mit einem Schulterzucken beenden und mich verlassen würde, so als ob ein Streit wegen nasser Handtücher das Fass zum Überlaufen bringen könnte.

Das Wort *Adoption* nahm lange Zeit keiner von uns beiden in den Mund. Als Graeme es schließlich doch aussprach, schmetterte ich ihn sofort ab. Gelegentlich schnitt er das Thema wieder an, aber allein darüber nachzudenken hätte für mich die totale Aufgabe bedeutet – und so weit war ich längst noch nicht.

Ich wollte nicht nur ein Kind, ich wollte *mein* Kind. Ich wollte die Freude eines positiven Schwangerschaftstests ohne den Kummer und das Leid, die jedes Mal folgten.

Wenn ich kein *eigenes* Kind haben konnte, wollte ich möglicherweise gar keins. Vielleicht konnte ich doch auch kinderlos leben.

Bei Graeme war das anders. Er wollte einfach irgendein Kind.

Wäre es möglich gewesen, hätte er eins erbettelt, ausgeliehen oder gestohlen.

Und ich hätte fast alles für Graeme getan.

Kapitel fünfunddreißig

Sabina

APRIL 2012

Die Familie Piper traf sich regelmäßig zum Essen in einem Lokal, das an einen Traditionspub angeschlossen war. Den Grund dafür erklärte Lilly auf dem Weg zum Tisch.

»Simon und Emmaline wohnen nur eine Straße weiter, so können sie die Zwillinge einfach im Kinderwagen herschieben. Das Essen ist gut, die Portionen sind riesig. Mittlerweile wird uns diese Ecke reserviert, wann immer wir kommen wollen.« Wir setzten uns und klappten die Speisekarte auf. Es war typisches Pubessen: Steaks, Hamburger und Hausmannskost.

»Wart's ab!«, sagte Lilly. »Charlotte wird sich den Caesar Salad bestellen, Neesa den Kinder-Hühnchenteller, Simon das Rinderfilet medium, Emmaline die Tagessuppe und James das Parmesanhähnchen.«

»Ich treffe mich manchmal mit Mum und Dad zum Brunch«, sagte ich. »Da ist es ganz genauso. Wir bestellen alle immer das Gleiche. Irgendwie hat diese Beständigkeit was Schönes, findest du nicht?«

»Ja, unbedingt.« Lilly war überraschend begeistert von meinem beiläufigen Kommentar. »Mir geht es ganz genauso. Deshalb will ich immer hierher. Die Speisekarte verändert sich nie, die Einrichtung verändert sich nie, aber es ist *unser* Lokal. Die anderen verstehen nicht, wie toll das ist. Überhaupt nicht.«

Ted setzte sich neben mich und James neben Lilly. Dann kam ein Paar mit Zwillingskinderwagen auf den Tisch zu, und mein Herz begann zu rasen. Simon war ganz eindeutig mein leiblicher Bruder, die Verwandtschaft war nicht zu leugnen. Es war ungeheuer aufregend, Menschen zu begegnen, die genauso aussahen wie ich.

»Du musst Sabina sein«, begrüßte er mich. Seine braunen Augen funkelten, und er breitete noch im Gehen die Arme aus. Ich stand auf, und er umarmte mich herzlich. »Großartig, dich kennenzulernen! Ich kann dir gar nicht sagen, wie sehr wir uns alle freuen, dass du uns gefunden hast.«

Mich überraschten die heißen Tränen, die in meinen Augen aufstiegen.

»Ich freue mich auch so sehr«, flüsterte ich, dann räusperte ich mich und lächelte seine Frau an. »Und du bist bestimmt Emmaline.«

Sie war zart, blond, schön und erschöpft zugleich. Sie schüttelte mir die Hand, hielt sie dann einen Moment zu lange fest und drückte sie kurz.

»Willkommen in der Familie, Sabina! Wir sind so froh, dass du hier bist. Dies sind Dominic und Valentina, die kleinen Teufel. Sobald es ihnen im Wagen zu langweilig wird, hole ich sie heraus, damit du sie anständig begrüßen kannst. Wenn wir uns beeilen, können sie euch alle noch anlächeln, bevor das wilde Geschrei anfängt.«

Unbeholfen beugte ich mich über den Kinderwagen. Dominic und Valentina lagen mit dem Gesicht zueinander und tasteten tollpatschig mit den speckigen Fäustchen nacheinander.

»Sie wirken so unschuldig.«

»Das täuscht«, schnaubte Simon. »Letzte Nacht hat Emmaline insgesamt drei Stunden geschlafen, also in vier Abschnitten. Die beiden sind ein Höllenkommando.«

Ich musste kichern. Er und Emmaline schüttelten Ted die Hand, dann ging er zur Theke, um uns allen Getränke zu holen.

Ich erkannte Charlotte, sobald sie das Lokal betrat, ihre Tochter im Schlepptau. Sie sah so umwerfend aus wie auf den Fotos, und wieder wurde ich nervös. Mit den anderen hatte ich auf Anhieb eine Verbindung gespürt, ich sah mich in ihnen, und sie kamen mir seltsam vertraut vor. Charlotte war anders, und diese Andersartigkeit schüchterte mich ein. Das lange blonde Haar lag in einem stylisch unordentlich geflochtenen Zopf über der Schulter. Sie war perfekt geschminkt und trug ein schlichtes Leinenkleid zu hohen Schuhen. Ich blinzelte auf meine Jeans und bedauerte, nicht wenigstens Wimperntusche benutzt zu haben.

»Sabina.« Sie kam geradewegs auf mich zu. »Ich bin Charlotte, und dies ist meine Tochter Neesa.«

»Ich freue mich so, dich kennenzulernen.« Ich wartete auf eine Umarmung, aber sie schüttelte mir nur die Hand. Es war ein kurzer Körperkontakt, lange genug allerdings, um ihre frisch lackierten roten Fingernägel und ihre sehr glatte Haut zur Schau zu stellen.

»Schon wieder hier, Mum?«, seufzte sie, nachdem sie Emmaline einen Kuss auf die Schläfe gegeben und die Zwillinge begrüßt hatte.

»Alle sind hier zufrieden, Lottie.«

»Sabina hält uns für Höhlenmenschen, wenn sie das Essen sieht.«

»Ich bin nicht anspruchsvoll«, versicherte ich.

»Mir schmeckt das Hühnchen«, warf Neesa ein. Sie hatte Lillys dunkle Haare wie Simon und ich und auch die großen braunen Augen. »Und ich kriege immer noch ein Eis spendiert.«

»Du singst gern, habe ich gehört, Neesa.«

»Total gern.« Neesas Enthusiasmus war sehr liebenswert. »Nan hat erzählt, dass du eine richtige Sängerin bist. Dass du das studiert hast und alles so was.«

»Und du bist Lehrerin«, sagte Charlotte. Der kühle Blick ihrer blauen Augen war unangenehm eindringlich. »Wie Mum.«

»Ja, stimmt. Aber ich unterrichte nur Musik an der Grundschule. Eigentlich bin ich keine echte Lehrerin.« Charlotte musterte mich weiterhin schweigend, also versuchte ich, mich näher zu erklären. »Mein Examen habe ich in Musik gemacht, Pädagogik war nur ein Aufbaustudium.«

»Interessant«, sagte Charlotte, wobei ihr Tonfall eher das Gegenteil ausdrückte. »Hattet ihr einen schönen Kennenlerntag?«

»Es war fantastisch«, sagte Lilly und legte wieder einmal den Arm um mich.

»Lilly hat erzählt, dass du einen Friseursalon hast.« Ich wollte das Gespräch wieder auf Charlotte lenken.

»Ja.«

Ich wartete darauf, dass sie weitersprach, aber sie lächelte nur und stand auf. »Holt Simon schon Getränke? Ich glaube, ich brauche ein Glas Wein.«

»Er ist an der Theke«, bestätigte Emmaline.

»Darf ich eine Limo haben, Mum?«, fragte Neesa hoffnungsvoll.

»Bleib du hier bei Nan und Papa und benimm dich!«, wies Charlotte ihre Tochter an und ging. Ich warf Ted einen kurzen Blick zu, und er hob die Brauen. Offenkundig bildete ich mir nicht nur ein, dass Charlotte deutlich kühler war als der Rest der Familie.

»Das muss alles sehr merkwürdig für dich sein«, sagte Emmaline leise.

»Ja, schon«, gab ich zu. »Aber ich freue mich wahnsinnig, hier zu sein.«

Aus dem Kinderwagen ertönte ein Gurgeln, und ich sah Emmaline sofort zusammenzucken und ihn in sanftes Schaukeln versetzen. Bald darauf breitete sich auf ihrer Miene Erleichterung aus.

»Ich liebe sie, aber du lieber Gott – mir fehlt der Schlaf! Lilly hat erzählt, dass du dein erstes Kind erwartest, Sabina.«

»Ja.«

»Ich sage es ungern, aber in unserer Familie erweisen sich die meisten Neugeborenen als äußerst anstrengend«, seufzte Lilly. »Von Geburt an leiden sie unter Koliken. Simon schlief immer wie ein Engel, aber Charlotte und Neesa waren schrecklich, genau wie meine

Schwester. Bis Dominic auf die Welt kam, dachte ich immer, nur die Mädchen hätten diese Koliken.«

Ted verschränkte unsere Finger miteinander und legte sie auf meinen Oberschenkel.

»Da können wir uns ja schon freuen.« Er lachte leise.

»Lilly wird euch helfen«, versicherte Emmaline. »Sie hat ein Händchen für kleine Kinder.«

Ich sah zur Seite, und Lilly strahlte mich an. Ich wusste, dass wir beide dasselbe dachten: Ich würde sie wirklich um Hilfe bitten, und das wäre für uns beide ein Geschenk. Sie könnte am Leben meines Kindes teilhaben, auch wenn es wie vorhergesagt schlecht schlafen und meine Welt auf den Kopf stellen würde. Trotz allem, was wir versäumt hatten, geschah hier etwas Magisches, und wir hatten einander gerade rechtzeitig gefunden.

Charlotte und Simon kehrten zurück. Sie trug das Tablett mit den Getränken, er ein weiteres Tablett mit Sektflöten, eine Flasche ungeschickt unter den Arm geklemmt. Nachdem jeder sein Glas erhalten und Charlotte wieder Platz genommen hatte, goss Simon den Sekt ein. Neesa bekam Limonade eingeschenkt.

»Ich finde, zuallererst müssen wir auf dich anstoßen, Sabina. In dieser Familie hat eine Lücke geklafft, die nur du füllen kannst, und das schon ewig. Aber jetzt bist du wieder bei uns.« Simon legte eine Pause ein und presste sich die Faust auf den Mund, um gegen die Tränen anzukämpfen, die in seinen Augen glitzerten. Er räusperte sich und lachte verlegen. »Darauf, dass die Pipers endlich vollständig sind. Wir können es kaum erwarten, dich kennenzulernen.« Er streckte die Hand mit dem Glas über den Tisch, und wir stießen sanft miteinander an. »Willkommen zu Hause, große Schwester!«

Die übrigen Mitglieder der Familie – meiner neuen Familie – wiederholten seine Worte. Ich aber hielt nur mein Glas fest, während alle mit mir anstießen. Danach war es natürlich unmöglich, die Tränen zurückzuhalten, und ich sah mich überwältigt im Kreis um.

»D... Danke«, stieß ich mühsam hervor. Lilly umarmte mich heftig, und mit verheulten Augen lächelte ich James an, der mir grinsend ein zweites Mal zuprostete.

»Wir brauchen ein Foto!«, rief Lilly und winkte hektisch einer Kellnerin quer durchs Lokal.

»Stimmt was nicht, Lilly?«

»Doch, doch, alles stimmt!«, lachte sie. Simon holte eine Kamera aus dem Kinderwagen und zeigte der Kellnerin rasch, wie man sie bediente. Dann stellten er und Charlotte sich hinter James und Lilly. Die Zwillinge wurden ebenfalls in Stellung gebracht. Dominic kam auf Emmalines Schoß, und Neesa hielt Valentina hoch wie eine Puppe.

»Ein Bild ist eine tolle Idee«, sagte ich leise zu Lilly.

»Ich warte seit achtunddreißig Jahren auf ein richtiges Familienfoto«, gab sie zurück. »Das hier werde ich auf Postergröße ziehen lassen.«

»Also gut, drei, zwei, eins ... *Cheese!*«, rief die Kellnerin.

Auf der Stelle brach ein Stimmengewirr aus, die Babys wurden zurück in den Wagen gelegt, und die Erwachsenen klappten die Speisekarten auf. Charlotte und Simon begannen eine Debatte, ob Lillys hartnäckige Vorliebe für dieses spezielle Lokal sich jemals legen würde.

Ich allerdings wollte den perfekten Augenblick noch nicht vorbeigehen lassen. Obwohl die Kamera ihn festgehalten hatte, schien mir das einfach nicht genug. Ich schwelgte noch einmal in Simons Begrüßung, obwohl ich bald als Einzige schweigend am Tisch saß, während mir die Tränen ungehindert über die Wangen flossen.

Ganz bewusst prägte ich mir alles ein – die Gerüche, den Anblick und die Geräusche der ersten Momente mit meiner Familie. Ich fühlte mich geliebt, erwünscht und anerkannt, wirklich und wahrhaftig willkommen.

Es fühlte sich an, wie endlich zu Hause zu sein.

Beim Essen konnte ich die Familiendynamik der Pipers studieren. Simon war laut und fröhlich, riss mit Ted Witze und zog mich mit meinem angeblich schrecklichen Geschmack bei *Schnöselbier* auf. Charlotte war überwiegend still. Wenn sie allerdings das Wort ergriff, klang ihre Stimme scharf. Offenbar vermochte sie eine gewisse Bitterkeit nur mühsam zu unterdrücken. Emmaline war gutmütig und lieb, und Neesa verhielt sich geradezu ehrfürchtig. Sobald ich sie ansprach, kicherte und errötete sie.

»Wie wird man denn eine richtige Musikerin?«, fragte sie.

»Abgesehen von sehr viel Üben ist es meiner Ansicht nach am wichtigsten, ganz unterschiedliche Arten von Musik zu hören. Viele Jugendliche hören nur Pop. Versuch es mal mit Klassik und Weltmusik oder älterem Rock. Und mit Jazz, was ich persönlich am liebsten mag.«

»Das mache ich.« Mit großen Augen starrte sie mich

an. Dann wandte sie sich an Charlotte. »Kaufst du mir ein bisschen neue Musik?«

Charlotte hob die Brauen. »Vielen Dank auch«, sagte sie sarkastisch in meine Richtung.

Immer wenn ich zu Lilly oder James hinübersah, beobachteten uns die beiden schweigend. Ich fragte mich, wie oft Lilly sich diese Situation wohl schon ausgemalt hatte und ob sie sich so entwickelte wie von ihr erträumt. Hier im Restaurant kam überhaupt keine Beklommenheit auf, da das Gespräch nicht so persönlich verlief wie zwischen Lilly und mir. Es gab mehr Anwesende, die heikle Fragen abfingen, und es fand ein eher lockerer Small Talk statt. Als wir fertig gegessen hatten, war ich schon so intensiv in die Unterhaltung eingebunden, dass sich alles ganz natürlich anfühlte.

Lilly stellte das Geschirr zusammen. »Komm schon, Neesa!«, tadelte sie sanft, als sie nach dem Teller ihrer Enkelin griff. »Was soll denn das?«

Neesa hatte wie üblich Hühnchen bestellt und einen kleinen Rest übrig gelassen.

»Ich hab keinen Hunger mehr, Nan«, sagte sie.

»Jetzt nimm noch ein paar Bissen!« Lilly ließ nicht locker. »Es gehört sich nicht, Essen auf dem Teller zu lassen, Schätzchen.«

Ich betrachtete die Reste meiner Mahlzeit. Der Risotto hatte köstlich geschmeckt – cremiger Reis mit Wildpilzen und Weißwein. Ich hatte jeden Bissen genossen, aber doch nicht alles aufgegessen. Im Kopf hörte ich Mums Stimme. *In Restaurants werden immer zu große Portionen serviert.*

»Ach, Nan!« Zum ersten Mal an diesem Abend quengelte Neesa.

»Mach schon! Iss auf, dann darfst du dir dein Eis bestellen.« Mit einem Seufzen schob Neesa sich widerstrebend eine Gabel in den Mund. »Braves Mädchen.«

Ich nahm meinen Löffel in die Hand und aß noch etwas von meinem Risotto, ließ mir den aromatischen Reis auf der Zunge zergehen. Aus irgendeinem Grund waren die letzten Bissen die besten.

Kapitel sechsunddreißig

Megan

SEPTEMBER 1973

Am Anfang war es wirklich ganz einfach.

Die ersten Tage, nachdem ich mich über das Magenvolumen eines Neugeborenen erkundigt hatte, schlief Sabina fast die ganze Zeit. Ich las, arbeitete im Garten und freute mich über die erste Frühlingssonne. Schnell gewöhnte ich mich daran, Windeln zu wechseln und die Wäscheberge abzuarbeiten.

Und in der ersten Zeit amüsierte mich die unerwartete Veränderung meines Mannes sogar. Bevor Sabina zu uns gekommen war, hatte er keinen traurigen Eindruck gemacht. Jetzt aber war er ohne Zweifel viel glücklicher. Er kam zum Mittagessen nach Hause, und bei ihm sah es ganz einfach aus, die Kleine auf dem Arm zu halten und gleichzeitig ein tropfendes Sandwich zu essen. Oft stand er nachts auf, wenn sie weinte, und jeden Tag kaufte er etwas für sie. Meistens Spielzeug, das sie bestimmt nicht brauchte, solange sie bei uns war, wie ich ihm unablässig vorhielt. Darauf erwiderte er nur, sie könne ja alles zu ihren richtigen Eltern mitnehmen. Graeme sorgte dafür, dass immer Windeln und Babynahrung im Haus waren. Er wusste irgendwie instinktiv, was sie brauchte. Wurde sie unruhig, kannte er stets den Grund dafür.

Im Lauf der zweiten Woche beschlich mich das Gefühl, diesen Instinkt nicht zu besitzen. Sabina blieb länger wach und war viel unruhiger, sodass die gemütlichen Stunden plötzlich vorbei waren, in denen ich entspannen oder sogar ein wenig Hausarbeit erledigen konnte. Graeme kam nach Hause und hörte sie weinen, holte sofort eine Flasche oder eine frische Windel und kuschelte ein bisschen mit ihr. Für mich war das jedes Mal eine schwierige Entscheidung. Wenn sie richtig schrie, wurde ich manchmal so nervös, dass ich auch ganz selbstverständliche Pflichten vernachlässigte. Einmal, als Graeme von der Arbeit kam, waren Sabina und ich beide in Tränen aufgelöst. Innerhalb von zwei Minuten saß ich mit einem Glas Wein auf der Terrasse, während die Kleine in seinen Armen gierig am Fläschchen nuckelte. Ich hatte offensichtlich einfach ihr Mittagessen vergessen.

Es war nicht so, dass ich sie nicht gern bei uns hatte. Bei mir entstehen Gefühle langsam, sie brauchen Zeit, um sich zu entwickeln, aber das war schon immer so. Auch in Graeme verliebte ich mich nicht auf den ersten Blick, sondern näherte mich der Liebe vorsichtig über Monate und Jahre an. Genauso erging es mir mit Sabina. In diesen allerersten Tagen fiel es mir überhaupt nicht schwer, Distanz zu wahren und die Aufgabe zu erfüllen, die ich mir vorgenommen hatte – vorübergehend ihre Kinderschwester zu spielen.

Und es gibt nichts zu beschönigen – es war eine schwierige Zeit. Sie war ein Schreibaby mit fürchterlichen Koliken, und ich litt mit ihr. In wenigen Minuten schlug Hungergebrüll in Schmerzensgebrüll um, und ich wusste nie genau, was sie eigentlich wollte. Mehr Milch? Oder weniger? Ein Bäuerchen? Eine frische Windel?

Oder ... ihre Mutter?

Manchmal fragte ich mich ernsthaft, ob mich ein Kind überhaupt wirklich lieben konnte. War es Karma? Oder eine universelle Wahrheit? Mein Körper taugte nicht zum Kinderkriegen. Vielleicht erstreckte sich das auch auf die Pflege und Fürsorge. Möglicherweise erkannte Sabina diesen Mangel und war deshalb so unglücklich. Graeme meinte, es liege daran, dass ich in ihrer Gegenwart so unruhig würde. Nach einer Weile sah ich ein, dass er irgendwie recht hatte. An schlechten Tagen klebte sie förmlich an mir, und ich konnte sie überhaupt nicht in ihr Bettchen legen, und je aufgebrachter ich wurde, desto aufgebrachter wurde auch sie. Wir schaukelten uns gegenseitig hoch, doch sobald Graeme nach Hause kam, war der Bann gebrochen, und sie beruhigte sich auf der Stelle. Rein verstandesmäßig war mir das alles klar, aber wenn es wieder losging, konnte ich einfach nicht anders und nahm es persönlich.

Ich redete mir immer wieder gut zu, dass es nicht mehr lange dauerte, und nahm mir vor, mich richtig zu verwöhnen, sobald Sabina bei ihrer Mutter war. Ausschlafen, Besuche bei der Kosmetikerin und lesen, tagelange, ungestörte Lesefreude. Diese Liste musste ich täglich erweitern, denn jeder neue Tag kam mir schlimmer vor als der vorige. Bald schon schlief und aß Sabina in ihrem eigenen Rhythmus, Tag und Nacht krümmte sie sich, als hätte sie Schmerzen. Mehrmals fuhr ich völlig aufgelöst ins Krankenhaus, wo Kinderschwestern und Ärzte sie gründlich untersuchten. Leichte Koliken, sagten die Ärzte jedes Mal. Die Schwestern rieten mir, mich nicht unterkriegen zu lassen, und schickten mich nach Hause.

Bis dahin hatte ich nicht geahnt, wie sehr Schlafmangel die Gemütsverfassung eines Menschen verändern kann, aber Sabina brachte es mir schnell bei. Ich bewegte mich in einem Nebel aus Erschöpfung und kümmerte mich kaum mehr um eigene elementare Bedürfnisse. Das gelegentliche Aufflammen von Zärtlichkeit für Sabina kam mir vor wie das Stockholm-Syndrom – ich saß in der Falle, wegen und mit ihr. Allein dieser Gedanke unterstützte mich weiterhin in meiner abwehrenden Haltung jeglicher emotionaler Bindung gegenüber. Ungeduldig fieberte ich dem Augenblick entgegen, wenn Lilly anrufen und Sabina abholen würde. Ich konnte es nicht erwarten, dass mein Leben wieder mir gehörte.

Als dann an einem Montagmorgen das Telefon klingelte und ich Lillys Stimme erkannte, lichtete sich der Nebel, und ich blickte aus dem Fenster, wo der Tag schlagartig heller geworden zu sein schien.

»Ist alles in Ordnung?«, fragte Lilly sehnsuchtsvoll und ganz ohne zu stottern.

»Es geht ihr gut«, beruhigte ich sie. »Wurdest du entlassen?«

»Ich musste noch eine Weile bleiben, die Ärzte wollten

sichergehen, dass alles gut verheilt. Aber ja, jetzt bin ich d... draußen. Ich musste zu meiner Familie zurück.« Die Worte kamen immer stockender. »Es ist furchtbar. Ich kann Tata nicht mal ansehen, so wütend bin ich auf ihn. Aber der Anwalt sagt, der einfachste Weg zu einer Heiratsgenehmigung ist Tatas Einwilligung. Deshalb musste ich nach Hause und ihn zu überreden versuchen.«

»Das ist also der Plan? Hast du schon mit ihm gesprochen?«

»Ich hab's versucht, aber er ist immer noch so sauer, deshalb ist es nicht gut gelaufen. James musste zurück an die Uni. Er hat demnächst Prüfungen und darf keinen Unterricht mehr versäumen. Aber in ein paar Wochen kommt er wieder, dann sprechen wir mit Tata.«

»In ein paar Wochen?« Ich warf einen Blick auf Sabina, die nach einer endlosen durchwachten Nacht endlich auf meinem Arm eingeschlafen war. Der Nebel drängte von allen Seiten auf mich ein, dichter als zuvor, und das Wohnzimmer ringsum schien zu schrumpfen.

»Ist das in Ordnung?«, fragte Lilly zögernd. »Ich bin so froh, dass ihr Sabinas Betreuung für uns übernommen habt. Ehrlich, ich kann euch gar nicht genug danken. Wenn es zu viel wird ... also, ich kann versuchen, alles zu beschleunigen. Wir können die Erlaubnis auch gleich bei Gericht beantragen. Der Anwalt meint aber, das wird eine Weile dauern, und ohne Tatas Einwilligung klappt es vielleicht gar nicht.«

»Nein, nein, kein Problem!« Meine Stimme war belegt. »Ruf mich an, wenn ihr so weit seid! Und sag Bescheid, falls ich irgendwie weiterhelfen kann, okay?«

»Okay.« In Lillys Stimme war das Lächeln zurückgekehrt. »Geht es ihr gut? Lässt sie dich schlafen? Wächst sie ordentlich?«

»Es geht ihr prächtig«, beteuerte ich. »Moment mal! Ich glaube, sie wacht gerade auf. Ich muss mich um sie kümmern. Viel Glück und melde dich wieder, ja?«

Ich konnte gerade noch rechtzeitig auflegen, bevor das Schluchzen losbrach – aber nicht Sabina weinte, sondern ich. Ich war enttäuscht, völlig durcheinander und so müde, dass ich Sabina nicht einmal in ihr Bettchen zurückbringen konnte.

Ich sank auf einen Stuhl und sah mich durch den Tränenschleier im Wohnzimmer um. Neben der Tür zur Waschküche lag ein riesiger Berg sauberer Windeln und Babykleidung auf dem Boden. Am Eingang standen noch vom Vortag unausgepackte Supermarkttüten. Dieses Chaos machte mich plötzlich wütend, ich spürte, wie sich meine Arme verkrampften, als ob ich das Baby zur Strafe zerquetschen wollte.

Und dann wurde mir klar, dass ich ein unschuldiges Kind für den Zustand meines Haushalts verantwortlich machte, und musste noch heftiger weinen. Das alles war ja eigentlich völlig unwichtig, und sie konnte wirklich nichts dafür. Hatte ich mich in ein Ungeheuer verwandelt?

Dies war der dunkelste Moment in einer Phase vieler dunkler Momente. Noch Jahre später fragte ich mich, wie wir beide jene Zeit eigentlich überlebt hatten. Stärker als je zuvor bezweifelte ich, dass ich mich für eine Adoption eignete. Alles wäre doch bestimmt viel einfacher, wenn ich mein eigenes Kind hätte, mein eigen

Fleisch und Blut. Die kurzen Augenblicke der Zärtlichkeit für Sabina kämen sicher häufiger vor, wenn sie meine Tochter wäre. Der Mutterinstinkt, der mir jetzt fehlte, würde sich mit Schwangerschaft und Geburt von selbst einstellen.

Mein eigenes Kind würde ich auf der Stelle und ganz selbstverständlich lieben. Zwar konnte ich Sabina vielleicht nach und nach liebgewinnen, aber es dauerte viel zu lange. Sie war wahrscheinlich bereits bei Lilly, bevor ich sie auch nur mochte.

Doch so schwierig die Situation war, ich musste durchhalten. Ich hatte mich verpflichtet, Lilly und James zu helfen, und konnte das Baby jetzt schlecht im Krankenhaus abgeben und erklären, ich hätte es mir anders überlegt. Ich musste mich auf diesem Weg weitertasten und warten, bis Lilly kam, um ihrer Tochter eine richtige Mutter zu sein.

Am meisten ängstigte mich das Eingeständnis, dass ich mir meine ersten Wochen mit einem Kind so ganz anders vorgestellt hatte. Ich hatte erwartet, dass die Mutterrolle mir Freude bereiten und mich verwandeln würde.

Mit einer endlosen Abfolge gleichförmiger Tage, die das Leben trübselig und konturlos machten, hatte ich nicht gerechnet.

Kapitel siebenunddreißig

Sabina

APRIL 2012

Wir warteten noch auf das Dessert, als Dominic plötzlich nach seiner Milch verlangte. Bis dahin hatten die Zwillinge in ihrem Wagen gespielt, zufrieden vor sich hin gebrabbelt und mit den Beinchen gestrampelt. Aber ohne jeden Übergang verlieh Dominic seinem Hunger lautstark Ausdruck, wechselte von Ruhe zu wütendem Gebrüll.

»Es geht wieder los«, seufzte Simon und hob ihn hoch. »Immerhin durften wir dieses Mal zu Ende essen.«

»Manchmal essen wir in Schichten«, erklärte Emmaline, während sie Valentina auf den Arm nahm. Sofort streckte Lilly die Arme aus, und Emmaline reichte ihr lächelnd ihre Tochter über den Tisch. »Versteh mich nicht falsch, wir lieben sie heiß und innig ...«

»Zumindest behauptet ihr das hartnäckig.« Ich lachte.

»Wenn wir uns das nur immer wieder einreden ...« Simon grinste mich an. Mit der freien Hand wühlte er in der Windeltasche und holte zwei Fläschchen heraus, die er auf den Tisch stellte. Dann bot er seinem Sohn einen Schnuller an. Sofort saugte das Baby gierig, und Simon warf mir einen Blick zu. »Möchtest du vielleicht deinen Neffen halten, während ich die Fläschchen aufwärmen lasse? Gut zum Üben.«

»Unbedingt. Sehr gern.« Ich nahm den zappelnden Säugling entgegen und betrachtete ihn. »Hallo, Dominic!«

Ted stützte mir das Kinn auf die Schulter und betrachtete den Kleinen sichtlich sehnsüchtig.

»Du bist ein Naturtalent«, sagte er leise. Ich lächelte leicht nervös und hielt Dominic den kleinen Finger hin, den er sofort fest umschloss. Dann spuckte er den Schnuller aus und wollte sich den Finger in den Mund stecken.

»He, nein!« Lachend versuchte ich, ihn wegzuziehen, aber Dominic war nicht von seinem Vorhaben abzubringen. Mittlerweile grunzte er und reckte den Kopf nach meinem Finger. Das Grunzen verwandelte sich rasch in wütendes Geschrei. Auch Valentina wurde quengelig.

»Ihr seid aber auch launische Kinder!«, schimpfte Lilly freundlich und streichelte Valentina die Wange. »Zauberhaft, aber launisch.«

Simon kam mit den Fläschchen zurück, die er ohne Kommentar an Lilly und mich weiterreichte, setzte sich neben Ted und nahm ein Gespräch über Erntemethoden wieder auf. Lilly prüfte die Milchtemperatur, und ich machte es ihr nach.

»Wie sollte die Temperatur sein?«, fragte ich.

»Lauwarm, man darf sie eigentlich nicht richtig spüren.«

Ich hielt Dominic den Sauger an den Mund, und er

hob den Kopf, um danach zu schnappen, offensichtlich ungeduldig mit mir wegen meiner wenig routinierten Technik. Er schluckte die Milch viel schneller, als ich erwartet hatte, und wieder ahmte ich Lilly nach, legte ihn auf meine Schulter und tätschelte ihm sanft den Rücken, bis er einen satten, zufriedenen Rülpser ausstieß.

»Jetzt werden sie bald müde und schreien wahrscheinlich gleich wieder. Wir gehen besser«, sagte Emmaline, wenn auch sichtlich widerstrebend.

»Ach, bleibt doch noch zum Nachtisch, bitte!«, bat Lilly. »Wir halten sie auf dem Arm und sorgen dafür, dass sie still sind. Nicht wahr, Bean?«

Bei dieser beiläufigen Nennung meines Spitznamens durchströmte mich ein warmes Gefühl. Viele Freunde hatten mich im Lauf meines Lebens Bean oder Beanie genannt, und Ted benutzte nie meinen vollen Namen. Bei Lilly klang die Abkürzung aber noch einmal ganz besonders. Sie hüllte das Wort in Weichheit und Vertrautheit, schien den Klang jahrzehntelanger Sehnsucht hineinzulegen.

»Du vielleicht, Lilly«, sagte ich. »Ich mache es dir nur nach. Hoffentlich merkt Dominic nicht, dass ich keine Ahnung habe.«

»Du machst das wunderbar«, erklärte sie mit Nachdruck.

Der Nachtisch kam. Neesas Appetit war plötzlich zurückgekehrt, genau rechtzeitig zum Eis. Ich setzte mir Dominic auf den Schoß und wich seinen entschlossenen Versuchen aus, meinen Tiramisulöffel zu kapern. Valentina verließen zuerst die Kräfte, und nicht einmal das Häppchen Eis, das Lilly ihr in den Mund tupfte, konnte sie besänftigen. Wieder legte Lilly sie an die Schulter und wiegte sie sanft, und dann hörte ich sie halblaut eine Melodie summen. Ich betrachtete sie lächelnd, Lilly in ihrer ganzen mütterlichen Präsenz, selig mit ihrer Enkelin.

Auf einmal stieß Dominic ein Quieken aus, und ich schrak zusammen, weil ich kurz vergessen hatte, dass er überhaupt da war. Ted hob ihn hoch und reichte ihn an seinen Vater zurück.

»Vielleicht sollten wir jetzt wirklich los«, sagte Emmaline. Lilly übergab ihr Valentina und beugte sich dicht zu mir vor.

»Bald bist du an der Reihe«, flüsterte Sie. »Du besuchst uns doch mit dem Baby, ja?«

»Aber sicher«, versprach ich. »Natürlich.«

Kapitel achtunddreißig

Megan

SEPTEMBER 1973

In diesen ersten Wochen verließ ich kaum das Haus. Dass meine früh ergrauten Haare am Ansatz herauswuchsen, bemerkte ich nicht. Mir fehlte die Zeit, um mich zu frisieren, und meist kam ich nicht einmal zum Duschen. Ich wagte mich mit Sabina eigentlich nur auf die Straße, wenn der Kühlschrank leer war. Diese Ausflüge waren immer mit Demütigung und Panikattacken verbunden.

Sabina war am friedlichsten, wenn sie gerade getrunken hatte und noch nicht wieder hungrig war. Ich nutzte die kurze Zeitspanne mit militärischer Präzision, sprintete durch den Supermarkt und warf achtlos alles Mögliche in den Wagen. Noch bevor wir an der Kasse standen, brüllte sie jedes Mal, und man starrte uns an. Wahrscheinlich wunderten sich die Leute, wie eine Frau mit so wenig Ahnung überhaupt ein Kind bekommen konnte. Vermutlich sorgten sie sich um das Wohlbefinden der Kleinen, und das vielleicht zu Recht. Häufig war ich zu müde, um vernünftig zu handeln.

Meine Gedanken drehten sich wild im Kreis, und ich vermochte sie nicht anzuhalten.

Manchmal senkte sich Dunkelheit auf mich herab, ich tigerte mit Sabina auf dem Arm im Flur auf und ab und quälte mich mit finstersten Überlegungen. Danach bekam ich stets panische Angst, Lilly und James könnten zu lange brauchen und ich würde noch vollkommen verrückt, bevor ich Sabina zurückgeben konnte.

Nach Graemes Meinung wäre Sabinas Betreuung möglicherweise einfacher gewesen, wenn wir Zeit zur Vorbereitung gehabt und uns wenigstens ein paar Tage über Säuglinge eingelesen hätten. Vielleicht hätten wir auch in einer wärmeren Gegend leben sollen. Vielleicht hätte meine Mutter zu Hilfe kommen sollen. Oder es hätte eine Freundin gegeben, die ich um Rat fragen konnte.

Aus diesen trüben Grübeleien konnte ich mich nur durch den Gedanken befreien, dass es tatsächlich bald besser würde, sobald Sabina nämlich bei ihrer richtigen Mutter lebte. Ich glaubte, sie werde schlagartig von einem Schreibaby zu einem glücklichen Kind mutieren, wenn sich nur jemand vernünftig um sie kümmerte.

Hörte ich sie nachts schreien, wurde ich wütend, weil ich ständig aus dem Schlaf gerissen wurde. Es ärgerte mich, wenn Graeme die Beine aus dem Bett schwang und auf Zehenspitzen in ihr Zimmer schlich, wo ich ihn dann munter flüstern hörte, während er ein Fläschchen zubereitete. Nur mein schlechtes Gewissen hielt mich davon ab, sie einfach nicht zur Kenntnis zu nehmen, denn schließlich musste Graeme ja jede Woche vierzig Stunden arbeiten. Er brauchte seinen Schlaf.

Einerseits wollte ich ihn mithelfen lassen, andererseits hatte ich das Gefühl, dass die Babypflege eigentlich meine Aufgabe war. Außerdem machte ich mir Sorgen, dass ihm dieses vorübergehende Arrangement allzu viel Vergnügen bereitete. Im Gästezimmer hatte anfangs nur das Babybettchen gestanden, aber es verwandelte sich rasend schnell in ein richtiges Kinderzimmer. Graeme schleppte immer mehr Spielzeug und anderen Krimskrams an, für den sie noch viel zu klein war. Meine Einwände wischte er mit der Bemerkung beiseite, dass es doch nett sei, ihr einige Erinnerungsstücke mitzugeben, wenn sie zu ihrer Familie kam.

Unser Leben war eine Gratwanderung geworden. Ich zählte die Stunden, bis wir Sabina endlich zurückgeben konnten, während Graeme sich ganz offensichtlich immer mehr vor diesem Tag fürchtete. Manchmal begrüßte er mich mittags und abends mit der ängstlichen Frage: *Hat Lilly heute angerufen?* Bei meinem enttäuschten *Nein* entspannte er sich sichtlich.

Während der langen Tage allein zu Hause nahm ich mir fest vor, mich nach Sabinas Auszug sofort mit ihm zusammenzusetzen und ihm in aller Deutlichkeit klarzumachen, dass Adoption für mich nicht infrage kam. Das Experiment war kläglich gescheitert. Ich konnte mich inzwischen zwar ein wenig für die Kleine erwärmen, aber nicht genug angesichts der Zeit und Kraft, die ich investiert hatte. Diese ganze Erfahrung war ein drohender Vorbote des unvermeidlichen Scheiterns einer echten Adoption.

Ich hatte beschlossen, dass wir einfach einen Weg finden mussten, ein eigenes Kind zu bekommen. Wir konnten ja einen anderen Spezialisten aufsuchen, einen jüngeren Arzt mit neuen Vorschlägen. Wir konnten uns auch an einen Professor in einer Universitätsklinik wenden.

Es musste eine Möglichkeit geben.

Kapitel neununddreißig

Sabina

APRIL 2012

Es wurde sehr spät an diesem Abend.

Lilly und ich unterhielten uns auf der Veranda, bis es zu kalt wurde. Dann setzten wir uns ins Esszimmer und sahen uns Mums Fotoalben an. Dieses Mal verlief das Gespräch flüssig und locker. Ich hatte Lilly meine schöne Kindheit zeigen wollen. Nun hatte ich die Gelegenheit, und ich ergriff sie.

Ich erzählte ihr, wo die Aufnahmen entstanden waren und was darauf gerade geschah. Der Geburtstag in Disney World, der Tag, an dem ich endlich die Logopädie abgeschlossen und Mum mich mit einem Konzertbesuch im Opernhaus überrascht hatte, und der Tag, an dem wir das große Haus in Balmain bezogen hatten.

Es war eine Kurzfassung meines Lebens. Jeder wichtige Moment war mit einem Bild oder Andenken festgehalten worden, und wenn Lilly schon nicht daran hatte teilnehmen können, so wollte ich ihr doch wenigstens alles beschreiben. Ich erzählte die Einzelheiten, an die ich mich erinnerte. Zum Beispiel an den Geschmack der scheußlichen Kuchen, die Mum mir gebacken hatte, bis ich mit zehn endlich darauf bestanden hatte, dass sie fertigen Kuchen kaufte, oder an den Lavendelduft in Mums Wohnzimmer.

Und wenn mir Augenblicke einfielen, die auf keinem Foto dokumentiert waren, schilderte ich ihr einfach das Gefühl. Hier war ich glücklich gewesen, dort überfordert, aber immer geliebt.

Ich hatte mir diese Erlebnisse ja erst vor Kurzem ins Gedächtnis gerufen, nachdem ich von der Adoption erfahren hatte, doch da hatte die Verwirrung meine Erinnerung getrübt. Alles hatte ich mit Misstrauen und einer gewissen Beschämung betrachtet. Am Esstisch mit Lilly an jenem Abend korrigierte ich diese Perspektive. Es mochte aus Schmerz und Betrug entstanden sein, aber ich war in einer Familie aufgewachsen, in der ich wahrhaftig der Mittelpunkt war, und meine Eltern hatten mir beide ein wunderschönes, geborgenes Leben geboten.

Im Lauf der Stunden veränderte sich auch Lilly. Sie hörte konzentriert zu, aber die Vehemenz wich allmählich aus ihrem Blick. Sie erlebte nach, was sie versäumt hatte, zwar Jahrzehnte zu spät und nicht so, wie es hätte sein sollen, aber immerhin war ich jetzt gekommen. Wir konnten es auskosten und die getrennt verbrachten Jahre nachholen.

Es war sicherlich nicht mein Vorsatz gewesen, eine Lanze für Mum und Dad zu brechen. Nach und nach wurde mir jedoch bewusst, dass ich Lilly anhand meiner Schilderungen bewies, wie gut es mir ergangen war. Ab und zu fiel mir wieder ihre Drohung ein, zur Polizei zu gehen. Es hatte so viel Wut und Empörung in ihrer Miene gelegen, aber nach dem letzten Album wirkte Lilly wie ein anderer Mensch.

Sie war eine Frau, die gerade ihren Frieden fand.

Wir aßen heimlich noch ein Stück Kuchen zu einer weiteren Tasse Tee. Die Pausen zwischen dem Gähnen wurden immer kürzer, und ich wusste, dass wir bald schlafen gehen mussten. Aber ich wollte den Zauber dieses wunderbaren Abends einfach nicht zerstören. Lilly schien ähnlich hin- und hergerissen zu sein.

»Wir müssen wirklich ins Bett«, sagte sie sanft. »Schwangere brauchen ihren Schlaf.«

»Ich bin auch erschöpft. Aber es war so ein toller Tag, ich will nicht, dass er vorbei ist.«

»Ihr fahrt morgen aber nicht gar zu früh, oder?«

»Nein, so gegen Mittag.«

Sie seufzte zufrieden, und ich dachte mir noch einmal, wie schön es war, Lilly Piper anzusehen. Bei unserer Ankunft hatte sie verhärmt gewirkt, aber nun erkannte ich, dass die Falten in ihrem Gesicht nicht nur auf der Traurigkeit beruhten, sondern auch auf gelebtem Leben. Lilly war ein offenes Buch, genau wie ich.

»Also noch ein wunderbares Frühstück mit dir«, murmelte sie lächelnd.

Mit heftiger Entschlossenheit schüttelte ich den Kopf.

»Nicht noch eins. Eins an diesem Wochenende, aber es kommen noch viele, Lilly.«

»Das hoffe ich.«

»Das weiß ich.«

Als ich zu Ted ins Bett kroch, zeigte der Wecker auf dem Nachttisch 4:03 an. Ich fiel in einen traumlosen tiefen Schlaf, und als ich erwachte, schien die Sonne durch das Fenster. Erschrocken sah ich, dass es kurz vor elf war.

Ich hörte Gelächter, also zog ich mich schnell an und hüpfte fast durch den Flur. Als ich ins Esszimmer trat, entdeckte ich als Erste meine Nichte Neesa. Sie hatte Kopfhörer im Ohr und starrte hochkonzentriert auf den Tisch. Sie rührte sich auch nicht, als ich ins Zimmer kam.

»Die Jugend heutzutage, was?« Ich begrüßte Charlotte und Lilly, die ihr gegenübersaßen und die Alben meiner Mum durchblätterten. »Ist Ted ohne mich nach Hause gefahren?«

»Er hilft James auf den Feldern«, teilte Lilly mir mit. »Und Neesa hört Jazz.«

Mit einer Grimasse beugte ich mich zu Neesa hinunter, um sie auf mich aufmerksam zu machen. Sie riss die Augen auf und zog die Stöpsel aus den Ohren.

»Tante Sabina, deine Musik ist so gut!«

Tante Sabina. Ich strahlte sie an.

»Frühstück, Schatz?« Lilly war bereits im Aufstehen begriffen.

»Nein, mach dir keine Umstände, Lilly ...«

»Man merkt, dass du neu hier bist.« Charlotte lächelte mich an, während Lilly abwinkte und in die Küche ging. »So ist sie einfach, das sind keine Umstände für sie.«

»Ich mache dir schnell was«, sagte Lilly über die Schulter hinweg.

»Neesa, steck dir doch noch mal kurz die Kopfhörer rein!«, verlangte Charlotte unvermittelt, und ich musterte sie überrascht. Sie verzog den Mund und lehnte sich zu mir herüber. »Das mit gestern Abend tut mir ehrlich leid, Sabina. Ich habe dich nicht so nett empfangen, wie es sich gehört hätte. Ich bin hier, um mich bei dir zu entschuldigen. Ich freue mich ehrlich sehr, dich kennenzulernen, und bin so froh, dass du wieder da bist, vor allem für Mum.«

»Das wäre doch nicht nötig gewesen, Charlotte.«

»Doch! Ich möchte nicht, dass ein falscher Eindruck entsteht, und gestern hätte ich das fast geschafft. Um ehrlich zu sein ... Ich war ein bisschen in Panik, seit Mum erzählt hat, dass du Kontakt zu ihr aufgenommen hast.«

»Das kann ich nachvollziehen.«

»Ich weiß, dass es dir auch Angst macht, aber für mich ...« Sie zuckte mit den wohlgeformten Schultern. »Tja, ich bin in einer fünfköpfigen Familie aufgewachsen. Da waren Mum, Dad, Simon und Charlotte. Und dann das Gespenst eines kleinen Mädchens namens Sabina, das in jeder Hinsicht makellos war.«

Ich wusste nicht, was ich sagen sollte. Sie schob sich das Haar über die Schulter und flocht es zu einem Zopf. Ihre Finger bewegten sich flink und geschickt. Ich fragte mich, ob es an ihrem Beruf lag oder eine nervöse Angewohnheit war, dass sie so schnell flocht.

»Ich dachte immer, dass Mum und Dad dich für makellos hielten, weil sie dich nicht kannten und nur in ihren Vorstellungen erlebten. Ich war eifersüchtig und manchmal richtig froh, dass du nicht anwesend warst. Mir kam es so vor, als ob ich dir nie das Wasser reichen könne. Gestern Abend kam ich mit den besten Absichten, wollte dich kennenlernen und willkommen heißen. Dann betrat ich das Lokal und war plötzlich wieder klein und begegnete dem Gespenst meiner Kindheit. Und siehe da!« Sie lächelte traurig. »Du bist tatsächlich makellos.«

»Nicht mal annähernd«, versicherte ich ihr und dachte daran, wie verstört ich in den vergangenen Wochen gewesen war.

»Du bist wie ein Schnappschuss meiner Mutter vor vierzig Jahren. Du hast ihr Lächeln, ihre Rundungen und diese großen braunen Augen. Und du bist sogar Lehrerin, großer Gott! Es klingt albern, aber am schlimmsten für mich war dein abartig glänzendes Haar, das ich mir auch immer gewünscht habe.« Charlotte lächelte bitter. »Wusstest du, dass ich ebenfalls im September geboren bin? Vier Jahre und vier Tage nach dir, sie wurde gleich nach Simon mit mir schwanger. Sie schien dich immer noch ersetzen zu wollen.«

»Das tut mir ehrlich leid, Charlotte.«

»Kurz vor meinem Geburtstag wurde sie immer so traurig. Ich war vielleicht acht oder neun, als sie uns endlich die Hintergründe erklärten. Mum war überängstlich, und ich bin von Natur aus viel abenteuerlustiger als Simon und hatte deshalb ständig Ärger am Hals. Bis sie mir von dir erzählten, glaubte ich wirklich, dass sie jedes Jahr an meinem Geburtstag schlechte Laune bekam, weil ich so ein schreckliches Kind war. Ich dachte, sie hätte mich am liebsten nicht bekommen.«

Obwohl ich auf den ersten Blick so eingeschüchtert von ihr gewesen war, hatten wir mehr Ähnlichkeit miteinander, als sie ahnte. Für Charlotte tat es mir natürlich leid, aber ich war plötzlich furchtbar aufgeregt. Ich hatte eine Schwester, eine unsichere, neurotische Schwester, genau wie ich.

Ich legte ihr eine Hand auf den Arm. Genau in diesem Moment kam Lilly mit einem voll beladenen Teller herein und lächelte, als sie uns sah.

»Na so was, meine Mädchen kommen sich näher!« Sie stellte den Teller vor mir ab. »Das war einfach ein großartiges Wochenende.«

»Ich könnte dir ganz tolle Strähnchen machen, weißt du«, sagte Charlotte übergangslos. Verlegen tastete ich nach meinem Haar.

»Ich habe mir noch nie die Haare gefärbt«, gestand ich. »Glaubst du wirklich?«

»Verlass dich drauf!« Sie lächelte. »Mit Haaren kenne ich mich aus. Da und dort ein paar hellere Strähnchen, und deine tollen Augen werden richtig knallen. Beim nächsten Mal kommst du bei mir im Salon vorbei und kriegst das Starprogramm.«

»Sie ist wirklich sehr gut«, versicherte Lilly. Ich nickte zustimmend.

»Sehr gern.«

Beim Abschied kam mir das Wochenende plötzlich viel zu kurz vor. Als wir unser Gepäck in den Kofferraum luden, drehte ich mich zu James um und bekam Panik, weil ich so viel Zeit mit Lilly und so wenig mit ihm verbracht hatte.

»Wir haben uns kaum unterhalten«, sagte ich mit dem unangenehmen Gefühl, mein Verhalten sei unverzeihlich.

»An diesem Wochenende ging es um Lilly«, sagte er sehr sanft. »Es wird noch weitere Gelegenheiten geben – weitere Abendessen, weitere Gespräche. Bring mir doch bei deinem nächsten Besuch mal was von deinem selbstgebrauten Bier mit. Dann setzen wir uns auf die Hollywoodschaukel und plaudern, während sich Ted und Lilly Filme ansehen.«

»Klingt gut«, sagte Lilly. »Aber nur Geschichtsdokus natürlich. Ihr kommt doch bald wieder, oder?«

»Auf jeden Fall«, versprach ich. »Es war wunderschön.« Ich umarmte sie und spürte durch ihre Schluchzer hindurch, wie ihre starken Arme bebten. »Ich komme wieder, Lilly. Versprochen.«

»Ich weiß«, flüsterte sie in mein Haar. »Ich weiß. Ehrlich gesagt weine ich vor Glück. Ich weine, weil ich weiß, dass ich dich wiedersehe. Wann immer ich will, kann ich mir Fotos von dir und uns allen ansehen. Und ich muss mir keine Gedanken mehr machen. Du fährst nach Hause, aber es ist ein Anfang, kein Ende.« Sie hob den Kopf und sah mir in die Augen. »Was ich noch sagen wollte, Sabina. Gestern Abend ist mir etwas klar geworden. Immer wenn ich daran dachte, wie ich dich verloren hatte, kam ich mir wie sechzehn vor. Meine Gefühle und Überzeugungen waren so stark, der Zorn, die Verletztheit. Alles erschien mir schwarz-weiß, ausschließlich ungerecht. Jetzt, nach diesem Wochenende, sehe ich mich selbst in dir. Aber ich sehe auch Megan in dir, die liebevolle Megan. Die Frau, die damals im Heim so gut zu mir war.«

»Danke, Lilly.«

»Ich glaube, zum ersten Mal in meinem Leben blicke

ich mit den Augen einer Erwachsenen zurück. Natürlich bin ich immer noch wütend und immer noch verletzt. Ich will Antworten, und es hätte nie passieren dürfen. Alles, was damals in dem Heim geschah, war schlimm. Aber es ist eben nicht nur schwarz-weiß. Ich weiß ja gar nicht, wie wir mit einem Säugling zurechtgekommen wären, ob überhaupt. Hätte sie dich zurückgegeben, wäre dann eine andere Frau an ihre Stelle getreten? Und selbst wenn wir dich behalten hätten ... also, wir hätten es schon geschafft. Aber es hätte keine Privatschulen oder Flugreisen für dich gegeben, nur zwei sehr junge, sehr verängstigte Eltern.«

»Das wäre genug gewesen«, flüsterte ich. »Oder?«

»Aber sicher. Kinder brauchen keine Dinge, sie brauchen Liebe. Und ich weiß wirklich nicht, wie wir für dich gesorgt hätten, ohne dass James das Studium hätte abbrechen müssen. Dann wäre das Leben für uns alle um einiges schwieriger geworden. Natürlich hätte ich dieses Leben bevorzugt.« Ergeben zuckte sie mit den Achseln. »Zumindest wäre für uns alles völlig anders verlaufen.«

Ich nickte traurig. Der gestrige Abend war wundervoll gewesen, und ich hatte beim Reden beobachtet, wie Lilly sich veränderte. Vielleicht würde sie meinen Eltern nie verzeihen, und vielleicht hatten sie auch kein Recht darauf. Zumindest schien Lilly jedoch ihrem eigenen inneren Frieden ein Stück näher gekommen zu sein. Obwohl ich Bedenken hatte, das Thema noch einmal anzuschneiden, musste ich einfach fragen.

»Du hattest gestern v...von der Geburtsurkunde gesprochen und dass du vielleicht zur Polizei ...«

»Ach, Sabina, ich war wütend! Hätte ich in der ganzen Zeit geahnt, wie sie das bewerkstelligt haben, hätte ich ihnen schon irgendwie die Hölle heißgemacht. Aber ich habe dich gestern Abend beobachtet und dabei begriffen, dass ich mit einer Anzeige nur dich verletzen würde. Bei uns allen würden die alten Wunden wieder aufgerissen. Ich muss damit abschließen und mich von meiner Bitterkeit befreien. Ich muss nach vorn blicken, genau wie du. Was passiert ist, können wir nicht mehr ändern, aber aus unserer Begegnung können wir das Beste machen und eine schönere Zukunft aufbauen. Für uns selbst und ...« Behutsam legte sie mir eine Hand auf den Bauch und lächelte mich an. »Und für das Kleine.«

Ich blinzelte zu Ted hinüber, der neben mir stand, und dachte an die *andere* Sabina und das völlig andere Leben, das sie geführt hätte. Sehr wahrscheinlich wäre sie nie diesem Mann begegnet und niemals schwanger mit diesem Kind geworden.

Ich wäre hier auf der Farm aufgewachsen, und auch wenn das großartig gewesen wäre – es war eben einfach nicht so passiert.

Lilly hatte recht. Die Vergangenheit war wichtig, aber sie war auch vorbei. Dies war mein Leben, noch dazu ein verdammt gutes Leben.

»Du bist sehr klug, Lilly«, sagte ich. Obwohl er bestimmt nicht wusste, was genau ich gerade dachte, lächelte Ted mich in diesem Moment an, und ich merkte, wie stolz er auf mich war.

»Danke«, murmelte Lilly, und ich hörte einen weiteren dieser zufriedenen, glücklichen Seufzer, die mir mittlerweile schon so vertraut waren.

Das ist meine Mutter, dachte ich und wurde von einem plötzlichen Impuls übermannt. Ich schlang ihr die Arme um den Hals, und sie legte mir die Hände auf den Rücken und zog mich an sich.

»Sabina Wilson-Piper«, flüsterte sie. »Du bist genauso wunderbar, wie ich es mir immer vorgestellt habe.«

Ich sah ihre verstohlenen Tränen, als wir zum Abschied winkten und losfuhren, aber ich konnte nur lächeln.

»Bist du froh, dass du mich am Freitagabend nicht zu einer Umkehr überreden konntest?«, fragte Ted.

»Es war zu gleichen Teilen herzzerreißend und wunderschön.« Ich warf einen letzten Blick auf die endlosen Felder und vereinzelten Eukalyptusbäume und atmete noch einmal tief die Landluft ein. »Aber jetzt, da wir es überstanden haben, fühle ich mich besser als seit Wochen.«

»Und was kommt danach?«

Ich wühlte schon in meiner Tasche nach dem Handy.

»Ich bin jetzt eine Frau mit einer Mission, Ted.«

Mum hob nach dem zweiten Klingeln ab.

»Sabina? Liebling!« Sie klang hocherfreut und gleichzeitig besorgt. »Ist alles in Ordnung?«

»Ich muss mit dir reden. Heute Abend. Allein.«

»Dad wird nicht ...«

»Lüg ihn an!«

»Aber ...«

»Komm bitte gegen sechs zu uns!«

Sie seufzte vor Unbehagen, und meine Stimme wurde weicher.

»Ich will dich nicht verhören, Mum. Ehrlich nicht. Ich

will nur die letzten fehlenden Puzzleteile einsetzen, und dann können wir endlich damit abschließen. Ich weiß, dass du das auch möchtest. Wir sehen uns um sechs, ja?«

»Ja.« In ihrem Flüstern schwang Resignation. Als ich aufgelegt hatte, sah Ted mich an.

»Wenn es so einfach wäre, hätten wir das schon vor Wochen tun können.«

»Weißt du, mein geliebter Gatte, es hat sich etwas sehr Wichtiges geändert.« Ich lächelte ihn traurig an. »Jetzt bleibt nur noch eine Frage zu stellen.«

Als es an diesem Abend an der Tür klingelte, erhob sich Ted wie selbstverständlich, um zu öffnen. Er begrüßte Mum freundlich und warf mir einen fragenden Blick zu, und ich sah Dad hinter ihr auftauchen. Besorgt musterte ich Mum, die mich aber nur ruhig anlächelte. Es schien, als bemerke sie meine Verwirrung nicht. Während Dad und Ted sich die Hände schüttelten, stellte sie ihre Tasche neben der Tür ab, wickelte sich sorgsam aus dem Schal und hängte ihn an die Garderobe.

Eigentlich hatte Ted vorgehabt, Mum und mich allein zu lassen, damit wir uns ungestört unterhalten konnten. Jetzt allerdings, da Dad ebenfalls gekommen war, setzte mein Mann sich zu meiner Erleichterung neben mir auf die Couch. Mum und Dad saßen mir gegenüber, und ich stellte fest, dass wir unabsichtlich genau dieselben Plätze eingenommen hatten wie einige Wochen zuvor. An jenem Abend war mein Leben meinem Empfinden nach in tausend Scherben zersprungen. Wie würde diese Zusammenkunft enden?

»Ich hätte nicht gedacht, dass du mitkommst, Dad«, sagte ich.

»Ich wusste nicht, wohin wir fahren«, erwiderte er mit einem wütenden Blick auf Mum. Sie aber sah stur zu mir herüber. Als eine Weile verging, ohne dass jemand sprach, schwand mein Optimismus hinsichtlich dieses Treffens nach und nach.

»Bitte, tut mir das nicht schon wieder an! Lasst mich nicht betteln! Es muss jetzt sein.«

Dad seufzte schwer. »Wir haben dir doch schon mehrmals gesagt ...«

»Nein.« Mum klang knapp und barsch. »Graeme, ich bin an der Reihe. Du bist nicht hier, um zu reden. Du bist hier, weil wir beide in der Sache drinhängen und uns gefälligst auch zusammen damit auseinanderzusetzen haben.«

Ich hörte den strengen Ton, den sie stets angeschlagen hatte, wenn ich zu weit gegangen war. Ich sah den scharfen Blick, mit dem sie meine Freunde bedacht hatte, die vorgeschobenen Lippen, mit denen sie unliebsame Lehrer in die Schranken gewiesen hatte. Ich nahm die Standpauke wahr, die sie mir immer dann gehalten hatte, wenn ich mich bei einer Aufgabe nicht genug angestrengt hatte.

Diese Wesenszüge meiner Mutter kannte ich nur zu gut, sie gehörten zu den Stärken ihres Charakters. Aber kein einziges Mal im ganzen Leben hatte ich erlebt, dass sie sich Dad gegenüber so verhielt.

»Es war nicht zu unser aller Bestem.« Sie war blass und zitterte, wirkte aber nicht schwach, sondern brannte offenbar darauf, sich mitzuteilen. Plötzlich war meine Mum wieder schön für mich, und ich weinte vor Stolz und nicht, weil ich mich verletzt oder ratlos fühlte.

»Wir hätten dir die Wahrheit sagen müssen, als du noch klein warst. Wir haben es nicht getan, weil wir uns nicht getraut haben. Anfangs hatten wir gar nicht vor, dich zu behalten, Sabina. Es war ein Impuls, und obwohl ich überaus froh bin, dass du zu unserem Leben gehörst, kann ich nicht leugnen, dass wir es falsch angestellt haben. Wir haben beide die ganzen Jahre in furchtbarer Angst vor möglichen Konsequenzen gelebt, und vor lauter Angst haben wir nicht zu deinem Wohl gehandelt.«

Dad sah aus, als wäre ein Sprengkopf auf seinem Schoß explodiert. Mit offenem Mund starrte er seine Frau an, und ich wartete auf den Antwortdonner. Er hätte die Stimme nicht erheben müssen, wenige scharfe Worte hätten genügt, um Mum wieder auf ihren Platz zu verweisen.

Es kam aber nichts. Er blieb still, und ich konnte kaum fassen, was ich da gerade erlebte.

»Für Dad will ich nicht sprechen. Ich aber wusste von Anfang an, dass du es erfahren musst. Ich war dir gegenüber im Unrecht. Ich habe mich nicht getraut, mich Dad zu widersetzen.« Sie schluchzte tief auf. »Du solltest nicht erfahren, was ich Lilly angetan habe. Du solltest nicht wissen, wie schwach ich in Wirklichkeit bin, wie egoistisch wir beide waren. Vor allem aber hätte ich den Mut haben müssen, das Beste für dich zu tun. Ich habe dich im Stich gelassen.«

»Aber ...« Dad versuchte sich endlich zu Wort zu melden, doch Mum brachte ihn mit einer heftigen Handbewegung zum Schweigen.

»Graeme, halt den Mund! Es geht jetzt nur um Sabina.«

Ich sah, dass Dad mit sich kämpfte. Zwar wollte er es nicht zeigen, aber offensichtlich wehrte er sich dagegen, dass ihm die Kontrolle entglitt. In seinem Blick lag ungezügelter Zorn auf Mum. Mir war bewusst, dass ich einen Paradigmenwechsel in ihrer Ehe miterlebte, und der war so tiefgreifend, dass er alles von Grund auf verändern würde. Es schmerzte mich, meinetwegen, Lillys und Mums wegen – und Dads wegen.

Trotz seiner Fehler konnte ich nicht abstreiten, dass er mir mein Leben lang Liebe und Fürsorge geschenkt hatte.

»Dad«, stieß ich erstickt hervor, »du bleibst immer mein Dad. Ich liebe dich so sehr. Was du heute Abend auch sagst, daran wird sich niemals etwas ändern.«

Er schloss die Augen und tastete blind nach Mums Hand. Sorgsam verschränkten beide die Finger ineinander, und er legte sie auf den Oberschenkel. Dann schlug er die Augen auf.

Sie sahen einander so aufgewühlt, so gequält an, dass ich mir plötzlich in meiner eigenen Wohnung wie ein Eindringling vorkam. Früher hatte ich darüber gestaunt, dass sie mit einem einzigen kurzen Blick kommunizieren konnten, und in den vergangenen Wochen hatte ich noch stärker das Gefühl gehabt, dass diese Botschaften verschlüsselt waren. Jetzt allerdings las ich es glasklar in ihren Mienen: *Es muss sein.* Nach einer kurzen Pause nickte Mum kaum merklich, wandte sich wieder mir zu und lächelte zaghaft.

»Du hast ihr immer so ähnlich gesehen, weißt du? Und

jetzt bist du auch schwanger und hast das gleiche wunderschöne Leuchten an dir. Deshalb habe ich endlich den Mut gefunden, dir die Wahrheit zu erzählen. Dad habe ich mit dem Argument davon überzeugt, dass ich dir mit der Geschichte meiner eigenen Schwangerschaften Angst eingejagt hatte. Aber das war nur eine Ausrede.« Sie schüttelte den Kopf, als könne sie ihr eigenes Handeln immer noch nicht begreifen. »Ich habe ihr dein ganzes bisheriges Leben weggenommen, Sabina. Ich kann ihr nicht auch noch ihr Enkelkind wegnehmen.«

Mum sprach leise, aber ohne Stocken. Sie war bereit, sich selbst treu zu bleiben, jene aufrichtige, offene Frau zu sein, die mir die Bedeutung von Wahrheit und Integrität beigebracht hatte. Trotz der Geheimnisse um meine Herkunft kannte ich meine Mutter eben doch, und diese Gewissheit bestätigte den Verdacht, der in den vergangenen Tagen in mir aufgekeimt war.

»Du hattest vor, mich zurückzugeben, stimmt's?«

»Ich wollte nur helfen«, flüsterte sie und brach in Tränen aus.

»Kannst du mir erzählen, was dann passiert ist?«

Mum holte tief Luft, und nachdem sie langsam wieder ausgeatmet hatte, schenkte sie mir das, was in meinem Leben immer gefehlt hatte.

Meine Mutter schenkte mir die Wahrheit.

Kapitel vierzig

Megan

OKTOBER 1973

Das empfindliche Gleichgewicht zwischen meinen Plänen und Graemes Träumen endete jäh eines Mittags, als Sabina gut einen Monat alt war.

Wie jeden Mittag, seit sie in unser Leben getreten war, stürmte Graeme pünktlich um zwölf Uhr ins Haus, gab mir einen flüchtigen Kuss auf die Wange und ging schnurstracks zu der Kleinen.

Ob sie nun schlief oder wach war, er nahm sie immer hoch, begrüßte sie fröhlich und setzte sich mit ihr im Arm zum Essen. Diesmal ging er mit Sabina in die Küche, kramte mit der freien Hand in der Tasche und legte schließlich ein zusammengefaltetes Papier auf den Tisch.

»June war heute bei mir im Büro.«

»June?«, wiederholte ich. »June Sullivan?«

Ich saß ihm gegenüber und trank gerade die zehnte Tasse Kaffee an diesem Tag, um lange genug wach zu bleiben und noch eine Maschine Windeln waschen und trocknen zu können.

»Meg, kannst du mir sagen, warum June glaubt, dass wir dieses Baby behalten wollen?«

Natürlich wusste ich das. Das hatte ich ihr damals gesagt. Ich rutschte auf meinem Stuhl hin und her, als ob das Kissen plötzlich unbequem wäre, und lächelte ihn an. »Das musst du falsch verstanden haben«, wandte ich ein.

»Nein, habe ich nicht.«

»Musst du aber.« Ich stellte die Tasse ab und schob, immer noch lächelnd, den Stuhl zurück. »Ich kümmere mich jetzt besser um die Windeln ...«

»Nein, Meg, bleib hier! Wir müssen reden. Wusste June, dass wir uns nur vorübergehend um Sabina kümmern?«

Ich räusperte mich. Eigentlich war ich nicht nahe am Wasser gebaut, aber der Schlafmangel hatte meinen Gefühlshaushalt völlig durcheinandergebracht. Schweigend versuchte ich, die Tränen zurückzudrängen. Ich hielt die Hände im Schoß und starrte auf meine Knie.

»Du musst nicht antworten, Meg. Ich weiß Bescheid. Also hast du mich angelogen.«

»Ich habe nicht gelogen«, sagte ich leise. »Ich habe das nur nicht gut genug erklärt.«

»Um die Sache zu beschleunigen, hat June die Formulare für die Anmeldung beim Standesamt schon ausgefüllt. Sie meint, du bist mit dem Baby vielleicht zu beschäftigt und hast vergessen, dass du es eigentlich selbst erledigen wolltest. Du hättest sie innerhalb von vier Wochen nach der Geburt anmelden müssen.«

»Lilly wird das machen. Und zwar bald.«

»Heute ist der zehnte Oktober. June sagt, wir können es nicht länger hinausschieben, sonst fällt es auf.«

»Aber es ist doch noch Zeit. Wie alt ist sie jetzt?« Ich hatte jegliches Zeitgefühl verloren. Es war, als ob Sabina schon immer bei uns wäre, andererseits kam mir jeder Tag so endlos vor. Waren es Tage? Jahre? Ich wusste es nicht.

»Fünf, Meg. Sie ist fünf Wochen alt.«

»Ich werde versuchen, Lilly zu erreichen.«

»Warte!«, verlangte Graeme. In diesem Ton hatte er nicht mehr mit mir gesprochen, seit Sabina bei uns war und er so seltsam glücklich zu sein schien. Die Schärfe in seinem Tonfall erschreckte mich. »June hat schon alles vorbereitet. Sie meint, es war vielleicht zu viel verlangt, dass du dich um alles kümmerst.«

»Aber Graeme, Lilly muss das machen! Sie müssen den zweiten Vornamen aussuchen und …«

»Meg, hör mir zu! Lilly hat damit nichts mehr zu tun. June hat die Formulare *für uns* ausgefüllt.«

»Das verstehe ich nicht.«

»Sie sagt, dass für besondere Familien manchmal sie die Formulare ausfüllt.« Er sah meine verständnislose Miene und betonte jede Silbe einzeln. »Sie *ver-ein-facht* die Sache.«

Ich sah das Papier auf dem Tisch, und plötzlich stieg eine fürchterliche Angst in mir auf. In der Zeit meiner Zusammenarbeit mit June hatte ich zweimal beobachtet, dass sie Geburtseinträge gefälscht hatte. Einmal bei der Vermittlung eines Kindes an eine ihrer Freundinnen, das zweite Mal, als sich ein Lokalpolitiker zur Adoption entschlossen hatte.

Ich wusste damals schon, was das bedeutete. Bei einer regulären Adoption wurden in dem Dokument die

Namen der biologischen Eltern aufgeführt. Sie wurden unter Verschluss gehalten, aber es gab sie. June hatte vor, Lilly und James völlig aus Sabinas Leben zu streichen.

Allein der Gedanke daran verursachte mir körperliche Übelkeit.

»June glaubt, dass du die Anmeldung wegen Lilly verzögerst. Ihr beide habt euch ihrer Meinung nach zu eng miteinander befreundet, und nun hast du Probleme damit, erst sie in die Geburtsurkunde eintragen zu lassen und dann eine entsprechende Änderung vorzunehmen.«

Mein Herzschlag geriet völlig aus dem Rhythmus. Ich fühlte, wie meine Hände feucht wurden.

Nein, nein, nein.

»Du hast June aber nicht erzählt, dass wir Sabina zurückgeben wollen, oder?«

»Ich bin doch kein Volldepp, Megan! Auch wenn du offenbar gedacht hast, du könntest mich für dumm verkaufen.«

»Ich wollte doch nur helfen.« Tränen strömten mir über das Gesicht.

»Die ganze Zeit hast du mir verschwiegen, dass Lilly ein sechzehnjähriges Kind ist. Du hast über die beiden gesprochen, als handele es sich um die gefestigte Beziehung zweier erwachsener Menschen, die nur nicht rechtzeitig geheiratet haben. Ich hatte mich schon gewundert, dass es so lange dauert. Dürfen die beiden überhaupt schon heiraten?«

»Sie versuchen, eine Genehmigung zu bekommen.« Graemes Blick sprach Bände.

361

»Hast du schon mal daran gedacht, dass du hier Gott spielst, Megan?«, fragte er. Ich erinnerte mich an den Tag in Lillys Krankenzimmer, als ich genau das gedacht hatte, und wie stolz ich damals auf mich gewesen war. »Aus guten Gründen werden Neugeborene nicht mit ihren sechzehnjährigen Müttern nach Hause geschickt. Wie sollen die jungen Dinger deiner Meinung nach mit der Situation zurechtkommen?«

»Lilly wird James heiraten.«

»Himmel noch mal, sie ist erst sechzehn! Verheiratet oder nicht, findest du es wirklich richtig, die Erziehung dieses Babys einem Kind zu überlassen?«

»Graeme, sie ist wirklich ein sehr patentes Mädchen.« Meine Tränen entsprangen dem gleichen Zorn wie Sabinas nächtliches Weinen. Ich war wütend auf mich. Ich wollte meine Gefühle sortieren, damit ich Graeme meinen Plan erklären konnte. Denn er war durchaus logisch, und wenn ich ihm alles in Ruhe erklären konnte, würde er auch alles einsehen. Warum, warum nur musste ich dieses Gespräch gerade jetzt führen? Ich war so erschöpft, dass ich kaum wusste, wie ich hieß.

»Aber sie ist noch ein Kind.« Ich sah deutlich, wie genervt er war, wahrscheinlich genauso wie ich, wenn auch aus völlig unterschiedlichen Gründen. Sein Gesicht hatte sich gerötet, auf Stirn und Wangen standen Schweißperlen. Staunend bemerkte ich, dass der Arm, mit dem er Sabina hielt, völlig entspannt blieb und er sie so vor seinen eigenen heftigen Gefühlen abschirmte. Warum konnte ich das nicht?

Er atmete tief durch und sah die Kleine an. Sie musterte ihn hellwach und neugierig.

»Ihre Augen verändern die Farbe«, erklärte er unvermittelt. Er klang nicht mehr genervt, und plötzlich lag wieder Zärtlichkeit in seiner Stimme.

»Bist du sicher?«

»Ist dir das nicht aufgefallen? Sie waren leuchtend blau, jetzt werden sie dunkler.«

»Nein, das habe ich nicht bemerkt.« Im Gegensatz zu Graeme sah ich sie nur selten an. Ich fütterte sie, wechselte ihre Windeln und zog sie an. Aber ich redete nicht mit ihr, und um keinen Preis der Welt hätte ich mir gestattet, sie so liebevoll zu betrachten wie mein Mann, sobald sie in sein Sichtfeld kam. Das war sicherlich gut so, denn ich mochte mir den Trennungsschmerz gar nicht vorstellen, wenn ich zu dem lebhaften kleinen Bündel eine echte Beziehung aufbauen würde.

»Diese Formulare.« Graeme schob die Papiere zu mir herüber. »Sie könnten bedeuten, dass Sabina uns gehört. Wirklich uns. Niemandem würde je etwas auffallen. Du warst immer gegen eine Adoption, Meg. Nun, dies wäre eigentlich keine echte Adoption, niemand müsste davon erfahren. Weder meine Familie noch deine Familie, weder die Behörden noch Sabina selbst. In den Augen der ganzen Welt wäre sie unser Kind. Glaubst du wirklich, irgendwelche Halbwüchsigen können ihr ein besseres Leben bieten, nur weil sie blutsverwandt sind?«

»Aber es klappt doch nicht!« Schon der Vorschlag stürzte mich in Panik. »Ich kann das überhaupt nicht. Sie hasst mich. Warum zum Teufel willst du das auf Dauer?«

Graeme legte sich Sabina auf die Unterarme, sodass ihr Köpfchen in seinen Handflächen lag. Er musterte sie eingehend, und da sah ich es. Ich begriff endlich, was ich getan hatte. Vieles war mir in den letzten Wochen entgangen, zum Beispiel die Veränderung von Sabinas Augenfarbe, aber auch die tiefe Liebe in den Augen meines Mannes.

So fremd sie mir vorkam, so vernarrt war Graeme in die Kleine, und das war ausschließlich meine Schuld. Ich hatte uns in diese Lage gebracht, ein Tohuwabohu aus Tränen, Gefühlen und Babypflege rund um die Uhr, während er eine Bindung zu ihr aufgebaut hatte. Er hatte ganz natürlich reagiert. Ich war die Seltsame mit meiner eisigen Distanz, meiner Erschöpfung und meinem Groll.

»Ich bin fünfunddreißig Jahre alt«, sagte er leise. »Wir versuchen seit vierzehn Jahren, ein Kind zu bekommen. Sobald du schwanger wirst, kann ich förmlich zusehen, wie wieder ein Stück von dir stirbt. Wir haben alles versucht, wirklich alles, ich kann das nicht mehr.«

»Was meinst du damit?« Nackte Angst erfasste mich. Zuerst dachte ich, er spreche von unserer Ehe. Hatte Sabina ihm gezeigt, dass ein Baby wichtiger war als ich? Genau davor hatte ich mich all die Jahre gefürchtet. Sein Blick schweifte von Sabina zu mir, und ich spürte eine überwältigende Erleichterung, als ich die Zärtlichkeit in seinem Blick entdeckte. Er empfand noch Zuneigung für mich.

»Ich lasse mich sterilisieren, Megan. Ich gebe auf.«

»Nein, Graeme, wir schaffen das! Wir müssen es nur weiter probieren, vielleicht beim nächsten …«

»Nein!«

Er musste nicht laut werden. Er sah mir unverwandt

in die Augen, mit solch emotionaler Intensität, dass ich verstummte.

Die Tränen, die ich jetzt vergoss, waren von anderer Art. Es waren nicht die Tränen der Erschöpfung oder der Verlegenheit, weil mein manipulativer Plan ans Licht gekommen war. Diese Tränen kamen aus meinem Innersten. Graeme raubte mir das Einzige, was mir noch die Kraft zum Weitermachen gegeben hatte.

»Manchmal muss man sich von einem Traum verabschieden, damit ein neuer entstehen kann.«

»Für mich ist das anders. Ich kann das nicht. Ich muss es versuchen, ich möchte unser Baby unter dem Herzen tragen und dich zu einem richtigen Vater machen.«

»Megan.« Er seufzte kopfschüttelnd. »Siehst du es denn nicht? Ich bin ein richtiger Vater.« Die Stimme versagte ihm, und wir schwiegen, beide um Fassung ringend. Dann wurde sein Tonfall flehentlich. »Das Schicksal hat uns Sabina nicht grundlos geschickt. Ich liebe sie, seit ich sie zum ersten Mal sah. Und ich gebe sie unter keinen Umständen mehr her – schon gar nicht an zwei unreife Kinder, die zu jung zum Heiraten sind und viel zu bedürftig, um ihr ein angemessenes Leben zu bieten. Wie kannst du etwas anderes von mir verlangen, nach allem, was wir miteinander durchgestanden haben? Ich weiß, es ist schwer für dich, nachdem du dir so sehnlich ein eigenes Kind gewünscht hast. Ich habe dich immer unterstützt, aber jetzt kann und will ich nicht mehr.«

»Graeme ...«

»Ich spreche ein Machtwort, für uns alle, für mich, für dich und für Sabina.«

»Sie muss nach Hause zu Lilly.«

»Sie ist hier zu Hause.«

»Ich habe Lilly versprochen ...«

»Sogar Lilly wird im Lauf der Zeit einsehen, dass es so am besten ist.« Unvermittelt stand er auf und wandte mir den Rücken zu. Seine Schultern hoben sich, als er sich Sabina vor das Gesicht hielt und sie zart küsste. An der Tür drehte er sich um. »Ich will nicht grausam sein, Megan, ehrlich nicht. Aber bitte überleg nur Folgendes: Vierzehn Jahre lang haben wir um ein Baby gekämpft. Vierzehn lange Jahre war dein Körper das Einzige, was zwischen uns und einer eigenen Familie stand. Daran kannst du nichts ändern, aber das hier, das kannst du ändern. Wir haben die Möglichkeit, dieses wunderschöne kleine Mädchen als unser eigenes Kind aufzuziehen.« Er sah mir in die Augen. »Willst du mir das auch noch nehmen?«

Die säuberlich gefalteten Formulare lagen vier Tage lang auf unserem Küchentisch. Wir aßen an diesem Tisch, und ich wischte ihn mehrmals am Tag ab, aber die Papiere fasste ich nicht an. Ich wischte um sie herum, als wäre schon die Berührung gefährlich.

In diesen vier Tagen dachte ich über vieles nach. Über Graeme, wie sehr ich ihn liebte und wie viel ihn diese Ehe mit mir gekostet hatte. Über die vielen schmerzhaften, anstrengenden Fehlgeburten. Ich hatte sie als niederschmetternd und zermürbend empfunden. Noch nie hatte ich groß darüber nachgedacht, was sie Graeme abverlangt hatten.

Er hätte mich verlassen können, aber er war geblieben.

Ich fragte mich, was er dieses Mal tun würde, wenn ich mich weigerte, die Papiere zu unterschreiben, und auf Sabinas Rückgabe bestand. Wäre das der Tropfen, der das Fass zum Überlaufen brachte? Würde er mich verlassen und mir damit für immer die Chance auf Kinder nehmen? Auch wenn er das nicht gesagt hatte, war es ihm bei unserem letzten Gespräch am Küchentisch zweifellos todernst gewesen.

Am vierten Tag vergaß ich die Formulare für eine Weile ebenso wie die möglichen Konsequenzen, wenn ich *nicht* unterschrieb. Ich nahm Sabina auf den Arm und ging mit ihr in den Garten. Auf dem Rasen breitete ich eine Decke aus und ließ mich darauf nieder. Das Baby lag neben mir.

Sie war wach und zufrieden, ein seltener Zustand, den sie sonst Graeme vorbehielt. Ich betrachtete sie lange und fragte mich, ob ich mich zu einer Adoption wirklich durchringen konnte. Welche Zukunft konnte ich Sabina bieten? Welcher Mensch würde sie mit einer Mutter wie mir?

Sie fuchtelte mit den Fäustchen und strampelte, und als die Wolkenschatten über ihr Gesicht glitten, richtete sie den Blick zum Himmel hinauf. Graemes Bemerkung über ihre Augen fiel mir wieder ein. Ich beugte mich forschend über sie und sah, dass sich ihre Augenfarbe tatsächlich veränderte, von Babyblau zu etwas Dunklerem ... Braun, wie die Augen von Lilly?

Und wie meine. Vielleicht bekam Sabina braune Augen, so wie ich.

Plötzlich sah Sabina mich an, und dann, zum ersten Mal in ihrem Leben, verzog sie den Mund zu einem

Lächeln. Ihre Augen leuchteten, die Lippen öffneten sich, und einen Moment lang verharrten wir beide so.

Zum ersten Mal spürte ich eine echte Verbindung zu Sabina, und ein Teil ihres Wesens schien sich tief in meinem Innern zu verankern. Vor mir lagen Wochen, Monate, wahrscheinlich Jahre der Erschöpfung, der Tränen und des Selbstzweifels. Dennoch war es ihr gelungen, mich mit einem einzigen Lächeln davon zu überzeugen, dass ich es schaffen konnte, dass in mir eine noch unerschlossene Liebe für sie schlummerte. Wenn ich sie nur ließe, würde sie diese Liebe zutage fördern.

Dann verflog das Lächeln, aber sie sah mich weiterhin an, und auch ich konnte meinen Blick nicht von ihr lösen. Tränen tropften auf sie hinunter, ich versuchte sie wegzuwischen, gab aber rasch auf, weil es zu viele waren. Ein Damm war in mir gebrochen, ich weinte um alle Ungeborenen, die ich bisher geliebt und verloren hatte, und um dieses Kind, das ich tatsächlich behalten konnte, das aber nie mein eigenes sein würde. Schließlich nahm ich die Kleine auf den Arm und drückte sie liebevoll an mich. Ich atmete ihren wunderbaren Duft ein und genoss ihre zarte Haut auf meiner Wange, wie ich es bei Graeme oft gesehen, mich selbst aber nicht getraut hatte.

An diesem Nachmittag sah ich mir schließlich die Papiere an. An der Stelle, wo *Vater* stand, hatte Graeme bereits unterschrieben. In Junes sorgfältiger Handschrift war ich als Sabina Baxters Mutter aufgeführt. Es war ein erhebender Anblick, das Formular mochte eine Lüge sein, aber dort stand, dass ich Mama war. Ich hätte es am liebsten gerahmt in unserem Wohnzimmer aufgehängt und allen Menschen, denen ich je begegnet war, davon erzählt.

Nur noch der zweite Vorname und das Datum fehlten. Noch wenige schwarze Tintenstriche auf einem Blatt Papier, und niemand würde je davon erfahren. Einer von Junes nicht ganz so korrekten Ärzten hatte sogar bescheinigt, dass er bei meiner Entbindung dabeigewesen war.

Sabina war ausnahmsweise in ihrem Bettchen eingeschlafen. Nach dem unerwarteten Moment inniger Verbundenheit im Garten war ich sehr verletzlich, und während ich nachdachte, wusste ich den kleinen Abstand zu ihr zu schätzen.

Noch besser war es, ohne das Baby auf dem Arm zu telefonieren.

Ich hatte nicht einmal Lillys Telefonnummer. Die Entscheidung, Sabina zu uns zu nehmen, war so plötzlich gefallen, dass ich vor meiner Kündigung nicht dazu gekommen war, mir ihre Nummer aufzuschreiben. Sie war aber nicht schwer zu finden, denn im ganzen Umkreis gab es nur einen einzigen Wyzlecki.

»Hallo?« Eine Jungenstimme meldete sich.

»Ist Lilly zu Hause?«

»Ja, mit wem spreche ich?«

Ich wurde nervös und stotterte fast schon wie Lilly. »Ich b... bin eine Lehrerin von der Schule. Mrs. Baxter.«

»Lilly geht nicht mehr zur Schule.«

»Das weiß ich«, bestätigte ich mit einem kläglichen Lachen. »Sie war früher in meiner Klasse.«

Ich hörte, wie der Junge den Hörer weglegte, Lilly ans Telefon rief, und kurz darauf ihre Stimme.

»Hallo?«

»Lilly, hier spricht Mrs. Baxter. Ich meine Megan.«

»Ach, hallo! Ist alles in Ordnung?«

Ich hatte beinahe vergessen, wie atemlos, wie naiv Lillys Stimme klang. Am Telefon wirkte sie noch jünger. Ich stemmte mich gegen die Schuldgefühle in meinem Innern.

»Alles in bester Ordnung, Lilly. Der Kleinen geht's gut. Aber wie geht es voran? Seid ihr weitergekommen?«

Ich hörte, wie eine Schiebetür geschlossen wurde. Lilly musste offensichtlich flüstern.

»Noch nicht. Tata lässt nicht mit sich reden. Ich darf keine Briefe schreiben, und die von James geben sie mir nicht. Ich habe keine Ahnung, was ich tun soll.«

Ich hatte gehofft, dass es einen Plan gab, dass die beiden innerhalb von wenigen Tagen heiraten konnten, dass die Lösung in greifbarer Nähe war. Dann wäre mir die Entscheidung aus der Hand genommen worden, ich hätte das Gespräch höflich beendet und mich darauf eingestellt, mir selbst und Graeme das Herz zu brechen.

Der richtungslose Optimismus in Lillys Stimme fühlte sich an wie ein Messer in meinem Körper. Ich ließ mich auf den Stuhl neben dem Telefon fallen und schloss die Augen.

Das Schicksal zweier Familien lag in meiner Hand, die Macht, mehr Lebenswege mit einer Entscheidung zu verändern, als ich seelisch verkraften konnte.

»Du gehst nicht mehr in die Schule?«, fragte ich.

»Tata hat Angst, dass die Leute herausfinden, was …

warum ... du weißt schon. Vielleicht schickt er mich nächstes Jahr auf ein Internat in der Stadt. Ich bin nicht sicher, ob er das wirklich vorhat. Ich arbeite mit ihm und Henri auf der Farm.«

»Lilly.« Ich wollte Lilly einiges erklären. Die Anforderungen für einen Geburtseintrag, meine Ehe, meinen Mann und Sabina, das Wesen von Liebe und Bindung. Dann wurde mir klar, dass ich nichts sagen konnte, um Lilly Wyzlecki gegenüber zu rechtfertigen, was jetzt geschehen würde.

Denn ich wusste es. Bereits in diesem Augenblick wusste ich, dass es durch nichts zu rechtfertigen und absolut unverzeihlich war.

Ich tat es trotzdem.

»Das kann nicht ewig so weitergehen, Lilly.«

»Ich weiß, ich weiß. Aber ich habe keine Ahnung, was ich sonst unternehmen soll.« Ich hörte die wachsende Anspannung und Angst in ihrer Stimme. »K... Kannst du dich nicht mehr um sie kümmern?«

»Das meine ich nicht.« Ich konnte kaum mehr sprechen. »Ich ... wir ... ich verspreche dir, dass ich mich sehr, sehr gut um sie kümmern werde.« Ich musste mir den Mund zuhalten, damit Lilly mich nicht aufschluchzen hörte. »Ich verspreche es, Lilly.«

»Du willst sie behalten?« Plötzlich weinte sie auch, es war kaum zu ertragen. Sie hatte mir das Wichtigste in ihrem Leben anvertraut, und ich nahm es ihr weg.

»Ich glaube schon«, stieß ich hervor. »Ich habe keine andere Wahl, Lilly. Graeme liebt sie, und wir müssen endlich die Formulare ausfüllen. Es hilft keinem, ewig so weiterzumachen.«

»Bitte, Megan! Bitte, gib uns noch ein paar Wochen Zeit, vielleicht zwei Monate ...«

»Das kann ich nicht.« Die Stimme versagte mir. Ich wusste, dass ich dieses Gespräch beenden sollte. Es konnte zu nichts führen. »Das Leben muss für uns alle irgendwie weitergehen. Es tut mir wirklich furchtbar leid.«

Ich hätte auflegen sollen. Stattdessen lauschte ich Lillys verzweifeltem Ringen nach Atem, während sie ihrer Panik Herr zu werden versuchte. Einen Augenblick lang schwiegen wir beide, dann sprach sie erstickt weiter.

»Du hast gesagt, dass du mir hilfst.« Ihre Stimme wurde mit jedem Wort kräftiger und lauter, bis sie schrie. Ich wusste, dass ihre Familie sie jetzt hören konnte. Sie war nicht mehr bei Sinnen, und diesen Schmerz hatte ich verursacht. »Du hast gesagt, dass du uns hilfst, aber du bist die Schlimmste von allen. Du wolltest mein Baby von Anfang an behalten, stimmt's? Du kannst keine Kinder kriegen, deshalb hast du mich reingelegt und mir meins weggenommen!«

Jetzt legte ich auf, in dem verzweifelten Versuch, Abstand zu ihrem Leiden zu bekommen.

Es war ein Rückzug in die Verdrängung. *Ich* konnte den Hörer auflegen, *ich* konnte das Gespräch beenden. Von allen Ungerechtigkeiten war diese die ungeheuerlichste.

Im Krankenhaus war Lilly völlig machtlos gewesen, und ich hatte ihr dabei zugesehen, wie sie kämpfte und davon krank wurde. Und jetzt war ich diejenige, die sie hilflos machte, ihr ihre Tochter erst anbot und dann wieder entriss, die mitten im Gespräch auflegte und ihr sogar das Recht auf eine Entgegnung nahm.

Lilly hatte recht.

Ich war die Schlimmste von allen.

Als Graeme zum Mittagessen nach Hause kam, lagen die Papiere noch immer auf dem Tisch, aber ich hatte sie unterschrieben und so hingelegt, dass er es sehen konnte. Wie üblich hatte er Sabina sofort auf den Arm genommen.

Mit der anderen Hand hielt er sich die Unterlagen dicht vor die Nase, als könne er seinen Augen nicht trauen.

»Bitte, bring das auf dem Weg zur Arbeit bei June vorbei! Dann kann sie den Vorgang abschließen.«

Ich hatte mit Protest gegen den zweiten Vornamen gerechnet, aber Graeme ließ die Papiere auf den Tisch zurückfallen. Er legte sich Sabina über die Schulter, schwankte ein wenig und schloss die Augen. Ich beobachtete, wie die Freude ihn gänzlich ergriff, wie der Mann, den ich liebte, zu einem Vater wurde, so als wäre ich bei der Geburt seines Kindes anwesend. Das war die Belohnung für mein Einverständnis mit dieser abscheulichen Entscheidung.

Als er die Augen aufschlug, sah ich ihn an, und die Gedanken, die zwischen uns hin und her wanderten, ließen sich nicht in Worte fassen. Es sollten fast vierzig Jahre vergehen, bis wir wieder über das Thema Adoption sprachen, über die verweigerte Unterschrift in diesen schrecklichen ersten Wochen. Wir spielten gern mit, selbst in der Intimität unserer eigenen Beziehung. Wir mussten gar nicht darüber sprechen, wir wussten beide, dass wir bei diesem Betrug Komplizen waren.

Graeme war das noch nicht klar, aber ich hatte begriffen, dass wir uns beide schuldig gemacht hatten. Die Schuld und die Scham waren der Preis, den wir gemeinsam für unsere Familie zahlen mussten.

Jedes Mal wenn mich Sabinas Weinen ärgerte, würde sich Lilly irgendwo auf dieser Welt von ganzem Herzen danach sehnen, dieses Weinen hören zu können. Ich wusste, dass die Kleine noch unendlich oft lächeln würde und ich jedes Mal, wenn ich mich darüber freute, einen weiteren Diebstahl beging. Graeme würde Sabina aus tiefstem Herzen lieben, aber das hätte James ebenfalls getan. Wie groß unsere Liebe zu ihr auch wurde, der Verlust ihrer Eltern würde sie immer in den Schatten stellen.

»Wir müssen zurück nach Sydney ziehen«, sagte ich später. »Allein schaffe ich das nicht, das haben die letzten Wochen ja gezeigt. Ich brauche meine Familie zur Unterstützung. Außerdem möchte ich keine Schwierigkeiten, und wenn wir hierbleiben, sind wir … Es ist einfach zu nahe. Ich möchte unangenehme Begegnungen vermeiden.«

Graeme sah mich an. Dann lächelte er, und zumindest in diesem Augenblick waren die Jahre der Sehnsucht und des Schmerzes aus seinem Gesicht verschwunden. Er war wieder der hinreißende Mann, den ich geheiratet hatte und den ich so sehr liebte, dass ich alles für sein Glück getan hätte.

»Du wirst sehen, Megan, es ist das Beste so«, sagte Graeme nach einer Weile. »Für uns alle.«

Epilog

21. MÄRZ 2013

Mama Lilly und Papa James waren spät dran.

Neben mir saß Mum und zitterte so heftig, dass mein Stuhl leicht wackelte. Ich nahm ihre Hand, damit sie still hielt, und weniger, um sie zu beruhigen. Hin und wieder hörte ich ein leises Keuchen tief in ihrer Kehle, ein Wimmern. So durcheinander und nervös hatte ich sie noch nie erlebt.

Ringsum nahmen Hunderte von Besuchern ihre Plätze ein. Der große Saal des Parlaments war zum Bersten voll, sowohl mit Menschen als auch mit Kummer. Die Veranstaltung hatte noch nicht begonnen, und schon jetzt sah ich zahllose Anwesende schluchzen.

Immer wieder schielte ich auf die Uhr, weil Mama das hier nicht verpassen durfte. Ein paar Minuten vorher hatte sie eine SMS geschickt, dass sie noch einen Parkplatz suchten. Ich wäre gern nach draußen gerannt und hätte ihr meinen gegeben, doch das hätte bedeutet, dass Mama und Mum sich ohne meinen Beistand begegnet wären.

»Bitte nehmen Sie Platz!«, sprach ein namenloser Anzugträger ins Mikrofon, und ich ließ Mum los, um aufzustehen und mich nach Mama umzusehen. Kurz bevor die

Tür geschlossen wurde, sah ich sie hereinschlüpfen. Sie trug ein wunderschönes Kleid in knalligem, leuchtendem Rosa und Lila, dazu pinkfarbene Sandalen, die ich an einem unserer gemeinsamen Wochenenden mit ihr zusammen ausgesucht hatte. Mama rannte, und Papa lief zwei Meter hinter ihr her, wie er es häufig tat. Endlich entdeckte sie mich und winkte mir strahlend zu.

Dies war ihr Tag, der Tag meiner Mama.

Als sie näher kam, verlangsamten sich ihre Schritte. Unverwandt starrte sie Mum an. Es war Mama gewesen, die darauf bestanden hatte, dass Mum an diesem Tag hier sein sollte, und anfangs hatte ich es ihr ausreden wollen. Ich konnte ohnehin nicht ganz glauben, dass sich die beiden überhaupt treffen wollten. Und diese Veranstaltung schien mir erst recht nicht die geeignete Gelegenheit dafür zu sein.

Denn an diesem Tag entschuldigte sich der Premierminister für den Kummer und den Schaden, den die Zwangsadoptionspraktiken angerichtet hatten.

Aber Mama war hartnäckig geblieben, und ich hatte bereits gelernt, dass man sich besser nicht mit Liliana Wyzlecki anlegte, wenn sie sich etwas in den Kopf gesetzt hatte. Während der letzten sechs Monate hatten die Wege der beiden sich elektronisch gekreuzt, denn jede von ihnen arbeitete daran mit, die Geschichten anderer von Zwangsadoptionen betroffener Familien zusammenzutragen. Mum hatte sich außerdem einer Interessengruppe angeschlossen, die sich für diese offizielle Entschuldigung eingesetzt hatte. Zudem hatte sie sich dafür engagiert, betroffene Familien zu unterstützen und zusammenzuführen.

Daher war Mama der Ansicht, dass Mum ebenfalls bei diesem Termin anwesend sein sollte. Sie habe es sich verdient, meinte sie. Das war in der Theorie ja gut und schön, aber mir graute vor der persönlichen Begegnung. Mama hatte in kurzer Zeit viel erreicht, aber ich hatte schreckliche Angst, sie könne sich zu viel abverlangen.

Jetzt stand Mum auf, und ich erhob mich ebenfalls. Mama und Papa umarmten mich zuerst, schließlich standen sie beide vor Mum. Jetzt war ich diejenige, die zitterte, und zwar vor Adrenalin.

»Es tut mir so leid ...«, setzte Mum an, doch Lilly schüttelte den Kopf. Ihre Lippen waren zu einem dünnen Strich zusammengepresst, und in ihrer Körperhaltung lag eine extreme Anspannung. Plötzlich schien mir dieses Zusammentreffen ein schrecklicher, schrecklicher Fehler zu sein. Fast befürchtete ich, Lilly könne sich auf Mum stürzen und sie schlagen.

Sie hob tatsächlich die Arme, aber während ich schon hastig eingreifen wollte, zog sie Mum in eine dieser überwältigenden Umarmungen, die ich so lieben gelernt hatte. Erst versteifte sich Mum, doch niemand konnte der allumfassenden Wärme von Mama Lillys Umarmung auf Dauer widerstehen. So blieben meine Mütter stehen, beide schluchzend, bis fast alle anderen im Saal saßen.

Als sie sich endlich niederließen, nahmen sie die Plätze rechts und links von mir ein. Mama lehnte sich dicht an mich und umschloss meine linke Hand mit beiden Händen. Mum nahm meine rechte, und ich befand mich genau in der Mitte ... wie wahrscheinlich schon immer.

Ich hatte mich gefragt, was diese offizielle Entschuldigung uns allen bringen sollte. Konnte irgendetwas das vorgefallene Unheil ungeschehen machen, konnten bloße Worte eine Heilung bewirken, die nicht schon allein die Zeit brachte? Doch ich spürte eine erstaunliche Energie im Saal, und nachdem der Premier die Bühne betreten hatte, begriff ich, warum so viele Menschen so lange darum gekämpft hatten.

Es war genau so, wie Lilly zu mir gesagt hatte. Indem man die Geister ans Licht brachte, konnte man sich von ihnen befreien.

Inmitten der Beamten, Würdenträger und Betroffenen lauschte ich, ich weinte und dachte an die Kindheit, die ich gehabt hatte, und an die Kindheit, die ich gehabt hätte. Nach einer Weile schweiften meine Gedanken zu meinem geliebten Sohn Hugo ab, der erst wenige Monate alt und mit Ted und Dad im Hotel war. Ich war zum ersten Mal einen ganzen Tag von ihm getrennt, und es wäre leicht gewesen, sich Sorgen um Kleinigkeiten zu machen. Hatte der Kleine genug Milch bekommen? Dachte Ted daran, die Windeln zu wechseln?

Dann konzentrierte ich mich wieder auf das Geschehen ringsum, und mir wurde regelrecht schwindelig. Hugo wartete auf mich, und in wenigen Stunden durfte ich ihn wieder auf dem Arm halten. Ich nahm mir fest vor, immer dankbar für das Privileg zu sein, mich um ihn kümmern zu dürfen.

Ich würde eine herzliche Mutter wie Lilly, großzügig mit Umarmungen und Gefühlsäußerungen. Ich würde knallige Farben tragen, Menschen anstrahlen und bei jedem noch so geringen Anlass ein üppiges Festmahl zubereiten.

Aber ich wäre auch eine starke Mutter wie Megan, streng, wenn nötig, und immer bereit, mein Kind zu unterstützen. Ich würde Hugo zur Logopädie schleifen, wenn er sie brauchte, und ihn mit sanftem Nachdruck zu harter Arbeit antreiben, falls er meine Neigung zur Trägheit geerbt hatte.

Denn ich hatte jetzt beides, und deshalb bekam Hugo eine Mutter, die beides verinnerlicht hatte.

Als der Premier seine Schlussworte sprach, standen wir auf, um zu applaudieren. Ich betrachtete Mama, die klatschte und jubelte und weinte und strahlte. Mehrmals unterbrach sie sich dabei und umarmte mich, dann klatschte sie weiter. Für meine Mama konnte nichts den Schmerz ungeschehen machen, den die Zwangsadoption angerichtet hatte. Unsere Wiedervereinigung und die Entschuldigung der Regierung waren jedoch entscheidende Schritte in die richtige Richtung.

Mum applaudierte ebenfalls, auf ihre viel zurückhaltendere Art. Schuldbewusstsein und Scham standen ihr ins Gesicht geschrieben, denn kein noch so engagiertes Ehrenamt befreite sie von ihrer Gewissenslast. Allerdings stellte die Arbeit, die zu dieser Entschuldigung geführt hatte, einen ersten Schritt zur Aussöhnung mit sich selbst dar.

So durcheinander das Ganze auch war, dies war jetzt meine Familie, entstanden aus guten Absichten, die sich ins Gegenteil verkehrt hatten, und einer herzzerreißenden Entscheidung, die unser aller Leben verändert hatte. So gut wir konnten, würden wir die Vergangenheit hinter uns lassen und uns gemeinsam eine Zukunft aufbauen.

Mama und Mum würden vielleicht nie Freundinnen, aber für Hugo und für mich wären sie unsere Familie.

Und deshalb hatten wir eine zweite Chance, zusammen.

Danksagungen

Ich hatte irrsinniges Glück, bei diesem Buch wieder mit dem Team von Bookouture zusammenzuarbeiten, besonders mit Oliver Rhodes – ich kann dir gar nicht genug danken. Emily Ruston, vielen Dank für deine geduldige Hilfe, vor allem als ich mich in meinen Ideen verirrt hatte. Und Jennie Ayers: Danke für das fantastische Lektorat.

Ich bedanke mich bei Freunden und Verwandten, die mich mit Vorschlägen und Feedback zu frühen Textfassungen unterstützt haben: Melissa, Tracy, Mum, Tante Chris und Jodie. Und Sally, Danke für dein Adlerauge!

Bei meiner *Phocas phamily,* besonders Cody, Bill und Val, bedanke ich mich für die große Unterstützung.

Ich kann mürrisch, abweisend und wie besessen sein, wenn ich an einer Geschichte sitze. Daher gilt mein größter Dank meinem Mann Dan, unseren tollen Kindern und meinen wahnsinnig geduldigen Freunden und Verwandten. Danke, dass ihr mich während der Entstehung dieses Buches ertragen habt.

Und schließlich noch eine Klarstellung: Es gab zwar bis ins spätere zwanzigste Jahrhundert viele Entbindungsheime oder Mutter-Kind-Heime in Australien, der Schauplatz dieses Romans aber, das Entbindungsheim in Orange, ist frei erfunden.